庫

地図と領土

ミシェル・ウエルベック
野崎歓 訳

筑摩書房

地図と領土

LA CARTE ET LE TERRITOIRE
by
Michel Houellebecq

「この世はわれに飽き
われはこの世に飽く」
シャルル・ドルレアン
〔フランスの詩人、一三九四―一四六五年〕

ジェフ・クーンズは椅子から立ち上がったところだった。興奮のあまり両腕を突き出している。クーンズと向かい合って、白い革のクッションの上でやや体を屈めたダミアン・ハーストは、何か反対意見を述べようとしているらしかった。クッションの一部には絹織物が掛けられている。ハーストの顔は赤みを帯び、表情は陰気だった。二人とも黒いスーツ――クーンズのスーツは細いストライプ入り――に白いシャツという姿で、黒いネクタイをしめていた。二人のあいだに置かれたローテーブルには、フルーツコンフィが入った籠が置いてあるが、両者とも見向きもしない。ハーストはバドワイザー・ライトを飲んでいる。

二人の背後の広々としたガラス窓は、高層ビル群に面しており、それらの建物は地平線の彼方まで、巨大な多面体の入り組む広壮な光景を描き出していた。夜の照明がまばゆく輝き、空気は完璧なまでに澄み切っていた。まるでカタールか、それともドバイにいるかのようだった。実際、室内の装飾はドイツの贅沢な雑誌に載ったアブダビのエミレーツ・パレスの広告写真をお手本にしたものだった。

ジェフ・クーンズの額はかすかに光っていた。ジェドはそれをブラシでぼかし、後ろに三歩ほど下がった。まったくもって、クーンズはうまくいっていなかった。ハーストの方は結局のところまだつかみやすかった。粗野でシニカル、「お前らなんかくそくらえ、俺は大金持ちだ」という調子で描けばよかった。あるいは〈反逆のアーティスト〉（ただし金持ち）が〈死にまつわる苦悩に満ちた制作〉を続けているというのでもいい。そして彼の顔には多血質で重たるい何か、典型的にイギリス的な何かがあり、それゆえアーセナルの熱心なサポーターのように見える。要するにさまざまな要素が絡み合ってはいたが、それらを組み合わせることで、彼の世代を代表する英国人アーティストの、絵として統一感のある肖像を作り出すことができた。ところがクーンズは内側に何か二重のもの、テクニカルセールス担当者のありきたりな狡猾さと、禁欲家の興奮とのあいだの乗り越えがたい矛盾とでもいったものを抱えているらしかった。クーンズがハーストを説き伏せようとするかのように興奮して両腕を突き出し、椅子から立ち上がる構図に、ジェドがあでもないこうでもないと筆を加え出してすでに三週間が過ぎていた。モルモン教徒のポルノ作家を描くのにも等しい難しさだった。

ジェドの手元には、クーンズひとりの写真もあれば、ロマン・アブラモヴィッチ〔ユダヤ系ロシア人の石油王〕、マドンナ、バラク・オバマ、ボノ〔ロックバンドU2のヴォーカリスト〕、ウォーレン・バフェット〔アメリカの投資家・経営者、世界最大の投資持株会社バークシャー・ハサウェイの会長〕、ビル・ゲイツ等と一緒に写っているものもあった。それらの一枚たりとも、クーンズの人柄の一端すら表現し得ておらず、彼が世間に対してかぶることを選んだ仮面、つまりシボレー・コンバーチブルの販売員のような表情の裏側をうかがわせるものはなかった。それは苛立たしいことだった。そもそもずいぶん以前から、ジェドは写真家というものを苛立たしく思ってきた。とりわけ、被写体の〈真実〉を自分の作品によって明らかにするなどと自負する〈大写真家〉たちにはうんざりだった。彼らはまったく何も明らかになどしていなかった。単に人の前に立って、さも嬉しげにくつくつと笑いを洩らしながら何百枚も写真を撮り、あとでその中からせめてましなものを選ぶ、それが例外なく彼ら、いわゆる〈大写真家〉たちのやり方であり、ジェドはそうした連中を個人的に何人か知ってはいたが、軽蔑しか抱いておらず、どれもこれも、その創造的な能力はほぼ自動スピード写真機並みであるとみなしていた。

キッチンの中、彼の背後の数歩離れたあたりで、ボイラーがかちかちという乾いた音を発した。彼は呆然として、顔をこわばらせた。もう十二月十五日になっていた。

一年前のほぼ同じころ、ボイラーは同じかちかちという音を立てたかと思うと、突然まったく動かなくなってしまった。アトリエの室温は数時間で三度まで下がった。彼はそれでも何とか眠った。というよりも切れ切れにまどろんだ。朝の六時ごろ、最後に残ったお湯数リットルを用いて簡単に洗顔し、それからコーヒーを飲みながら〈ジェネラル配管〉の社員が来るのを待った——朝のうちにだれかを寄越してくれることになっていた。〈ジェネラル配管〉のサイトを見ると、そこには「二十一世紀の配管工事をめざして」と謳われていた。それならまず、約束どおりに来てほしいものだとジェドは十一時ごろになってぼやいた。アトリエの中を歩きまわってみても体は暖まらなかった。そこで彼は、「建築家ジャン＝ピエール・マルタン、社長職を辞任する」という題をつける予定の父親の肖像画に取りかかった。室温が低下すると、絵具が乾くのはどうしても遅くなってしまう。例年どおり、二週間後のクリスマスイブには父親と夕食をともにする約束だったので、その前に絵を完成させてしまいたかった。配管工がすみやかに来てくれないと、計画に支障を来す恐れがあった。本当をいえばそんなのはまったくどうでもいいことだった。父親にその絵をプレゼントするつもりがあるわけでもなく、ただ絵を〈見せて〉やりたいと思っていただけだった。

それなのになぜ突然、それがいかにも重要なことのように思えてきたのか？　彼はいまやまったくもって神経が参っていたのである。仕事のしすぎだった。六枚のタブローに同時に着手して、数か月来、描きどおしだった。まともなやり方ではなかった。

午後三時ごろになって、〈ジェネラル配管〉に電話する決心をした。何度かけても話し中だった。五時すぎになってようやくつながった。相談窓口の係は、寒波が襲来したせいで対応が追いつかなくてと弁解したが、翌朝には必ずだれかを派遣すると請け合った。ジェドは電話を切ってから、オーギュスト＝ブランキ大通りのメルキュール・ホテルに部屋を取った。

翌日、またもや午前中ずっと待たされた。〈ジェネラル配管〉に加えて、途中で〈配管オンリー〉にも電話がつながったので、こちらの到着も待った。〈配管オンリー〉の売り文句は「高度な配管工事」の職人的伝統を守るということだったが、それでもやはり、約束の時間を守ることはできないらしかった。

ジェドが描いた肖像画の父は、自分の会社の五十人ほどの社員たちを前にして壇上に立ち、苦しげな顔に微笑を浮かべながらグラスを掲げていた。送別パーティーが催されているのは会社の建築家用アトリエの〈オープン・スペース〉だった。縦三十メートル、横二十メートルの広々とした白壁の部屋で、ガラス張りの天井から光が差し、設計用パソコンと、進行中の企画の立体模型を置く折り畳み式テーブルが交互に並べてあった。参加者の多くはいかにもオタク的な容貌の若者たち——3D技術者たちだった。壇の間近には四十代の建築家三人が、彼の父親を取り巻くように立っていた。その構図はロレンツォ・ロット〔ルネサンス期イタリアの画家〕のあまり知られていない絵から借りたもので、三人はいずれも他の二人の視線を避けながら、父親の視線をとらえようとしていた。三人とも社長の座を狙っていることがすぐに見て取れた。父親は参加者たちより少し上方に視線を向けていたが、そのまなざしには最後にもう一度、自分のスタッフに結集してもらいたいという願い、未来への穏やかな信頼、そして何よりも、絶対的な悲しみが表れていた。それは自分が創った会社、自らの持てる力をすべて注ぎ込んできた会社を去ることへの悲しみ、避けられない事態を前にしての悲しみだった。明らかにそれは、もはや〈終わってしまった〉男なのだった。

午後三時ごろ、ジェドは〈ザ・配管〉にむなしく十度目の電話をかけた。待っているあいだは「スカイロック」〔ポップミュージック専門のFM局〕が流れるようになっていた。〈配管オンリー〉の場合は「笑いとシャンソン」〔同じく大衆的FM局〕だった。

五時ごろ、彼はふたたびメルキュール・ホテルに戻った。オーギュスト＝ブランキ大通りは日が暮れようとしていた。ホームレスたちが側道で焚き火をしていた。

それからの数日は同じように過ぎていった。いくつもの配管工事会社に電話をかけ、すぐさま待機用の音楽につながれ、寒さのつのる中、乾いてくれないカンバスのそばで待ち続けた。

解決策は十二月二十四日の朝、すぐ近所のステファン＝ピション大通りに住むクロアチア人の職人によってもたらされた。ジェドはメルキュール・ホテルからの帰り道、たまたま看板に気づいたのである。すぐにでも行ってあげましょう、という。黒い髪に青白い顔、目鼻立ちはすっきりと整っていて、〈ベル・エポック〉風の口ひげをはやした小柄な男だった。実際のところ、少しばかりジェドに似ていた——口ひげは別として。

アパルトマンの中に入るやいなや、彼はただちにボイラーの点検に取りかかり、パネルをはずし、細い指を複雑に入り組んだ配管にそって這わせ、じっくりと調べた。バルブやトラップにさわった。彼はどこか、人生全般についてたっぷりと物を知っているような印象を与えた。

十五分ほど点検した結果の診断は以下のとおりだった。確かに、修理はできますよ、一種の〈修繕〉はできます。値段もたかだか五十ユーロしかかかりません。とはいえそれは本当の修理というよりは応急措置というべきで、何か月か、あるいはうまくいけば何年かはもつかもしれません。でも長期的には保証はしかねます。一般論として、この種のボイラーについて何であれ長期的なことをいうのは適切ではないでしょう。

ジェドはため息をついた。薄々そうじゃないかと思っていたんですよ、と彼は述べた。九年前にこのアパルトマンを購入した日のことを、彼はよく覚えていた。ずんぐりとした不動産屋の男は、満足げな様子で、飛びきり日当たりのいい物件ですと強調してから、いくらか「手直し」の必要があるかもしれないと付け足した。そのときジェドは、自分も不動産屋か、それとも婦人科医になるべきだったと思った。

最初のうちは単に熱心というだけだったそのずんぐりした不動産屋は、ジェドがアーティストだと知るや、ほとんど情熱の発作というべき状態に陥った。〈アーティスト用アトリエ〉をほかならぬ〈アーティスト〉にお売りするのは初めてです！　ジェドは一瞬、この男が、自分は本物の芸術家に連帯心を抱いているのだなどといい出すのではないかと恐れた。ボヘミアン気取りのブルジョワや俗物たちはご免です。そういう連中が物件の値段を上昇させ、アーティストがアーティスト用アトリエに住めないようにしている、とはいえいったいどうしろというのでしょう、市場の真実に立ち向かうことなど私にはできません、そんなのは私の役割じゃないんです云々。だがさいわい、そんな事態にはならず、ずんぐりした不動産屋は料金を一割安くしてくれるだけにとどめた。彼はおそらく、交渉に入った時点ですぐさま、そのくらい割引してもいいと考えていたのだろう。

〈アーティスト用アトリエ〉とは何かといえば、これは天井がガラス張りになった屋根裏部屋のことで、確かにガラスは立派だったが、しかしその他の附属設備はぱっとせず、ジェドのように衛生面に特別うるさくない人間にとってさえもの足りない代物だった。しかし眺めは実際、素晴らしかった。アルプ広場の向こう、ヴァンサン＝オリオル大通りの、地下鉄が地上を走っているところまで見渡せ、さらに遠くには、一九七〇年代半ばにパリの景観の美学に真っ向から挑むようにして建てられた四角い城塞まで見えた。ジェドはこの城塞をパリの建築として断然気に入っていた。


クロアチア人は修繕を終え、五十ユーロを受け取った。彼は領収書は必要かと尋ねなかったが、ジェドも気にしてはいなかった。出ていったと思うとすぐにまた、こつこつとドアをノックする音がした。ジェドはドアを細めに開いた。

「あの、クリスマス、おめでとうございます」とクロアチア人がいった。「忘れていました。どうかよいクリスマスを」

「ああ、そうですね」ジェドは気まずそうにいった。「よいクリスマスを」

彼がタクシーの問題に気づいたのはそのときだった。予想どおり、〈即刻タクシー〉はランシーまで行ってほしいという彼の願いをきっぱりと拒み、〈スピードタクシー〉はせいぜい駅まで、ぎりぎりのところ市役所まで行ってもいい、だがシテ・デ・シガールは困るといった。「安全上の理由がありまして……」相手はかすかにとがめるような口調でささやいた。「私どもは安全が確保されている地区にしか参りません」とは、〈フェルナン・ガルサン交通〉の受付係が取りつく島のない調子でいった言葉である。ジェドは次第に、自分がシテ・デ・シガールなどという突拍子もない地区でクリスマスイブを過ごそうとすることに後ろめたさを覚え始め、毎年のことながら、広大な公園に囲まれたいかにもブルジョワ風の屋敷を断固として離れようとしない父親をうらめしく思うのだった。住民の変動によって、そのあたりは危険地帯の中核と化してしまったのである。実際、少し前からギャングが一帯を制覇していた。

まず、屋敷を囲む壁を強化し、壁の上に電気をとおした柵をめぐらせ、そして警察署とつながったビデオ監視システムを取りつけなければならなかった。そのすべては父親が、暖房のしようもなく、毎年クリスマスイブにジェドが訪れる以外にはだれ一人訪れる者もない、十二室もある屋敷の中を孤独にうろつきまわれるようにするためだった。ずいぶん前に近所の商店は姿を消し、周辺の通りを歩くことは不可能になっていた——赤信号のときには、車でさえ狙われることが稀ではなかった。ランシー市役所からは家事のヘルパーが派遣されていた——セネガル出身の、怒りっぽく攻撃的でさえあるそのファッティーという女は、最初からジェドの父親を毛嫌いして、ベッドのシーツを月に一度しか替えようとせず、買い物のときにはどうやら金をごまかしているらしかった。

ともかく、部屋の温度は徐々に上がってきた。ジェドは制作中の絵の写真を撮った。これで少なくとも父親に見せてやるものができた。彼はズボンとセーターを脱ぎ、ベッド代わりにしている床にじかに置いた狭苦しいマットレスの上であぐらをかき、毛布で体を覆った。

少しずつ呼吸のリズムをゆるやかにしていった。くすんだ黄昏の光の中で、波がゆっくりと、物憂げにうねっている様子を思い浮かべた。精神を静謐な地帯にまで導いていこうとした。またも父親と過ごすことになるクリスマスイブに向けて、心の準備をしたのである。

そうやって準備した甲斐があって、そのイブは何ごともなく過ぎた。どちらかといえば愉しい一夕だったといってもよかった。ジェドがそれ以上を求めなくなってから久しかった。

翌朝七時ごろ、ギャングたちもまた〈イブを祝った〉のだろうと考えながら、ジェドは徒歩でランシー駅まで行き、つつがなくパリの東駅に到着した。

一年後も修繕の効果は保たれていたのだが、いま初めてボイラーが不調のしるしを発したのだった。「建築家ジャン＝ピエール・マルタン、社長職を辞任する」はとうに完成し、ジェドが契約を結んでいるギャラリスト〔画家、アーティストと専属契約を結び、ギャラリーを構えてその作品を展示販売する美術商〕の倉庫に収められ、個展での展示を待っていたが、個展の準備はなかなか進まなかった。ジャン＝ピエール・マルタンその人はといえば、ランシーの屋敷を去る決心をして——息子にとっては驚きだった。何しろ彼はその件を父にもちかけるのをとうにあきらめていたのである——、ブーローニュの医療介護つき老人ホームに移っていた。恒例のディナーは、今年はボスケ大通りの〈シェ・パパ〉というブラッスリーで行うことになっていた。ジェドは「パリスコープ」〔パリの情報誌〕を見て、伝統的な〈昔ながらの〉味を謳った広告を信用してその店を選んだのだが、期待はおおむね満たされた。サンタクロースや飾りつけたクリスマスツリーがそここに配された店内に、客はまばらだった。その多くは年寄り数人のグループで、かなりの高齢者も見受けられ、伝統的料理の数々を熱心に、一生懸命、ほとんど獰猛な勢いで咀嚼していた。イノシシ、乳飲み子豚、七面鳥が出た。デザートにはもちろん、〈昔ながらの〉ブッシュドノエルが店からのサービスとして供された。ボーイたちは礼儀正しく控え目な物腰で、大やけどした病人を世話する看護師のように黙々と給仕した。父親をこんなディナーに招待するのが馬鹿げていることは、ジェドも十分に承知していた。無愛想で生真面目な父親、面長の顔に謹厳な表情を崩さないこの人物は、食卓の快楽を追求したことなどいまだかつてなさそうだった。ジェドが父親と会社の近くで会う必要が生じて一緒に外食するような稀な折には、スシ・レストランを指定してきた――いつも同じ店だった。もはやありえない、そしてまたこれまでもどうやら決して存在したためしのなかった、ご馳走を囲んでの団欒などというものを演出しようとするのは、悲壮なことでもあり、無駄なことでもあった。父の結婚した相手は、生前、料理をするのが大嫌いだった。でも今日はクリスマスイブなのだし、さもなければどうだというのか。父は服装のことなどかまわず、本もどんどん読まなくなってきており、何ごとにもたいして興味は抱いていないらしい。老人ホームの女性所長の話では、「まずまずのところ溶けこんでいる」とのことだったが、その意味するところはどうやら、ほとんどだれとも口をきかないということらしかった。いま父は、まるでゴムのかたまりでもかむような顔で乳飲み子豚の肉を懸命にかんでいた。沈黙が続いていたが、父がそれを破りたがっている様子はまったくなかった。そしてジェドは、熱が出てきたような気分にとらわれながら（生ガキと一緒にゲヴェルツトラミネール〔アルザスの白ワイン〕など頼むべきではなかった。注文してすぐにしまったと思ったのだった。白ワインを飲むと必ず頭がぼんやりしてくる）、何か会話の種を提供するような事柄はないかと必死で探していた。もし自分が結婚していたなら、少なくとも恋人がいたなら、とにかく〈だれでもいいから女がいたなら〉、こんな羽目にはならなかっただろう——こういう家族のあいだの会話という点では、女のほうが男より気転がきく。それは幾分、女たちのそもそもの特技ともいえるものだ。たとえ実際にはまだ子どもがいないとしても、潜在的には子どもが会話の地平に登場してくる。老人たちが孫というものに抱く関心はよく知られているとおりで、彼らはそれを自然のサイクルか何かと結びつけて考えるのだろうか、とにかく老いた頭の中に、ある種の感情が芽生えるらしく、息子が父の死を意味するのは確かだとしても、祖父にとって孫とは一種の再生ないしは巻き返しであって、それだけで話題としては十分なのだった。少なくとも、クリスマスイブのディナーのあいだをもたせるには。ジェドはときおり、クリスマスイブのためにだれか〈エスコート嬢〉を雇って、ちょっとしたフィクションをでっちあげるべきではないかと考えるのだった。そのためには相手の女性と二時間ほど前に会ってブリーフィングを行いさえすれば十分だろう。父は他人の人生の細かな事柄についてさほど好奇心旺盛なほうではなかった。男は一般にそんなものだ。

ラテン民族の国々では、中年ないし高齢の男たちの会話のためには政治だけで十分である。下層階級ではそれにしばしばスポーツが加わる。アングロサクソン的な価値観に強く影響された人たちの場合、政治はむしろ経済や金融にとってかわられる。補助的な話題としては文学もありうるだろう。いまの場合、ジェドもその父親もさほど経済に関心はなかったし、政治についても同様だった。ジャン＝ピエール・マルタンは国の政策を全体として認めており、息子のほうには特に意見はなかった。それでも、閣僚ごとに掘り下げていけば、チーズのワゴンが出てくるまでの間をもたせる役には立った。

チーズの時間になるとジェドの父は少し元気が出て、息子に今後どんな創作活動をするつもりなのかと質問した。残念ながら今度はジェドのほうが場の雰囲気を暗くしてしまいそうだった。なぜなら彼は最新作「ダミアン・ハーストとジェフ・クーンズ、アート市場を分けあう」が自分でも耐えがたくなってしまって、前に進めなくなっていたのである。この一年ないし二年ほど彼を駆り立てていた力が、いまや枯渇し衰えつつあったのだが、しかしそんなことを父親にいってどうなるだろう。父にはどうしようもないことだし、そもそもだれであれどうしようもないことなのだ。そんな事情を打ち明けられてもせいぜい少し気の毒に思う程度だろう。人間関係とは、たかだかそのくらいのものである。

「春に個展を開く準備をしているんだけれど」とジェドはとうとう話した。「でも、なかなか進まなくて。ギャラリストのフランツは、だれか作家にカタログに寄稿してもらいたがっている。ウエルベックとかね」

「ミシェル・ウエルベック？」

「知ってるの？」ジェドはびっくりして尋ねた。父が何であれ、文化的なものにまだ興味をもつことがあるなどとは考えたこともなかった。

「老人ホームに小さな図書室があるのだよ。彼の小説は二冊読んだ。いい作家じゃないか。面白く読めるし、社会についてかなり的確なヴィジョンをもっている。で、返事はあったのか」

「いや、まだなんだ……」ジェドはいまや頭をフル回転させていた。父のように、絶望的なまでに退屈きわまる、判で押したような日々を送ってすっかり麻痺してしまっている人物、暗鬱な道、死の影に包まれた道に踏みこんでしまった人物ですらウエルベックの存在に注目しているのだとしたら、それは何といってもこの作家に何かがあるということだ。そこでジェドは、ウエルベックに催促のメールを書くのを怠っていたことを思い出した。そうするようにとフランツにもう何度もいわれていたのだ。しかも時間はかなり差し迫っていた。アート・バーゼル〔毎年六月にスイスのバーゼルで開かれる世界最大級の現代アート展〕やフリーズ・アートフェア〔毎年十月にロンドンで開かれる大規模な現代アート展〕の開催日時にかんがみて、個展は四月か遅くとも五月には開かなければならない。ウエルベックにカタログ用の文章を二週間で書いてくれとは頼みにくいだろう。何しろ相手は有名作家、それもフランツによるならば世界的に有名な作家なのである。

　父親の高揚した気分はやがて元に戻り、サン＝ネクテール〔オーヴェルニュ地方産のチーズ〕を先ほどの乳飲み子豚のときと同じような気のない様子で咀嚼していた。高齢者はご馳走に対してとりわけ強い欲求をもっているなどと考えるのは、おそらく同情心によるものなのだろう。なぜならわれわれは、高齢者にもとにかくそういう楽しみが残されていると信じたいのである。ところがたいていの場合、他のすべてと同様、味覚の楽しみもどうしようもなく失われてしまう。あとに残るのは消化不良と前立腺癌だけである。

　彼らの左手数メートルのところで、八十代の女性三人がフルーツサラダを前にして瞑想にふけっている様子だった――ひょっとしたらそれぞれの亡き夫を偲んでいるのかもしれない。そのうちの一人がシャンパングラスに手をのばしたが、やがて手をテーブルの上に戻した。努力したせいで胸を弾ませている。少ししてふたたび挑んだものの、手はひどくふるえ、緊張のあまり顔が痙攣していた。ジェドは助けに行きたい気持ちをおさえた。そんなことをする立場ではなかった。数メートル離れて立つボーイでさえ、心配そうな目でその様子を見ていたものの、手出しするわけにはいかないのだった。この婦人はいまや神とじかにつながっていた。おそらく八十歳というより九十歳に近いのだろう。

　コースを締めくくるべく、二人のところにもデザートが運ばれてきた。ジェドの父はあきらめ顔で、伝統の品であるブッシュドノエルに手をつけた。それがもう、なくなりかけていた。二人のあいだで時間はかなり奇妙に過ぎていた。何も話はなく、沈黙がテーブルのまわりをすっかり支配しているのだから、とてつもなく重苦しい雰囲気が生じて当然だったのに、毎秒、毎分が驚くべきスピードで流れていくようだった。半時間後、ジェドはそうしようと考えることもなしに、自然に父親をタクシー待ち場まで送っていた。まだ夜の十時だったが、ジェドには老人ホームの他の居住者たちが早くも、父のことをずいぶん恵まれた男だと思い始めているだろうと見当がついていた。クリスマスイブに、何時間か一緒に過ごす相手がいるのだ。「いい息子さんがいらっしゃるんですね……」父はすでに何回もそういわれていた。医療介護つき老人ホームに入ると、かつての家長――いまやとうとうまぎれもない〈老いぼれ〉と化した――は、いくぶん寄宿舎の児童のような境遇に身を置くことになる。たまに訪問客がある。それは幸せなひとときであり、外の世界の様子を知り、ペピート〔ビスケット菓子〕を食べたり、ロナルド・マクドナルド〔マクドナルドのチェーン店に置かれたマスコットのピエロ〕に会ったりすることができる。だが、たいていはだれもやってこない。すると彼は、がらんとした寄宿舎の瀝青を塗った地面の上、ハンドボールのゴールポストのあいだを物悲しくさまよい歩くのである。解放を、飛躍の時を待ちながら。

アトリエに戻ったジェドは、ボイラーが依然動いていることを確認した。室温は通常どおりで、むしろ暑いくらいである。上着を脱いでからマットレスに寝そべり、頭の中をからっぽにして、そのまま眠りに落ちた。

彼はまだ暗いうちに飛び起きた。枕元の時計は四時四十三分を示していた。室内はよく温まっていて、息苦しいほどだった。目が覚めたのはボイラーのたてる音のせいだったが、ただしいつものようにかちかち鳴っていたのではなく、ほとんど超低周波音のような重々しいうなりを延々と響かせているのだった。彼はキッチンの窓を荒々しく開いた。窓ガラスには霜が降りていた。凍てつくような空気が部屋に吹きこんできた。七階下では、乱痴気騒ぎの物音がクリスマスイブを乱していた。彼はすぐに窓を閉めた。おそらく、ホームレスたちが中庭に入りこんだに違いない。翌日は建物のゴミ箱に集められたご馳走の残りにありつくのだろう。住人のだれも、警察を呼んで出ていかせようとはしなかった——何しろクリスマスイブなのである。普段はたいてい、二階の住人がしびれを切らして手を打つのだった——髪をヘンナで染め、派手な色のパッチワークのセーターを着た六十代の女性で、ジェドは引退した精神分析医あたりだろうと考えていた。しかしこの数日は見かけていない。おそらくヴァカンスに出かけたのだろう——急死したのでなければ。ホームレスたちはこれから何日かは居座って、中庭には糞便の臭いが漂い、窓も開けられなくなるだろう。住人相手には礼儀正しく、へつらうような態度さえ示すが、仲間同士の喧嘩は容赦なく、たいがいはこんな風な騒ぎになり、夜の闇の中を瀕死の叫び声が立ち昇る。だれかが救急車を呼ぶと、血の海に倒れ伏し、片方の耳がちぎれかかった男が見つかるのだった。

ジェドはボイラーに近寄った。音はしなくなっていた。慎重にパネルをはずすと、ボイラーは何者かの闖入に脅威を覚えたのか、短いうなり声を上げた。黄色のランプがすばやく点滅していたが、その意味するところはわからない。ジェドはそっと、少しずつ、室温調節スイッチを左にまわしていった。もし故障しても、クロアチア人の電話番号はまだ取ってあった。だが彼は今でもこの仕事をやっているのだろうか。「配管工でくすぶっている」つもりはないのだと、彼はジェドにあっけらかんと打ち明けていた。彼の野心は、「小金を貯め」てから母国クロアチア、より正確にはフヴァル島〔アドリア海に浮かぶ島、リゾート地として有名〕に戻って、水上バイクのレンタル業を営むことだった。そういえば、ジェドの父親が引退前に扱った最後の案件のひとつは、フヴァル島のスタリ・グラドでの高級マリーナ建築に向けた競争入札だった。実際、フヴァル島は豪華なリゾート地になりつつあって、昨年はショーン・ペンとアンジェリーナ・ジョリーも訪れていた。ジェドは彼が、ラ・フザンドリ通り〔パリ十六区〕に住んでいるような大金持ちの気取り屋どもに、やかましく愚かしい乗り物を貸す仕事のために、気高い職人仕事である配管工をやめるのかと思うと、人間として何か義憤を覚えるのだった。

「この土地の特徴はいったい何でしょう？」とフヴァル島のインターネット公式ページは自問していた。「ここではラヴェンダー畑とオリーヴの古木とブドウの木がユニークな調和を見せています。自然と親しみたい方は、どんな高級レストランよりもまず、フヴァルの小さなコノバ（居酒屋）を訪ねてみてください。シャンパンではなく、まさに普段飲むためのワインを味わうことができるでしょう。古い島唄を唄えば、日ごろの疲れも消え去ることでしょう」おそらくそれがショーン・ペンを惹きつけたのだろう。そしてジェドはシーズンオフの、まだ暖かい十月の島で、元配管工が海の幸のリゾットを前に穏やかな表情でテーブルについているところを想像してみた。そういう選択はまったく理解しうるものだし、許されるものだった。

いささか心ならずも、彼はアトリエ中央のイーゼルにかけたままの「ダミアン・ハーストとジェフ・クーンズ、アート市場を分けあう」に近づいた。すると不満の念が、いっそう苦々しくつのってきた。彼は自分が空腹なのに気づいたが、父親とクリスマスイブのディナー——前菜からチーズ、デザートまでのフルコース——をすませてきたのだから、それは異常なことだった。しかし腹は減っていたし、それにひどく暑かった。息ができないくらいだった。台所に戻り、ソース付きカネロニ〔大型筒状パスタ〕の缶詰を開け、一本一本むさぼるように食べながら、陰気な目つきで自分の失敗作を眺めていた。クーンズにはふわりと軽快な感じを与えたかったのにまったくうまくいっていない——メルキュール神のように翼でも生やしてやるべきだったのかもしれない、と彼は馬鹿げたことを考えた。ストライプ入りのスーツを着て商売人のような微笑みを浮かべたクーンズの姿は、少しばかりシルヴィオ・ベルルスコーニを思い起こさせた。

アートプライス社〔美術品市場情報の世界的大手〕の芸術家収益ランキングによれば、クーンズは世界第二位だった。この数年、十歳年下のハーストが彼から第一位の座を奪っている。ジェドはどうかといえば、十年ほど前に五百八十三位まで到達した――フランス人としては十七位だった。それからは、ツール・ド・フランスの解説者がいうように、「はるか下位集団の中に沈んで」しまい、やがて完全に見えなくなっていた。カネロニを食べ終わると、コニャックが少しだけ残っているのを見つけた。ハロゲンランプを最強にして、絵の中央部分を照らした。間近で見ると、夜景のほうもうまくいっていなかった。アラビア半島の夜にふさわしい豪奢で神秘的なところが欠けていた。ウルトラマリンではなく、セルリアンブルーを使うべきだった。これまで取り組んできたこの作品は、まったくの駄作だった。彼はパレットナイフをつかみ、ダミアン・ハーストの目に突き刺し、力いっぱい穴を広げた――カンバスは目のつんだ亜麻布製で、なかなか破れない。彼はねばつくカンバスをつかむとひと思いに引き裂き、その勢いでイーゼルが床に倒れた。ジェドはやや落ち着きを取り戻して、動きを止め、絵具でべとべとになった両手を見つめ、コニャックを飲みほしてから両足をそろえて絵の上に飛び乗り、踏みつけ、床にこすりつけたので、床はつるつるになった。しまいにはバランスを崩して転倒し、後頭部をイーゼルの枠でひどく打った。吐き気を催して嘔吐し、するとたちまち気分がよくなり、夜の新鮮な空気を存分に顔に受けて、うっとりと目を閉じた。明らかに、彼はひとつのサイクルの終わりに達していた。

第1部

I

ジェドは自分がいつから絵を描き始めたのか覚えていなかった。きっと子どもはだれでも、絵を描くのだろう。とはいえ彼は子どもというものを知らないので、確かではなかった。いま確かに思い出せるのは、最初に描いたのが花だったということだった――小さなノートに、色鉛筆で描いたのである。

毎週水曜日の午後、そしてときどき日曜日にも、ジェドはベビーシッターの娘が交際中の相手との電話にうつつをぬかしているあいだ、日当たりのいい庭にひとりでいて、うっとりとした気持ちを味わっていた。ベビーシッターのヴァネッサは十八歳で、パリ第十三大学の経済学部一年生。ジェドの最初の芸術的試みに立ち会っていたのは長いあいだ、彼女だけだった。ジェドの描く絵を彼女はきれいだと思い、そういってジェドを褒めた。それは正直な感想だったが、ときおりジェドを不思議そうな目で見ることもあった。小さい男の子は極悪非道なモンスターやナチの鉤十字、戦闘機などを描くものだ（あるいはもう少しませた子なら、女性器やおちんちんを）。花を描く子はめったにいない。

当時のジェド、そしてヴァネッサにとってもあずかり知らぬことだったが、花とは昆虫の淫欲に委ねられた生殖器、地表を飾る色とりどりのヴァギナにほかならない。昆虫も人間も、そして他の動物もまた、ひとつの目的を追求しているようであり、その目的に向かってすばやく移動していく。だが、花は光の差す場所をじっと動かず、まばゆく輝いている。花の美しさは哀しいものである。なぜなら花はか弱く、死を逃れられないものだから。もちろんそれは地上の万物の定めではあるが、とりわけ花はそう感じさせる。そして動物同様、花のむくろは生きているときの姿の醜悪なパロディーにすぎないし、動物同様、花のむくろも異臭を放つ――こうした一切は、四季をひとわたり経験してしまえば理解できることであり、ジェドは五歳、あるいはそれ以前にそんな事情に気がついていた。というのも、ランシーの屋敷の庭にはたくさんの花々が植えられていたからである。樹木の数も多く、木の枝が風に吹かれて揺れるさまはおそらく、雲と空を別にすれば、彼がだれか大人の女性（母親だったろうか？）の押すベビーカーの中から眺めた最初の景色だったかもしれない。動物たちの生への意志は、敏速な変化をとおして表れる――開口部の湿り、芯のこわばり、しかるのちに精液の放出――が、そんなことを彼が発見するのはもっとあとになってから、ポール＝グリモー〔南仏サン＝トロペに一九六〇年代半ば以降、ヴェネツィアをモデルに建設された湖中都市〕のベランダで、マルト・タイユフェールという娘を相手にしたときのことである。花々の生への意志はまばゆい色の斑点の形成によって表される。それが通常、自然の風景にありふれた緑や、一般に色を欠いた都市の平凡な景観を打ち破るのである——少なくとも、花々の咲き誇る地方においては。

夜になると父が帰宅した。父の名は「ジャン＝ピエール」、友人たちにもそう呼ばれていた。ジェドは父親を「パパ」と呼んだ。よき父親であり、友人や部下たちからもそう思われていた。妻に先立たれた夫が男手ひとつで子どもを育てるのは大変なことだった。最初のうちはまさしくよき父親だったジャン＝ピエールだが、やがてそれに少しかげりが見え、ベビーシッターを雇う時間が増していった。外食が頻繁になり（ほとんどの場合は顧客、ときおりは部下が相手で、友人と会食する機会はめったになくなっていた。彼にとって友情の季節は終わりつつあった。だれかと友人でいられるということを彼自身、あまり信じられなくなり、男の人生にとって友情関係が本当の意味で重要だとも、また運命を変える力をもちうるとも思えなくなっていた）、帰宅時刻は遅くなった。ベビーシッターと寝ようとさえしなかった。たいていの男たちはそうしようとするものなのだが。彼はその日の報告を聞き、息子にほほえみかけ、請求されたとおりの金額を支払った。彼はばらばらになった一家の長だったが、家族を作り直そうなどとはいささかも思っていなかった。稼ぎは大きかった。建築会社の社長として、とりわけビーチリゾート施設の一括請負に事業を特化していた。顧客はポルトガルやモルディヴ、サン＝ドマング〔旧フランス植民地、現ハイチ共和国〕まで広がっていった。

この時期についてジェドの手元には、当時描いた絵をすべて収めたノートが何冊か残っていた。その一切はおとなしく、着実に滅びていこうとしていた（ノートの紙はさほど高品質ではないし、色鉛筆も同様だった）。しかしなお二、三世紀はもつことだろう。物であれ生物であれ、決まった寿命がある。

おそらく十三、四歳のころの作品と思われる、グワッシュで描いた「ドイツでの干し草の収穫」という題（謎めいた題というべきで、ジェドはドイツに行ったことがなかったし、「干し草の収穫」を見たことも、いわんやそれに加わったこともなかった）の絵があった。陽光からして明らかに真夏の情景だったが、背後には雪を頂いた山々が見えている。フォークで干し草を積む農民たち、荷車につながれたロバたちを、鮮やかな色を平らに塗って描いてあった。まるでセザンヌかだれかの作品のように見事だった。ただし美は絵画において二次的な問題であり、過去の偉大な画家たちがその偉大さを認められたのは、彼らが世界に関して一貫性のある、しかも革新的なヴィジョンを展開したからだった。それは彼らが常に同一の描き方、常に同一の方法、手段によって、この世のものを絵の対象に変えたということ、そして彼らに固有のその方法が、それまではまったく用いられたことがなかったということを意味する。彼らのヴィジョンが包括的であり、現実の、あるいは想像上のあらゆる対象、あらゆる状況に適用することができるように思えるとき、彼らはいっそう高い評価を得た。以上が、絵画に関する古典的な見方であり、ジェドは中等教育の段階でそうした見方を身につける機会を得たのだが、その基礎をなす概念は〈具象〉だった——奇妙なことに、ジェドは画家としてのキャリアの数年間、具象に回帰することとなったのであり、さらに奇妙なことに、結局のところそれが彼に財産と栄光をもたらしたのである。

ジェドは自らの一生(あるいは少なくとも職業的生涯ということだが、それは早々に彼にとって〈人生の総体〉と同じ意味になった)を〈芸術〉、つまり世界に関する表象の生産に捧げた。とはいえそれはいささかも人々の暮らす世界ではなかった。それゆえ、彼には世界に関する批判的表象を生み出すことができた——ただし批判的といっても限られた範囲においてであり、ジェドが青春を過ごした時代には、世界をあるがままに受け容れるのが芸術および社会の全体的な趨勢だった。ときには熱狂的に、多くの場合は皮肉なニュアンスを加えつつ受け容れるのである。しかしジェドの父親にとってはそうした選択の自由はいささかもなかった。彼は居住に適した環境を創り上げなければならず、皮肉などきかせる余地はなかった。人々はそこで暮らすのであり、少なくともヴァカンスのあいだは心愉しく過ごすことができなければならなかった。設備に重大な故障——たとえばエレベーターが落下したり、トイレが詰まったりといった——が生じた場合、責任を問われるのは彼だった。ただし、警察のコントロールの及ばない暴徒が侵入してきた場合はその限りではなかった。地震による被害も免責の対象だった。

父親の父親は写真家だった——さらにその先祖たちは、多くは農場の労働者や貧しい農民たちからなる、数世紀来よどみきった、ぱっとしない社会階層にどっぷりと浸かっていて、跡をたどりようもなかった。そんな貧困層の出身なのに、祖父はどのようにして当時、誕生したばかりの写真術と出会ったのか？　ジェドには見当がつかなかったし、父にとっても同様だった。いずれにせよ祖父は、それまで長きにわたり、判で押したように同じ階層の人間を生み出し続けてきた系譜の外に出た初めての人物だった。祖父はもっぱら結婚写真、そして聖体拝受や、村の学校のクリスマスの写真などを撮って生活費を稼いだ。ラ・クルーズという、はるか以前から過疎にさらされてきた辺鄙な県に暮らす彼には、建物の落成式や国家レベルの政治家の来訪などを撮る機会はほとんどなかった。それは儲けの少ない細々とした職人仕事であり、その息子が建築家になるというのはすでにして、重大な社会的地位の上昇を意味していた――しかも息子はのちに、企業家として成功を収めたのである。

　パリの美術学校《ボザール》〔パリ国立高等美術学校〕に入ってから、ジェドは絵画をやめて写真を志した。その二年前に、彼は祖父の屋根裏部屋でリンホフ・マスター・テヒニカ・クラシック〔大判カメラの古典的名機〕を見つけていた――引退したころ、祖父はもうこのカメラを使わなくなっていたが、保存状態は完璧だった。ジェドは時代遅れのその品に魅了された。重たくて見かけは奇妙だが、性能は抜群だった。手探りしながらあおり調節やピント合わせの方法をマスターした彼は、やがて学生時代のほぼすべてを占めることになる芸術的探究に取り組んだ。すなわち、世界の工業製品の体系的な撮影である。撮影は自分の部屋で、たいていは自然光のもとで行った。書類ファイル、拳銃、システム手帳、プリンタのインクカートリッジ、フォーク。産業時代に人間が作り出した製品の網羅的なカタログを編纂したいという彼の百科全書的野心を免れるものは何ひとつなかった。

その計画の壮大かつマニアックな、要するにいささか常軌を逸した性質ゆえに、教官たちの敬意を勝ち得はしても、そのころ彼のまわりで作られ始めていた、美学的野心をともにする者たちのグループ、より散文的にいうならアート市場に集団で参入しようとする企てに彼が加えてもらえるわけではいささかもなかった。何人かと友情を結びはしたが、決して熱烈な関係ではなかった。友情がどれほどはかないものか、当時の彼にはわからなかった。同様に、何度か恋愛関係も結んだが、やはり長続きすることはなかった。美術学校を卒業した翌日、彼はこれから自分はかなり孤独に生きていくことになるだろうと悟った。過去六年間の仕事は、一万一千枚を少し超える枚数の写真に結実していた。TIFFフォーマットで保存して、より解像度の低いJPEGのコピーも作り、全写真をウェスタン・デジタル社製のハードディスク640Goに収めた。ハードディスクの重さはせいぜい二〇〇グラムほどだった。カメラとレンズ（ローデンシュトック・アポ＝シロナー一〇五ミリ、F5・6およびフジノン一八〇ミリ、F5・6）を丁寧に片づけ、残りの荷物に目をやった。パソコン、iPod、多少の衣類、何冊かの本。結局のところたいした荷物ではなく、スーツケース二個にたやすく収まるだろう。パリはいい天気だった。この部屋で過ごした日々、彼は不幸ではなかったが、とりたてて幸福でもなかった。家賃が払ってあるのはあと一週間分だけである。彼は外に出て、最後に近所やアルスナル港〔パリ十二区、セーヌ川に面したサン＝マルタン運河の出入口〕の岸辺を散歩するかどうか迷った――そして引っ越しを手伝ってもらうため、父に電話をした。

ランシーの屋敷で、実に久しぶりに――つまり子ども時代以来、学校の休暇の時期を除けば初めて――父と一緒に暮らすことになって、すぐに判明したのは、それがたやすくもあり、空しくもあるということだった。父はいまだ仕事に没頭しており、自分の会社の手綱を放すどころではなかった。夜九時前、あるいは十時前に帰宅することはめったになかった。父は帰宅するとテレビの前にへたりこみ、ジェドはインスタントの食材を温めた。何週間か前にオネ＝スー＝ボワのカルフール〔大型スーパー店〕で、メルセデス・ベンツのトランクいっぱいに買いこんだ品物のうちのひとつだった。変化をつけ、一応は栄養のバランスも取るために、チーズや果物も買ってあった。しかしいずれにせよ父は食べ物にほとんど関心を示さなかった。無気力にチャンネルを切り替え、結局はＬＣＩ〔ニュース専門チャンネル〕のうんざりするような経済討論にたどりつくのが常だった。食後はほとんどすぐさま寝た。朝はジェドが起きる前に家を出ていた。毎日好天で暑さが続いた。ジェドは公園の木陰を散歩し、哲学書を片手に大きな菩提樹の下に座ったが、本を開くことはほとんどなかった。子どものころの、さほど多くはない思い出がよみがえってきた。それからツール・ド・フランスの実況を見るために家に戻った。彼はフランスの田舎をのんびりと進んでいくサイクリストの一群をヘリコプターから延々と撮った退屈な映像が好きだった。

ジェドの母アンヌは、ユダヤ人のプチブル一家の出身で、父親は町の宝石屋だった。アンヌは二十五歳のとき、当時はまだ若手建築家だったジャン＝ピエール・マルタンと結婚した。恋愛結婚で、数年後には息子が生まれた。息子には彼女の大好きだった叔父にちなんでジェドという名前がつけられた。そして息子の七歳の誕生日の数日前、彼女は命を絶った——ジェドがそれを知ったのは何年ものちのことで、父方の祖母がうっかり口を滑らせたのである。母は享年四十——そのとき父は四十七歳だった。

ジェドには母親の記憶はほとんど何もなかったし、母の自殺はランシーの屋敷で暮らす日々に話題にできる事柄ではなかった。ジェドには、父が自分から話し出すのを待つほかないとわかっていた——そんなことはおそらく決して起こらず、父は最後まで、他のもろもろの話題同様、この話題に触れることを避けるのだとしても。

ただし一点だけ、明らかにしておくべきことがあった。それに関しては、ある日曜日の午後、父のほうから切り出してきた。ツール・ド・フランスの短い区間——ボルドーでのタイムトライアル——を二人で見ていたところで、その結果は全体の順位に別段、変化をもたらすものではなかった。二人は図書室にいた。これは何といってもこの屋敷でもっとも立派な一室で、床は樫の寄木張りになっており、窓は彩色ガラスで、室内は穏やかな光に包まれ、イギリス革のクッションが置かれていた。四囲を囲む書棚にはおよそ六千冊の本が並んでいたが、とりわけ多いのは十九世紀に出版された科学書だった。ジャン＝ピエール・マルタンは四十年前、至急現金が必要な事情のあった家主から屋敷を格安の値段で購入した。当時は治安に問題はなく、あたりにはしゃれた屋敷が建ち並び、彼はここで幸福な家庭生活を築けるものと考えていた。いずれにせよ、この家ならば大家族でも大丈夫だったろうし、しょっちゅう友人たちを招待することもできただろう。だがそれは結局、いっさい実現しなかったのである。

テレビの画面がミシェル・ドリュケール〔人気テレビ司会者〕のいつもながらの笑顔に戻ったとき、父は音を消して息子をふりむいた。「お前、このまま芸術家としてやっていくつもりなのか」と父は尋ねた。ジェドはそのつもりだと答えた。「とはいえいまのところは、稼ぎがないわけだな?」ジェドは多少含みのある答え方をした。自分でも驚いたことに、前年、彼は写真エージェント二社から誘いを受けていた。ひとつは品物の写真を専門としている会社で、その顧客契約相手にはCAMIFやラ・ルドゥート〔いずれも大手通販ショップ〕のカタログも含まれており、広告代理店に写真を売ってもいた。もうひとつは料理写真専門で、「われらの時代《ノートル・タン》」〔シニア向け月刊誌〕や「現代女性《ファム・アクチュエル》」〔主婦向け週刊誌〕といった雑誌と継続的に仕事をしていた。華やかな舞台ではないし、それほど儲かるわけでもなかった。マウンテンバイクの写真や、タルティフレット・オ・ルブロション〔サヴォワ地方の郷土料理、じゃがいもとチーズのグラタン〕の写真を撮るのは、ケイト・モスの写真を撮るのと比べて、あるいはジョージ・クルーニーの写真を撮るのと比べても、はるかにお金にならなかった。だが注文は途切れることなく、安定しており、まずまずの収入が保証されていた。ゆえに、ジェドはその気になりさえすれば完全に無収入というわけではなかったのである。しかも彼は、そうやって写真を撮り続け、純粋に写真を仕上げる作業に没頭するのは望ましいことだと考えていた。彼は鮮鋭度も露出も完璧なシートフィルム〔一枚分ごとにカットした写真フィルム〕を提供するだけで満足だった。それをエージェントがスキャンし、好きなように手を加える。彼としては、さまざまな商業上、広告上の要請によるものらしい写真の修正作業に自ら手を出すつもりはなく、技術的には完璧な、しかしまったくニュートラルな写真を提供するだけで十分だった。

「お前が自分でやっていけると知って嬉しいよ」と父は答えた。「これまでの人生で、芸術家をめざしているという人間に何人も会ったことがある。皆、両親に養ってもらっていた。そのなかで成功を収めた者はひとりもいなかった。おかしな話さ、表現への欲求、この世に自分の足跡を残したいという欲求は強力なものであるはずだ。ところが一般的にいって、それだけでは十分ではない。いちばんの動機、自分の力を超えたところまで人間を引っぱっていく強烈な力、それはやっぱり、単に金銭的な欲求なんだよ。

ともあれ、お前がパリにアパルトマンを買う手伝いをしてやろう。これからいろいろと人に会ったり、連絡をつけたりしなければならなくなるだろう。それに、これは投資にもなる。最近、不動産市場はあまりぱっとしないからな」

テレビには、今度はジェドのよく知らないお笑いタレントが映っていた。そしてまたミシェル・ドリュケールのおめでたい笑顔のクローズアップ。ジェドはそのとき突然、父は単にひとりで暮らしたくなっただけなのだろうと思った。親子のあいだに本当の関係はついに成り立たなかったのだ。

二週間後、ジェドはアパルトマンを買った。それ以来ずっと住んでいる、十三区北部、ロピタル大通りのアパルトマンである。周辺の通りの多くには画家の名前がついていた——ルーベンス通り、ヴァトー通り、ヴェロネーゼ通り、フィリップ・ド・シャンペーニュ通り。これはひょっとしたら何かの前兆なのかもしれなかった。より散文的には、アパルトマンは新国立図書館の周辺に集まってきた新しいアートギャラリーの近所だった。ジェドは不動産屋を相手に本気で交渉したわけではなかったが、前もって状況を調べてはおいた。フランス全国で不動産価格は大幅に下落していた。とりわけ都市部がそうだったが、それにもかかわらず空き部屋が埋まらず、買い手が見つからない状態なのだった。

Ⅱ

ジェドの記憶には、母親のイメージはほとんど何も残っていない。だが、もちろん残された写真は見ていた。蒼白な顔をした美しい女性で、黒髪を長くのばし、写真によっては本物の美女といってよかった。ディジョン美術館にあるアガーテ・フォン・アスティグヴェルトの肖像に少し似ていた。笑顔を浮かべている写真はほとんどなく、ほほえんでいるときもそこには不安の影があるように見えた。もちろんそれは、彼女が自殺したと知っているからかもしれない。だがそれを考えに入れるまいとしてもなお、彼女の内にはどこか非現実的な何か、あるいはいずれにせよ時を超えた何かがあった。中世か、ルネサンス初期の絵画に描かれていても不思議はなかった。それに比べて、彼女が一九六〇年代に青春を送り、〈トランジスターラジオ〉を所有したり〈ロックコンサート〉に出かけたりしていたことのほうがありえないように思えるのだった。

彼女の没後まもなくの数年間、ジェドの父は息子の勉強を見てやり、週末は一緒に過ごす計画を立てて、マクドナルドに出かけたり博物館に行ったりした。やがてほとんど不可避的に、会社の業務がふくらんでいった。ビーチリゾート開発での最初の一括請負契約は大成功を収めた。当初の期間および予算が守られたのみでなく——それだけでもすでに比較的まれなことではあった——、環境を尊重し調和をはかったその出来栄えが絶賛を浴びた。熱烈な記事が地方紙や建築専門誌にのり、さらにはリベラシオン紙の「スタイル」特集にまるまる一面を使った記事が出たのである。記事には、ポール＝アンバレース〔ボルドー近くの港〕での建築は「地中海的住居の本質」に迫るものであると書かれていた。ジェドの父によれば、それは単にモロッコの伝統的建築法をそっくり模倣して、さまざまな大きさの、どの面もなめらかに白く塗った立方体を並べ、そのあいだに夾竹桃の茂みを植えただけのことだった。いずれにせよこの最初の成功以後、注文は殺到し、外国に出張しなければならない用事が増す一方となった。ジェドが中学校に進むとき、父は彼を寄宿学校に入れることにした。

父が選んだ中学はオワーズ県のリュミイ中学で、イエズス会の運営する学校だった。私立だったがエリート校ではなく、学費は穏当で、バイリンガル教育を掲げてはおらず、スポーツ施設にも特筆すべき点はなかった。生徒たちの父兄は大金持ちではなしに、むしろ保守的な古いブルジョワの家柄だった（軍人や外交官が多く含まれていた）が、極右カトリック信者ということはなかった——大半の子どもたちは離婚問題がこじれた結果として寄宿学校に預けられていた。

建物はいかめしく、醜いといっていいような外観だったが、居心地は悪くなかった——中学のあいだは二人部屋で、高校になると個室が与えられた。この学校の売り物、説明パンフレットの切り札となっていたのは、生徒に対する個別指導制だった。実際、建学以来、大学入学資格試験《バカロレア》の合格率はつねに九十五パーセントを超えていた。

この建物の中で、そして公園の並木道のなんとも気の滅入るような糸杉の木陰で、ジェドは勤勉な、さびしい少年時代を過ごしたのだった。自分の運命を嘆きはしなかったし、別の運命を想像したりもしなかった。生徒たちのあいだにはときおり激しい喧嘩がもちあがり、残忍ないじめもあった。繊細で体もかぼそいジェドには到底、身を守れなかっただろう。ところが、あいつには親がいない、しかも母親が死んだのだといううわさが広がり、自分たちの経験したことのないそんな苦しみを味わったやつだというので仲間たちは気勢をそがれてしまった。彼のまわりには敬して遠ざける雰囲気が生まれた。だれとも親しくならず、友情を求めようともしなかった。そのかわり午後はずっと図書館で過ごし、十八歳でバカロレアに合格したときには、世界の古典文学について、同世代の若者には稀なほど広い知識をもっていた。プラトン、アイスキュロス、ソフォクレスを読んでいたし、バルザック、ディケンズ、フローベール、ドイツ・ロマン派、ロシアの小説家たちも知っていた。さらに驚くべきは、彼が西洋文化にかくも深い痕跡を残したキリスト教の主な教義に通じていたことである

——ところが同世代の若者たちは一般に、キリストの生涯よりはスパイダーマンの生涯のほうが詳しかったのだ。

彼が漂わせているこうしたいささか時代遅れの重々しい印象が、美術学校の入学審査時には担当教官の心証をよくしたに違いない。もちろんジェドは、独創性があり、教養も豊かで真剣な、おそらくは勤勉な学生となるはずの人物だった。入学志願時に提出された作品「金物店の写真三百枚」自体が、驚くべき美学的成熟度の高さを示していた。ジェドは金属のきらめきや道具の奇怪な形などを強調しようとはせずに、落ち着いた照明のもと、コントラストをつけず、地味な灰色のビロードを背景に金物類を撮影していた。その結果、ナット、ボルト、モンキーレンチなどが、控え目な輝きをたたえて宝石のように現れ出ていた。

だが彼は、写真の趣旨を説明する文章を書くのにひどく難渋した（その後の人生でもずっと同じ苦労につきまとわれたのだが）。テーマに正当な理由を与えようとあれこれ試みたのちに、彼は純粋な事実に救いを求め、金物屋の商品のうちもっとも簡単な作りの鋼鉄製の品物でも、機械仕上げの精度は十分の一ミリに達していることを強調しておいた。より本来の精密機械に近い、高級カメラ機材や、フォーミュラ1のエンジンの場合は、一般にアルミニウムないし軽合金を材料として、百分の一ミリの精度で製造される。そして時計や口腔外科の器具のような高度精密機械の場合はチタンが用いられる。誤差の許容範囲はミクロン単位となる。要するに、とジェドは唐突かつ概括的に結論づけていた。人類の歴史はその大部分が金属をいかに制御するかの歴史と重なっている――ポリマーとプラスチックの時代が到来したのは最近になってからのことであり、彼によればまだそれらが真の精神的変化をもたらすには至っていない。

後年、言葉の操り方に精通した芸術史家たちは、ジェドが完成したこの最初の本格的作品はすでにして、のちの彼のあらゆる作品――表現手段は多岐にわたるとはいえ――と同じく、〈人間の労働へのオマージュ〉という様相を帯びていると評したのである。

こうして、ジェドは世界の客観的描写を提供するという企図――それが実現不可能ではないかと思い悩むことはほとんどなかった――以外には何のあてもなしに、芸術家としてのキャリアに身を投じた。古典的教養の持ち主だったとはいえ、彼は――のちによく書かれたのとは異なり――過去の巨匠たちに対するうやうやしい畏敬の念など少しも抱いてはいなかった。すでにこの時期から、レンブラントやヴェラスケスよりもモンドリアンやクレーをはるかに好んでいた。

十三区に引っ越したのちの数か月、彼は特に何もせず、ただ商品の写真の注文をこなすのみだった。注文はけっこう来た。だがある日、配達されてきたウェスタン・デジタル社のマルチメディア・ハードディスクを包みから取り出したとき――彼はそのハードディスクの写真をさまざまなアングルで撮って翌日届けなければならなかった――、商品写真はもうおしまいだと悟ったのだった。少なくとも、芸術的次元においては。こうした品物を純粋に職業的、商業的な目的で撮るようになったことで、それらを何かクリエイティヴな企図のために利用する可能性はまったく無効になってしまったかのようだった。

　そんな風に考えるようになるとは自分でも予想しなかっただけに、いっそうつらいものがあり、ジェドは軽い鬱状態に陥った。その時期、彼にとって日々のおもな気晴らしは、ジュリヤン・ルペールが司会を務めるテレビ番組「チャンピオンのための問題」〔一九八八年以来、四半世紀にわたり毎日放送されている人気長寿クイズ番組。司会者は初回からルペールが務めている〕を見ることだった。ルペールはそもそもは大した才能もなく、いくぶん愚かしいところのある、見かけからいっても貪欲さからいっても雄羊のような男で、デビューしたころは歌謡曲の歌手をめざしていた。おそらくは歌手としてのキャリアにひそかに心を残しながらも、司会者として一心不乱に頑張り抜き、仕事に対する驚くべき能力を発揮して、徐々にフランス・テレビ業界の大立者となっていったのである。理工科学校〔理工系エリート養成校〕の一年生であれ、パ＝ド＝カレ地方の引退した女性小学校教師であれ、リムーザン地方のバイク乗りであれ、ヴァールのレストラン経営者であれ、だれにでも親しみやすいキャラクターで、特別に個性的でもなければお高くとまってもおらず、二〇一〇年代におけるフランスのごく平均的な、共感をそそるイメージを漂わせていた。ジャン＝ピエール・フーコー〔テレビ・ラジオの人気キャスター〕の大ファンで、その人間臭さ、善人風でしかも小ずるい感じのするとることを認めないわけにはいかなかった。

十月初旬、父から電話があり、祖母が亡くなったと知らされた。ゆっくりと訃報を伝える声には、多少疲れがにじんでいたものの、普段よりひどくというわけではなかった。ジェドの祖母は——ジェドにはわかっていた——心から愛した祖父の死から立ち直ることがどうしてもできなかった。それは普通、ロマンチックな心情にあまり適さない田舎の貧しい境遇においては、ほとんど驚くべき情熱的な愛だった。祖父の没後、ほかの何ものも、孫でさえ、渦を巻いて襲いかかる悲しみの奥底から彼女を引き上げることができず、彼女は徐々に、ウサギの飼育からジャム製造まで、あらゆる活動を放棄していき、ついには庭いじりさえやめてしまったのだった。

父は翌日には葬儀のため、そして家屋などの相続の問題を片づけるためにラ・クルーズに向かう予定だった。できれば息子にも来てほしかった。本当のところ、ジェドが少しあちらに残って、書類手続きをすべて引き受けてくれるとありがたかった。このところ会社の仕事が山積みだった。ジェドは直ちに承諾した。

翌日、父がメルセデスに乗って迎えにきた。十一時ごろ、彼らは高速道路A20号線に入った。これはフランスの高速道路でもっとも美しい道のひとつ、もっとも心地よい田園風景の中をとおっていく道のひとつである。空気は澄み切って暖かく、地平線は少しかすんでいた。午後三時、彼らはラ・ステレーヌ手前のパーキングエリアで停まった。父がガソリンを満タンにしているあいだ、ジェドは父に頼まれて「県別ミシュラン」道路地図シリーズの「クルーズ、オート＝ヴィエンヌ」を買った。セロファン包装のサンドイッチが並ぶすぐ横で地図を開いてみたそのとき、彼は人生において二度目の重大な美学的啓示を得たのである。地図は圧倒的だった。気持ちが動転して、ジェドは商品スタンドの前で震えだした。そのミシュラン製十五万分の一縮尺の「クルーズ、オート＝ヴィエンヌ」地図ほど素晴らしく、感動に満ち、しかも豊かな意味を蔵したものをそれまで見たことがなかった。現代的精神の本質、科学的・技術的な世界把握の本質が、そこでは動物的な生命の本質と混じりあっていた。図は複雑で美しく、絶対的に明快で、限られた色の記号しか用いられていない。しかし、それぞれの規模がわかるように示された小集落や村のいずれからも、何十人かの人々の生、何十、何百という魂――ある者は地獄に堕ち、ある者は永遠の生を得る――のさざめきや呼び声が伝わってくるのだった。

祖母の遺体はすでに樫の棺に納められていた。黒っぽい色の服を着せられ、目をつぶり、手を組んでいた。二人を待っていた葬儀会社の社員たちは、彼らが着くとすぐに棺の蓋を閉めた。そして部屋を出ていき、十分ほどのあいだ、父子だけになった。「これでよかったんだ……」父がぽつりといった。確かに、そうかもしれないとジェドは思った。「お祖母さんは神様を信じていたんだよ、知っているかい」父はおずおずと付け加えた。

翌日、村じゅうの人々が参列してミサが執り行われているあいだ、そしてそのあと教会の前で村人たちのお悔やみの挨拶を受けているあいだにも、ジェドは自分と父親がこうした場には実によく似合っていることを実感した。青白く疲れた顔をして、そろって喪服に身を包み、この場にふさわしい、深刻で、悲しみに諦念をにじませた表情を無理なくまとっていた。彼らは来世への希望を控え目な調子で語る司祭の話に、それを信じるわけではなくても、共感を抱きさえしたのである。司祭自身かなりの歳で、葬式の〈ベテラン〉というべきだった。村の住民の平均年齢からすると、葬式は何といっても彼の主たる活動のはずだった。

家に帰ると献杯の支度がされていた。ジェドは、自分がこうした〈昔ながらの〉、死という現実をおろそかにしようとしない厳粛な葬儀に参列したのは初めてであることに気がついた。これまでにパリで何度か、火葬に立ち会ったことがあった。もっとも最近のものは、ロンボックで夏休みを過ごしていたときに交通事故で死んだ美術学校の友人の葬式だった。参列者のうち、遺体が茶毘にふされるときに携帯電話を切っていない者が何人かいたことに、ジェドはショックを受けていた。

父は葬儀の後すぐにパリに帰った。翌朝、仕事上の約束があったのだ。ジェドは祖母の家の庭に出た。日暮れどき、メルセデスの後部ランプが国道の方に遠ざかっていくのを見送りながら、彼の想いはジュヌヴィエーヴに向かった。美術学校で勉強していた数年間、ジェドとジュヌヴィエーヴは恋人同士だった。実際のところ、彼が童貞を失った相手はジュヌヴィエーヴだったのである。彼女はマダガスカルの出身で、遺骸を墓から掘り出すという母国の奇妙な風習について話してくれたことがあった。死後一週間目に掘り出し、屍衣を取り去ってから、遺骸を家の食堂に置き、その前で食事をする。そしてまた埋葬するのだという。一か月後、そして三か月後にもまた同じようにする。ジェドには正確に思い出せないが、確かそうやって七回繰り返すという話だった。最後は没後一周年で、それを過ぎると故人は完全に死者とみなされ、永遠の眠りにつくのである。死を、そして死体という物理的現実を受け容れるためのそうした制度は、西欧的感性とはまさに正反対だとジェドは思った。そして、ジュヌヴィエーヴが自分の人生から出ていってしまったことへの無念さが胸をかすめた。心の優しい、おだやかな娘だった。そのころ彼はひどい眼炎性頭痛に悩まされていたが、彼女は何時間も枕元にじっと付き添い、食事を作ったり、薬や水を運んできてくれたりした。ベッドではむしろ〈情熱的〉な性格で、セックスに関しては彼女が何もかも教えてくれたのだった。ジェドは彼女の絵が好きだった。少し〈グラーフ〉をお手本にしたところがあったが、人物たちの子どもっぽく、楽しげな様子、描線のまろやかな感じ、そして色の使い方で際立っていた――カドミウムレッド、インディアンイエロー、ローシェンナ〔黄赤〕、あるいはバーントシェンナ〔くすんだ黄赤〕。

ジュヌヴィエーヴは学資を稼ぐために、昔風にいうなら〈春をひさいで〉いた。ジェドはこの古びたいい方のほうが、〈エスコート〉というアングロ＝サクソン式のいい方よりも彼女に似合っていると思った。一時間当たり二百五十ユーロ、アナルセックスの場合は追加で百ユーロという料金だった。ジェドとしてはそういう仕事に何も文句をつけるつもりはなく、彼女のサイトをもっと見栄えよくするために、エロチックな写真を撮ってあげようと申し出さえした。男というのは往々にして、恋人の〈元カレ〉に嫉妬を抱き、ときには狂おしいまでに嫉妬を燃やし、何年ものあいだ、場合によっては死ぬまで延々と、前の男のほうが〈もっとよかった〉のではないか、前の相手のほうがあいつを〈もっと喜ばせた〉のではないかと悶々と悩むくせに、売春婦となれば女が過去に何をしていたかなどまったく気にかけずにいられるのである。金銭取引が成り立つやいなや、あらゆる性的活動は許され、無害なものとなり、それどころか大昔から呪われた仕事だというので、逆に神聖さすら帯びる。ジュヌヴィエーヴは毎月、週当たりせいぜい数時間程度の仕事で五千から一万ユーロほど稼いだ。ジェドにはああだこうだいわせずにその恩恵に浴させ、二人で何度も、モーリス島やモルディヴへ、全額彼女もちで冬のヴァカンスに出かけた。彼女の態度は実に自然で朗らかだったので、彼は少しも気づまりを覚えなかったし、自分が〈ヒモ〉みたいだとは少しも感じなかった。

ところが、得意客のひとりと一緒になるつもりだと彼女に告げられて、彼は本物の悲しみを味わった。相手は三十五歳の企業弁護士で、その人生は、彼女の話から判断するかぎり、企業弁護士が出てくる——たいていはアメリカの——ミステリで描かれている人生と瓜ふたつだった。彼にはジュヌヴィエーヴが結婚の誓いを守り、夫に忠実な妻となるだろうとわかっていた。つまり彼のアパルトマンから出ていったが最後、ふたたび会うことはないだろうとわかっていたのだ。それ以来、十五年の月日が流れた。彼女の夫は満ちたりた夫となり、彼女は幸福な家庭の母親となったに違いない。彼女の子どもたちは——会ったことはなくても、彼にはわかっていた——礼儀正しく、しつけが行き届いている。そして学校では優等生だろう。夫である企業弁護士の収入は、現在、アーティストであるジェドの収入を上回っているだろうか。判断はむずかしかったが、おそらくそれが問うてみる価値のある唯一の問いだった。「あなたはアーティストになるために生まれてきたのよ。真剣にそうなりたいと思っているんだし……」最後に会ったとき、彼女はそういった。「あなたはちっちゃくて、とてもかわいらしい、華奢な人だけれど、でもあなたには何かをなしとげようという意志がある。とても大きな野心があるんだわ。あなたの目を見て、すぐにそれがわかった。わたしの場合は、こういうのは……（彼女は漠然と、壁にかかった自作の木炭画に向かって手を振った）楽しみのためにやっているだけだけど」

ジェドはジュヌヴィエーヴの絵を何枚か取っておいた。そしていつ見てもそれらは本当に価値のある絵だと思えるのだった。芸術はきっとこういうものであるべきなのだろう、と彼はときおり考えた。無邪気で喜ばしくて、ほとんど動物的な活動。過去に、そんなふうな意見を述べた者もいたはずだ。「本物の画家みたいに愚か」とか、「彼は鳥が歌うように描く」とか。人間が死の問題を乗り越えたそのときには、芸術はきっとそういうものになるのかもしれないし、ひょっとしたら場合によっては過去においてすでにそういうものだったのかもしれない。たとえば、あんなにも天国の間近にいた、そして地上の暮らしは主イエスの御許、永遠の住まいに至る手前の、一時的な、陰鬱な準備期間にすぎないと確信していたフラ・アンジェリコの場合。〈わたしは世の終わりまで、いつもあなたがたと共にいる〉〔マタイによる福音書、28・20〕。

葬儀の翌日、彼は公証人の訪問を受けた。父親とはその件について、話題にもしなかったことに気がついた――それこそはジェドがここにやってきた主たる目的だったわけだが。とはいえ彼には、家を売るのは問題外であるとただちに確信できた。その件について相談するために父に電話する必要さえ感じなかった。この家は彼にとって居心地がよかった。すぐさま馴染むことができたし、これこそは人の暮らせる家だという気がした。白い断熱塗装を施した改築部分と、不揃いな石を積み重ねた古い壁の部分が不器用に共存しているのも好もしかった。ゲレ街道に面した、完全には閉まらない片開きの扉も、薪や石炭、あるいはおそらくどんな燃料でも使える台所の巨大なかまども好きだった。この家にいると、愛情とか、部屋に温かさをもたらす夫婦愛とかいったものを信じたい気持ちになってくる。これから住もうという人間にもぬくもりが伝わって、心に平安をもたらすのだ。そうした意味では、幽霊だの何だのを信じてもいいとさえ思えただろう。

いずれにせよ、公証人には売却を勧めるつもりは少しもなかった。ほんの二、三年前であれば、私の考えも違ったと思いますよ、と公証人は打ち明けた。そのころであればイギリスのトレーダーたち、早々と隠居を決め込んだイギリスのトレーダー連中が、ドルドーニュ地方に投資したのちにボルドレやマッシフ・サントラルをめざして波状攻撃を仕掛け、次々と陣地を獲得しては迅速に前進し、リムーザン地方の中央部にまで投資を進めていた。あと少しすればクルーズまでその手が及ぶことは間違いなく、それに伴って値段の上昇も期待できた。ところが、ロンドン市場の暴落、〈サブプライム〉の危機、そして投機価値の暴落は状況をすっかり変えてしまった。魅力的な別宅の購入を考えるどころか、イギリスの若手古株トレーダーたちはいまやケンジントンの自宅の支払いに四苦八苦し、もっぱら〈転売〉のことばかり考えるようになってしまい、要するに地所の値段は完全に下がってしまったのである。こうなっては、少なくとも公証人の予測によると、しっかりとした産業的基盤と強力な財産を有する、新たな時代の金持の台頭を待つほかなかった。それは中国人かもしれないし、ひょっとしたらヴェトナム人かもしれない。いずれにせよ、さしあたり最良の策は、彼によれば待つことであり、家はこのままに保ち、場合によってはこの土地の職人的伝統を大切に守る業者の手で、多少の修繕をしておくことだった。反対に、プールやジャグジー、高速インターネット接続といったぜいたくな設備を整える必要はなかった。家を手に入れてからそうした仕事を自分でやるのが成金たちの好みなのだ、と公証人はきっぱり述べた。経験にもとづく意見だった。彼はこの道四十年の公証人だった。

次の週末に父が迎えにきたとき、すべての問題は片がついていた。さまざまな案件は取捨選択したうえで整理され、遺言に従って隣人たちにこまごまとした遺贈の品を贈った。二人は、これで母、あるいは祖母は〈安らかに眠れ〉という表現どおり眠ることができるだろうと考えた。ジェドはナッパレザー〔柔らかい牛革、ベンツのシートに用いられる〕のシートでくつろいだ気分でいた。Sクラス〔ベンツの大型セダン〕は心地よいエンジン音をたてて高速道路の入口に入っていった。二時間のあいだ、車は落ち着いたスピードで秋の景色の中を進んだ。親子の会話はあまりなかったものの、ジェドは父とのあいだに、人生にどう取り組むかという全般的問題に関して了解というか、合意が成り立ったという気がしていた。ムラン＝サントルのインターチェンジに近づいたとき、彼は自分がこの一週間、心休まる特別な時間を過ごしたのだとわかった。

Ⅲ

ジェドの仕事はしばしば、世界のありさまをめぐる、冷静で超然とした思索から生み出されたものだと解説されてきた。そして彼は前世紀の偉大なコンセプチュアル・アート作家たちの一種の継承者とみなされたのである。しかしながらパリにもどってすぐさま、手に入るかぎりの――百五十種類を超える――ミシュラン地図を購入したとき、彼は一種、精神の熱狂状態にあった。たちまちわかったのは、もっとも興味深いのがヨーロッパの大半の地方を収めた「地方別ミシュラン」、そしてとりわけフランス国内を扱う「県別ミシュラン」であるということだった。それまで専念してきた銀塩写真に背を向け、スキャニング式デジタルカメラのベターライト6000－HSを購入した。RGB各色四八ビットのファイル保存が可能で、画素数6000×8000という性能だった。

半年のあいだ、彼は毎日、ヴァンサン＝オリオル通りの大型スーパーマーケット〈カジノ〉に出かける以外はほとんど外出せずに暮らした。美術学校の友人たちとは、学生時代からすでにつきあいが薄かったが、いまやすっかりご無沙汰となり、ついには交流を絶ってしまった。それだけに、三月の初めにメールが届いて、リカール社〔アルコール製造会社〕の主催で五月に開催される予定の、「礼儀を忘れるまい」と題されたグループ展に参加しないかと打診されたのは彼にとって驚きだった。返信で参加の意志を告げたが、とはいえ彼は、自分がほとんどこれ見よがしなまでに孤立していることで周囲に謎めいた雰囲気を生み出し、同級生たちの多くに〈あいつはどうしているのか〉知りたいという欲求を与えていることを、ちゃんと自覚していたわけではなかった。

ヴェルニサージュ〔一般公開に先立つ展覧会の特別招待、オープニングパーティー〕の日の朝、彼はほぼこのひと月、ひとことも口をきいていないことに気づいた。毎日、口を開くのは、スーパーのレジ係に〈クラブカジノ・カード〉はもっているかと聞かれて「いいえ」というときだけだった（レジ係はそのつど別人ではあったが）。ともあれ彼は、いわれた時刻に間に合うようボワシー＝ダングラ通りへと向かった。集まっていたのは百人くらいだったろうか。彼にはその種の目算ができた試しがないのだが、いずれにせよ何十人単位の招待客が来ていた。そして彼は最初、そのなかに知り合いの顔がまったく見えないことに気づいて不安に駆られた。一瞬、日にちを間違ったか、違う展覧会に来てしまったのかと思ったが、しかし彼の写真作品は奥の壁にちゃんと掛かっていて、立派な照明が当てられていた。自分でウィスキーを一杯注いでから、さも何か考えにふけっているような顔をしてギャラリー内を楕円状に何周もしてみたが、実際には何もまともな考えなど浮かばず、かつての仲間たちの姿かたちが自分の記憶から完全に消えてしまっていることに対する驚きばかりを感じていた。実際彼らの面影は跡形もなく消し去られていたのであり、いったい自分は本当に人類の一員なのかと自問したくなるほどだった。少なくともジュヌヴィエーヴならわかっただろう。そう、昔の恋人のことは確かに見分けられたはずだった。彼はその一点を頼みにすることができた。

三周目の終わりに、ジェドは自分の写真をじっと注意深く見つめている若い女性の姿に気がついた。気づかずにすますのは難しかっただろう。それは単に、この晩、群を抜いて美しい女性というだけでなく、おそらくこれまでの人生で彼が出会ったことのないほどの美女だった。ほとんど透明なくらい蒼白な肌の色、プラチナブロンドの髪、突き出た頬は、ソ連崩壊後、ファッションモデルのエージェンシーや各種雑誌がはやらせたスラヴ美人のイメージそのものだった。

もう一周して戻ってみると彼女はいなくなっていた。六周目の途中で、シャンパングラスを片手に、小さなグループの中にいる彼女にまた会った。男たちは彼女をむさぼるように眺め、欲望を隠そうとさえしていなかった。そのうちの一人など、なかば顎がはずれかけていた。

次にジェドが自分の写真の前を通りかかると、またそこに彼女が、今度は一人で立っていた。彼は一瞬ためらったが、決心して、自分も写真の前に立った。

彼女はこちらを振り向き、彼をしげしげと見つめてから問いかけてきた。

「あなたが作者ですか？」

「ええ」

彼女はふたたび、さらに注意深げに、少なくとも五秒は彼を見てからいった。「とてもきれいですね」

何気なく、穏やかな口調でそういっただけだが、心からそう思っていることが伝わってきた。適切な返事を思いつくことができず、ジェドは写真のほうに目を向けた。確かに彼は、自分の作品にかなり満足していた。この展覧会のために選んだのは、クルーズのミシュラン地図の一部分で、祖母の村がある場所だった。俯角三十度というかなり斜めのアングルで、あおりを調整して被写界深度を最大にした。それからフォトショップ〔画像編集ソフトウェア〕を使って、距離感を出すためにぼかしを加え、地平線に青みを加えた。前景はブルイユの沼とシャトリユ＝ル＝マルシェ村だった。その向こうでは、サン＝グソーの村々のあいだの森を街道が曲線を描いてのびていき、そしてロリエールとジャブレイユ＝レ＝ボルドが、夢の空間か妖精の国のように、侵し得ない領域として現れ出ていた。画面奥のほうと左手には、高速道路A20号線の白と赤の線が、厚い霧から浮かび上がるリボンのように見分けられた。

「道路地図の写真をよく撮っていらっしゃるのですか」

「ええ……。けっこう撮っています」

「いつもミシュランの地図を使って？」

「ええ」

彼女はしばし考えてから尋ねた。

「こういう作品を、たくさん作られたのですか」

「だいたい八百点くらいですね」

そう聞いて彼女は仰天したらしく、今度はジェドの顔を二十秒ほどはまじまじと見てから、こういった。

「お話しさせてください。ぜひお会いして、お話ししましょう。驚かれるかもしれませんが……。わたし、ミシュランで働いているんです」

彼女は小さなプラダのバッグから名刺を取り出した。ジェドはそれをぼんやり眺めてからポケットにしまった。オルガ・シェルモヨヴァ、ミシュラン・フランス広報担当。

彼は翌朝電話をかけた。オルガはその晩にでもすぐにディナーをご一緒したいと申し出た。「ディナーというのはあまり経験がなくて……。つまり、レストランでのディナーということですが。実はパリのレストランのことは全然知らないも同然なのです」

「わたしはいろいろと知っています」彼女はきっぱりと答えた。「何しろ、仕事の一部といってもいいくらいですから」

彼らはダラス通りの、テーブルが十ほどしかない小さなレストラン〈シェ・アントニー・エ・ジョルジュ〉で待ち合わせた。店内にあるのは、皿から調度品まで何もかも、古道具屋で見つけてきたものばかりで、十八世紀フランスの様式をまねた家具や、アール・ヌーヴォーの小物、イギリスの皿や磁器などが、凝ってはいるがちぐはぐなインテリアを作り出していた。テーブルはすべて観光客で満席で、アメリカ人と中国人が目立っていた――ロシア人たちのテーブルもあった。オルガはジョルジュに常連客として迎えられた。ジョルジュはやせ型で禿げていて、どこか不気味なところがあり、以前はレザーをまとったホモだったという感じの容貌である。キッチンにいるアントニーはかなり大柄だが肥満体ではない――おそらく、自制しているのだろう。ただしメニューにはフォワグラへの並々ならぬ執着が表れていた。ジェドはアントニーとジョルジュはきっと、半ば現代的な同性愛者というカテゴリーに属しているのではないかと考えた。自分たちの共同体に伝統的に結びつけられているもろもろの過剰さや悪趣味を避けようと気を配りつつ、ときおりたがをはずすこともあるというタイプである。オルガがやってくると、ジョルジュが尋ねた。「コートを預かるわね、貴女《マ・シェリ》」そのマ・シェリという言い方はいかにもミシュー〔パリのキャバレー経営者にして著名なホモセクシュアル・タレント〕っぽかった。オルガは毛皮のコートを着ていた。季節を考えると奇妙だったが、その下は超ミニのスカートと白いサテンのビュスチエという出で立ちで、スワロフスキー・クリスタルのアクセサリーをつけていた。まばゆいばかりだった。

「あら、いらっしゃい。元気？」腰にエプロンを巻いたアントニーは、二人のテーブルの前で腰を左右に振った。「チキンのロースト、エクルヴィス〔ザリガニ〕添えなんてどう？　リムーザンのエクルヴィスが入ったのよ。これがもう、素晴らしくて」――「いらっしゃいませ、ムッシュー」彼はジェドに向かってつけ加えた。

「気に入っていただけましたか？」彼が行ってしまうと、オルガがジェドに尋ねた。

「えぇっと……気に入りましたよ。典型的な感じですね。つまり、まさに典型的だという感じがするんだけど、でも何の典型なのかはよくわかりません。ミシュランにのっているんですか」そう尋ねるべきだという気がした。

「まだなんですよ。来年の版には入れることになっています。『コンデナスト・トラヴェラー』〔アメリカの旅行雑誌〕に記事が出たし、それに中国版の『エル』にも」

現在はミシュラン社のパリ・オフィスで働いているものの、オルガは実際にはスイスに本拠を置く持株会社、〈コンパニー・フィナンシエール・ミシュラン〉からの出向社員だった。道理にかなった経営多角化の方針のもと、会社は〈ルレ・エ・シャトー〉〔国際的ホテルチェーン〕、そしてとりわけ数年来めざましい成長を見せている〈フレンチ・タッチ〉に大規模な出資を行った――ただし職業倫理上、さまざまなガイドブックの編集部に対しては完全な独立性を保っている。全体としてフランス人にはもはや、フランスでヴァカンスを過ごすだけの経済力がなくなっているということに、会社は早いうちから気づいていた。昨年〈フレンチ・タッチ〉が実施したアンケートによれば、顧客の七十五パーセントは中国、インド、ロシアの三か国が占めていた――「エクセプショナル・レジデンス」つまり最高級のホテルとなると、その率は九十パーセントに達した。オルガが雇われたのは、この新たな顧客層のニーズにふさわしく広報活動を立て直すためだった。

ミシュラン社はこれまで、現代アートのメセナ活動に力を入れてきたわけではないのです、と彼女は話を続けた。創業以来、クレルモン＝フェランに本社を置きながら多国籍企業となったミシュラン社の経営陣には、ほぼ常に創業者の子孫のだれかが加わっており、どちらかといえば保守的な、さらには家族経営的な印象を与えてきた。パリに現代アートのための「エスパース・ミシュラン」を開こうというオルガの提案を上層部に認めてもらうには一苦労だったが、しかしこれでロシアおよび中国でのミシュラン社のイメージは大幅にグレードアップされるだろうとオルガは確信していた。

「退屈させてしまいましたね」彼女は不意に口をつぐんだ。「すみません、ビジネスの話ばかりで。あなたはアーティストでいらっしゃるのに……」

「とんでもありません」ジェドは心からいった。「それどころか、すっかり引き込まれました。ほら、フォワグラを味わうのさえ忘れていました」

実際、彼はすっかり引き込まれていた。だがそれはむしろ彼女の瞳、そして話をしているときの彼女の唇の動きによってだった——かすかにパールの光沢の入った明るいピンクの口紅が、瞳の色によく似合っていた。

そこで二人は話をやめて、しばらく見つめ合った。ジェドにとってもはや疑いはなかった。彼女がじっと彼の目を見る視線は、まさしく〈欲望〉のまなざしだった。そして彼の表情から、オルガはすぐさま、彼がそれに気づいていることを知った。

「つまり……」オルガは少し気づまりな様子で、ふたたび話し出した。「つまりわたしにとって、ミシュランの地図を題材にするアーティストがいるというのは願ってもないことなんです」

「でも、ぼくは本当にきれいだと思ったんですよ、ミシュランの地図を」

「わかります。あなたの写真を見れば、よくわかります」

それからもっと他の写真を見せるために彼女を自宅に招くのは、あまりに簡単なことだった。とはいえタクシーがゴブラン大通りに入ったとき、彼はいささか困惑を覚えた。

「部屋があまり片づいていないかもしれませんが……」

もちろん彼女は、かまいませんと返事したが、しかしアパルトマンの階段を上りながら彼の困惑はいや増した。ドアを開けながら、彼女の表情にちらりと目をやった。彼女はかすかに眉をひそめていた。「片づいていない」というのはまったくもって婉曲ないいまわしだった。リンホフのカメラを置いたトレッスルテーブルのまわりに、写真が、ときには何層にも重なって、床一面を覆っていた。おそらく何千枚とあっただろう。テーブルと、床にじかに置いたマットレスのあいだには細い道がついているだけだった。そしてアパルトマンは片づいていないだけでなく〈不潔〉だった。シーツはほとんど茶色くなり、何かの染みが散っていた。

「本当ね、いかにも独身男の住まいだわ……」オルガはおどけた口調でいった。そして中に入ると、写真を見ようとしゃがみ込み、ミニスカートが腿の上までめくれ上がった。それは信じられないくらい長くてほっそりとした脚だった。こんなに長くほっそりとした脚がどうしてありうるのか？　ジェドにはこれほど激しく勃起した経験はなかった。痛みを覚えるほどで、その場で身を震わせながら、そのまま意識を失ってしまいそうな気がした。

「ぼくは……」彼はかすれた、別人のような声を出した。オルガは振り向き、彼が本気になっていることを知った。もはや欲望をこらえきれない男の、目がくらみ、激しく心をかき乱したまなざしを直ちに見て取った。何歩か歩み寄ると、彼を自分の官能的な体で包み、むさぼるようなキスをした。

Ⅳ

ともかく、オルガの家を訪ねるほうがよかった。いうまでもないが、ジェドの部屋とはまったく違っていた。ギヌメール通りにある豪華な2LDKで、リュクサンブール公園に面していた。オルガは学生時代をとおして、フランスのある種のイメージ――女性に対する親切さ、美食趣味、文学など――に対する賞賛の念を身につけた、魅力的なロシア女性のひとりだった。彼女たちはその後、現実のフランスがあまりに期待に添わないことを絶えず嘆き続けるのである。ロシア人は大改革をなしとげた、彼らはマクドナルドのハンバーガーを食べ、トム・クルーズの映画を見るだけのために共産主義を捨て去ったのだと人々は思いがちである。それはかなりにおいて真実だが、しかし彼らのうちには、プイィ＝フュイッセを飲みたいとか、サント＝シャペルを訪れてみたいと願う少数派も存在する。オルガはその学歴および教養によって、そうしたエリート階層に属していた。彼女の父親はモスクワ大学の生物学者で、昆虫が専門だった――シベリアのある鱗翅類には彼の名前がつけられていた。彼女の父親も一家も、帝国の崩壊が引き起こした国家解体によって特に利益を得たわけではなかったが、貧困のうちに突き落とされたわけでもなかった。父親が教鞭を執る大学の評判にかげりはなく、数年間の混乱期を経て、一家はまずまず〈中流〉の位置に落ち着いた——ただしオルガがパリで高級な暮らしをし、ギヌメール通りに2LDKを借り、ブランド物の服を着ていられるのは、すべてミシュラン社での自分の稼ぎによるものだった。

恋人同士となってから、二人のあいだにはすぐに新しい暮らしのリズムが成り立った。朝、ジェドはオルガと一緒にアパルトマンを出る。オルガがグランド＝アルメ大通りのオフィスへ、ミニ・パークレーン〔BMWミニの高級モデル〕に乗って行くのに対し、ジェドは地下鉄に乗ってロピタル大通りのアトリエに向かう。夜はたいがい、彼のほうが少し先に戻る。

二人はしょっちゅう一緒に外出した。パリに来て二年目にして、オルガはきわめて密な社会的関係を難なく作り上げていた。広報担当の仕事ゆえに、プレスやメディア関係者とのつきあいが多かった——実際のところあまり〈派手〉ではない、ツーリズムや美食関係ではあったが。いずれにせよ、彼女のような美貌に恵まれた娘であればどこでも歓迎され、どんなサークルにでも迎え入れられただろう。ジェドと出会ったときに彼女に特定の相手がいなかったのは驚くべきことですらあった。そして彼女が選んだのが彼だったというのはさらに驚くべきことだった。ジェドは確かに〈かわいい男の子〉というタイプだったが、小柄でやせていて、一般に女性が追い求めるタイプではなかった——数年来、〈ベッドで凄い〉雄の野獣タイプがふたたび優勢になっており、しかもそれは実のところ単なる流行の変化以上のもな意味におけるもっとも基本的かつ獣《けだもの》的な意味における性的魅力の回帰だった。同様に、拒食症的なマヌカンの時代はきれいさっぱり終わりを告げ、反対にあまりに肉付きのいい女性も、もはや一部のアフリカ人や倒錯者の興味しか引かなかった。あらゆる領域において、さまざまな揺れ動き——それも結局、さほどの規模ではなかったわけだが——を経たのち、二十一世紀初頭においては単純で、確実なタイプに対する礼賛が戻りつつあった。女性の場合は成熟した美、そして男性の場合は力強い肉体。

これはジェドにとって必ずしも有利な状況ではなかった。彼はアーティストとして目覚ましいキャリアを積んでいるわけでもなかった——本当のところ、彼は〈アーティスト〉であるとはいえなかった。一度も個展を開いたことがなく、彼の作品を紹介し、世間にその重要性を伝えるような記事が出たこともなかった。当時、ジェドはほとんどだれにも知られていない存在だった。確かに、オルガの選択は驚くべきものであり、ジェド自身、驚いていたに違いない。もし彼がそうした種類の事柄に驚きを抱くような、あるいは少なくともそうした事柄に気づくような男だったならの話だが。

ともあれ、数週間のうちに、彼は美術学校時代の経験をすべて合わせたよりもたくさんのヴェルニサージュやプレミア、文学関係のパーティーに招かれた。そしてたちまちのうちに、ふさわしいふるまい方をマスターした。必ずしも冴えたところを示す必要はなく、それどころかほとんどの場合いちばんいいのは、実は全然何もいわずにいることだった。ただし相手の話には必ずちゃんと耳を澄ましていなければならず、それも真剣に、共感を込めて聞くのでなければならなかった。話の途中で興味や驚きを示すために「本当ですか？」と合いの手を入れて続きをうながしたり、理解と同意を込めて「そうですよね……」とうなずいたりするのだ。ジェドが小柄であることも、一般的にカルチャー関係者たちが好感をもって迎える恭順の姿勢――実際のところ、だれもが好感をもって迎えるものだが――を示すことを容易にした。結局のところ、それはたやすく入り込むことのできる業界だった。おそらくどんな業界もそうなのだろう。そしてジェドのもちまえの中立的な礼儀正しさ、自作について口をつぐんでいる態度は、あれは真面目な芸術家だ、〈本気で仕事をしている〉芸術家だという印象――実際、それは正しかった――を与え、大いに彼を引き立てたのである。礼儀正しい無関心さを保ちながら他の人々のあいだを漂ううちに、ジェドはかつてアンディ・ウォーホルの成功の源となった〈グルーヴィー〉な態度を、知らないうちに多少身につけていた。ただしそこには真剣さのニュアンスも加わっており、それが直ちに、世の中のことを考える真剣さ、〈市民としての〉真剣さとして受け止められた――ウォーホルの時代の五十年後、これが不可欠なポイントとなっていた。十一月のある晩には、何かの文学賞のパーティーで、彼は当時メディアの寵児だった、有名なフレデリック・ベグベデ（フランスの小説家、一九六五年生まれ。デビュー後数年間は広告代理店に勤務）に紹介されさえした。作家にしてコピーライターであるベグベデは、オルガの頬に長々とキスをしてから（とはいえいかにもこれ見よがしな芝居がかったやり方ゆえに、〈これはお遊びです〉というのが明白で、害のないしぐさとなった〉、ジェドに驚いたような視線を向けたが、そこを元ポルノ女優のセレブにつかまってしまった。彼女はチベットの僧侶との対話本を出版したばかりだった。ベグベデはしきりに頭を振って元ポルノ女優に相槌を打ちながら、ジェドに向かって流し目を使い、人の群れの中に消えてしまわないでくれという思いを込めるかのようだった。プチフールが減っていくとともに、混雑はひどくなっていった。『助けて、ごめんね』〔ベグベデの小説、グラッセ社刊、二〇〇七年〕の作者はずいぶんやせていて、明らかに、ロシア小説の主人公っぽい感じを出そうとしてのことだろう、この頃はまばらにひげを生やしていた。ようやく、大柄な、ぶよぶよとして半ば肥満体の、髪を中途半端に伸ばし、インテリなのか馬鹿なのか定めがたい目つきをした男が元ポルノ女優を引き取った。おそらくグラッセ社出版部のお偉いさんだろう。ベグベデはやっと自由の身になった。オルガはそこから数メートル離れたところで、いつものように雲霞のごとき崇拝者たちに囲まれていた。

「そうか、あなたなんですね」ようやくベグベデは、異様な力を込めてジェドの目を見つめながら尋ねた――その様子はまさにロシア小説の登場人物のようで、「ラズミーヒン〔ドストエフスキー『罪と罰』の主人公ラスコーリニコフの友人〕、元学生」というのがぴったりだった。この目の輝きは宗教的熱狂というより、おそらくコカインによるものなのだろう、でもどちらにせよ変わりはないじゃないか、とジェドは思った。「彼女をものにしたのはあなたなんですね」ベグベデはいっそう熱っぽい調子になってふたたび尋ねた。何と答えていいかわからず、ジェドは沈黙を守った。

「ご自分の相手がパリで五本の指に入る美女だって、わかっていますか？」彼の口調は真面目なプロっぽさを取り戻していた。明らかに、他の四人を知っているらしかった。この質問に対しても、ジェドには答えようがなかった。一般に、他人の問いかけに対して、どう答えるべきなのか？

ベグベデはため息をつき、にわかにひどく疲れた様子になった。ジェドは、これで会話がしやすくなるだろう、いつものように相手が述べたてる考えや逸話に耳を傾け、心の中で相槌を打っていればいいのだと考えた。ところがそうではなかった。ベグベデはジェドに興味を抱き、もっと彼のことを知りたいと思っていた。これはすでにして結構な話だった。ベグベデはパリでもっとももてはやされているセレブのひとりであり、その場にいる人々の中には早くもこのなりゆきに驚き、勝手な解釈を引き出して、こちらに視線を向けている者もいた。ジェドは、写真をやっていますといって切り抜けようとしたが、ベグベデはさらに知りたがった。〈どういう種類の〉写真なのか？　ジェドの答えを聞いてベグベデは呆然となった。彼には広告写真家、モード写真家、さらには戦争写真家にも多少は知り合いがいた（ただし出くわすのは彼らが〈パパラッチ〉として活動中のところだったが、それは彼らにとって多かれ少なかれ知られたくない活動であって、というのも一般に〈この業界では〉レバノンの自爆したテロリストの散乱死体を撮るほうが〈パメラ・アンダーソン〉〔カナダ出身のモデル〕のバストを撮るよりも高貴であると思われているからだった。いずれにせよ大体は同じレンズを使っているのだし、技術面での困難もほとんど同様——強力な望遠ズームレンズを用いる際の問題は、シャッターを押す際に手ぶれを起こしやすいこと、そして最大限まで絞りを絞り込むには被写体がよほど明るく照らされているのでなければならないこと——だった）とはいえ、道路地図を撮影するなどという人間は聞いたことがなかった。口ごもりながらも、ジェドはとうとう、ええ、ある意味では、ぼくは〈アーティスト〉なのかもしれませんと認めた。

「ハハ、ハッハハ……」作家は大げさに笑い出し、オルガも含むまわりの十人ばかりの人々は振り返った。「そりゃそうだ、もちろんですよ。〈アーティスト〉でなければならない！　文学はもう、プランとしては完全に崩壊してますから！　今日、いちばんの美女たちと寝るためには、〈アーティスト〉でなければならない！　私だって、〈アーティスト〉になりたいもんだ！」

そして驚くべきことに、彼は大きく両腕を広げると、朗々と、そしてほとんど音程をはずすことなく、「ビジネスマンのブルース」〔フランス語のロックオペラ『スターマニア』（一九七八年）中の挿入歌〕の一節を歌い始めた。

　アーティーーーストになりたかった
　そしたら世界を作り変えられただろう

アナーキーーストにだってなれただろう
そして百万長者の暮らしができたはず！……

ベグベデが手に持ったウォッカのグラスが揺れていた。いまや、そこにいる人々の半数がこちらに目を向けていた。彼は腕を下ろし、取り乱したような口調でつけ加えた。「リュック・プラモンドン作詞、ミシェル・ベルジェ作曲」そしてさめざめと泣き崩れた。

「フレデリックとは、仲良くなれたのね……」サン＝ジェルマン大通り沿いに歩いて帰る道すがら、オルガがジェドに尋ねた。「うん……」ジェドは困惑して答えた。少年時代、イエズス会の寄宿学校で読んだ本の中には、野心的な若者が〈女性の力を借りて出世する〉という内容のフランス十九世紀リアリズム小説が含まれていた。自分がそれと似た状況にあることに、彼は驚くばかりだった。実際のところ、その種のフランス十九世紀リアリズム小説のことは少々忘れていた。数年来、もはやアガサ・クリスティー、それもとりわけエルキュール・ポワロ物しか読まなくなっていた。それは現在の情勢において少しも助けにならなかった。

とにかく彼は〈世に出た〉のであり、オルガはブルトゥイユ大通りにある会社のスペースでジェドの最初の個展を開くよう、やすやすと上司を説得することができた。会場を訪ねてみると、広々としてはいるが、打ち放しコンクリートの灰色のままの壁と床はかなり陰気な印象がある。この飾り気のなさは彼の目にはむしろ好ましく映った。ジェドは会場に手を加える必要は何もないが、ただ入口のところにもう一枚、大きなパネルを設置してほしいと頼んだ。しかし照明に関しては細々と指示を出し、それがきちんと実行されているかどうか、毎週確かめに行った。

ヴェルニサージュの日にちは一月二十八日と決められた。よく考えられた日取りだった――批評家たちが年末年始のヴァカンスから戻ってきて、これからの予定を立てようという頃だった。ビュッフェにもかなりの予算が当てられた。ジェドが最初に心から驚いたのはプレス担当の女性だった。プレス担当というのは〈派手な女〉と決まっているのだろうと前から思っていたのだが、目の前に現れたのは小柄で貧相な、ひどい猫背の女で、しかも運の悪いことに名前はマリリンといい、加えて神経症気味でもあるようだった――最初に会って話をしているあいだじゅう、彼女は長く伸ばしたボリュームのない黒髪を不安げにねじり続け、毛先に固い結び目を次々に作っては、いきなりその毛を引っこ抜いた。鼻水が止まらない様子で、買物袋のように巨大なハンドバッグの中にはポケットティッシュが十数個は入っていた――毎日、ほぼそれだけの量を使っているのである。オルガのオフィスで顔を合わせたのだが、とてつもなく欲望をそそる様子をした華麗な美女と、みすぼらしい、性的に未開拓の女が隣り合っているのを見るのはいかにも居心地の悪いことだった。ジェドは一瞬、オルガは自分と張り合うような女を近づけないため、醜さゆえにこの女性を選んだのではないかと考えた。だがそれは違う、そんなはずはない。オルガは自分の美しさをあまりによくわかっているし、客観視もしているから、自分の優位が客観的にいって脅かされているというのでないかぎり、だれかと張り合っているだのライバルだのと感じるはずはなかった――そして、たとえM6〔フランスの民放テレビ局〕で流れるファッションショーを見ていて、一瞬、ケイト・モスの頬骨やナオミ・キャンベルのヒップをうらやむようなことがありえたとしても、これまで現実の人生においてオルガの優位が脅かされるなどという事態は起こったためしがなかった。オルガがマリリンを選んだのは、マリリンがプレス担当として有能であり、おそらく現代アートの領域では最高――少なくとも、フランスのマーケットでは――だという評判を聞いたからだった。

「このプロジェクトでご一緒できて、とても嬉しいです……」マリリンは嘆くような口調でいった。「本当に、嬉しいです」

　オルガはマリリンの背丈に合わせようと体を縮め、ひどく居心地悪げな様子だったが、とうとう二人に、オフィスの隣の小会議室を使ったらどうかと提案した。「どうぞ、あちらで相談してください……」そういって、ほっとした表情で去っていった。マリリンは二一×二九・七センチの大きな手帳とポケットティッシュ二個を取り出してから話を続けた。

「わたしは初め、地理の勉強をしていたんです。それから人文地理のほうに方向を変えました。いまでは、もっぱら人間を相手にしているというわけなんです。人間と呼んでよければの話ですけれど……」彼女は留保を加えた。

まず最初に彼女が知りたがったのは、ジェドには活字メディアに関して「好みの媒体」があるかどうかということだった。それはなかった。実際、ジェドにはこれまでの人生で新聞や雑誌を買った記憶がなかった。彼はテレビが好きだった。特に、午前中の番組が。アニメから株式市場へとチャンネルを切り替え、のんびりとザッピングを楽しむのだ。ときおり、何かとりわけ気にかかる事柄があれば、インターネットで検索する。活字メディアとは彼にとって生き残っていること自体が奇妙な、おそらくはまもなく消えてしまうはずの代物であって、いずれにせよ彼にはその価値がまったく理解できなかった。

「わかりました……」マリリンがおずおずと述べた。「つまり、わたしにいわば白紙委任していただけるということですね」

V

実際、彼女は白紙委任状を渡されたようなもので、しかもそれをできる限り活用した。ヴェルニサージュの晩、ブルトゥイユ大通りの会場に入っていったとき、オルガは驚愕した。しばらくしてようやく、「大勢来ているわね……」と驚きもあらわにいった。「ええ、たくさん来てくれました」マリリンはひそかな満足感をにじませていったが、そこには奇妙なことに、恨みがましい響きも混じっていた。百人ほどの人々がいたが、マリリンがいいたかったのは重要人物がたくさん来ているということだった。しかしそれがジェドにどうしてわかっただろう？　彼に見覚えがある唯一の人物は、オルガの直属の上司であるミシュラン・フランス広報部長パトリック・フォレスチエだけだった。典型的な理工科学校出身者という感じで、〈アートっぽい〉感じを出そうと三時間かけて服をとっかえひっかえし、洋服簞笥の中身を総ざらいしたあげく、結局は普段のグレーのスーツ——ただしノーネクタイ——に落ち着いたのだった。

会場入口をふさぐかたちで大きなパネルが建てられ、パネルに沿って二メートルほどの通路になっていた。そこにジェドはゲブヴィレール〔ヴォージュ山脈のふもと、アルザス地方の町〕のグラン・バロン〔ヴォージュ山脈最高峰〕周辺の衛星写真と、同じ地区の「県別ミシュラン」道路地図を拡大したものを並べて展示した。それは驚くべきコントラストを生み出していた。衛星写真に映っているのはせいぜい、青っぽい点の散らばった、緑のペースト状のほぼ均一な拡がりにすぎなかったが、地図は県道や、色鮮やかな街道の網の目、〈眺望〉〔眺めのいい場所を示すマーク〕、森、湖、峠を魅惑的に展開していた。これら二枚の大きく引き伸ばされた画像の上に、黒い大文字で、展覧会のタイトルが記されていた。**「地図は領土よりも興味深い」**

会場の中に入ると、可動式の大きなパネルがいくつか配置してあり、それぞれに引き伸ばした写真が三十枚ほど展示されていた——すべて「県別ミシュラン」を撮ったものだったが、地理的には山岳地帯からブルターニュの湾岸まで、マンシュ県〔フランス北西部、バス＝ノルマンディー地域圏〕の森林地帯からウール＝エ＝ロワール県〔フランス中部、サントル地域圏〕の穀倉地帯まで、きわめて多様な地域にわたっていた。オルガとジェドのあいだにはさまれて、マリリンは敷居に立ったまま、まるで水を飲みに来た羚羊《かもしか》の群れを眺める猛獣のように、ジャーナリストや有名人、批評家たちの群れを眺めていた。

「ペピータ・ブルギニョンが来てますよ」とうとう彼女は、せせら笑うような調子でいった。

「ブルギニョン？」ジェドが尋ねた。

「ル・モンドのアート担当記者です」

ジェドは愚かしくも「世界の？」《ル・モンド》と聞き直して、ようやく、それが夕刊紙の名前だったことを思い出し、今夜はできるだけ口を閉じていることにしようと決心した。マリリンから離れてしまうと、彼は〈アーティスト〉であることをだれに見破られることもなく、自作のあいだを心静かに歩きまわることができた。彼は人々の感想を聞こうとさえしなかった。他のヴェルニサージュと比べると、会場内があまり騒々しくないという気がした。真剣な、ほとんど思索的な雰囲気が漂い、人々の多くは作品に見入っている。これはおそらくよいしるしなのだろう。その中で、パトリック・フォレスチエは数少ないはしゃぎ気味の客のひとりだった。シャンパングラスを片手に、彼は周囲の人々に向かって「ミシュランとアートの世界とのあいだの誤解が解けた」ことの喜びを賑やかに語り聞かせていた。

三日後、展覧会の反響を聞くため、ジェドがオルガのオフィスの近くの会議室で待っていると、マリリンが飛び込んできた。そして買物袋めいたバッグからポケットティッシュと、その日のル・モンド紙を取り出した。

「まだ読んでいなかったんですか？」マリリンは、彼女としてはひどく興奮しているといっていい口調で叫んだ。「それならわたしも来たかいがあります」

パトリック・ケシシャン〔文芸批評家、一九八五年から二〇〇八年までル・モンドの文芸欄記者〕の署名入り記事——全面記事で、ドルドーニュ県およびロット県〔いずれもフランス南西部〕の地図を撮ったジェドの写真の見事なカラー図版入り——は展覧会を絶賛していた。冒頭から、ケシシャンは地図——あるいは衛星写真——の視点を神の視点と同一視していた。「偉大な革命家たちのあの深遠な静けさを湛えつつ」と彼は書いていた。「このアーティスト——まだごく若い青年——は、自らの世界へと招待する最初の作品から、自然主義的な、あるいは新異教主義的なヴィジョンに背を向けている。現代の他の作家たちはそうした道をとおって、『不在』なる者のイメージを見出そうとむなしく疲弊しているのだが。勇ましい大胆さをも発揮しつつ、彼は神の視点を採用する。それは人間たちのかたわらで、世界の（再）構築に協力する神なのである」。それからケシシャンは、写真的テクニックに関する該博な知識を披露しながら、長々とジェドの作品を論じ、最後にこう結論づけていた。「世界との神秘的結合と、合理的神学のあいだで、ジェド・マルタンは自らの道を選び取った。おそらくは偉大なルネサンス人たち以来、西欧芸術において初めて、彼はヒルデガルト・フォン・ビンゲン〔一〇九八―一一七九年、中世ドイツのベネディクト会系女子修道院長、神秘家、幻視者〕の夜の誘惑ではなく、『物いわぬ牛』とケルン大学の仲間たちに渾名されたアキーノの人〔『神学大全』で知られる神学者トマス・アクィナス、一二二五頃―七四年。シチリア王国アキーノの出身〕の、難解ではあるが明晰な構築法を選んだのだ。この選択はもちろん異論の余地あるものだとしても、それがもたらす視点の高邁さは疑いようがない。これらの作品とともに、今年のアート界はこれ以上なく幸先のよいスタートを切った」

「そんなにくだらなくはないですね、この書き方は……」ジェドは感想を述べた。

マリリンは憤然として彼を見た。「ものすごい記事ですよ、これは！」彼女は厳めしい口調でいった。「確かに、ケシシャンが書いてくれたのはけっこう驚きですけど。普段は本についてしか書かないから。ペピータ・ブルギニョンも来てたんですけどね……」彼女は一瞬ためらってから、最終的結論を下した。「とにかく、ブルギニョンの簡単な紹介記事よりも、ケシシャンが一面まるごと使ってくれたほうが有難いですから」

「で、これからどうなるんです？」

「どんどん出ますよ。記事が次から次に出るはずです」

ジェドとオルガはその晩、〈シェ・アントニー・エ・ジョルジュ〉でこの出来事を祝った。「ずいぶん評判になってますね……」ジョルジュはオルガのコートを脱がせながらジェドにささやいた。レストラン関係者たちはセレブを好む。そしてカルチャーおよび社交界の話題を実に注意深く追っている。セレブが来る店であるということが、頭の空っぽな金持ち連中にとって本物の誘引力を及ぼすと知っているからだ。そういう連中こそは彼らが何よりも欲しがっている客なのである。そして一般にセレブはレストランを好むから、レストランとセレブのあいだにはごく自然に、一種の共生関係がなりたつ。ミニ・セレブになりたてのジェドは、自分の新しい立場にふさわしい謙虚な無頓着さを苦もなく身につけた。セレブの成長株に関しての専門家であるジョルジュは、その点への賞賛の念を込めたまなざしでジェドを見た。この晩、客は多くなく、韓国人カップルがいるだけだったが、彼らはすぐに立ち去った。オルガはルッコラ入りガスパッチョ、オマール海老（軽くローストしたもの）とヤマイモのピュレを選び、ジェドは〈強火でさっと炒めた〉コキーユ・サンジャック〔帆立貝〕、イシビラメのスフレ、キャラウェイ風味に洋梨《パスクラサン》の淡雪卵《ネージュ》を頼んだ。デザートのときに、エプロン姿のアントニーが、バ・アルマニャック〔最高級ブランデー〕の「カスタレード」、一九〇五年のボトルをかざしながらやってきた。「これ、お店からのサービス……」息を切らしながらそういうと、二人のグラスに注いだ。ローゼンシュタインとボウルズによれば、この年の「カスタレード」は芳醇にして高貴、華麗な味わいで魅了する。最後に残る乾燥プラムのようなスモーキーな香りは、熟成したブランデーの特徴を見事に伝える。味わいは口の中で長らく消えず、最後には古革の匂いを感じさせるのだという。アントニーはこのあいだ来たときより少し太っていたが、仕方のないことなのだろう。テストステロン〔男性ホルモン〕の分泌は年とともに減少し、脂肪分の割合は増加していく。アントニーも更年期にさしかかっていたのだ。

オルガは「カスタレード」の香りを酔い心地で、存分に吸い込んでから、唇を酒に浸した。彼女はフランスでの暮らしに驚くほどうまく適応していた。モスクワ郊外の公営アパートで少女時代を送ったとは信じられなかった。

「ヌーヴェルキュイジーヌのシェフたちは」彼女は一口飲んでから尋ねた。「つまり、評判のシェフたちは、どうしてほとんどホモセクシュアルばかりなのかしら」

「ははあ……！」アントニーは椅子の上で心地よげに伸びをし、店内をさも嬉しそうに見渡した。「それはもう、〈それこそは〉大変な秘密なんだよ。つまりホモセクシュアルはいつだって、最初っから、料理が〈大好き〉だったのさ。でも〈だれも〉そうとはいわなかっただけ。〈だれひとりとして〉ね。すごく影響を及ぼしたのは、フランク・ピションの三ツ星獲得だったと思う。トランスセクシュアルの料理人がミシュランの三ツ星を獲得できたんだから、これはとっても励みになったわけさ！……」彼は一口飲んでから、昔の思い出にふける様子だった。「それから、もちろん！」彼はひどく興奮した口調で話を続けた。「もちろん、原子爆弾なみに一切を変えてしまったのは、ジャン＝ピエール・ペルノ〔フランスのテレビ司会者、一九五〇年―。四半世紀にわたり人気ニュースキャスターとして君臨〕がカミングアウトしたことだったな！」

「そう、何といってもジャン＝ピエール・ペルノのカミングアウトだよね、あれは凄かった……」ジョルジュも不承不承、同意した。「でも、わかってるでしょ、トニー〔アントニーの愛称〕……」彼は冷やかすような、けんかを吹っかけるような調子で続けた。「結局のところ、社会がホモセクシュアルの料理人を受け入れまいとしてたわけじゃなくて、ホモセクシュアルのほうこそ、料理人になるのを拒んでいたのよ。われわれだって、『頑固者《テチュ》』〔非ヘテロセクシュアルのための月刊誌、一九九五年創刊〕には記事が載らなかったじゃないの。最初に取り上げてくれたのは『パリジャン』〔日刊紙、一九四四年創刊〕だった。伝統的なゲイ・コミュニティでは、料理を仕事にするというのはあまりゴージャスなことじゃないと思われていたのね。どっちかというと〈所帯じみてる〉って、そう、〈所帯じみた〉ことだって思われていたのよ！」ジェドは不意に、ジョルジュのいかにも恨みがましい態度は、実はアントニーが肥満し始めたことにも向けられているのであり、ジョルジュ自身、料理業界進出以前の、〈レザーと鎖〉を身にまとっていた漠とした過去に対してノスタルジアを覚え始めているのではないかと考えた。ともかく、話題を変えたほうがよさそうだった。そこでジェドは巧みに、ジャン＝ピエール・ペルノのカミングアウトの件を蒸し返した。だれもが知る、重大な一件であり、ジェドもテレビ視聴者として仰天させられたものだった。フランス2の生放送のカメラに向かって、ペルノが「そう、本当です、わたしはダヴィドを愛しています」と発言した瞬間は、彼にとっては二〇一〇年のテレビ界における重大なひとこまとして記憶されていた。その意見はたちまち一座の賛同を得、アントニーはもう一度みんなのグラスにバ・アルマニャックを注いだ。「ぼくの場合、自分は何といってもテレビ視聴者だと思っているんです」ジェドはその場の仲間意識に押されてそう口走り、オルガにびっくりしたような顔をされてしまった。

VI

ひと月後、マリリンはいつも以上にふくらんだ買物袋状バッグをかついでオフィスに入ってきた。立て続けに三度鼻をかんでから、ジェドの前に分厚い書類ファイルを置いた。

「紹介記事です……」ジェドが反応しようとしないので彼女はつけ加えた。

彼はうつろな目で書類ファイルを眺めるばかりで開こうとしなかった。「どんな中身なんです？」

「最高です。有名どころが勢ぞろいしています」そういいながら、彼女はさほど嬉しそうでもなかった。慢性鼻炎ではあったが、この小柄な女性は女戦士であり、〈特命行動〉のスペシャリストであった。彼女が胸をときめかせるのは、ムーヴメントを引き起こし、最初の大きな記事を勝ち得たそのときだった。その後、事態が勝手に進展していくと、彼女はふたたび忌まわしい無気力状態に陥る。声もどんどん小さくなり、いまではほとんど聞き取れないくらいだった。「何も書かなかったのは、ペピータ・ブルギニョンくらいですよ」

「それでは……」彼女は寂しそうにしめくくった。「あなたとお仕事できて、よかったです」

「ぼくら、もう会わないのですか?」

「いえ、もちろん、もしわたしにご用があれば。携帯の番号はご存知ですよね」

そして彼女は去っていった。何かわからない運命のほうへと、ふたたび旅立ったのだ——実際のところ、これからすぐに寝に帰り、ハーブティーでもいれるのではないかという気がした。出ていこうとして、彼女はもう一度振り返ると、消え入るような声でつけ加えた。

「これはわたしの人生で最大の成功のひとつだったんじゃないかと思います」

ファイルの内容に目をとおしてみてわかったのだが、展覧会評は実際、例外的なほど賞賛の声ばかりだった。現代社会においては、ジャーナリストたちが生まれつつある流行を見つけよう、つかまえよう、さらには可能であればそれを作り出してやろうと懸命になっているにもかかわらず、既成秩序をはずれたところで、自然発生的に流行が生まれ、名づけられる以前に興隆を見せるということが起こる——インターネットの大々的普及と、それに伴う活字メディアの崩壊以来、そうした事態が現実にはいよいよ頻繁に起こっているのだ。フランス全土における、料理教室のいや増す活況。近年、ソーセージやチーズの新製品に賞を出すローカルなコンクールの出現。ハイキング愛好熱の留まるところを知らない広がり。さらにはジャン゠ピエール・ペルノのカミングアウトに至るまで、すべてはこの新たな社会学的事実、すなわちジャン゠ジャック・ルソー以来、実際のところフランスにおいて初めて、田舎がふたたび〈トレンド〉になったという事実に収斂していた。フランス社会は、ジェドの展覧会のヴェルニサージュに続く数週間のあいだに、主要な新聞雑誌の記事をとおしてにわかにその事実を自覚したらしかった。そしてまさに、だれの注意もひかない実用品だったミシュランの地図は、その数週間で、リベラシオン紙が恥ずかしげもなく「郷土のマジック」と呼ぶことになるものへの特権的な入門手段とみなされるようになったのである。

窓から凱旋門の見えるパトリック・フォレスチエのオフィスは、モジュラー・コーディネーションのおかげで、室内の配置を変えることができた。いくつかの部分を動かすことで、講演会や上映会やブランチを、たかだか七十平米の限られた空間内で催すことができた。料理を温めるためには電子レンジがあったし、眠ることもできた。ジェドとの会見にあたって、フォレスチエは「ビジネス・ブレックファースト」プランを採用し、ローテーブルの上にはフルーツジュース、ウィーン風菓子パン、コーヒーが並べられていた。

フォレスチエは両腕を広げてジェドを迎えた。まさしく満面の笑顔だった。「信じていましたよ……。最初から、信じていたんですよ！」そんな彼の言葉には、ジェドがオルガから聞いていた話に照らしてみるなら、かなりの誇張があった。「ここまで来たのだから……、これからはさらに変化をつける必要がある！（彼は両腕をすばやく水平に振ってみせたが、ジェドはそれがラグビーのパスの真似であることをすぐに理解した）さあ、お座りください……」彼らはローテーブルを囲むソファに腰を下ろした。「〈ウィー・アー・ア・チーム〉」フォレスチエは別段意味もなくつけ加えた。

「先月、わが社の地図の売り上げは十七パーセント増加しました」彼は続けた。「少し価格を値下げすることだってできるでしょう。他の会社ならやるかもしれません。でもうちは、そうするつもりはありませんがね」

彼は少し間をおいて、そうした商売上の決定がいかに大所高所からの判断であるかをジェドに考えさせてから、さらに続けた。

「それよりも予想外だったのは、昔のミシュラン地図にも買い手がついていることです。インターネットのオークションで動きがあります。二、三週間前までは、昔の地図は単に廃棄処分にしていたんです……」彼は陰気につけ加えた。「社内のだれひとりとして文化的財産の価値に気づかないまま、無駄にしていたんですよ……。あなたの素晴らしい写真が登場するまでは」彼は愚かにも無駄にしてしまった金額について、あるいはひょっとするとより一般的に、価値あるものの破壊について、苦悩に満ちた思索をめぐらせている様子だったが、やがて話を続けた。「そこであなたの……（彼は適切な言葉を探した）、あなたの〈作品〉についてですが、ここは攻勢に出なければいけません！」彼は突然、ソファの上で体をしゃんとさせた。いきなりローテーブルの上に跳び移り、ターザンのように両こぶしで胸を叩くのではないかという思いが一瞬、ジェドの頭をよぎった。ジェドはまばたきしてそんな印象を追い払った。

「オルガ・シェルモヨヴァさんとじっくり話し合いました。彼女とあなたとは、確か……

(彼はふたたび適切な言葉を探した。理工科学校卒業生の悪い癖だった。彼らは国立行政学院卒業生ほどの高給を払わずに雇うことができる。だが彼らは、適切な言葉をさがすためには国立行政学院卒業生以上に時間をかける。そして結局は見当はずれだったことに自分でも気づくのである)。つまりわたしたちは、われわれの販売網をとおしての直接的な商品化はありえないという結論に達しました。われわれがあなたのアーティストとしての独立を侵害しているように見られるとしたら、そんなことは問題外です」彼はいささか自信なげに続けた。「普通、アート作品の売買というのは〈ギャラリー〉をとおして行われるんですよね……」

「ぼくには特定の〈ギャラリスト〉はいません」

「わたしも、そういうふうに理解していました。そこで、こんな風な計画を考えてみたのです。われわれが制作するインターネットサイトに、あなたの作品を展示する。そこで作品を直接販売していただく。もちろん、サイトはあなたの名前で運営され、ミシュランの名前はいっさい出しません。写真の焼き付けはあなたご自身が責任をもってなさったほうがいいでしょう。品物の配送業務に関しては、われわれが完全に責任をもちます」

「お願いします」

「そりゃよかった、よかったです。これでわれわれは文字どおり、ウィン＝ウィン〔どちらにとっても利益がある関係〕になれますな！」彼は興奮していった。「いまお話ししたすべてを契約企画書に記しておきました。ご自分の目で、ゆっくりご確認ください」

ジェドは光に満ちた長い廊下に出た。その先のガラス窓はデファンス地区のアーチに面しており、冬の空は見事なまでに青く、人工的にすら思えた。フタロシアニンの青だ、とジェドは一瞬思った。彼は何か柔らかい物質の中を進むかのように、ためらいがちにゆっくりと歩いた。自分がいま、人生の新たな分岐点に立ったのだとわかっていた。オルガのオフィスの扉は開いていた。彼女がジェドに微笑みかけた。

「ああ、まさにきみがいっていたとおりになったよ」ジェドは手短に報告した。

VII

ジェドの学んできたことは純粋に文学的か芸術的なことばかりで、〈値段のつけ方〉という、すぐれて資本主義的な神秘について考えてみる機会はこれまで一度もなかった。彼が印刷用紙に選んだのは、ハーネミューレ社〔ドイツの伝統ある製紙会社〕のカンバス・ファイン・アートペーパーだった。発色があざやかで、時間がたっても変色がない。しかしこの紙を使うと、エプソンのプリンターがうまく対応しないせいで色の調節が難しく、きわめて不安定だった。写真の拡大印刷は二十枚限定ということにした。一枚印刷するのにかかる経費は約三十ユーロである。サイト上での販売価格は二百ユーロと決めた。

最初にアーズブルク地方〔フランドル地方〕の地図の拡大版をサイトで売り出したところ、三時間たらずで完売した。明らかに、適正な値段ではなかった。多少の試行錯誤を経て、数週間後には、四〇×六〇のサイズで二千ユーロ程度におちついた。こうしていまや、彼は自分の〈市場価格〉を知ったのだ。

パリ周辺はすっかり春めいていた。そしてジェドはいささかも予期しないことながら、かなり裕福な身分になりつつあった。四月になると、二人はジェドの月収がオルガのそれを追い抜いたことに気がついて驚いた。この年、五月の連休は例外的な長さにわたった。五月一日が木曜、八日〔第二次大戦の勝利記念日〕も木曜——それから例年どおり主の昇天の祝日、そして聖霊降臨節の長い週末となる。〈フレンチ・タッチ〉の新しいガイドブックが出たばかりだった。編集を指揮したのはオルガで、ホテル業者から届いた文章を自ら書き直し、とりわけ写真に関しては、あまり魅力的でないと思えたときにはわざわざ撮り直させた。

　リュクサンブール公園に夜が訪れた。二人はバルコニーに座っていたが、気温は暖かだった。まだ帰らずにいる子どもたちの声が遠くから聞こえてきた。もうすぐ公園の柵が閉められる時刻だった。オルガがフランスで知っているのは、結局のところパリだけなんだ、とジェドは〈フレンチ・タッチ〉のガイドブックをめくりながら思った。彼自身、本当のところさして違いがあるわけではない。ガイドブックを眺めていると、フランスはまるで魔法の国であり、お城や貴族の館《マノワール》がちりばめられた、素晴らしい土地からなるモザイクであるかのようだった。呆然となるほどの多様さとはいえ、どこにいっても〈生きる歓び〉を味わえるらしい。

「週末、どこかに行こうか」彼はガイドブックを置いていった。「きみの作った本に載っているホテルのどれかにでも……」

「そうね、いいアイデアだわ」彼女は少し考えた。「でも、職業は明かさないこと。わたしがミシュランに勤めていることは内緒よ」

それでもやっぱり、とジェドは思った。ホテル側は特別な扱いをしてくれることだろう。都会的な、若く裕福で子どものいない、美的にいって実に絵になるカップルで、まだ恋の始まりの時期であり、それゆえ何を見てもすぐ感嘆の声を上げる。というのも、その手のカップルはいずれ難しい時期が訪れたときのために〈美しい思い出〉を蓄えておきたいと願っているのだし、そうした思い出があればカップルの〈危機〉さえ乗り越えられるかもしれないのである。——あらゆるホテル・レストラン業者にとって、二人は理想的顧客の典型そのものだった。

「あなたは、まず最初にどこに行きたい？」

考えてみると、それはけっこう難しい問題であることにジェドは気づいた。彼の知っている範囲でも、何とも魅力的な地方が山ほどある。フランスが素晴らしい国だというのは、ひょっとしたら本当なのかもしれない——少なくとも、観光客の視点からは。

「まず中央高地に行ってみよう」ジェドは決断を下した。「きみにとってはそれがいちばんいい。最高の場所ではないかもしれないけれど、実にフランス的だよ。つまり、フランス以外にはないような場所なんだ」

今度はオルガがガイドブックをめくってみた。そしてあるホテルを示したが、ジェドは眉をひそめた。「鎧戸の選択がまずいなあ……。灰色の壁石だったら、鎧戸は栗色か赤。緑でもいいかな。でも青は絶対だめだよ」紹介文を読んで、ジェドの困惑は深まった。「何だ、この変てこな文章は？〝カンタル〔フランス中南部オーヴェルニュ地方〕の中心部、そこはすでに南国気分、伝統《トラディション》はくつろぎ《デコントラクション》と、自由《リベルテ》は敬意《レスペ》と韻を踏む……〟だって。自由と敬意って、そもそも韻を踏んでさえいないじゃないか」

オルガはガイドブックを受け取り、じっくりと読んでみた。「なるほど、わかったわ！……〝マルティーヌとオマールが、本物の料理とワインをみなさんにご紹介いたします〟。つまりこのマルティーヌはアラブ人の男と結婚したのよ。だから〝敬意〟が出てくるわけ」

「そりゃ悪くなさそうだ。特に、だんなさんがモロッコ人なのだとしたら。モロッコ料理ってとてもおいしいからね。きっとフランス料理とモロッコ料理をフュージョンさせているのかもしれない。たとえば、フォワグラ入りパスティーヤとか」

「そうね」オルガはあまり乗り気になれないようだった。「観光客として行くんだから、わたしは純フランス風がいいわ。フランス風モロッコとかフランス風ヴェトナムは、サン＝マルタン運河のお洒落なレストランなら似合うけど、カンタルの高級ホテルには全然だめね。このホテル、ガイドブックから削ったほうがよさそうだわ……」

オルガはその言葉を実行はしなかった。しかしこの会話は彼女にとって考えるヒントを与えた。数日後、彼女は上司に、ホテルチェーンで実際に消費されている料理の統計調査をしてみたらどうかと提案した。六か月後にようやく判明した結果は、彼女の最初の直観を大幅に裏づけるものだった。クリエイティヴな料理やアジア料理はまったく人気がなかった。北アフリカ料理が人気を博しているのは南仏とコルシカにおいてだけだった。地方別にかかわらず、「伝統的な」あるいは「昔ながらの」イメージを売り物にするレストランは、平均を六十三パーセントも上回る収入を上げていた。田舎風豚肉料理やチーズが定番としての価値を誇っていたが、とりわけモリバトやエスカルゴ、ヤツメウナギなど珍しい生物を素材に用いた、単にフランス的というだけでなく郷土色の強い料理が例外的な成績を記録していた。レポートのまとめを書いた〈高級・中級フード〉部門の責任者は、以下のような端的な言葉で全体をしめくくっていた。

「〈ライト〉感覚なガストロノミーを求めるアングロサクソンの顧客の趣味ばかりに標準を合わせたのは、恐らくは我々の間違いであった。彼らにとって美味は衛生上の安心感と切り離せず、殺菌は大丈夫か、コールドチェーン〔生鮮食品の低温流通体系〕はちゃんと機能しているかどうかを気にかけるという話だった。だが現実には、そんな顧客は存在しない。アメリカ人観光客がフランスを大挙して訪れたためしはないし、イギリス人観光客は減少し続けている。アングロサクソンの顧客をすべて合わせても、我々の売上総高においてもはや四・三パーセントしか占めていない。我々にとって新たな顧客、現実的な顧客は、より若く、苛酷な環境の国々、衛生基準など最近になって決められたばかりであるか、いずれにせよあまり守られていないような国々からの客である。彼らはアングロサクソンの顧客とは反対に、フランス滞在中は〈ヴィンテージ〉的な、さらには〈ハードコア〉なガストロノミーを経験したいと願っている。今後、われわれのガイドに登場するにふさわしいのは、こうした新たな状況に適応しうるレストランのみであろう」

Ⅷ

二人は幸福な数週間を過ごした（それは〈若者たち〉の激しい、熱狂的な幸福ではなかったし、それはもはや無理だった。彼らにとって、ウィークエンドに〈薬でキメる〉とか〈むちゃ飲みする〉などというのはもはや問題にならなかった。まだ、それを面白がることのできる年齢だったとはいえ、二人はいまや西欧社会が中流・上流階級の中年層に提供する、エピキュリアン的な、穏やかで洗練された、しかもスノッブではない幸福への準備段階にいた）。最高級レストランのボーイが「アミューズ・グール」〔前菜〕や「始めの一皿」の内容を説明するときの芝居がかった語り口にも慣れたし、皿を替えるたびにボーイが「それでは続きをお楽しみください！」と大げさな文句をなめらかな口調で唱えるのにも慣れた。そのせりふを聞くたびにジェドは、かつて社会党支持者と思しき、小太りの若い司祭の口から出た「それではよいミサを！」という言葉を思い出すのだった。ジュヌヴィエーヴとジェドは、当時モンパルナス大通りに住んでいたジュヌヴィエーヴのアパルトマンでセックスをしたのち、日曜朝のミサの時刻に、突然、不合理な衝動に駆られて、ノートル＝ダム＝デ＝シャン教会に入ったのである。それ以来たびたび、彼はその司祭のことを考えた。外見的にはフランソワ・オランド〔フランス社会党の政治家。二〇一二年大統領に就任〕に少し似ていたが、政界のリーダーとは異なり、彼は神のために〈宦官〉となったのである。後年になって「シンプルな職業」のシリーズに乗り出したとき、ジェドは幾度も、神に身を捧げて純潔を保ち、自らの信仰によって人々に励ましを与えるべく首都で奮闘する、数が減る一方のこうした人物たちの肖像画を描きたいと考えた。だがうまくいかなかった。主題をつかむことさえできずじまいだった。はるか昔から伝わる、とはいえもはや本当にはだれも理解していない霊的伝統の継承者である司祭たちは、かつては社会の第一線に位置していたにせよ、今日ではラテン語や教会法、合理的神学その他のほとんど不可解な学問の習得を含む、恐ろしく長い勉学期間ののち、経済的に悲惨な状況下で生き残りの道を探すことを強いられ、他の乗客に混じって地下鉄に乗り、福音書を読む集いのあとは非識字者の読み書き支援クラスに顔を出し、朝はまばらな、老齢化の著しい会衆に向かってミサを唱え、あらゆる官能の喜びは禁じられ、家庭の喜びという人間にとってもっとも基本的な喜びさえ味わえない身の上でありながら、日々、変わることのない楽天性を職務ゆえに示し続けなければならないのだ。ジェド・マルタンのほぼすべての絵画作品は、とのちに美術史家たちは書くことになるのだが、自分の仕事に〈熱意をもって〉取り組む男女を描いているが、そこに描かれているのは理屈に合った熱意であり、職業上の要請はその見返りとして、その割合はさまざまであるにせよ、経済的満足と自尊心の満足を保証している。慎ましく、お金と無縁で、だれからも軽蔑され、都市生活のあらゆる気苦労を背負いながら都市生活のもたらす快楽にはいささかもあずかれない若い司祭たちというのは、信仰をともにしない者にとっては手にあまる、近づき難い主題だった。

逆に〈フレンチ・タッチ〉のガイドブックが紹介しているのは、限られた範囲ではあるが、しかし実際に検証してみることのできる楽しみの数々だった。たとえば〈笑うマーモット〉の主人は店の紹介文の最後に、自信たっぷりな揺るぎない調子でこんな言葉を記している。その満足感を客もまた分かち合えるかもしれないのである。「テラスつきの広々としたお部屋（バスルームはジャグジーつき）、魅惑的なメニューの数々、朝食には十種類の自家製ジャム――ここはまさしく魅力のホテルです」あるいは〈カルペ・ディエム〉〔ラテン語で「この日をつかめ」の意味〕の主人が自分の宿での滞在を紹介する詩のような文章に惹きつけられる向きもあるかもしれない。「あなたは微笑みとともに庭園（地中海式）からスイートルームへと導かれていくことでしょう。そこはあなたのあらゆる感覚に嬉しい驚きを与えてくれる場所。目を閉じさえすれば、白い大理石のハマームを満たす楽園の香り、湧き出るお湯の音が胸に刻まれる。それが告げているのはただひとつの事実――〝ここでは、人生は美しい〟」ブルボン＝ビュセ城の荘厳な敷地内で、一族の子孫は歓待の伝統を優雅に守り続けており、皆様には十字軍の時代にまでさかのぼる、胸打つ思い出の品々（おそらく、ブルボン＝ビュセ家の人間にとって胸打つ、ということなのだろう）をご覧いただくことができる、云々。ウォーターピロウつきの部屋もあった。〈古きフランス〉ないし〈郷土〉的要素と、現代の快楽主義的設備の共存は奇妙な印象を与えうるし、悪趣味とさえ思われかねない。だがおそらくはこうしたありえないミクスチャーを、とジェドは思った。〈フレンチ・タッチ〉を読む人々、あるいは少なくともその〈コアな読者〉は求めているのだろう。事実をそのまま綴ったということになっている、紹介文に盛り込まれた約束の数々は、ともかくも守られていた。シャトーホテル、〈ゴルジュ・デュ・オー＝セザリエ〉の庭園には、牝鹿やリス、小さなロバがいるはずだった。行ってみると実際、小さなロバがいた。〈オーベルジュ・ヴェルティカル〉では、庭園をそぞろ歩いていればミゲル・サンタマヨールと出会えるはずだった。彼は「伝統と未来主義のとてつもない統合」を成し遂げつつある〈直観の料理家〉である。実際、調理場では何やら導師めいた様子の人物が動きまわっており、「野菜と季節の素材のシンフォニー」を賞味したあとにはサンタマヨールその人がやってきて、〈情熱のハヴァナ葉巻〉を一本、差し出してくれるのだ。

二人は休暇の終わり、聖霊降臨節の週末をヴォー＝ド・リュニーのシャトーホテルで過ごした。これぞ〈特別な隠れ処〉で、豪奢な客室は、元々はル・ノートル（アンドレ・ル・ノートル、ヴェルサイユ宮殿の庭園を設計した十七世紀フランスの造園家）が設計したものだという四十ヘクタールの庭園に面していた。料理はガイドブックによれば「無限の豊かさをもつ郷土の味を昇華した」ものであり、「フランスのこのうえなく見事なエキス」を提供している。オルガはそのホテルで、聖霊降臨節の月曜、朝食時に、実は月末にロシアに帰国することになったとジェドに告げたのだった。その時、彼女はワイルドストロベリーのジャムを試していて、ル・ノートル設計の庭園では、人間たちのドラマに少しも関心のない鳥たちがさえずっていた。二人から数メートル離れた席では、中国人一家がゴーフルとソーセージをむさぼり食べていた。元来、このシャトーホテルで朝食にソーセージを出すようになったのは、タンパク質豊かなボリュームある朝食を願う、伝統遵守のアングロサクソンの観光客たちの希望に合わせるためだった。ソーセージ問題はホテル経営陣の会議の議題となり、短時間の議論の末に、きっぱりと決着がつけられた。新たな顧客として登場した中国人たちの嗜好はいまだはっきりせず、的確に示されてはいないが、とはいえソーセージへの好みは明らかである。それゆえ、この食品の供給を維持しようということになったのである。ブルゴーニュの他の高級ホテルも同年、同じ結論に達していた。その結果、一九二七年以来地元で頑張ってきた〈マルトノ・ソーセージ&塩漬け製造会社〉は破産を免れ、FR3〔フランスの公営テレビ局、地方ニュースを主体とする。FR3は旧名で一九九二年以来フランス3と改称〕の「社会問題」コーナーで取り上げられずにすんだのだった。

とはいえオルガは、いずれにせよ〈タンパク質過多〉なタイプの女性ではなく、ワイルドストロベリーのジャムのほうが好みだった。そして彼女は本気で緊張し始めていた。自分の人生がこの数分間で決まることが彼女にはわかっていたし、現代において男たちとは実に本心を見きわめがたい存在だったからである。最初は簡単な話で、ミニスカートはいつだって切り札になる。だがそれ以降、男たちはどんどん理解しがたくなる。ミシュラン社は、今後の発展の優先目標であるロシアでの存在感の増大を強く願っていた。オルガの給料は間違いなくこれまでの三倍に増え、五十人ほどの部下を率いることとなる。これは彼女にとっていかなる理由でも拒むことのありえない異動であり、拒むとしたらそれは取締役にとって単に理解不可能であるだけでなく、犯罪的ですらあった。というのも、ある程度のレベル以上の幹部社員は会社に対してのみならず、自分自身に対しても責任を負うのであり、自分のキャリアのことを、まるでキリストが教会に対して、あるいは妻が夫に対してするがごとくいたわり、慈しまなければならないからだ。そしてキャリア上の要請に最小限の注意も払わないとすれば、上司たちは困惑し、出世するに値しない人物の烙印を押されてしまうのである。ジェドは半熟卵をスプーンでかきまわしながら、頑として沈黙し続けた。ときおりオルガを、まるで叱られた子どものように上目づかいで見ていた。

「ロシアに来てちょうだいね……」オルガはいった。「いつでも、好きなときに来てくれればいいのよ」

彼女は若かった。より正確にいえば〈まだ若かった〉。人生にはなおさまざまな可能性がある。そして人間関係には時とともに次々と、思いもよらぬ進展が生じるはずだと信じていた。

風に吹かれて、庭園に面した窓のカーテンが揺れていた。鳥たちのさえずりがにわかに高まったかと思うと、やがて静かになった。中国人たちはそっとテーブルをあとにしていた。あたかも非物質化したかのようだった。ジェドは相変わらず黙り込んでいたが、ようやくスプーンを置いた。

「あなたは答えるまでに時間がかかる人ね……」オルガがいった。「ちびのフランス人さん……」彼女はやさしくとがめるような口調でつけ加えた。「決心のつかない、ちびのフランス人さん……」

IX

六月二十八日日曜日、夕方近く、ジェドはオルガをロワシー空港〔シャルル・ド・ゴール空港〕まで送っていった。悲しいことだった。二人がいま、耐えがたいほど辛い一瞬を迎えているのだということは彼にもわかっていた。しかし、よく晴れて穏やかな天気のせいで、その場にふさわしい気分が湧いてこないのだった。二人を離ればなれにしてしまう成り行きに立ち向かい、彼女の足元に身を投げ出し、飛行機に乗らないでくれとすがりつくこともできただろう。そうすればオルガはそのとおりにしたかもしれない。だが、それからどうする？　新しいアパルトマンを探す？（ギヌメール通りのアパルトマンの契約は月末で切れようとしていた）明日に迫った引っ越しの予定をキャンセルする？　無理ではなかった。具体的に何か重大な問題があるわけではなかった。

ジェドは若くはなかった。厳密にいえば、彼には一度だって若かったことはなかった。とはいえ彼は、どちらかといえば経験に欠ける人間だった。人間ということでは知っているのは父親だけだったが、その父親でさえよく知っているわけではなかった。しかも父親とのつきあいは、人間関係に関して彼を大いに楽観的にさせてくれるものではなかった。父親を見ていて理解できたのは、人間の存在は〈仕事〉を中心に組織されるものであり、仕事の規模はさまざまであるにせよ、それこそが人生の最重要部分を占めるということだった。勤労の歳月が過ぎれば、それよりは短い、諸々の病気の進行によって特徴づけられる時期が始まる。人間の中には、人生のもっとも活動的な時期に〈家族〉と呼ばれる、種の再生を目的とするミクロ＝グループに加わろうと試みる者たちもいる。だがその試みは多くの場合、失敗に終わる。それは「時代の性質」と関係があるのだろうと、ジェドはオルガとエスプレッソを飲みながら漠然と思った〈〈セガフレード〉〔イタリアに本部を置く飲食店チェーン〕のカウンターにいる客は彼らだけだった。全体的に、空港自体があまり騒々しくはなく、最低限の会話のざわめきも、この場所といわば不可分の沈黙によって――ある種の民間病院のように――消音されているのだった)。それは錯覚にすぎず、今日、あらゆる個人の運命の成就にかくも重要な役割を演じている空港というグローバルな交通施設は、いま軽く休憩を取っているにすぎず、ヴァカンスの時期到来となればフル回転の忙しさとなるに決まっていた。とはいえ彼は、この静けさのうちにひとつのオマージュ、こんなにも早々と中断されてしまった二人の愛に対して社会的機構が捧げた控え目なオマージュを見出したい気持ちにも誘われるのだった。

最後にキスを交わしたのち、オルガが出発ロビーに向かったときにも、ジェドは何の反応も見せなかった。ロピタル大通りの自宅に戻ったときに初めて、自分が人生の流れの中で、ほとんど意識せずして新たな段階に踏み出してしまったことを理解したのだった。そう理解できたのは、数日前まで自分の世界を構成していたものが突如としてすべて、まったく空虚に感じられたからだった。棚には道路地図や写真のプリントが何百枚と散らばっていたが、そのすべてがもはや何の意味もなかった。諦めの念とともに、彼はヴァンサン゠オリオル大通りの大型スーパーマーケット〈カジノ〉で大容量のゴミ用ビニール袋を二束買ってきて、家に戻ると、作品をビニール袋に詰め始めた。紙は重いものだな、と彼は思った。これではゴミ置き場まで何往復もしなくてはならない。何か月、いや、何年にもわたる仕事を彼は破壊しようとしていた。はるか後年、有名に――実際のところ、とてつもなく有名に――なったとき、ジェドは幾度も、あなたにとって〈アーティスト〉であるとは何を意味しますかと聞かれることになった。格別面白い答えも、独創的な答えも思いつかなかったが、彼にいえることがひとつだけあり、従ってインタビューを受けるたびにそれをくり返すこととなったのだった。――アーティストであるとは、彼にとっては何よりも、〈従順な〉何者かであるということだった。それは神秘的な、予見できない、それゆえいかなる宗教的信仰も抜きで〈直観〉としか呼びようのない種類のメッセージに対する従順さなのだが、とはいえ、そのメッセージは有無をいわさぬ、絶対的なやり方で命令を下し、それを逃れる術をまったく与えない――さもなければ、完全さの概念も自尊心も、そっくり失われてしまうのである。このメッセージはひとつの作品の破壊、さらには一連の作品群すべての破壊を命じることもありえた。それは根源的に新たな方向に向かうためだったが、しばしば、何の方向も、いささかの計画も、継続への少しの希望もなしの破壊でもあった。この点で、そしてこの点においてのみ、アーティストであることは時に、〈困難〉と形容されうるのだった。そしてまたこの点で、そしてこの点においてのみ、アーティストであることは他の職種や〈職業〉と異なっていた。ジェドはキャリアの後半でそれらの職業を讃える作品を生み出し、それが彼に世界的な名声をもたらすこととなった。

翌日、彼はビニール袋をいくつかゴミ置き場に運び、それからゆっくりと丹念にカメラ一式を解体して、蛇腹、フィルター、レンズ、フィルムホルダー、カメラ本体を移動用アタッシェケースにしまった。夕方、彼はテレビをつけてツール・ド・フランスの開幕戦を見たが、勝利を収めたのはほとんど無名のウクライナ人選手だった。テレビを消すと、彼はパトリック・フォレスチエに電話したほうがいいだろうと考えた。

ミシュラン・フランス・グループの広報部長は、ジェドの決意を聞いてもあまり驚いた様子はなかった。ジェドがミシュラン地図の撮影をやめる決心をするのなら、それでもなお続けるよう強いることなどだれにもできない。いつやめてもいいことは、契約書にはっきりと記されているとおりだった。実際、フォレスチエにとってはどうでもいい問題であるという印象を受けたので、ジェドは彼が、明日の朝お会いしましょうと提案したことにびっくりしたくらいだった。

ジェドは、グランド＝アルメ大通りのオフィスに着くやいなや、フォレスチエが実際に願っていたのは、自分の仕事上の悩みを素直に聞いてくれる相手に打ち明け、語って聞かせることだったのだとわかった。オルガの異動により、彼は頭がよく、献身的で、何か国語も話せる部下を失った。しかも信じがたいことに、これまでのところその穴を埋めようという提案がない。取締役に「完全にはめられてしまった」という表現に、彼は自らの苦い思いを込めるのだった。そりゃ、オルガがロシアに戻るのは仕方がないでしょう、自分の国なんですから。ロシア人どもがタイヤを何百万本も買うのもまた当然のこと、何しろ連中の国の道路はひどいし気候もひどい、とはいえミシュランはフランスの企業なのですよ。何年か前まではまだ、事態はこんな具合ではなかった。国内部門からの要求項目は、最近までは命令に等しかった、少なくとも特別扱いで考慮されたものだ、ところがグループの資本の大半を外国の機関投資家が握るようになって以来、そんなのはみんな過去の話になった。そう、事態はすっかり変わったのです、と彼は陰気な喜びを込めて繰り返した。ロシアに比べて、ミシュラン・フランスの意向はもはやあまり重きをもたなくなった。しかも中国だって出てきた。こんな調子が続くなら、ブリヂストン、さらにはグッドイヤーにでも移ったほうがましということになるかもしれない。まあ、それはここだけの話ですがね、と彼はにわかにおびえた口調になっていった。

ジェドはもちろん内輪の話にしておきますよと請け合って、自分自身の件に話題を戻そうとした。「そう、インターネットサイトのことでしたね……」フォレスチエはいまになってようやく思い出したらしかった。「それでは、このシリーズはこれをもって終了というのがあなたの考えである旨、メッセージをつけ加えることにしましょう。これまでにプリントしてある写真は販売を続けることにして。それで問題はありませんか？」問題はなかった。「それに、もうあまり残りはありません。実によく売れましたよ……」そういう彼の声にはふたたび、かすかな明るさが戻ってきた。「ミシュラン社の地図が、批評家たちに絶賛を浴びているアート作品のもとになったという説明文も、そのままにしておいていいですか？」ジェドにとってはそれでまったくかまわなかった。

ジェドをオフィスの外へ送っていくとき、フォレスチエはすっかり陽気さを取り戻していた。ジェドの手を熱心に握りしめながら、彼はこうしめくくった。「あなたとお知り合いになれてよかったです。われわれの関係はウィン＝ウィン、完全にウィン＝ウィンでしたよね」

X

何週間か、何も起こらない、あるいは起こらないも同然の日々が続いた。そしてある朝、買い物から戻ったとき、ジェドは五十がらみの、ジーンズに古びた革のジャンパーという姿の男が、建物の入口で待っているのに気がついた。かなり長いあいだ待ち続けていた様子である。

「こんにちは……」と男はいった。「いきなり申し訳ありません。でもほかにやり方がなかったものですから。もう何度も、ご近所でお見かけしました。ジェド・マルタンさんですよね」

ジェドはうなずいた。男の話しぶりは、教養があって、話すことに慣れている人物という印象を与えた。ベルギー人のシチュアシオニスト〔シチュアシオニスト運動は『スペクタクルの社会』（一九六七年）で知られるギー・ドゥボールの率いた前衛的な政治・芸術運動〕か、プロレタリア知識人という感じ——とはいえシャツは〈アロー〉のものだったが。しかしその力強い、ざらざらした手は、彼が実際に何か手を使う仕事に従事していることを示していた。

「道路地図の作品、よく知っていますよ。ほとんど最初のころから拝見していました。わたしもこの近所に住んでおりまして」彼は手を差し出した。「フランツ・テレールと申します。ギャラリーを経営しています」

ドンレミ通りのギャラリーに向かう道すがら（彼はこのあたりが多少とも流行の地区になる直前にその場所を買っていた。彼によればそれは、自分の人生の数少ないよいアイデアのひとつだった）、何か飲んでいこうということになり、シャトー＝デ＝ランチエ通りの〈シェ・クロード〉に立ち寄った。二人はのちにこのカフェの常連となり、ジェドはそこで「シンプルな職業」シリーズの二番目の絵の題材を得た。十三区に残った最後の「庶民層」年金生活者たち向けに、バロングラスに注いだ並以下の赤ワインと、パテとピクルスのサンドイッチを出し続けている店だった。年金生活者たちは順番に、一人また一人と死んでいき、彼らに替わる新しい客は現れなかった。

「新聞で読んだんですが、第二次大戦後、フランスのカフェの八十パーセントがなくなったそうです」フランツは店内を見まわしながらいった。彼らから遠くない席で、四人の年金生活者たちがフォーマイカのテーブルの上で黙々とトランプの札をやりとりしていた。トランプゲームの先史時代にさかのぼる、理解不能の規則に従っているらしかった（ブロットか？それとも〈ピケット〉？）。さらに向こうでは、赤鼻の太った女がパスティスを一息で飲み干していた。「いまでは昼食は三十分ですませるようになったし、酒も飲まなくなったでしょう。そして禁煙の法令がとどめを刺したわけです」

「揺り戻しがありますよ。前と同じにはならなくても。長いあいだ、生産性増大の時期が続いて、それがいま終わりにさしかかりつつあるのでしょう。少なくとも、西欧では」

「あなたは本当に、物事に対して不思議な見方をおもちですね……」フランツはジェドをまじまじと見てからいった。「面白いと思いましたよ、あなたのミシュラン地図の作品。本当に面白いと思いました。とはいえ、うちのギャラリーにあなたを迎えようとは思わなかったかもしれない。つまり、あなたは自分に自信がありすぎる。こんなにお若いにしては、それがいささか異常とも思えたのです。ところが、インターネットで、地図シリーズをやめる決心をなさったことを知りました。そこで、あなたに会いに行こうと決めたんです。わたしのギャラリーの専属になっていただくために」

「でも、これから何をするか、まったくわかっていないのです。そもそもぼくには、自分がアート関係の仕事を続けていくかどうかさえわからないのです」

「そうじゃないんですよ……」フランツは忍耐強くいった。「わたしは何か特別なアートの形式や、〈手法〉に興味があるわけではない。あなたという人のあり方、芸術行為や、社会の中での芸術の位置に対する眼差しに惹かれるのです。もしあなたが明日、スパイラルノートのページを一枚破った上に『自分がアート関係の仕事を続けていくかどうかさえわからない』と書いてわたしのところにもってきたとすれば、わたしはその紙をためらいなしに展示しますね。とはいえ、わたしはインテリではありません。それでもあなたに興味をかきたてられるのです」

「そうなんですよ、わたしはインテリじゃないんです」彼はその点を強調した。「高級住宅地に住んでいるインテリの気障な態度を多少まねようとはしています。この業界ではそのほうが便利なのでね。しかしわたしは彼らの仲間じゃない。大学入学資格《バカロレア》さえもっていません。最初、わたしは展覧会場の設営や片づけをやっていたのです。それから小さなスペースを買った。そしてアーティストたちと幸運な出会いがありましてね。ただしわたしの判断の基準はいつだって、もっぱら、直感だけなのです」

それから彼らはギャラリーに赴いた。ジェドの想像よりも広く、天井が高く、コンクリートの壁は金属の小梁で支えられていた。「ここは昔、金属工場だったのです」フランツが説明した。「一九八〇年代半ばに倒産して、それ以来ずっと空家のままになっていたのですが、それをわたしが買ったわけです。改装するのは大変でしたよ。でもそれだけの価値はありました。なかなかいいスペースでしょう」

ジェドはうなずいた。移動式パネルが脇にかたづけられていたので、展示スペースの全体が見とおせた——三〇×二〇メートルの広さがあった。そこにはいま、黒い金属製の大型彫刻が並んでいた。スタイルとしてはアフリカの伝統的彫刻にインスピレーションを得たものと思えるが、しかし主題的には明らかに現代のアフリカを表していた。人物たちは苦悶に身をよじるか、大鉈やカラシニコフを手に殺し合うかしていた。そのふるまいの荒々しさと、人物たちの硬直した表情の混淆から、とてつもなく忌まわしい効果が生じていた。

「作品の保管場所としては」とフランツが説明を続けた。「ルール＝エ＝ロワールに倉庫を借りてあります。湿度という点ではあまり好もしい場所ではないし、セキュリティはいっさいなしです。つまり保管場所として大変悪い条件ですが、とにかくこれまで、問題はありませんでした」

二人はしばらくして別れた。ジェドの気持ちは大いに乱れていた。家に帰る前に延々とパリの街を歩いた。二度ほど、道に迷いさえした。それからの数週間も同じ調子で、外出し、結局のところ彼のあまり知らないこの街をあてどなく歩き、ときおり立ちどまっては自分の位置を知るためにカフェに入った。たいがいの場合、地図で確認しなければならなかった。

十月のある午後、マルチール通りを上りながら、にわかに、このあたりはよく知っているという不思議な感覚にとらわれた。もう少し行くと、たしかクリシー大通りがあり、セックスショップやエロチックな下着ブティックが並んでいる。ジュヌヴィエーヴもオルガも、ときどき彼を連れてエロチックな衣裳を買いに行くのを好んでいた。しかしそんなときに行くのはたいてい、大通りのずっと下のほうのレベッカ・リブスの店だった。違う、それとは別の記憶だった。

トリュデーヌ大通りの角で立ちどまり、視線を右に向けたとき、思い出した。十メートルほど先に、父の在職時、最後の数年間のオフィスがあったのだ。ジェドはそこに祖母の死後、一度だけ来たことがあった。ポール＝アンボヌ〔ヌーディスト村で知られる南仏キャプ・ダグドの港〕の文化センター建設の契約を得たのち、父の会社は〈イメージをアップする〉必要を感じた。いまや企業の本社をビル内ではなく〈一戸建て〉のお屋敷然とした建物に置くのが流行で、できれば〈石畳のある中庭〉つきが望ましかったが、〈街路樹のある大通り〉でも格好はついた。道幅が広く、プラタナスの並木があってほとんど田舎のように閑静なトリュデーヌ大通りは、名のとおった建築家のオフィスを置くにはうってつけだった。

ジャン＝ピエール・マルタンは本日は午後ずっと会議に出ております、と受付の女性はジェドに告げた。「私はマルタンの息子です」ジェドは穏やかにいい渡した。受付の女性は一瞬ためらってから、電話を取った。

数分後、ホールに現れた父は、ワイシャツ姿で、ネクタイもゆるんでいて、手には薄い資料をもっていた。息遣いが荒く、何か激しいやりとりがあったらしかった。

「いったいどうした？　何か事故でも？」

「そうじゃないんです。ただ通りかかったものだから」

「いまけっこう忙しいんだ。だがまあ……待っていてくれ。コーヒーでも飲みに行こう」

会社は難しい時期にさしかかっている、と父はジェドに説明した。本社を移したのが高くついたし、黒海沿岸の海浜リゾート再開発の大きな契約を逃した。父は共同経営者と罵り合いを演じたところだった。やがて呼吸が落ち着き、平静さが戻った。

「どうしてもう辞めないんです」ジェドが尋ねた。父はまったく意味がわからないという表情で、何もいわずジェドを見た。

「だって、お金はけっこう稼いだんでしょう。リタイアして、少しは人生を楽しんだら」父は相変わらず息子を見つめていた。息子の言葉が腑に落ちない、あるいはその意味がつかめないという様子だったが、少なくとも丸一分は経ってからこう問い返してきた。「そうはいっても、何をすればいいんだ？」その声にはまるで途方に暮れた子どもの声のような響きがあった。

パリの春はしばしば、単に冬の延長にすぎない——雨が続き、寒く、道はぬかるんで汚い。パリの夏もまたたいがいは不快である。街は騒々しく、ほこりっぽく、暑さは長続きせず、二、三日もすれば嵐が来て、そのあとは突然涼しくなる。パリが本当の意味で気持ちのいい街になるのは秋だけだ。つかの間、よく晴れた日が続き、乾燥し澄んだ空気がぴりっとした爽快さを感じさせてくれる。十月のあいだずっと、ジェドは散歩を続けた——外部の印象は何ひとつ心に届かず、何か思索や計画が湧き上がってくるわけでもない状態での、ほとんど自動的な歩行を散歩と呼べるならばの話だが。夜眠れるように体を疲れさせることだけがその目的だった。

十一月初めの午後、彼はオルガの住んでいたギヌメール通りのアパルトマンの前に来た。いつかはこうなるはずだったんだ、と彼は思った。自動的な運動の罠にはまって、かつて何か月ものあいだ、同じ時刻に通っていた道を選んでしまったのである。息が苦しくなって、彼は引き返すとリュクサンブール公園に向かい、目に入ったベンチにくずれるように座り込んだ。それはギヌメール通りとアサス通りの端、庭園の一角を占める赤レンガ造りの、モザイクで飾られた不思議なあずまやの横だった。少し向こうでは、夕日がマロニエの木々を温かみのある、オレンジ色を帯びた素晴らしい色に輝かせていた。まるでインディアンイエローだな、とジェドは独りごちた。「リュクサンブール公園」の歌詞がふと記憶によみがえってきた。

また一日が過ぎた
愛のない一日が
また一日が過ぎた
わが人生の一日が

リュクサンブール
は老いた
公園が？
それとも私が？
自分ではわからない。

多くのロシア人たちと同様、オルガもジョー・ダッサン〔アメリカ生まれのフレンチ・ポップスの人気歌手。「オー・シャンゼリゼ」等のカバーで知られる〕が好きだった。とりわけ最後のアルバムに収められた何曲かが大好きで、その諦念のにじむ明るいメランコリーを愛していた。ジェドは思わず身ぶるいし、抑えようのない気持ちがこみ上げてくるのを覚え、そして「やあ、恋人たち」の歌詞を思い出すと、ついに泣き出してしまった。

愛しあうのも別れるのも
ごく気軽だった、明日のことなど考えず
明日はいつだって早く来すぎることも
別れはときに簡単すぎることも知らなかった。

ヴァヴァン通りの角のカフェで、彼はバーボンを注文したが、すぐさま自分の間違いに気づいた。焼けつくような酒の味に元気を取り戻したかと思ったが、やがてまたしても悲しみに襲われ、涙が頬をつたった。不安げな目であたりを見まわしたが、さいわいだれもこちらに注意を払ってはいなかった。どのテーブルも法学部の学生で占められ、コンパやインターンシップや、要するに法学部の学生にとって興味のある話題で夢中だった。彼は心おきなく泣くことができた。

カフェを出てから、道を間違い、数分間、呆然と無意識に近い状態でさまよっていたが、やがてグランド=ショミエール通りのセヌリエ兄弟社〔老舗画材店、一八八七年創業〕の前に出た。ウインドーには絵筆や一般サイズのカンバス、パステル、チューブ入り絵具が展示されていた。彼は店に入り、何も考えずに「油絵」基本セットを買った。四角いブナ材の箱で、内部には仕切りがあって、最高級セヌリエ・チューブ入り油絵具が十二本、絵筆一揃い、そして溶き油の小瓶が収められていた。

やがて多くの論評が加えられることとなる「絵画への回帰」がジェドの人生に起こったのは、こうしためぐりあわせによるものだった。

XI

そののち、ジェドはセヌリエの絵具を使い続けたわけではなく、円熟期の作品はほぼすべてシュミンケ〔老舗画材店、一八八一年創業〕の最高級絵具ムッシーニを用いて描かれた。例外もあり、ある種の緑色、とりわけ「ビル・ゲイツとスティーヴ・ジョブズ、情報科学の将来を語りあう」の中の、海辺へと下っていくカリフォルニアの松林にあれほど魔術的な輝きを与えているシナバーグリーンは、ロイヤルターレンス社〔オランダの世界的画材メーカー〕のレンブラント絵具シリーズのものである。白に関しては、ほぼ常にオールド・ホランド油絵具を用いた。その不透明さが気に入っていたのである。

ジェド・マルタンの初期の絵画作品には——のちに美術史家たちが強調する点だが——誤解を与えやすいところがある。最初の二枚、「フェルディナン・デロシュ、馬肉屋店主」と「クロード・ヴォリロン、煙草屋兼バー店主」で失われつつある職業を取り上げたため、マルタンはノスタルジックな印象を与えかねず、フランスのいにしえの姿——現実にあったにせよ、幻想的なものにすぎないにせよ——を懐かしんでいるのだと受け止められかねなかった。だがそれほど彼の実際の関心から遠いものはなかったし、そのことは結局、彼の全作品をとおして明らかになったのである。最初に二つの立ち行かなくなった職業を選んだのは、実際にそれらがまもなく消え去ろうとしており、まだ猶予のあるうちに彼らの姿を画布に留めておく必要があったからにすぎない。職業シリーズの第三弾、「マヤ・デュボワ、遠隔保守アシスタント」〔情報機器保守を通信線をとおして行う仕事〕からすでに、彼はいささかも〈時代遅れ〉でもなければ立ち行かなくなったわけでもなく、反対に二十一世紀初頭の西欧の経済的再編成を主導した〈ジャストインタイム〉生産システム〔経済効率を高めるための完全受注生産方式〕を象徴するような職業を題材として選んだのである。

マルタンについて書かれた最初の研究書の中で、ウォン・フー・シンは色彩分析にもとづく奇妙なアナロジーを展開している。この世の物の色は、基本色をいくつか用いることによって表現が可能となる。ほぼ現実に近い表現を得るための最小の数は三である。しかし、四、五、六、あるいはそれ以上の基本色を設定することも完全に可能である。それによって表現のスペクトルはいっそう広がり、繊細さを増す。

同様に、とこの中国人研究者は続ける。ある社会の生産条件は、いくつかの基本的職業によって再現することが可能であり、その基本的職業の数は——彼は証明抜きで述べているのだが——十から二十のあいだである。「職業」シリーズのうち点数的にもっとも多い、美術史家たちが「シンプルな職業」と呼びならわしているシリーズにおいて、ジェドは四十二の基本的職業を題材として描いており、彼の時代の生産的条件の研究にとって、実に幅広く豊かな分析のスペクトルを提供している。それに続く二十二枚の絵画は、「企業のコンポジション」シリーズと伝統的に命名されているが、対決や出会いのテーマのもと、経済の機能をその全体において、弁証法的な関係性の観点から描こうとするものである。

「シンプルな職業」シリーズの制作には七年以上の時間がかかった。その歳月、ジェドはあまり人に会わず、恋愛関係であれ、単なる友人関係であれ、新しい関係をだれとも結ばなかった。それでも感覚の喜びを味わうひとときはあった。ヴァンサン＝オリオル大通りの大型スーパー、カジノで買い込んだパスタ類をさんざんぱら食べたり、あるいはレバノン人のエスコート嬢と一夜を過ごしたりもした。そのサービスぶりは、〈ニアモデル・ドットコム〉のサイトで彼女に寄せられている絶賛をみごとに裏づけるものだった。「レイラ、愛してるよ。きみは仕事に追われる日々の太陽、わがオリエントの小さな星だ」と、気の毒な五十男が投稿していた。いっぽうレイラの理想の男性は筋骨たくましい、男性的な、貧乏にも負けないタイプで、おおよそそれが彼女の思い描く人生の伴侶なのだった。ジェドはたちまち、「少し変わり者だけど優しいし、全然危険なタイプではない」と判断されて、昔から〈娼婦たち〉が芸術家に与えてきた〈治外法権的特権〉に浴したのだった。おそらくいくらかはレイラが、そして彼女以上に、前につきあっていたマダガスカル出身の恋人ジュヌヴィエーヴが、ジェドの絵でもっとも感動的なものの一枚である「エメ、エスコート嬢」のモデルとなったのだろう。この作品はアンバー、インディアンオレンジ、ナポリイエローを基調とする例外的に暖かい色遣いで描かれている。ジェド・マルタンが描いたのはトゥルーズ＝ロートレック式の、白粉を塗りたくった、萎黄病患者のような不健康な娼婦とは正反対の、官能的であると同時に知的でもある生き生きとした若い娘で、現代的なアパルトマンの光に満ちた部屋の中にいる。彼女は窓を背にしており、その向こうはバティニョル小公園であることが見て取れる。脚にぴったりとはりついた白のミニスカート姿のエメ嬢は、オレンジイエローの小さなビュスチエを身にまとったところで、その服は見事なバストのほんの一部しか覆っていなかった。

これはマルタンの唯一のエロチックな絵であると同時に、明らかに自伝的な要素を認めることのできる最初の絵でもあった。続く作品、「建築家ジャン＝ピエール・マルタン、社長職を辞任する」は二年後に描かれ、以後一年半にわたって続く真の熱狂的創造の時期の始まりを告げた。その時期の最後に生み出されたのが「ビル・ゲイツとスティーヴ・ジョブズ、情報科学の将来を語りあう」、副題「パロ・アルトでの対話」で、多くの人々が彼の代表作とみなす作品である。「企業のコンポジション」シリーズを構成する、複雑な内容をもちサイズも大きい二十二枚の作品が、十八か月そこそこの期間で描かれたのは驚異的なことだ。

そしてまた、ジェド・マルタンが一枚の絵を前にして遂に袋小路に陥ったのもまた、驚くに値する事実である。「ダミアン・ハーストとジェフ・クーンズ、アート市場を分けあう」は、多くの点で、ジョブズとゲイツを描いた絵と対をなすべき作品だった。その失敗を分析したウォン・フー・シンは、そこにジェドが翌年、「シンプルな職業」シリーズに回帰し、その通算六十五枚目の作品をもって同シリーズが打ち止めとなったことの理由を見出している。中国人評論家の説はこの点に関しては明快で、説得的である。つまり、同時代社会の産業部門についての包括的ヴィジョンを作り出したいと願ったジェド・マルタンは、キャリアのある時点において、必然的に、アーティストの姿を描かなければならなくなったのである。

第2部

I

十二月二十五日の朝、ジェドは八時ごろに飛び起きた。アルプ広場には朝日が差していた。台所から床雑巾を取ってきて、自分の嘔吐した物を掃除してから、「ダミアン・ハーストとジェフ・クーンズ、アート市場を分けあう」のねばつく残骸を眺めた。フランツは正しかった。個展を開くべきときが来ていた。数か月来の堂々めぐりが、気分にも悪影響を及ぼし始めていたのだ。何年ものあいだ、孤独に仕事を続けることはできる。それが本当の意味で仕事をする唯一のやり方でさえある。だが必ずや、自分の作品を世の人々に示したいという欲求を覚えるときがやってくる。世間の評価を知るためというよりも、作品、さらには自分自身が本当に存在しているのだということを確かめるためである。社会の内部にあって、個人とは束の間のフィクションにすぎない。

フランツの勧めを思い出して、彼はウエルベックにもう一度メールを書いてみた。それからコーヒーをいれた。数分たって、彼は自分の書いたメールを読み返し、ぞっとした。「お祝いの時節を、ご家族そろってお過ごしのことと思います……」いったいどうしてこんな馬鹿げた文句を記したのか。ウエルベックが極度に人間嫌いの独身男であることは世にあまねく知られている。せいぜい飼い犬を話し相手にする程度らしいではないか。「大変ご多忙でいらっしゃることは承知しております。そんななか、まことに恐縮ではありますが、私の準備しております個展のカタログにご執筆いただけるとしたら、私にとっても、私のギャラリストにとりましてもどれほど有り難いことであるか、もう一度ご説明いたしたく、メールをさしあげる次第です」このほうがましだ、多少のへつらいはいつだって必要である。「近作を撮った写真を何枚か添付させていただきます。全作品をご覧になりたければ、お目にかけるべく、いつ、どこへでも伺う用意がございます。たしかアイルランドにお住まいでいらっしゃるとのこと、そのほうがよろしければアイルランドまで伺うことももちろん可能です」よし、これでいいだろうとジェドは考えた。そして〈送信〉をクリックした。

十二月の朝、オランピアード商業センター〔パリ十三区〕の舗道に人影はなく、四角く伸びたビルは生命のない氷山のように見えた。オメガタワーの投げかける冷たい影に足を踏み入れたとき、ジェドはフレデリック・ベグベデのことを思い出した。ベグベデはウエルベックと親しい人物である。少なくともそういう評判だった。ひょっとしたら、力になってくれるかもしれない。だが昔の携帯番号しか知らなかったし、いずれにせよクリスマスの日にベグベデが電話に出るはずがない。

ところが、ベグベデは電話に出た。「いま娘と一緒にいるんですよ」彼は怒った口調でいった。「でもまあ、すぐ母親のところに連れて行くんですが」そうつけ足して、とがめるような調子を和らげた。

「あなたにお願いしたいことがあるんです」

「ハッハッハ」ベグベデはわざとらしく陽気に哄笑した。「おわかりですか、あなたはまったくもって、素晴らしい人ですね。十年間、電話なんかしてこなかった。それがクリスマスの朝に電話をかけてきて、頼みがあるという。きっとあなたは天才なんですね。これほど自己中心的になれるのは天才だけだ。ほとんど自閉的というか……。いいでしょう、フロール〔サン＝ジェルマン＝デ＝プレのカフェ、サルトルとボーヴォワールら、文学者・芸術家たちが常連だったことで有名〕で七時にお会いしましょう」『フランス的小説』〔ベグベデの小説、二〇〇九年ルノード賞受賞作〕の作者は意外にもそう提案した。

五分遅れて到着したジェドは、奥のテーブルに座った作家の姿をすぐさま見出した。周囲のテーブルにはだれもおらず、半径二メートルにわたっていわば安全地帯が広がっていた。田舎から出てきた連中や、さらには観光客の中にも、うっとりとした表情で作家を指さし、互いに肱を突つきあっている者がいた。ときおり、常連が半径の内側に入ってきては彼の頬にキスをし、立ち去った。カフェ側としては確かに、少しばかり儲けが減るわけだ（同様に、有名なフィリップ・ソレルスは生前、クロズリ・デ・リラに指定席をもっていて、彼がそこに昼食を取りにやってくるかどうかにかかわらず、他のだれにも座ることはできなかったという〔ソレルスはフランスの作家、現実には健在〕。しかしわずかな損失は、そこに行けば必ず『九十九フラン』〔ベグベデの小説、二〇〇〇年刊〕の作者に会えるという観光客へのアピールによって十分、補われていた——しかも作家がいるというのはこのカフェの歴史的使命にみごとに適ったことだった。ドラッグの合法化や、娼婦および男娼の身分を法的に規定する動きに賛成するといった勇敢な姿勢、あるいはそれよりは月並みだが、不法入国者や囚人の生活環境のための発言によって、フレデリック・ベグベデは徐々に、二〇一〇年代のサルトルともいうべき存在になっていた。これは大方の人々にとってと同時に、幾分は本人にとっても驚きだった。過去の行状からしてベグベデは、むしろジャン＝エデルン・アリエ〔フランスの作家、一九三六—九七年。メディアを騒がす言動で知られた〕か、あるいはゴンザーグ・サン＝ブリ〔フランスの作家、歴史家、文芸評論家、一九四八年生まれ。マイケル・ジャクソンとアフリカを旅し、その記録を出版し話題を呼んだ〕の役割に向かうものと思われていたからだ。ベグベデは、オリヴィエ・ブザンスノ〔フランスの極左政治運動家、一九七四年生まれ。二〇〇九年に「反資本主義新党」を結成〕率いる〈反資本主義新党〉の口うるさい同志であり、最近はシュピーゲル誌〔ドイツの週刊誌、ヨーロッパ最多の発行部数を誇る〕とのインタビューで、ブザンスノが反ユダヤ主義に逸脱する危険を指摘してもいる。ベグベデは自分の家族の出自——半ばブルジョワで半ば貴族的——や、兄がフランスの企業経営者階級の指導者のひとりであることさえ忘れさせるのに成功していた。確かにサルトルその人もまた、決して貧困家庭の出身ではなかった。

モレスク〔パスティスをアーモンドシロップで割ったリキュール〕のグラスを前に、作家は憂鬱そうに金属製の錠剤容器を眺めていた。容器の中はほとんど空っぽで、わずかばかりのコカインしか残っていなかった。ジェドに気づくと、作家は座るように合図した。ボーイがすぐさま近寄り、注文を聞いた。

「ええっと、どうしようかな。ヴィアンドクス〔牛肉エキスを含む甘味飲料、一九二〇年に商品化されたが現在ではほとんど飲まれていない〕は……まだありますか？」

「ヴィアンドクスか……」ベグベデは感じ入った様子で繰り返した。「あなたはつくづく変わったお方だ……」

「ぼくのことを覚えていてくださるとは、びっくりでしたよ」

「もちろん、覚えていましたとも……」作家は奇妙なほど悲しげな調子で答えた。「あなたのことは、よく覚えています……」

ジェドは用件を話した。ウエルベックの名前を聞いて、ベグベデは事情がわかったらしく、顔をかすかに引きつらせた。「あの人の電話番号を教えてくださいとはいいません」ジェドは急いでつけ加えた。「ただ、あなたからあの人に電話して、ぼくの希望を話していただけるかどうか、うかがいたいのです」

ボーイがヴィアンドクスをもってきた。ベグベデは黙って、考え込んだ。

「わかりました」ようやく彼がいった。「いいですよ、電話しましょう。あれはどんな反応を示すか、予測できない男です。だがこの場合は、あいつにとっても悪い話じゃなさそうだ」

「引き受けてくれるでしょうか」

「それは何ともいえませんね」

「どうしたら引き受けてもらえるでしょう」

「そう……。こういうと驚かれるかもしれないですね、あいつの評判とは全然違うから。でも、決め手は金ですよ。原則としてあいつは金のことなんか気にしない。金のかからない暮らしをしています。ところが離婚して、すっからかんになってしまった。そのうえ、スペインの海辺にアパルトマンを買ったんだが、遡及力をもつ海岸保護法令とやらで、それが賠償金もなしで接収されることになった。まったくいかれた話ですがね。実際、あいつはいま、ちょっと困ってるんじゃないかな——信じられないでしょう、あんなに稼いだ男がね。だから、こういうことです。もしかなりの額を提示できるなら、チャンスはあるでしょう」

彼は言葉を切った。一息でモレスクを飲み干してからもう一杯注文し、非難と哀しみの混じった眼差しでジェドを見た。「わかってるでしょう……」とうとう彼はいった。「オルガのこと。あなたを愛していたんですよ」

ジェドは椅子の上でかすかに身をこわばらせた。「つまり……、あなたのことを〈本気で〉愛していたんです」彼は口をつぐみ、信じられないという表情で頭を振りながらジェドを見つめた。「それなのにロシアに行かせてしまった……。そして何の便りもしていない……。愛……。愛というのは、〈めったにない〉ものですよ。知らなかったんですか？　だれもそう教えてくれなかった？」

「もちろんわたしには何の関わりもないことだけど、お話ししましょう」彼は続けた。「彼女、もうすぐフランスに戻ってきますよ。わたしはまだテレビに知り合いがいましてね、ミシュランがデジタル放送で、〈ミシュランTV〉という新しいチャンネルを作るらしい。美食、ブドウの産地、文化遺産、フランスの風景なんかを扱うそうです。全体の指揮を執るのがオルガです。書類上では、社長はジャン＝ピエール・ペルノということになっているが、実際に番組編成に関して全権を握るのは彼女です。そういうわけなんですよ……」その口調には、これでもう話すことはないという響きがはっきりと感じ取れた。「ちょっとした助けを求めていらしたのに、ずいぶん大きな援助をしてあげたことになりますね」

立ち上がって去ろうとするジェドに、彼は辛辣な視線を向けた。「あなたにとっていちばん大切なのが、展覧会だというのなら話は別だけど……」彼はまた頭を振り、ほとんど聞こえないほど小さな声で、いまいましげにつけ加えた。「くそったれアーティストどもめ」

II

ロワシー2Eターミナルの〈スシ・ウェアハウス〉には、ノルウェー産ミネラルウォーターが他に類を見ないほど各種そろっていた。ジェドは〈ヒュスクヴァルナ〉というノルウェー中部地方の品を選んだ。ガス入りだが泡の出方は控え目だった。得もいわれぬほど透きとおっていた——とはいえ他の水も同様だったが。それらのあいだの違いは泡の出方、そして口に含んだときのかすかな舌触りのみだった。いずれの種類も、塩気や鉄分臭さを少しも感じさせない。ノルウェー産ミネラルウォーターの共通点は慎みにあるようだった。ノルウェー人というのは、繊細な快楽主義者たちなんだ、とジェドは〈ヒュスクヴァルナ〉の代金を払いながら思った。そしてまた思った——透明さにこれだけの差異が存在しうるというのは嬉しいことだ。

飛行機はたちまち雲海に達し、それと同時に雲の上を航行する旅に特徴的なあの空無の状態に達した。途中で彼は果てしなく広がる、しわの寄った海面を眺めた。まるで死の間近に迫った老人の肌のようだった。

反対に、シャノン空港〔アイルランド西部の空港〕はそのきっぱりとした長方形の形態、天井の高さ、そして通路の驚くべき広壮さでジェドを喜ばせた——活動をスローダウンし、もはや〈ロー・コスト〉の航空会社やアメリカ軍部隊の輸送にしか用いられないとはいえ、現在の離着陸数の五倍は多くを見込んで作られたことは明らかだった。金属製の柱を用いた工法、毛足の短い絨毯とともに、空港はおそらく一九六〇年代初頭、あるいは一九五〇年代終わりにさかのぼるものだった。空の旅が技術の進歩のもっとも革新的かつ華麗な象徴のひとつだった熱狂的時代を、この空港はオルリー空港以上によく思い出させた。一九七〇年代初頭以降、最初のパレスチナ・ゲリラによるテロ——以後、アル＝カイダがより派手な、そしてプロフェッショナルな手口で引きつぐこととなる——とともに、空の旅は人を小児に退行させる、強制収容所的体験と化し、乗客はできるだけ早く切り上げたいと思うようになった。だが当時、とジェドは巨大な到着ホールで荷物が出てくるのを待ちながら考えた——角張った巨大な金属製の荷物キャスターもまた、おそらく当時の代物だろう——、つまり〈偉大なる三十年〉〔戦後フランスの高度成長期〕の時代には、空の旅は現代のテクノロジーによって可能となった冒険の象徴であり、いまとはまったく異なるものだった。エンジニアや〈重役〉、明日の世界の建造者たちにのみ許されたものだったとはいえ、大衆の〈購買力〉や〈自由時間〉が増すに従い、空の旅はやがては大衆の手の届くものになるだろうと、社会民主主義の高揚を背景として、だれもが信じて疑わなかった（実際にそうした状況が到来したわけだが、ただしそれは〈ロー・コスト〉の会社が象徴となるにふさわしい超自由主義を経由し、空の旅にかつて結びつけられていた威光の完全な消失と引き換えに実現したのだった)。

数分後、ジェドはこの空港の年齢に関する自らの仮説を裏づけることができた。出口の長い通路には、ここを訪れた著名人たち――ほとんどはアメリカ大統領と法王――のご真影で飾られていた。ヨハネ=パウロ二世、ジミー・カーター、ヨハネ二十三世、ジョージ・ブッシュその一とその二、パウロ六世、ロナルド・レーガン……等々が勢ぞろいしていた。通路の端まで来て、これら著名来訪者たちの第一号は写真ではなく、まさしく一枚の〈絵画〉によってその姿を後代に伝えていることに気がついた。

滑走路に立ったジョン・フィッツジェラルド・ケネディは、政府関係者の小グループ――その中には聖職者が二人いた――から少し離れたところにいた。後方、ギャバジンのコートを着た男たちはおそらくアメリカのシークレットサービスだろう。前方に高々と腕をかざして――柵の向こうに集まった群衆に向けられているのだろうと想像された――、ケネディは、アメリカ人以外には真似しようのないあの愚かしいほどの熱意と楽観性のこもった微笑みを浮かべていた。ただし彼の顔は、ボトックス注入がしてあるように見えた。もう一度通路を戻って、ジェドは著名人たちの肖像全部をじっくりと眺めた。ビル・クリントンもまた、彼以上に有名な先任者ケネディと同じく、恰幅がよくつるりとした肌をしている。アメリカの民主党大統領たちは全体的に、ボトックス注射を打った好色漢たちのように見えるといわざるをえなかった。

しかしながら、ケネディの肖像画に戻ってきて、ジェドはまた別の結論に導かれた。ボトックスはケネディのころは存在せず、脂肪によるむくみやしわを抑えるには、今日であれば皮膚への注射で十分だが、当時は画家が絵筆に手心を加えることで可能となったのである。こうして、一九五〇年代のぎりぎり終わりまで、あるいは一九六〇年代のごく初期までは、大統領の統治の記念すべきひとこまを描き、顕彰するためには画家の力を借りるのが——少なくとも、画家のうちもっとも凡庸な者の力を借りるのが——いまだふさわしいことだったのだ。まったくの凡手によるものであることは、ターナーやコンスタブルだったらこの空をどう描いたかを考えてみるだけで理解できる。イギリスの二流水彩画家でもこれよりはましだったろう。とはいえ、この絵のうちにはジョン・フィッツジェラルド・ケネディに関する一種の人間的、かつ象徴的な真実があった。それはかたわらに並ぶ写真のいずれも——ヨハネ゠パウロ二世の写真ですら——獲得できていないものだった。ただしその写真のヨハネ゠パウロ二世は元気満々の様子で、飛行機のタラップの上で、ヨーロッパに残る最後のカトリック民族のひとつに向けて広々と両腕を開いていた。

オークウッドアームズ・ホテルもまた、インテリアのモチーフを商業的航空のパイオニア期に仰いでいた。エール・フランスやルフトハンザの当時の広告、澄み切った空を飛んでいくダグラスDC－8機やカラベル、そしてコクピットで誇らしげにポーズを取った立派な制服姿の機長たちの白黒写真。シャノンの街は、ジェドがインターネットで調べたところ、空港とともに生まれたようだった。一九六〇年代に、それまでいかなる住宅地も、村落もなかった場所に建築されたのである。アイルランドの建築には、ここまで彼が見たかぎり、特別な性格は何もないようだった。イギリスの郊外でお目にかかるような赤レンガの小住宅と、白いバンガローが入り混じっており、バンガローのまわりはアメリカ式にタールで舗装され、芝生が囲んでいた。

ウエルベックのところには何度か留守電を入れなければならないものと覚悟していた。それまではメールしか交換しておらず、最後にはSMS〔ショートメッセージサービス、携帯電話同士で短い文字メッセージを送受信できるサービス〕でもやりとりしていた。しかしながら、何度かコール音がしたあと、ウエルベック本人が出た。

「家はすぐにわかりますよ。あたりで芝生の手入れがいちばん悪い家ですから」とウエルベックはいっていた。「ひょっとしたらアイルランドじゅうでいちばんひどいかもしれない」と彼はつけ加えた。そのときは誇張だろうと思ったが、実際に芝生は驚くべき高さまで伸びていた。ジェドはアザミとイバラの茂みの中を蛇行する舗道を進み、タールで舗装したスペースに出た。そこには大型SUV車、レクサスRX350が停まっていた。予想できるように、ウエルベックはバンガローのほうを選択していた。白くて大きな真新しい建物で、スレートぶきの屋根——実際のところ、芝生のすさまじい状態を別にすれば、まったく平凡な建物だった。

彼は呼鈴を鳴らし、三十秒ほど待った。すると『素粒子』の作者がドアを開けてくれた。スリッパ履きで、コーデュロイのズボンを穿き、未加工ウールの着心地のよさそうなガウンをはおっていた。彼は長々と、物思わしげにジェドを眺めてから、芝生に視線を移した。そしてどうやらいつもの癖らしく陰気な黙想にふけった。

「わたしは芝刈り機を使えないのですよ」とうとう彼はいった。「刃で指を切ってしまうのではないかと怖くて。そういうことは、しょっちゅう起こるようですよ。ヒツジを飼ってもいいんだが、好きじゃない。ヒツジほど馬鹿な生き物はいませんよ」

ジェドは彼のあとに従ってタイル張りの、家具のない屋内に入っていった。引っ越し用段ボール箱があちらこちらに散らばっていた。壁にはクリームホワイトの無地の壁紙が張ってあった。広大な家だった。部屋が少なくとも五つはありそうだった。あまり暖房を効かせておらず、室温はせいぜい十七度程度だろうか。ジェドは直感的に、ウエルベックの寝室以外の部屋はすべてからっぽにちがいないと思った。

「引っ越したばかりなのですか」

「ええ。つまり、いまから三年前ですが」


ようやく、もう少し暖かい部屋に着いた。正方形で三面がガラス張りになった一種の小温室で、イギリスで〈コンサヴァトリー〉と呼ばれる部屋である。そこにソファとローテーブル、そして椅子が一脚置いてあった。床には安売りで買ったらしいオリエントの絨毯が敷いてある。ジェドはA3のポートフォリオを二つ持参していた。最初のものには、彼の以前のキャリアをたどる四十枚ほどの写真――大半は「金物店」シリーズ、および「道路地図」時代の作品――が収められていた。二番目のものには「フェルディナン・デロシュ、馬肉屋店主」から「ビル・ゲイツとスティーヴ・ジョブズ、情報科学の将来を語りあう」までの絵画作品すべてを撮影した写真六十四枚が入っていた。

「ハムやソーセージはお好きですか」作家が尋ねた。

「ええ……。別に嫌いではありません」

「コーヒーをいれてきましょう」

彼は敏捷な身のこなしで立ち上がり、十分ほどして、カップ二個とイタリア製コーヒーメーカーを運んできた。

「ミルクも砂糖もないんですよ」彼が告げた。

「かまいません。使いませんから」

コーヒーはおいしかった。完全な沈黙が、二、三分のあいだ続いた。

「わたしはハムやソーセージのたぐいが大好きだったんです」やがてウエルベックがいった。「しかしもう食べないことに決めました。おわかりでしょう、わたしには人間にブタを殺す権利があるとは思えない。ヒツジに対するわたしの否定的な考えはすでに申し上げましたね。どうしてもそう判断せざるを得ないのです。雌牛でさえ、この点では友人であるブノワ・デュトゥールトル〔フランスの小説家、一九六〇年生まれ〕と対立することになりますが、たいそう過大評価されているようにわたしには思える。しかしブタは素晴らしい動物ですよ。頭がよく、敏感で、主人と心を通わせ、ひたむきな愛情を抱くことだってできる。しかもその頭のよさときたら、実際、驚くべきものがある。どこが限度なのか正確にはわかっていないほどなのです。ブタに簡単な計算を教えることができるのはご存知ですか？　少なくとも足し算はできます。そして引き算も、とりわけ才能あるブタの場合は。算数の基礎を学ぶ知力をもった動物を殺す権利が、人間にありますか？　率直にいって、わたしにはそう思えない」

ジェドの返事を待たずに、彼は最初のファイルの中身を眺め始めた。ボルトやナットの写真を一瞥してから、彼は道路地図の写真を、ジェドには果てしないと思えるほどのあいだ、じっと見つめ続けた。ときおり、思いがけないタイミングでページをめくった。ジェドはそっと腕時計に目をやった。ここにやってきてから一時間少々経過していた。まったき沈黙が支配していた。それから、遠くのほうで、冷蔵庫のコンプレッサーのたてるこもった音がありありと聞こえた。

「昔の仕事なんですよ」とうとうジェドは思い切って口をはさんだ。「これまでどんなことをやってきたか見ていただくために持ってきただけなのです。展覧会では……もっぱら二番目のファイルの作品が展示されます」

ウエルベックは彼のほうにうつろな目を向けた。ジェドがなぜ自分の家にいるのか、忘れてしまったようだった。とはいえジェドの言葉に従い、二番目のファイルを開いた。さらに三十分たって、ようやく彼はファイルをぱたんと閉じ、煙草に火をつけた。ジェドはその時、彼が写真を眺めているあいだ、一本も煙草を吸わずにいたことに気がついた。

「お引き受けしましょう」彼はいった。「ご存知ですか、わたしはこれまでこういう仕事は一度も引き受けたことがないのですよ。だが自分の人生のあるときに、いつかは手を染めることになるだろうと思っていました。注意してみると、作家が画家について書いている例がたくさんあるのに気づきます。しかも、何世紀にもわたってです。不思議なことです。先ほどから作品を拝見していて、気になることがひとつあります。どうして写真をおやめになったのです？　どうして絵画に戻ったのですか？」

ジェドは長いあいだ考え込んでから答えた。「自分でもあまりよくわかりません。とにかかくぼくには、造形芸術の問題とは」彼はためらいがちに続けた。「主題があまりに多くありすぎることだろうと思うのです。たとえばこのラジエーターだって、立派に絵画の主題になるわけです」ウエルベックはすばやく振り返って、疑わしげな目でラジエーターを見た。あたかも、描いてもらえる喜びでラジエーターが体をふるわせようとでもしているかのように。そんなことはもちろん起こらなかった。

「あなたのような作家が、文学的に、ラジエーターを使って何か作品を生み出せるのかどうかはわかりませんが」ジェドはさらに述べた。「そうだ、ロブ＝グリエがいますね。彼なら単にラジエーターを描写したことでしょう……。とはいえ、どうでしょう。そういうのはぼくにはあまり面白いとは思えないのです……」彼は言葉に詰まった。自分の説明が混乱し、おそらく当を得ないものになっていることを自分でも感じていたし、ウエルベックがロブ＝グリエを好きかどうかも見当がつかなかったが、それ以上に彼は、一種の不安にさいなまれつつ、なぜ自分は絵画に方向転換したのか、数年たったいまでもなお絵画は、乗り越えがたい技術的問題を突きつけてくるのだが、写真であれば方法も道具も完璧にコントロールできるのに、と自問していた。

「ロブ＝グリエのことは忘れましょう」相手がきっぱりとそういったので、ジェドはほっとした。「もしこのラジエーターを何かに活かせるとすれば……。たとえば、たしかあなたのお父さんは建築家だとインターネットに書いてありましたが……」

「ええ、そのとおりです。父のことは絵にも描きました。父が自分の経営する会社の社長を退職したときの絵です」

「こういう種類のラジエーターを個人で買う人は少ないでしょう。客はたいてい、あなたのお父さんが経営していたような建設会社で、何十、さらには何百と購入するわけです。ラジエーター何百万台にもかかわるような重大な取引、たとえばある国の教室すべてにラジエーターを備えつけるというような取引を題材に、ミステリが書けるんじゃないかな。賄賂とか、政治の介入とか、ルーマニアのラジエーター会社のとてもセクシーなセールス担当者とか。そういう枠組みの中でなら、このラジエーターについて、そして競合するモデルについて、延々と何ページにもわたって描写できるでしょう」

いまや彼は早口で、次々に煙草に火をつけながら語っていた。気持ちを落ち着け、頭の回転速度を抑えるために煙草を吸っているようだった。父の会社の活動内容を考えれば、父はむしろエアコンを大量に購入する立場だったのではないかという思いがジェドの脳裏をよぎった。おそらくそうだったろう。

「これは鋳鉄製のラジエーターなんですよ」ウエルベックは興奮した口調で続けた。「おそらく、ねずみ鋳鉄というやつでしょう。炭素含有率が高く、その危険性については専門家たちによる報告書で幾度も強調されています。最近建てた家にこんな古いラジエーターが——おそらく値引き品なんでしょうが——備えつけられているのは、けしからんことかもしれません。事故が起こった場合、たとえばラジエーターが破裂したなどというときには、おそらく建設業者の責を問うことになるでしょう。そんな場合、あなたのお父さんは責任を負ったでしょうか」

「ええ、そう思います」

「これは素晴らしいテーマになるぞ、とんでもなく面白いといってもいい、本物の〈人間ドラマ〉だ！」『プラットフォーム』の作者は夢中になった。「まず前提として、鋳鉄にはいささか十九世紀的側面があるでしょう。製鉄所のエリート労働者たち、要するに完全に時代遅れになった側面がある。それなのにまだ鋳鉄の製造は続いているのです。もちろんフランスではありませんよ、ポーランドとかマレーシアとか、そういった国々においてです。小説で、鉄鉱石のたどる道のりを描いてみることだってできますよ。鉄と溶鉱炉用コークスを還元精錬して、それを加工して、それから商品化する――これを本の巻頭にもってきたっていい、ラジエーターの系統図というわけだ」

「それにしても、きっとあなたには登場人物も必要なのでしょうね」

「確かにそうですね。本当のテーマが工業的なプロセスだったとしても、登場人物なしではわたしには何もできないでしょう」

「そこに根本的な違いがあると思うのです。品物を表現するだけで満足だったあいだは、写真で十分でした。でも、人間をテーマにすることに決めたとき、ぼくはまた絵画に戻らなければならないと感じたのです。それがなぜなのか、正確にいうことはできません。反対にぼくは、もはや品物には何の興味もなくなってしまったのです。写真の発明以来、もはや品物には何の意味もなくなってしまったのではないでしょうか。もちろん、個人的な見方でしかありませんが……」最後はあやまるような口調になった。

あたりは暗くなっていた。南向きの窓越しに、シャノン河口に下っていく平原が見分けられた。その向こうでは霧が層をなして河面を漂い、夕陽の輝きをかすかに反射していた。

「たとえば、この景色です……」ジェドは話を続けた。「もちろん、十九世紀の印象主義的水彩画には、実に美しい作品があったでしょう。でも、もし今日、この景色を表現するとしたら、ぼくは単に写真を撮ります。反対に、景色の中に人間がいるとしたら、農夫が遠くで柵を直しているというだけのことだったとしても、きっとぼくは絵画を選びたくなるでしょう。馬鹿げていると思われるのはわかっています。テーマなど何の重要性もない、テーマを描き方よりも優先させようとするのは愚かであり、重要なのはただ、絵なり写真なりが形や線や色彩に帰着する、そのあり様だけなのだと考える人たちもいるでしょう」

「そう、フォルマリズムの観点ですね……。作家にだっていますよ。そういう考え方は造形芸術よりも、文学においてさらに広まっているとさえいえるかもしれない」

ウエルベックは口をつぐみ、頭を垂れ、そしてまたジェドのほうを見た。突如として、おそろしく悲観的な考えに襲われたかのようだった。彼は立ち上がって、キッチンのほうへ向かった。数分たってから、アルゼンチンのワインのボトルとグラス二個をもって戻ってきた。

「よければ一緒に夕食に行きましょう。オークウッドアームズ・ホテルのレストランは悪くありませんよ。アイルランドの伝統料理があります――スモークサーモンにアイリッシュ・シチュー。まあかなり味気ない、単純な料理ですがね。でもケバブやタンドリーチキンもありますよ。料理人がパキスタン人なのです」

「まだ六時にもなっていませんが」ジェドは驚いていった。

「そうなんですよ。レストランは、確か六時半には開店しています。この国では、食事の時間が早いのです。でもわたしにとってはそれでもまだ遅いくらいです。ここでわたしが好きなのは、十二月の終わりです。四時には暗くなります。早々にパジャマに着替え、睡眠薬を飲み、ワインのボトルと本をもってベッドに入る。わたしは何年も、そんな風にして暮らしているのです。太陽は九時に昇ります。顔を洗って、コーヒーを飲んでいるうちに正午近くになる。日中、あと四時間こらえればいい。たいてい、それほどの害もなしにすみます。だが春は耐えがたい。壮麗な夕日はいつ果てるともなく、まるでオペラの娼婦みたいなもので、新しい色彩、新しい輝きがたえず加わってくる。一度、ここで春と夏をまるごと過ごしてみたことがありますが、死にそうになりましたよ。毎晩、自殺の危機に瀕していました。何しろ決して夜が訪れないのです。それ以来、四月初めにはタイに発ち、八月末まで滞在するようにしています。六時になると朝が来て、午後六時には一日が終わる。赤道地帯ならではの判で押したようなパターンですが、そのほうが簡単です。ひどい暑さだけれど、クーラーはよく効いています。オフシーズンだから、淫売宿もフル操業というわけではないが、とにかく開店してはいるし、わたしにとっては十分、快適です。サービスは最高、実にいい」

「そういうお話をうかがっていると、なんだか期待どおりの役柄を演じていらっしゃるような感じがしますが……」

「そう。そのとおりです」ウエルベックはあっけらかんと肯定した。「この種のことにはもう、あまり興味がもてなくなってきました。どちらにしろ、もうすぐ終わりですよ。ロワレ〔フランス中部サントル地域圏の県〕に帰るつもりです。子ども時代、ロワレで育ったんですよ。森で小屋作りなんかしていたのです。そんなことをまたやれるんじゃないかと思っています。ヌートリア狩りだとかね」


　ウエルベックはレクサスのスピードを上げ、しなやかなハンドルさばきでいかにも楽しげに運転した。「ともあれ、コンドームなしで吸ってくれるんだから、あれはよかった……」まるで失われた夢を思い出すように、『素粒子』の作者はなおもぼんやりと呟いていた。やがて彼は車をホテルのパーキングに駐車し、二人は広々として照明の明るいレストランの店内に入っていった。アントレに彼は小エビのカクテルを、ジェドはスモークサーモンを選んだ。ポーランド人のボーイは二人の前に生ぬるいシャブリのボトルを置いた。

はできない」

「連中には無理なんだ……」作家はうめいた。「白ワインを適切な温度で出すことが連中に

「ワインに興味があるんですね」

「格好がつくでしょう。いかにもフランス人という感じで。それに人生では何かに興味をもたなくては。生きていく助けになる」

「少し意外でした……」ジェドは正直にいった。「お会いする前に思っていたのは……。つまり、もっと気むずかしい方だと思っていたのです。とても陰鬱な人だという評判だし。たとえば、お酒だってもっと痛飲なさるんだと思っていました」

「そう……」作家はふたたびワインリストを注意ぶかげに検討していた。「次に子羊のもも肉のローストを取るなら、別のワインを頼まないと。またアルゼンチンワインにしますか？わかるでしょう、わたしが酔いどれだなんて評判を立てたのはジャーナリストの連中なんです。おかしいのは、わたしが彼らの前でさんざん飲むのは、単に連中に耐えるためだということを、彼らのだれひとりとして理解していないということですよ。へべれけになってでもいなければ、ジャン＝ポール・マルスアンみたいなオカマ相手に話をすることにどうして耐えられますか。『マリアンヌ』や『パリジャン・リベレ』の記者を相手にしたら、すぐさま怒鳴り散らしたくなるじゃないですか。マスコミというのはとにかく、耐えがたいほど愚かしく画一的なものです。そう思いませんか」彼はなおもいいつのった。

「ぼくにはわかりません。実をいうと、雑誌は読まないので」

「開いてみたこともないのですか」

「それはあると思いますが……」ジェドは誠実に答えたが、しかし思い出せる記事は皆無だった。行きつけの歯科医の待合室のローテーブルに「フィガロ・マガジン」が積み上げられている様子が思い浮かんだ。とはいえ、彼にとって歯の問題が解決してからすでに久しかった。いずれにせよ彼は、ついぞ雑誌を買う〈必要〉を感じたことがなかった。パリでは周囲に情報が満ちあふれていて、キオスクの前をとおれば否が応でも見出しが目に入るし、レジに並んでいるあいだにも人々のうわさが聞こえてくる。祖母の葬儀にクルーズに出かけたときには、首都から遠ざかるほど大気中の情報密度も下がるということ、そしてより一般的に、人間的な事柄の重要性が減っていき、少しずつ何もかもが消え失せ、植物だけが残るということもありありと実感したのだった。

「展覧会のカタログに何か書かせてもらいましょう」ウエルベックはいった。「ただ、それで本当にあなたのためになるんでしょうか？　ご存知でしょうが、わたしはフランスのメディアに、信じられないほど嫌悪されているんですよ。毎週、わたしの顔に泥を塗るような記事が必ずひとつふたつは出るのです」

「知っています。来る前にインターネットを見ましたから」

「わたしと組むことで、評判を落とすのが怖くないんですか」

「ギャラリストと話し合いました。彼によれば、全然問題はないそうです。この展覧会は、さほどフランスのマーケットを狙ったものではないのです。いずれにせよ、最近、現代アートの買い手はフランスにはほとんどいません」

「だれが買うんです?」

「アメリカ人です。二、三年前からの傾向で、アメリカ人客が戻ってきました。イギリス人も少し。でも大半は中国人、そしてロシア人です」

ウエルベックはじっくりと条件を秤《はかり》にかけるような目つきで彼を見た。「なるほど、大事なのは中国人とロシア人だとすると、あなたの考えはもっともかもしれない……。失礼」彼はにわかに立ち上がった。「煙草を吸わなければ。煙草なしではものを考えられないのです」

彼はパーキングに出て、五分後に戻ってきた。ちょうどボーイが料理を運んでくるところだった。子羊肉とビリヤニ〔スパイスを効かせた中東起源の米料理〕を旺盛な食欲で食べながら、彼はジェドの皿に訝しげな目を向けた。「もも肉のローストに、ミント風味のソースをかけてあるでしょう……。どうしようもないんですよ、イギリスの影響なんです。まあ、パキスタンもイギリスの植民地だったわけですからね。しかしここでは状況はもっと悪い。イギリス人は現地人と混じり合ってしまった」明らかに、煙草の効き目が出ているらしかった。「その展覧会は、あなたにとって重要なものなんですか」彼は尋ねた。

「ええ、とても重要です。職業シリーズを始めて以来、ぼくが何をめざしているのか、もはやだれも理解できなくなっているという気がします。カンバスに絵を描いている、しかも油絵などという完全に時代遅れのやり方をしているというので、絵画への回帰を説く運動の同類扱いされてしまうのが常なのですが、そういう人たちのことは知らないし、まったく共感もてません」

「最近、絵画への回帰ということが提唱されているんですか」

「まあ、いくらか流行ではありますね。絵画や彫刻への回帰、あるいはオブジェへの回帰です。とはいえぼくの意見では、それはとりわけ商業的な理由によるものです。ストックしておくにも転売するにも、オブジェのほうがインスタレーションやパフォーマンスよりも便利です。ぼくは実際にパフォーマンスをやったことは一度もありませんが、多少とも共通するものを感じています。絵と絵のあいだに何か人工的、象徴的な空間を構築し、そこに集団にとって意味をもつような状況を描き出そうというのがぼくの試みなのです」

「それは演劇がやろうとしていることとも少し共通していますね。ただしあなたには人間の身体へのオブセッションはない……。正直いって、そのほうがほっとしますが」

「いえ、それも変わりつつありますよ、身体へのオブセッションというのも。演劇ではまだそうではないかもしれませんが、造形芸術においては変化しつつあります。いずれにせよわたしがやっていることは、完全に社会的なものの中に位置づけられると思っています」

「なるほど、わかりました……。わたしに何ができるか、大体わかってきました。いつまでに書けばいいんでしょう？」

「展覧会のオープニングは五月の予定ですので、カタログ用の文章は三月末にはいただきたいのです。あと二か月ほどですが」

「大長篇でなくてもいいのでしょう」

「それほど長い必要はありません。五ページから十ページくらいで大丈夫です。それよりもっとお書きになりたければ、もちろん書いてください」

「まあやってみましょう……。とにかく、こちらの手落ちでした。メールにもっと早くお返事するべきだった」

「原稿料としては、すでにお知らせしてありますが、一万ユーロを予定しています。ギャラリストのフランツは、原稿料のかわりにわたしの作品を差し上げることにしてもいいのではないかといっています。でもそういう提案は、あなたにとってはご迷惑でしょう。断りにくいでしょうし。だから、一万ユーロということにしておきましょう。もし絵のほうがよろしければ、もちろんそれでかまいません」

「絵ですか……」ウエルベックは物思わしげにいった。「とにかく、絵を掛けるための壁ならあります。人生でわたしが本当に所有している唯一のものがそれですよ。壁です」

Ⅲ

正午に、ジェドはホテルの部屋を明け渡さなければならなかった。パリ行きの飛行機は十九時十分にならなければ出ない。日曜日だったが、ホテル近くのショッピングセンターは開いていた。彼は地元産のウィスキーを買った。レジ係の名前はマグダ。マグダは、〈デューンズ・ストア〉のカードはお持ちですかと聞いてきた。彼はぴかぴかに清潔な通路をしばらくぶらつき、ファーストフード店を出てビデオゲーム・ルームに向かう若者たちの一群とすれちがった。〈ロニーズ・ロケット〉でオレンジ・キウイ・イチゴのミックスジュースを飲むと、これでもう〈スカイコート・ショッピングセンター〉は十分だと判断して、タクシーで空港に向かった。十三時をすこし過ぎたところだった。

〈レスチュアリー・カフェ〉は空港の他の部分と同様、簡素で広々としていた。暗色の四角いテーブルは互いにかなり離して置いてあり、いまどきの豪華レストラン以上にスペースがたっぷりとあった。各テーブルは六人がゆったりと座れるだけの大きさだった。そのときジェドは、一九五〇年代が〈ベビー・ブーム〉の時代でもあったことを思い出した。

彼はライト・コールスローとチキン・コルマカレーを頼み、テーブルのひとつに座って、ウィスキーをちびちび飲みながら食べた。同時に、シャノン空港から出発する飛行機の航空路線図を眺めた。パリとロンドンに、それぞれエール・フランスとブリティッシュ・エアウェイズの飛行機が飛んでいる以外には、西欧諸国の首都にはまったく便がなかった。ところが、スペインおよびカナリア諸島方面には少なくともアリカンテ、ジェローヌ、フエルテベンチュラ、マラガ、ロイス、テネリフェの六つの地点に飛んでいた。いずれもライアンエアーの飛行機だった。この〈ロー・コスト〉な航空会社は、ポーランドの六都市にも運航していた。クラクフ、グダンスク、カトヴィツェ、ウッチ、ワルシャワ、ヴロツラフである。昨晩、夕食のときのウエルベックの話では、アイルランドにはポーランド移民が大量に住みついている。ポーランド人たちは他のどこよりもこの土地を選ぶのだが、おそらくそれはアイルランドはカトリックの聖域であるという、実はまったく根拠のない評判によるのだろうとのことだった。こうして、ネオリベラリズムとともに世界の地理は、観光目的であれ、生活の糧を得るためであれ、場所を移動する人々の期待に応じて描き変えられつつあった。等角投影図法による平らな世界地図に対して、シャノンとブリュッセルよりもシャノンとカトヴィツェのほうが近くにある、あるいはマドリッドよりもフエルテベンチュラのほうが近くにある異常な地図が取って代わったのである。フランスの場合、ライアンエアーが選んだ二つの土地はボーヴェとカルカソンヌだった。これらは特に人気の観光スポットなのだろうか。

それとも単に、ライアンエアーによって選ばれたという事実によって観光スポットになったのか。権力と世界の地勢図について思いをめぐらしつつ、ジェドはまどろみ始めた。

彼は無限に広がるように思える白い空間のまんなかにいた。地平線は定かには見分けられず、彼方ではつやのない白い地面が、同じように白い空と溶け合っていた。地面にはところどころ、軽く盛り上がった黒い文字のかたまりが不規則に散らばっていた。それぞれのかたまりは五十ほどの文字からなっていた。そのときジェドは、自分が一冊の本の中にいるのだとわかった。そしてその本は自分の生涯を物語っているのではないかと思った。道すがら出会う文字群の上に屈み込んでみて、彼は最初、そうに違いないという印象を得た。オルガ、ジュヌヴィエーヴといった名前が読みとれた。だがそこから、いかなる正確な情報も引き出すことはできなかった。文字の大半は消されたり、荒々しく線が引かれたりしていて読めなくなっていた。そこにまた新たな名前がいくつか登場してきたが、彼には覚えのない名前だった。時間の流れもまったく見当がつかなかった。まっすぐに進みながら、ジュヌヴィエーヴの名前に何度も出会った。オルガの名前のあとにまた現れてくるのだったが、二度とジュヌヴィエーヴに会う機会は訪れないだろうとジェドは確信していた。絶対に。そしてオルガのほうはひょっとしたら、なお彼の未来に属していた。

彼はパリ行きの便への搭乗時刻を告げるスピーカーの声で目が覚めた。ロピタル大通りの自宅に着くやいなや、彼はウエルベックに電話した――ウエルベックは今度も、ほとんどすぐさま電話に出た。

「決心しました。あなたに絵をさしあげるよりも、あなたの肖像画を描かせてもらいたいのです。それをさしあげましょう」

そういって返事を待った。電話線の向こうで、ウエルベックは沈黙を守っていた。ジェドはまばたきした。アトリエの照明はきつかった。部屋のまんなかには「ダミアン・ハーストとジェフ・クーンズ、アート市場を分けあう」の引き裂かれた破片がなおも散らばっていた。沈黙が続いたので、ジェドはつけ加えた。「あなたの原稿料とは関係なく、一万ユーロとは別にさしあげたいのです。本当に、あなたの肖像を描きたいのです。これまで一度も作家の肖像画を描いたことはないのですが、描かなければいけないという気持ちになりました」

ウエルベックは相変わらず黙りこくっていた。ジェドは心配になり始めた。そうやって、少なくとも三分間沈黙が続いてから、ウエルベックはようやく、アルコールのせいでくぐもった声で答えた。

「さて、どうでしょう。何時間もポーズを取っていることがわたしにできるとは思えませんが」

「それは全然、かまいませんよ。今日では、ポーズを取ってもらって描くやり方は完全にすたれていますだれも引き受けてくれませんよ。みなさん予定がぎっしりで、まあそう思いこんでいるのか、そういうふりをしているのかは知りませんが。ぼくの知るかぎり、一時間でもじっとしていてくれる人はだれもいません。そうではなくて、もしあなたの肖像画を描くとすれば、お宅に伺って、写真を撮らせてもらいます。写真はたくさん撮らせてもらいますよ。普通の写真に加えて、あなたが仕事をしている場所の写真や、あなたの仕事道具の写真なども。そしてあなたの両手の、肌のきめまで写るようなクローズアップもお願いします。あとはそれらの写真を使って何とかやりますから」

「なるほど……」作家は熱のない口調で答えた。「いいですよ」

「特にご都合のいい日にちか、週を教えてもらえますか」

「別にいつでも。たいていは何もしていませんから。来るつもりになったら、電話してください。それでは」

翌朝、朝になるとすぐにジェドはフランツに電話した。フランツは驚いた様子で、すぐさまギャラリーに来てくれといった。大喜びのフランツは文字どおり揉み手をしていた。ジェドは彼がこんなに興奮しているところを初めて見た。

「さて、これでいよいよ本当に何か仕掛けることができるぞ……。いっておくけど、かなりの騒ぎになるからな。さっそくプレス担当者を決めなくちゃ。マリリン・プリジャンなんかどうだろうと思っていたんだ」

「マリリン?」

「知ってるのか?」

「知ってるよ。最初の展覧会を担当してくれたんだ。彼女のことはよく覚えている」

不思議なことに、マリリンは年を取るとともにむしろルックスがよくなっていた。少しやせ、髪をとても短くカットし——わたしみたいな、つやもボリュームもない髪質ではこれ以外にはどうしようもないので、と彼女は説明した。決心して、女性誌の忠告どおりにしてみたんです——体にぴったりのレザーのパンツとブルゾンを着ていた。そのせいでインテリ・レスビアン風に見え、受け身な性向の男の気を引くこともできそうだった。実際のところ、彼女は少しクリスチーヌ・アンゴ〔フランスの女性現代作家、過激なオートフィクションで知られる〕に似ていた——とはいえ、人柄はもっと良さそうだったが。そして何といっても、かつての彼女の特徴だった絶え間なく鼻をぐすぐすいわせる状態とはおさらばしていた。

「何年もかかったわ」と彼女はいった。「ヴァカンスのたびに、ありとあらゆる湯治場に出かけて治療を受けていたんだけど、とうとういい治療法が見つかったの。週に一度、イオウの吸入をするんです。これがうまく行って。とにかくこれまでのところ、調子がいいんです」

彼女の声も、前より力強く、より明るくなっていた。そしていまでは自分の性生活をあけすけに語ってジェドを仰天させるのだった。フランツが彼女の日やけした肌をほめると、彼女は冬のヴァカンスをジャマイカですごしてきたのだと話した。「もう、とっても気持ちよくエッチできたんです」と彼女はつけ加えた。「本当に、あっちの男たちはすばらしくって」フランツは驚いて眉を上げたが、マリリンはすぐさま話題を変えて、バッグ――いまではエルメスの、褐色の革のエレガントなバッグだった――から大きな青のスパイラルノートを取り出した。

「そう、これだけは、変わってないのよ」彼女はジェドに向かってほほえんだ。「相変わらず、ノートパソコンは使ってません……。とはいえわたしも、現代的になりました」彼女はブルゾンの内ポケットからUSBメモリを取り出した。「あなたのミシュラン展覧会に関する記事は、この中に全部入ってるわ。これがかなり役に立つはずよ」フランツは驚いたような、疑うような目でジェドを見ながら頭を振った。

彼女は椅子の上でそっくり返り、のびをした。「その後のお仕事を、少したどってみたんだけど……」ジェドに対しての彼女のくだけた口調もまた、前とは違っていた。「個展を開くまでに時間をかけたのはとってもよかったと思う。たいていの批評家は、あなたの方向転換にうまくついていけなかったでしょうから――ペピータ・ブルギニョンのことじゃないわよ。どちらにしてもあの人にはあなたの仕事はまったく理解できなかったでしょう」

彼女はシガリロに火をつけてから――これもまた新機軸――話を続けた。「個展を開かなかったから、批評家連中も意見をいう機会がなかった。だからもしいま、好意的な評を書くとしても、前言撤回という印象を与えずにすむ。でも本当ね、わたしも同感だわ。あなたがいうとおり、すぐにアングロ＝サクソン系の雑誌をターゲットにすべきでしょうね。そこでウエルベックの名前が役に立つのよ。カタログは何部刷るつもり？」

「五百部」とフランツ。

「それじゃ足りないわ。千部刷りましょう。プレス用だけで三百部は必要よ。それから、文章の引用は、かなり長々とでも許可するようにしましょう。どんな雑誌であろうともね。ウエルベックか、それとも彼のエージェントのサミュエルソンと話をつけておかなくちゃ。厄介なことをいい出さないように。ウエルベックの肖像画のことはフランツから聞きました。本当に、とってもいいアイデアだと思う。しかも、個展のときには、それがあなたの最新作ということになるわ。素晴らしいじゃない。それがまたすごいインパクトを与えてくれるわよ。間違いないわ」

「とんだハッタリ屋だな、あの女……」彼女が行ってしまうとフランツはいった。「評判は聞いてたが、一緒に仕事をしたことは一度もなかったんだ」

「彼女、ずいぶん変わったな」ジェドはいった。「つまり、個人的な面では。仕事の面では、全然変わっていない。それにしても、自分の人生をまっぷたつに分断してしまえる人がいるというのは驚きだな。その前と後には何のつながりもないし、相互にまったく何の影響も及ぼさないとは。こんなにみごとにやれるなんて、驚くべきことだ」

「確かにきみは、ずいぶん頑張って仕事してきたからな……。つまり、人々の職業についての仕事だけど」フランツは〈シェ・クロード〉に落ち着くやいなや話し出した。「わたしの知るほかのどのアーティストよりも、ずっと頑張ってたよ」

「何が人間を定義づけるんだろう」ジェドはいった。「ある人の境遇について知りたいとき、その人にまずする質問は何だろう？ ある種の社会では、まず相手が結婚しているかどうか、子どもがいるかどうかを尋ねると思う。われわれの社会では、最初にまず職業を尋ねるよね。西欧の人間を定義づけるのは、何よりもその人物が生産過程の中で占めている位置であって、子を生み殖やす者としての役割ではないんだ」

フランツは物思いにふけりながら、グラスのワインを少しずつ飲んでいた。「ウエルベックがいい文章を書いてくれるといいな……」ようやく彼はいった。「今回は大一番だぞ、わかるだろう。きみの場合みたいにラディカルな芸術上の進展を受け容れてもらうのはむずかしいことだ。それでも、わたしが思うに、造形芸術の場合はまだしも恵まれているんじゃないだろうか。文学や音楽では、方向転換というのはまず無理だろう。たちまち袋叩きにされるのは間違いない。文学や音楽では、いつも同じことをしていると、マンネリに陥っているとか落ち目だとかいわれてしまう。逆に、いつも同じことをしていると、マンネリに陥っているとか落ち目だとかいわれてしまう。しかも別の方向をめざすと、支離滅裂な何でも屋扱いされる。きみの場合、絵画に戻り、それと同時に人間の具象に戻ったことには意味があるんだと、わたしにはわかっている。どんな意味かはわたしには説明できないし、おそらくきみにもできないだろう。だが、これが理由のないことではないということはわたしにもわかるんだ。ただしそれは直感的な意見でしかない。記事にしてもらうにはそれだけではだめだろう。何らかの理論的な説明がなければ。それはわたしにはできない。きみにも無理だろう」

続く日々、彼らは会場内のルートや作品の配列を相談し、結局、単に年代順に並べることにした。つまり「ビル・ゲイツとスティーヴ・ジョブズ、情報科学の将来を語りあう」を最後の絵とし、これから描かれるウエルベックの肖像のためにもスペースを設けることになった。週末、ジェドは作家と連絡を取ろうとしたが、このたびは電話がつながらず、留守電にもなっていなかった。何度か、時間帯を変えてかけてみたのちに、ジェドはメールを送った。もう一度送り、数日後さらにもう一度送ってみたが、返信はなかった。

二週間後、ジェドは本気で心配になり、ＳＭＳやメールを次々に送った。とうとうウエルベックが電話してきた。無表情な、ほとんど消え入るような声だった。「申し訳ない」と彼はいった。「いまちょっと個人的に問題を抱えているんです。とにかく、写真を撮りにきてください」

Ⅳ

十三時二十五分にボーヴェを発って翌日シャノンに到着する便は、ライアンエアーのサイトを見ると四・九九ユーロで提供されていた。最初ジェドは間違いかと思った。予約手続きのページを進んでいくうち、諸経費や税金が加算されることがわかった。最終的な値段は二八・〇一ユーロで、いずれにせよ廉価である。

パリのポルト・マイヨからボーヴェ行きのシャトルバスが出ていた。バスに乗ると、若者が多いのに気がついた。学生だろうか、これから出発するのか、それとも戻ってきたのか――二月のヴァカンスの時期だった。退職者や、幼い子どもを連れたアラブ人女性も何人かいた。実際、そこには社会に出て生産的活動に従事している階層を除けば、あらゆる種類の人間がそろっていた。同様にジェドは、このシャトルバスは〈ヴァカンスに旅立つ〉気分にさせてくれて、なかなか居心地がいいことに気がついた。それに対し前回、エール・フランスに乗ったときには〈仕事のために移動する〉という感覚しかなかったのである。

パリ北部に広がる、いわゆる難題を抱えた郊外や、あるいは高級住宅街を過ぎると、バスは小麦畑やビート畑のただなか、ほとんど交通のない高速道路上をすみやかに走っていった。ときおり、群れからはぐれた巨大なカラスが灰色の空を横切っていった。ジェドのまわりでは話をする者はおらず、子どもたちさえ静かで、ジェドは自分が徐々に安らかな気分に包まれていくのを覚えた。

もう十年たったんだ、と彼は思った。十年のあいだ、ひっそりと、そして結局のところきわめて孤独に仕事に打ち込んできた。ひとりで仕事し、作品をだれにも決して見せず――フランツだけは別で、フランツが作品を内輪の人間に見せていることは知っていたが、評判がどうだったかを聞かされることはついぞなかった――、どんな展覧会のヴェルニサージュにも足を運ばず、だれかと意見をたたかわせることもなく、展覧会にもいっさい出かけなかった。そうするうち、ジェドはこの十年のあいだに少しずつ、〈職業的アーティスト〉という身分の外にすべり落ちていた。彼は少しずつ、世間の目から見て、そして幾分かは自分自身の目にも、〈日曜画家〉に変貌していったのである。このたびの展覧会は彼を突如として、業界の内側、サーキットの内部に舞い戻らせるものだった。自分は本当にそうしたいのだろうかとジェドは自問した。おそらくは、ブルターニュの海岸に立ったとき、荒れた冷たい海に飛び込もうという気持ちがすぐには起きないのと同じだった――だが平泳ぎで何かきか進むうちに、ひんやりとした波が心地よく、爽快に感じられてくるのだ。

小規模な空港のベンチで飛行機の出発を待つあいだ、ジェドは前日にフナック〔フランスの大型電気製品チェーン店、本やCD等も扱う〕で購入したカメラの使用説明書を開いた。ふだん肖像画の準備に使っているニコンD3Xは大きすぎ、プロフェッショナル的すぎるように思えた。ウエルベックは写真家に対し根深い憎しみを抱いているという評判だった。ジェドはもっと気軽で一般向けのカメラのほうがいいだろうと思った。

箱を開けてみると、そこにはZRT－AV2を選んだことに対する、サムスン社からの、いささか大げさなほどの賞賛のメッセージが入っていた。ソニーやニコンなら、購買者に祝辞を贈ろうなどとは考えなかっただろう。それらのメーカーはあまりに尊大であり、プロ意識に凝り固まっていた——ひょっとしたらそれは日本人特有の尊大さなのかもしれないが。いずれにせよ、それら揺るぎない地位を築いた日本企業は鼻持ちならなかった。ドイツ人たちは製品の説明書の中で、その製品を選んだことがいかに理にかなっており、信頼に足ることかというフィクションをなお保っていて、メルセデスの使用説明書を読むのはいまでも実に心躍ることだった。だが、価格が内実に釣り合っているかという点になると、魅力的なフィクションや、グレムリンたち〔グレムリンは機械に悪戯をする妖精、原因不明の不調をグレムリンのしわざにする〕の社会民主主義はもはや通用しなかった。残るはスイス人、および彼らの思い切り高価な値段設定で、一部にはそれに惹かれる向きもあった。ときおりジェドもスイス製品、アルパのカメラか、あるいは腕時計を買おうかと思うことがあった。だが通常の製品の五倍もするのを見て、早々にあきらめた。二〇一〇年のいま、〈大満足〉したい消費者にとって最良の選択は、何といっても韓国製品を選ぶことだった。オートバイならキアとヒュンダイ、電気製品ならLGとサムスンである。

サムスンZRT-AV2モデルは、説明書のイントロダクションによれば、もっとも独創的な技術的イノベーション――たとえば笑顔を自動的に察知する機能――と、これまでサムスンの評判を支えてきた、神話的なまでの使いやすさを結び合わせたものだった。

この抒情的導入部を過ぎると、他の部分はより事務的になり、ジェドは重要な情報だけを得ようとすばやくページをめくった。製品コンセプトの根幹部分には、十分に練られた、人と人の絆を大切にするおおらかな楽観主義があることは明らかだった。現代のテクノロジー製品にしばしば見られるこうした傾向は、しかしながら、必然性を備えたものではなかった。たとえば「シーン設定」に並ぶ「花火」や「浜辺」、「赤ちゃん1」、「赤ちゃん2」といった項目の代わりに、「葬式」、「雨の日」、「老人1」、「老人2」といった項目が入っていても少しもおかしくないはずだった。

なぜ「赤ちゃん1」、「赤ちゃん2」なのだろう、とジェドは思った。説明書の三七ページを見て、これが別々の赤ん坊二人の誕生日を設定し、それぞれの画像に年齢を記録するための機能であるとわかった。三八ページにはさらに別の情報もあった。つまり、この機能は赤ちゃんの「健康でみずみずしい」肌の色を再現するために設けられたものだという。なるほど、誕生日の写真を撮ったとき、「赤ちゃん1」や「赤ちゃん2」がしなびた、黄色っぽい顔で写っていたら両親はがっかりだろう。だが、ジェドは個人的には赤ん坊と縁がなかった。同様に、「うちのペット」や「パーティー」の機能を使う機会もあるまい。結局このカメラは、彼のために作られたものではないらしかった。

シャノンでは雨が小止みなく降っていた。そしてタクシーの運転手は意地の悪い阿呆だった。「ゴーン・フォー・ホリデー?」客の落胆を先取りして喜んでいるような口調だった。「ノー、ワーキング」ジェドは運転手を喜ばせまいとそう答えたが、運転手は信じない様子だった。「ホワット・カインド・オブ・ジョブ・ユーアー・ドゥーイング?」その口調には、この客が何であれ仕事などまかされるはずがないと考えていることが明らかだった。「フォトグラフィー」ジェドは答えた。運転手は鼻を鳴らし、負けを認めた。

降りしきる雨の中、ウエルベックがドアを開けにやってくるまで、ジェドはたっぷり二分間はノックし続けた。グレーのストライプ入りのパジャマを着た『素粒子』の作者は、何となくテレビドラマに出てくる囚人を思わせた。髪は逆立ち、洗っていない様子で、赤ら顔にはまだら模様が浮かんでいた。彼の体は少し匂った。身だしなみを整えられなくなるのが、鬱状態を判定するためのもっとも確かなしるしのひとつであることをジェドは思い出した。

「すみません、無理やり押しかけてしまって。あまりいいタイミングではないことは承知しています。しかし、あなたの肖像画に早く取りかかりたいと気が急いたもので……」ジェドはそういって、精一杯、相手の〈心をとろけさせる〉ような笑顔を浮かべた。小説を読んでいて、「心をとろけさせるような笑顔」なる表現に出会うことがいままでもたまにあるが、ということはそれは何らかの現実に対応しているのだろう。けれども自分は残念ながら、笑顔で〈心をとろけさせられる〉ほどナイーブではない、とジェドは思った。いわんやウエルベックにそんなことはありえないだろう。とはいえ『闘いの意味』〔ウエルベックの詩集、一九九六年〕の作者は一メートルほど後ろに下がったが、それはジェドが雨にぬれないようにする程度のことで、そのまま中に招き入れようとしたわけではなかった。

「ワインを一本、もってきました。なかなかいいワインですよ!……」ジェドはボトルを旅行鞄から出しながら、まるで子どもにキャラメルを勧めるように、陽気な調子を装っていった。それはシャトー・オゾーヌの一九八六年物で、四百ユーロの出費だった――ライアンエアーでパリ・シャノン間を十二回飛ぶことができる額だ。

「一本だけ?」『幸福の追求』〔ウエルベックの詩集、一九九二年〕の作者はラベルのほうに首をのばしながら尋ねた。彼は少し臭かったが、死体よりはましだった。結局のところ、もっとひどい事態だってあり得たのだ。やがてウエルベックはボトルをつかむと、何もいわずにくるりと背を向けた。ジェドはそのしぐさから、招き入れられたものと解釈した。

ジェドの記憶にあるかぎり、前回、リビングルームは空っぽだった。それがいまは、ベッドとテレビが置いてあった。

「そうなんですよ」ウエルベックがいった。「あなたが来たとき、そういえばこの家にはあなた以前にだれも足を踏み入れたことがなかったし、おそらく今後もだれも来ないだろうと考えたんです。そこで思ったんですよ、家に客を迎えるなんていうフィクションにこだわっている必要はないじゃないかって。それならいっそ、リビングルームを寝室にしてしまえばいい。結局、わたしは昼間も大半の時間は寝て過ごしているんだ。食事もたいてい、フォックスTVのアニメ番組を見ながらベッドでする。〈ディナー〉を催すなんてことはないんです」

実際、シーツにはビスケットや、モルタデラ〔イタリア・ボローニャ地方特産のポークソーセージ〕のかけらが散り、ワインの染みや、ところどころ焼け焦げもあった。

「でもまあ、台所に行くとしましょう……」『ルネサンス』〔ウエルベックの詩集、一九九九年〕の作者は提案した。

「写真を撮るためにうかがったんですが」

「あなたのカメラは台所では動かないんですか？」

「もとの木阿弥です……。完全にまた、豚肉食品に舞い戻ってしまいました」ウエルベックは憂鬱そうな口調でいった。実際、テーブルにはチョリソーやモルタデラ、田舎風パテの包装紙が散らばっていた。彼はジェドにワインオープナーを差し出し、ボトルが開けられるやいなや、ブーケを嗅ぐことも、テイスティングの真似ごとをしてみることもなしに最初の一杯を飲み干した。ジェドはアングルを変えながら、十二枚ほどアップの写真を撮影した。

「仕事部屋での写真も撮らせてもらえませんか……。実際に仕事をなさっている部屋で」

作家は気の進まない様子で唸り声を上げたが、それでも立ち上がると、ジェドを先導して廊下を進んだ。壁沿いに積み上げられた引っ越し用段ボール箱は依然として開けられていなかった。ウエルベックはこのあいだと比べて腹が出ていたが、首や腕は前と同じくやせ細っていた。まるで年取った病気のカメのようだった。

仕事部屋は広々とした長方形の部屋で、壁はむき出しのまま、一方の壁際にプラスチック製の庭園用テーブルが三卓ならべてあるほかは、室内はがらんとしていた。真ん中のテーブルには二四インチ型ｉＭａｃと、サムスンのレーザープリンタが置いてあった。他の二つのテーブルにはプリントアウトした紙や手書きの原稿が散らばっていた。唯一の贅沢品は高い背もたれのついた重役が座るような椅子で、黒革張り、キャスターつきだった。

ジェドは部屋の全体の写真を何枚か撮った。彼がテーブルに近づくのを見て、ウエルベックは神経質に身をふるわせた。

「ご心配なく、原稿を見るつもりなどありませんから。そんなことをされたらお厭でしょう。ですが……」ジェドはしばし考えた。「あなたがどんな風に書き込みや、訂正をしていらっしゃるのか、それを見てみたいのです」

「困りますね」

「内容は見ません、一切見ませんから。ただ全体の様子を知りたいだけなんです。読み取れるような文字は絵には描きません、約束します」

ウエルベックは渋々と何枚かの原稿を取り出した。削除はほとんどなかったが、文章の真ん中に星印が書きこまれていて、そこから余白や、あるいは別の紙に記された文字のかたまりに矢印で送られていた。それらのおおよそ長方形をしたかたまりの内部にもふたたび星印があって、さらに別のかたまりに送られ、樹木が茂るような様相を呈していた。文字は傾いていて、ほとんど判読しがたかった。ウエルベックはジェドが写真を撮っているあいだじゅう、彼から目を離さずにいた。ジェドがテーブルから遠ざかると、ウエルベックは明らかにほっとした様子でため息をもらした。部屋を出る際にはしっかりとドアを閉めた。

「さっきのは、あなたについての文章ではないですよ。まだ書き出していないんです」彼は台所に戻る途中でいった。「あれは『オムニバス』叢書で出るジャン＝ルイ・キュルティス〔フランスの小説家、英文学者、アカデミー・フランセーズ会員。一九一七－九五年〕の再版のための序文なんです。これをまず片づけないと。ワインはいかがです？」彼はいまではやけに陽気な口調で話していたが、おそらくそっけない出迎え方を忘れさせようとしてのことだろう。シャトー・オゾーヌはほとんど空になっていた。彼が戸棚を乱暴に開くと、そこには四十本ほどのワインのボトルが並んでいた。

「アルゼンチン、それともチリ？」

「気分を変えて、チリにしましょうか」

「ジャン＝ルイ・キュルティスというのはいまでは完全に忘れられてしまった作家です。長篇、短篇集を五十冊ほど出している。それにすばらしいパロディー作品集がありましてね……。『フランスにはうんざり』というのですが、わたしにいわせればフランス文学でもっとも成功したパロディー作品が収められています。サン＝シモンやシャトーブリアンの模倣は見事なものですよ。スタンダールとバルザックの真似も実にうまくできている。とはいえ今日では何ひとつ残っていません。もうだれも読まなくなっている。不当なことですよ。けっこういい作家だったんです。いくぶん保守的、古典的なタイプではあるけれど、とにかく誠実に仕事をこなそうとした人物だった。つまり、自分にとっての仕事ということですが。『四十歳』〔一九六六年〕は傑作だと思いますよ。本物のノスタルジア、伝統的なフランスが現代化されていく中で、何かが失われていくという感覚がある。読んでいると、そういう時期の感覚が見事に伝わってくるんです。登場人物たちの扱いは、左翼の司祭などを別にすれば戯画的な部分はほとんどない。それから『若いカップル』〔一九六七年〕も驚くべき本です。ジョルジュ・ペレックの『物の時代』〔一九六五年〕とまさしく同じ主題に挑みながら、二番煎じにはなっていない。それだけでも大したもんだ。もちろん、ペレックほどの腕前はないが、しかしあの時代、ペレックに匹敵する作家がほかにいましたか？ それからまた、キュルティスが若者の味方をしているのにも驚かされます。つまり当時、リュックをかついでヨーロッパを渡り歩き、その頃のいい方でいわゆる「消費社会」を拒否していたヒッピー族の味方をしているのです。しかも、キュルティスの消費社会に対する拒否の強さにはヒッピー族に負けないものがある。それがヒッピー族よりはるかにしっかりとした土台にもとづく拒否だったことは、以後の展開があまりによく示しているとおりです。反対に、ジョルジュ・ペレックは消費社会を受け入れた。正当にも、それが唯一の可能な将来像であると考えたんです。オルリーの幸福をめぐる彼の考察〔ペレック『物の時代』〕は、わたしには完全に説得的なものと思えます。人々がジャン＝ルイ・キュルティスを〈反動主義者〉と決めつけたのは、結局のところ間違いだったと思いますよ。立派な作家だが、やや悲観的だったというだけのことです。人類はどちらの方向に向かっても決して変わることができないのだと確信していたのです。彼はイタリアを愛していた。ラテン民族がどんなに残酷な目で世界を見ているかを十分に意識しながらもね。それにしても、なぜあなたにこんな話を聞かせているのか自分でもわかりません。あなたにとってはジャン＝ルイ・キュルティスなどどうでもいいことでしょう。でもそれは間違ってますよ。あなたが興味をもってもいいはずの作家です。あなたにも一種のノスタルジアがあるとわたしは感じています。でもあなたの場合、それは現代社会に対するノスタルジア、フランスが工業国だった時代へのノスタルジアでしょう。違いますか?」彼は冷蔵庫からチョリソー、ソーセージ、田舎風パテを取り出した。

「そうですね」ジェドはしばらくのあいだ考えてから答えた。「ぼくはずっと、工業製品が好きでした。ぼくにとっては、たとえば……ソーセージの写真を撮るなどということは考えられません」彼はテーブルを手で示したが、すぐさま弁解した。「もちろん、味はとてもいいですよ。そういうことではありません。食べるのは大好きです……。でも撮影となると、無理ですね。有機物ならではの無秩序さがあって。たとえば脂肪の細い筋目は、切り口によって違ってくるでしょう。そのせいでちょっと……やる気になれないんですよ」

ウエルベックは頭を振り、両腕を開いて、まるでタントラの脱我状態に入ろうとするかのようだった――だがおそらくはそれよりも、単に酔っていたというのが本当のところだろう。台所のスツールの上にちょこんと正座した彼は、体のバランスを崩すまいとしていたのだ。ふたたび話し始めたとき、彼の声は穏やかで、重みがあり、そこには正直な気持ちがこもっていた。「消費者としてのわが人生で、これまで完璧な商品に三度、めぐり会ったことがあります。パラブーツの靴〈マルシュ〉、キヤノンのプリンタ一体型ノートパソコン〈リブリス〉、そして〈キャメル・レジェンド〉のマウンテン・パーカ。どれも、わたしが心から愛した品で、寿命がきてもまた同じ品に買い替えて一生、使い続けたいと思っていたくらいなんです。それらの品物とのあいだには申し分のない信頼関係が成り立っていて、わたしは幸せな消費者でした。人生において、わたしはあらゆる点で完全に幸福というわけにはいきませんでしたが、少なくともこれだけは確かだった。つまりわたしには、大事な靴を定期的に買い替えることができたのです。ささいなこととはいえ、これは大きなことでした。とりわけ、かなり不毛な私生活を送っている場合には。ところがこの喜び、この単純な喜びもわたしには残されていなかった。ひいきにしていた製品が、数年もたつと棚から消え、製造が完全に停止されてしまったのです――わが哀れな〈キャメル・レジェンド〉などは、おそらくこれまでに作られたもっとも美しいパーカだというのに、たったワンシーズンで消えてしまった……」彼は大粒の涙を流して、さめざめと泣き始めた。そしてまたワインを注いだ。

「容赦ないですよ。ね、容赦ないんです。どんなつまらない種類の動物だって、絶滅するまでには何千、何百年もの時間がかかる。ところが製品は数日で地球の表面から抹消されてしまう。敗者復活のチャンスは決して与えられない。製品ラインの責任者たちの無責任な、ファシズム的な決定をただ無力に受け入れるばかりなんだ。責任者のみなさんはもちろん、消費者が何を望んでいるかをだれよりもよくわかっていて、〈新製品への期待〉を感じ取ることができるというわけさ。そうやって実際には消費者の人生を、辛い、絶望的な探求に変えてしまう。たえず変更される商品ラインのあいだでの、果てしない彷徨に変えてしまうんだ」

「おっしゃることはわかります」ジェドは口をはさんだ。「ローライフレックスの二眼レフが製造停止になったときにも、大勢の人たちが嘆いたようですね。とはいえ、きっと……。きっと、極度に高価な、そして神話的なステイタスに達した製品に対しては、信頼と愛情を保つことができるんじゃないでしょうか。たとえばロレックスが、オイスター・パペチュアル・デイ・デイトの製造をやめるなどとは想像もできない」

「あなたはまだ若い……。とんでもなく若い……。ロレックスだってほかと一緒ですよ」彼はチョリソーを三切ればかり取って、パンの端にのせ、まるごと飲み込んだ。そしてまたワインを注いだ。「新しいカメラを買ったというお話でしたね……。説明書を見せてください」

彼はサムスンZRT‐AV2の使用説明書に二分ほど、目を走らせた。一行一行が彼の不吉な予言を確かなものにしているとでもいうかのように、頭を振りながら。「なるほどね……」彼はとうとう説明書をジェドに返しながらいった。「立派な製品ですよ、現代的な製品だ。あなたがこれに惚れ込んだとしても不思議はない。だが、覚悟しておかなければならない。一年、せいぜい二年もすれば、さらに性能がアップしたとかいう新製品にとってかわられることでしょう」

「わたしたちも、わたしたちだって製品なんです」彼はさらに続けた。「文化的な製品なんですよ。わたしたちだって、いずれ旧型ということになる。まったく同じ仕組みが働いているんです――ただし一般的にいって、こちらにははっきりした技術的な改善や、性能の向上はありませんが。残るのはただ、新機軸に対する、純粋な欲求だけなんです」

「だが、そんなことは何でもない、何でもない……」彼は気楽そうにいった。二本目のソーセージを切り始めたかと思うと、ナイフを持ったまま手を止め、大声で歌い始めた。「恋をして、笑って、歌うことだ！……」腕を振りまわしたはずみにワインのボトルが倒れ、床のタイルの上で割れた。

「拾いましょう」ジェドがあわてて立ち上がっていった。

「いや、放っておいてください。大したことはない」

「そうはいきません。ガラスの破片で、怪我をするといけないですから。雑巾はありますか？」ジェドはあたりを見まわした。ウエルベックは答えずに頭を揺らしていた。ジェドは部屋の片隅にほうきとプラスチック製のちりとりが置いてあるのに気づいた。

「もう一本開けよう……」作家がいった。彼は立ち上がり、ガラスの破片のあいだをジグザグに歩いていき、その破片をジェドができるかぎり拾い集めた。

「もうずいぶん飲みましたよ……。それに写真のほうも撮り終わりました」

「ちょっと、これでもう帰るんじゃないでしょうね！　お楽しみは始まったばかりですよ……。〝恋をして、笑って、歌うことだ！〟……」彼はまた口ずさんでから、グラスのチリワインを一息で飲み干した。「〝フークラ・ブルドゥー！　ビストロイ！　ビストロイ！〟」彼は真剣につけ加えた。少し以前から、この高名なる作家は奇妙な語、廃れた言葉や単に不適切な言葉、さらにはまた、ハドック船長〔『タンタンの冒険旅行』の登場人物〕流の子どもっぽい造語を用いるのが癖になっていた。まだ残っているわずかな友人たち、そして編集者たちは、年老いて力衰えたデカダン派相手にはたいがいのことには目をつぶろうというわけで、そんな癖を大目に見てやっていた。

「大仰ですよ、わたしの肖像画を描こうだなんていうアイデアは。まったくもって大仰だ……」

「そうですか？」ジェドは驚いた。彼はガラスの破片を拾い終え、大容量のビニール袋に入れ（ウエルベックは明らかに、他の種類のビニール袋は持っていないようだった）、テーブルに座るとソーセージを一個取った。

「いいですか……」ジェドは落ち着いた口調でいった。「ぼくはこの絵を何としても成功させたいと思っているんです。この十年、馬肉屋から多国籍企業の社長まで、社会のあらゆる階層に属する人々を描こうとしてきました。失敗はただ一度だけ、芸術家を描こうとしたときだったんです——正確にいえばジェフ・クーンズを描こうとしたんですが、どうしてうまくいかなかったのかはわかりません。いや、司祭を描こうとして失敗したこともありました。テーマをどう扱えばいいかわからなかったからです。しかしジェフ・クーンズの場合はもっとひどかった。描き始めはしたのですが、結局絵を破壊してしまわなければなりませんでした。失敗のまま終わりたくないんです——あなたが相手ならば、うまくやれる気がします。あなたの眼差しには何かがある。はっきりとはいえませんが、それを描き取ることはできると思うのです……」

突然、〈情熱〉の一語がジェドの頭をよぎった。するとたちまち、彼は十年も前、オルガと過ごした最後の週末を思い出した。聖霊降臨節の週末、二人はヴォー＝ド＝リュニーのシャトーホテルのテラスにいた。テラスは広大な庭園に面していて、そよ風が木々を揺らしていた。夜になろうとしていたが、気温は理想的な温和さだった。オルガはオマール海老のプレッセの皿をじっと見つめたまま、一分ほど何もいわずにいたが、ふと顔を上げ、ジェドの目をまっすぐ見つめると、彼に尋ねた。

「結局、どうして自分が女にもてるのか、あなたにはわかってるの？」

彼は不明瞭に返事をつぶやいた。

「だってあなたは女にもてるじゃない」オルガはなおもいった。「自分で気がつく機会だってあったでしょう。あなたはまあ、かわいいタイプだけれど、でもそれは関係ない。見た目なんてささいなことよ。そうじゃなくて、もっと別のこと……」

「何だろう」

「簡単なことよ。あなたの眼差しには、力強さがある。情熱的な眼差し。それこそ、何よりも女たちが求めているものなのよ。男の眼差しにエネルギーや情熱を読むことができたら、そのとき女は男を魅力的だと思うの」

ジェドが彼女の意見について思いめぐらしているあいだ、彼女はムルソーワインを一口飲み、アントレを味わった。「もちろん……」しばらくして、彼女はどこか悲しげにいった。「その情熱が自分にではなく、芸術作品に向けられているとしても、女にはわからない……。少なくとも、最初のうちは」

それから十年後、ウエルベックを眺めながら、ジェドは彼の眼差しにもまた、ひとつの情熱、惑乱的でさえある何かが宿っていることに気がついていた。これまでに彼は女たちの恋心を、それも強烈な恋心をかきたてたことがあるに違いない。そう、ジェドが女たちについて知っていることに照らして考えるなら、この苦悩に満ちた敗残者に夢中になった女だっていたかもしれないのである。だがいま、目の前で田舎風パテをむさぼり食いながら頭を揺らしているその男は、明らかに、恋愛関係に類するすべてに対して無関心になっており、恐らくは、あらゆる人間関係に対して無関心になっているらしかった。

「確かにわたしは、人類に対してはかすかな連帯心しか抱いていません……」ウエルベックはジェドの思いを見抜いたかのようにいった。「所属意識が、日に日に薄れつつあるというべきか。とはいえ、あなたの最近の絵は好きですよ、たとえ人間を描いてはいても。そこには何か……一般的なもの、というか、枝葉末節を超えたものがある。いや、原稿を先取りするのは気が進まないな、何も書けなくなってしまう。ところで、三月末までに間に合わないとしても、あまりご迷惑にはなりませんか？　何しろいま、本当に調子がよくないもので」

「問題ありません。展覧会を遅らせましょう。必要なだけ待ちますよ。おわかりでしょう、あなたはぼくにとって重要な人になったんです。しかもあっという間にね。これまで、ぼくにこんな印象を与えた人はほかにだれもいませんでした」ジェドはひどく興奮した口調でいった。

「興味ぶかいことに……」ジェドはより落ち着いた口調で続けた。「肖像画家というのは、モデルの特別なところを際立たせるものだと思われていますよね。モデルを唯一無二の存在にしている部分というか。そしてぼくの場合も、ある意味ではそうやっています。でも別の見方からすれば、人々は普通いわれているよりもお互い、はるかによく似ているように思えるし、とりわけ、体の平らな部分やあごの骨を描いているときには、同じパズルのピースをくりかえし扱っているような気分になります。人間存在が小説の主題、〈グレート・オクシデンタル・ノヴェル〉の主題であることはよくわかっています。それは絵画の重大なテーマのひとつでもあるでしょう。とはいえぼくは、人間は一般に思われているほど互いに異なってはいないと思わずにはいられないのです。社会には複雑なことが多すぎるのではないか、区別やら、カテゴリーやら……」

「そう。いささか〈ビザンティネスク〉〔瑣事末節にこだわり空疎、の意味。正しくは「ビザンタン」〕ですよね……」『プラットフォーム』の著者は喜んで認めた。「ただしわたしには、あなたが本当の意味で肖像画家だとは思えない。ピカソによるドラ・マールの肖像、そんなもの、どうだっていいでしょう?

いずれにしろピカソは醜い。彼は世界を醜くゆがめて描く。なぜなら彼の魂が醜いからだ。それがピカソについていうことのできるすべてです。彼の絵ばかり好んで展示する理由など何もありはしない。何ももたらすもののない絵です。光もなければ、色や形の組織という面での革新もまったくない。とにかくピカソには特筆すべき事柄など一切何もありません。ただ途方もない愚かしさと、絶倫風の殴り書きが、一部の、銀行預金額の高い六十代の人間たちを魅惑するというだけのことでね。ヴァン・ダイクによる、商人組合会員デュコンの肖像となると、これは話が別だ。というのもヴァン・ダイクに興味があったのはデュコンではなくて、商人組合だったのですから。結局、あなたの絵についてもそんな風に思うのですが、ひょっとしたらわたしの完全な思い違いかもしれませんね。いずれにしろ、もしわたしの文章がお気に召さなければ、ゴミ箱に捨ててもらえばそれでいいですから。申しわけない、つい攻撃的になってしまって。真菌症なんです……」ジェドが呆然と見守る前で、彼は猛然と足を掻きむしり始め、ついには血が粒状に吹き出してきた。「真菌症、つまりバクテリア性の感染症、非局部的全般的湿疹ですね、とにかく本物の感染症ですよ。わたしはこの場で腐敗しつつあるんです。そしてそんなことを気にする者はだれもいない。だれにもわたしを助けることなどできない。わたしは不名誉にも医学に見放されたんだ。もうどうしようもないでしょう？　とにかく体を掻く、たえず掻き続けるほかはない。それがいまやわたしの人生となったんです。たえざる掻きむしりの連続だ……」

やがて彼は体を起こし、多少は気分がよくなった様子でこういった。「さて、少し疲れました。そろそろ休むとしましょう」

「そうしてください」ジェドはあわてて立ち上がった。「こんなに時間を割いてくださって、本当に感謝しています」そういいながら、彼はまずまず上首尾に訪問を終えたと感じていた。ウエルベックはドアまで送ってきた。別れ際、夜のただなかに消えていく前に、彼はジェドにいった。「あなたがいま何をやろうとしていらっしゃるのか、わたしはわかっているつもりですよ。その結果がどうなるかもわかっています。あなたは立派な芸術家だ。細かいことは省略して、それだけはいえる。結果として、わたしはこれまでさんざん写真に撮られてきたけれど、将来、のちのちまで残るわたしの像、ただひとつの像があるとすれば、それはあなたの絵ということになるでしょう」不意に彼は若々しい微笑みを浮かべた。今度ばかりは本当に〈心をとろけさせる〉ような笑顔だった。「わかるでしょう、わたしは絵画というものを真剣に考えているんです……」と彼はいった。そして彼はドアを閉めた。

V

ジェドはベビーカーにぶつかってよろめき、とっさに金属探知ゲートにつかまって体を支えたりしたあげく、出国者が長い列を作っている最後尾につかなければならなかった。彼のほかは家族連ればかりで、それぞれ二人か三人の子どもがいた。彼の前では四歳ぐらいの金髪の男の子が何かを欲しがってうなっていたが、突如、わめきながら床に身を投げ出し、怒りで身をふるわせた。母親は父親と疲れ切った顔を見合わせ、父親は御しがたい悪ガキを抱き起こそうとした。小説を書くのが不可能なのは、と昨日ウエルベックはいっていた。生きていくのが不可能であるのと同じ理由からです。つまり、邪魔な事柄が積み重なっていくからですよ。そしてジードからサルトルに至る、あらゆる自由の理論は、無責任な独身者たちによってひねり出された不道徳な論にすぎません。わたしもそうですが、と彼は三本目のチリワインを傾けながらつけ加えたのだった。

飛行機は全席自由で、搭乗時、彼は若者たちのグループの近くに座ろうとした。ところが金属のタラップの手前で止められ——彼の手に持った鞄は大きすぎて、キャビンクルーに預けなければならなかった——、結局は中央通路寄りの、たえずお菓子を欲しがって椅子の上で跳びはねている五歳の女の子と、くすんだ髪の肥満女性にはさまれた席をあてがわれた。女性のひざの上に乗っていた赤ん坊は、離陸直後から泣きわめき始めた。三十分後には、おむつを替えてやらなければならなかった。

ボーヴェ＝チレ空港の出口で、ジェドは立ち止まると旅行鞄を置き、気分転換に深呼吸した。ポルト・マイヨ行きのシャトルバスはベビーカーや子どもたちを抱えた家族連れで満杯だった。すぐそばに、広々としたウインドーが特徴的な白い小型車が停まっていて、〈ボーヴェジ都市交通〉と書いてあった。ジェドは近寄って尋ねてみた。ボーヴェと空港を往復しているんです、と運転手が教えてくれた。料金は二ユーロ。ジェドはチケットを買った。客は彼ひとりだった。

「駅までですか？」少しして運転手が聞いた。

「いえ、町の中央まで」

運転手は驚いたような目を向けた。ボーヴェは観光面では、空港ができたことの恩恵にあずかっていないらしかった。とはいえフランスのほとんどの町でもそうであるように、町の中央に歩行者天国を設けたり、歴史や文化の情報を盛り込んだ案内板を立てたりといった努力はなされていた。ボーヴェに最初に人の住みついた痕跡は紀元前六五〇〇〇年までさかのぼる。ローマ人たちが城塞を作り、カエサロマグス、次いでベロワクムと名づけられたのち、二七五年には蛮族が侵入して破壊された。

交易の道筋の交わる位置にあって、豊かな小麦畑に囲まれたボーヴェは、すでに十一世紀には非常な繁栄を見、織物手工業が発展した——ボーヴェの毛織物はビザンティンまで輸出されたのである。一二二五年、司教位についたミロン・ド・ナントゥイユ伯爵は、サン＝ピエール大聖堂建立の計画を立てた（ミシュランの地図では三ツ星、〈必ず見るべき〉）。未完に終わったものの、そのゴシック式建築はヨーロッパ随一の高さを誇る。織物業の衰退とともに、ボーヴェは十八世紀末には斜陽の兆しを見せていた。実際のところそれ以来、下り坂が続いており、ジェドはキリアード・ホテルにすぐさま空室を見つけることができた。夕食の時間まで、客は彼ひとりという雰囲気ですらあった。子牛のクリーム煮——その日のお勧めメニュー——を食べ始めたとき、三十代の日本人が入ってきて、呆然と周囲を見まわしたのち、ジェドの隣のテーブルに座った。

子牛のクリーム煮を勧められて日本人は憂鬱げな表情になった。彼はリブロースのステーキで我慢することにしたが、数分後に運ばれてきた皿を前にして、侘しげに、気のない様子でフォークの端でステーキをつついていた。彼が話しかけてくるのではないかとジェドは思った。案の定、フライドポテトを何本か口先でしゃぶったのち、英語で話しかけてきた。気の毒なこの人物は、工作機械メーカーのコマツの従業員だった。コマツはこのあたりで最後に残っている毛織物製作会社に最新式の織物製造ロボットを売るのに成功した。ところがロボットのプログラミングに故障が生じたというので、彼が修理のためにやってきたのである。その種の出張のためには、と彼は嘆いた。以前であれば三、四人、あるいはぎりぎりでも二人の技術者が派遣されたものだ。ところがひどい経費節減のおかげで、彼はたったひとりボーヴェまでやってきて、怒り狂う顧客とプログラミングに欠陥の生じた機械の相手を務めているのだった。

それは実際、やりきれないでしょうねとジェドは頷いた。とはいえ少なくとも、電話で助けを求めることはできるのでは？「タイム・ディフェレンス……」日本人は悲しげにいった。こちらで深夜一時くらいになれば、日本のオフィスが開く時間だから、だれかをつかまえることはできるだろう。しかしそれまでは孤立無援、ホテルのテレビだって日本のBS放送が映らない。彼はしばし肉切りナイフを見つめた。あたかもそれで切腹を演じようとでもいうかのように。やがて意を決し、ステーキを食べ始めた。

ホテルの部屋で、テレビの音を消して「タラッサ」〔海をテーマにしたドキュメンタリー番組。一九七五年以来、金曜の夜に放送され続けている、フランス最古のテレビシリーズのひとつ〕を見ながら、ジェドは携帯電話を開いた。フランツは三件のメッセージを残していた。電話してみると、フランツはすぐに出た。

「もしもし。どんな具合だった？」

「うまくいったよ。まあ何とか、うまくいった。ただ、原稿の完成が少し遅れそうなんだ」

「おいおい、それは困るよ。三月の終わりには仕上がっていないと、カタログの印刷が間に合わなくなる」

「彼にいってしまったんだ……」ジェドはためらったが、思い切って打ち明けた。「それでもかまわないって。必要なだけ時間をかけてくれっていっておいた」

フランツは信じられないといううめき声を洩らし、黙り込んでから、張り詰めた、ほとんど爆発しそうな声でいった。

「いいかい、会って相談しなけりゃならんな。いますぐギャラリーに来られるか？」

「無理だ。いま、ボーヴェにいる」

「〈ボーヴェ〉だと？　いったい〈ボーヴェ〉で何やってるんだ？」

「少し距離を置いて考えてるのさ。悪くはないよ、ボーヴェで距離を置いて考えるというのも」


八時四十七分の列車があった。パリの北駅までは一時間少々だった。十一時にギャラリーに着くと、フランツはがっかりした顔で出迎えた。「アーティストはきみだけじゃないんだぞ、わかってるだろう……」彼は非難がましくいった。「展覧会が五月に開けないとすると、十二月まで遅らせなければならない」

十分後、マリリンがやってきて、雰囲気はやや持ち直した。「あら、わたしは十二月で全然大丈夫よ」彼女はすぐさまいった。そして舌なめずりするような陽気な調子でつけ加えた。「そのほうが、イギリスの雑誌対策の時間がたっぷり取れるし。イギリスの雑誌が相手のときは、とても時間が必要なのよ」

「それなら、十二月ってことにするか……」フランツは落胆し、不機嫌な口調でいった。「ぼくが……」ジェドは両手をかすかに持ち上げていいかけたが、やめてしまった。「ぼくがアーティストだぞ」といった種類の、いささか仰々しいこっけいなせりふを口にしかけたのだが、思い直し、単にこういった。「ぼくにも、ウエルベックの肖像画を描く時間が必要だしね。立派な絵にしたい。ぼくの最高傑作にしたいと思っているんだ」

VI

大半の美術史家が強調するところだが、「ミシェル・ウエルベック、小説家」においてジェド・マルタンは、「職業」シリーズの全般にわたって特徴となっていた、背景をリアリズム的に描くやり方と縁を切った。それは困難な方向転換であり、画家には大変な努力が必要であったこと、さまざまな技巧を用いてできるかぎりリアリズム的背景の錯覚を与えようとしていることが感じられる。絵の中で、ウエルベックは書き上げられた、あるいは書きかけの原稿が散らばった机を前にして立っている。その背後、五メートルほど離れた白い壁は、互いに重なり合った原稿で一分の隙もなく覆いつくされている。皮肉なことに、と美術史家は強調するのだが、ジェド・マルタンはテクストに非常な重要性を与えている。いかなる現実の作品とも切り離された、テクストそのものに興味を集中しているのである。ところが文学史家たちが口をそろえて述べるところによれば、ウエルベックが執筆中、自室の壁にさまざまな資料を鋲でとめたとしても、それは小説の舞台となっている場所の写真ということが多く、その場所を描写した文章やメモということはほとんどなかったという。とはいえ、作家を紙の世界のただなかで描くことで、ジェド・マルタンは文学におけるリアリズムの問題に対して自らの見解を示したかったわけではないだろう。また、ウエルベックをフォルマリズム的立場に近づけようとしたわけでもなかった。そもそもウエルベックはその種の立場を明確に拒絶していた。おそらく画家は、より単純に、網状に広がり、結ばれ合い、巨大なパルプのように互いに互いを生み出しあっているテクストの塊を目のあたりにしたときの、純粋に造形的な魅惑に心をとらえられたのだろう。

いずれにせよ、この作品が展示されたとき、背景に注目した者はほとんどいなかった。人物像の信じがたいほど強力な表現によって、背景はすっかりかすんでしまったのである。作家は目の前の机に散らばる原稿の一枚に訂正すべき箇所をまさに見つけたところなのだが、あたかもトランス状態に陥ったかのようであり、その熱狂ぶりを悪魔憑きと形容する評者たちさえいた。訂正ペンをもった片手は、動きのせいでややぶれた感じに描かれている。その手を原稿の上に振りかざしたところは「一瞬、力を緩めてから獲物に襲いかかるコブラの敏捷さ」を思わせるとウォン・フー・シンは比喩を用いて解説している。おそらくそれは、極東の物書きは伝統的にメタファーをふんだんに用いるものとする紋切型を逆手に取った皮肉でもあるのだろう（ウォン・フー・シンは何よりもまず詩人でありたいと願った人物だった。だが彼の詩作品はもはやほとんど読まれず、容易には入手することもできない。一方、マルタンの作品に関する彼の評論は美術史の世界では必読文献とみなされ続けている）。マルタンの従来の作品に比べ、照明ははるかにコントラストが強く、作家の身体の大部分は闇に沈み、もっぱら顔の上半分、そして猛禽の爪のように肉の落ちた長い指を曲げた様子が照らし出されていた。その視線の表情は当時、あまりに奇異の感を与えたため、批評家たちはそれをいかなる絵画的伝統にも比較の対象のない、むしろヴードゥー教の儀式の際に撮られた民俗学的な写真資料に比べるべきものとみなしたほどだった。

ジェドは十月二十五日にフランツに電話して、絵が完成したと伝えた。数か月来、彼らはあまり会っていなかった。これまでのやり方とは異なり、ジェドはフランツを電話で呼び出して、準備段階の仕事やエスキス類を見せることをしなかった。フランツもまた、他の展覧会の企画に集中し、上々の成果を収めていた。この数年、彼のギャラリーは注目を集めるようになり、徐々に評価を高めていた――とはいえ、それが実際の収益につながるにはいまだ到っていなかったのだが。

フランツは十八時ごろやってきた。絵はアトリエのまんなか、一一六×八九センチの標準型木枠に収められ、ハロゲンランプで煌々と照らされていた。フランツは布製の折り畳み椅子に座って絵と真正面から向かい合い、十分ほど何もいわずに見つめていた。

「なるほど……」とうとう彼は口を開いた。「きみにはときどき、手を焼かされもするが、しかしきみは立派なアーティストだ。待つだけの甲斐はあったと認めざるを得ない。いい絵だな。傑作といってもいい。本当に、これをプレゼントするつもりなのか」

「約束したんだよ」

「で、原稿は、もうすぐ届くのか」

「今月末には」

「連絡はちゃんと取ってるのか」

「それほどは。八月にメールを一通もらっただけなんだ。それによると、フランスに戻ってきて暮らすという話だった。子どものころ暮らしたロワレの家を買い取ることができたんだそうだよ。でもそれとは関係なく、原稿は十月末に送ると書いてあった。ぼくはあの人を信用している」

VII

実際、十月三十一日の朝にメールがあり、五十ページほどのタイトルのない原稿が届いた。ジェドは直ちにマリリンとフランツに転送したが、長すぎるのではないかという不安が頭をよぎった。マリリンはその不安をすぐさま打ち消してくれた。それどころか、「ボリュームがある」のはいつだって歓迎なのだった。

今日ではむしろ歴史的な興味をひく一文とみなされているとはいえ、ウエルベックのこの文章――ジェド・マルタンの作品を扱った長文の論考として最初のもの――には、興味ぶかい直観的指摘がいろいろと含まれている。主題や技法の変遷を超えて、マルタンの仕事には一貫性があることを彼は初めて主張し、最初は世界の工業製品の本質をとらえようと試みたのち、後半生においてそれらの製造者たちに興味を移したことのうちに、深い論理性を見出したのである。

ジェド・マルタンが同時代の社会に注ぐ眼差しは、ウエルベックが強調するところによると、政治コメンテーターというよりもはるかに民俗学者の視線である。マルタンには――ウエルベックはその点にこだわるのだが――政治意識の強いアーティストという面はまったくなく、数少ない群衆画のひとつ「ベアテ・ウーゼ、証券取引場に上場」〔ベアテ・ウーゼは二十世紀ドイツの女性社会運動家、実業家。避妊具販売からスタートし世界初のアダルトグッズショップで成功。一九九九年、自社株をドイツ証券取引場に上場、非常な高値を呼んだ〕に表現主義的な要素があるとしても、ジョージ・グロスやオットー・ディクスのような皮肉で辛辣なタッチはまったく見られない。ドイツ・ポルノ産業の大立者となった女性に、いかにも冷めた無感動な様子で拍手を送る、スウェットパーカにトレパン姿のトレーダーたちは、フリッツ・ラング監督が『ドクトル・マブゼ』〔一九二二年〕で描いた、ホテルのホールで際限なく行き交うモーニング姿のブルジョワ紳士たちの直接の後継者たちなのだ。彼らはラングの紳士たちと同じデタッチメント、同じ客観的冷やかさで描かれている。タイトルに関しても、絵そのものに関しても、マルタンはつねに単純かつダイレクトだった。彼は世界を描写するのみであり、詩的な注釈や、内容説明的なサブタイトルを自らに許すことは稀である。しかしながら、もっとも完成度の高い作品のひとつである「ビル・ゲイツとスティーヴ・ジョブズ、情報科学の将来を語りあう」の場合は例外だった。彼はこの作品に「パロ・アルトでの対話」という副題をつけたのだ。

籐椅子に体を沈めたビル・ゲイツは、両腕を大きく開いて相手に微笑みかけていた。チノパンにカーキ色の半袖シャツ、裸足にサンダルという格好である。それはもはや、マイクロソフト社が世界制覇を確かなものとし、彼自身、ブルネイの首長を抜いて世界長者番付第一位の座についたころのビル・ゲイツではなかった。そしてまた、それはまだ、スリランカの孤児院を訪問したり、西アフリカ諸国における天然痘流行の再燃に対し、国際世論の注意を喚起したりする、苦悩に満ちた表情で社会問題を憂うビル・ゲイツでもなかった。その中間の時期、リラックスし、世界最大のソフトウェア会社の〈チェアマン〉の地位を明け渡して明らかに幸福そうな様子のビル・ゲイツであり、要するにヴァカンス中のビル・ゲイツだった。レンズ越しに瞳がやけに拡大されて見える、金属フレームのメガネにのみ、〈オタク〉としての過去の名残が認められた。

その正面にいるスティーヴ・ジョブズは、白い革のソファの上にあぐらをかいて座りながら、逆説的にも、峻厳さの化身にして、伝統的にプロテスタント的資本主義と結びつけられている〈憂慮《ソルゲ》〉の化身でもあるかのように見えた。何か厄介な考えごとのヒントを探るように右手であごをつかんだ様子や、向い合った相手に注ぐいかにも不安げな眼差しには、カリフォルニア的なところは皆無だった。マルタンは彼にアロハシャツを着せていたが、それでも、軽く背中を丸めた姿勢や、困惑したような表情の与える漠とした悲しみの印象は拭い去られていなかった。

明らかに、二人の会談の場はジョブズ邸だった。洗練されたデザインの白い家具と、派手な色彩のエスニックな壁紙が混じり合った室内のすべてが、アップル創業者の美的世界を伝えていた。それはほとんどSF的なまでにハイテク機器であふれ返っていると伝えられる、マイクロソフト創業者ゲイツがシアトルに建てた屋敷を特徴づける美学の対極にあった。二人のあいだのローテーブルには、手作り感のある木製チェスセットが置いてあった。ゲームの途中だったが、圧倒的に黒――つまりジョブズ――が不利な形勢だった。

自伝『ビル・ゲイツ未来を語る』の中で、ビル・ゲイツはときおり、シニカルきわまりないと思えるような側面をのぞかせている――とりわけ、もっとも革新的な製品を送り出すことは、企業にとって必ずしも得にならないと率直に述べているくだりにおいて。たいていの場合、それよりも望ましいのは競争相手の企業のやり方を観察することであり（名前こそあげていないものの、それがアップル社を指すことは明白だった）、競争相手に先に新製品を出させることなのだ。そうすれば相手はあらゆる革新につきものの困難に直面し、いわば開拓者ゆえの苦労をなめることになる。そのあとから、競争相手の製品のコピーを安価で市場にあふれさせればいい。だがこの一見シニカルに思える態度は――と解説文中でウエルベックは強調している――、ゲイツの深い真実を示すものではない。真実はむしろ、彼が資本主義に対する、そして神秘的な「見えない手」に対する信仰を明確に述べている驚くべき、ほとんど感動的な一節に表れている。そこには、どんな転変が、そしてまた反例と思える事柄があろうとも、結局のところ市場は常に正しく、市場にとっての善は世の中にとっての善と一致するのだという絶対的な、揺るぎない確信がある。そのときビル・ゲイツは、その深い真実において、信念の人として立ち現れるのであり、真摯な資本主義者のその信念、その無邪気さこそ、友情をこめて温かく両腕を広げた様子、大西洋に沈もうとする太陽の光を浴びて輝くメガネを描くことで、ジェド・マルタンが表現し得たものだった。反対にジョブズの、病気でやつれ、憂い顔にうっすらと髯を生やし、苦しげな様子で右手をあごにあてた姿は、プロテスタントの巡回牧師がまばらで無関心な聴衆を前に、もう十度目にもなろうかという説教をしているときに、突如として懐疑に襲われたとでもいった風に見えた。

しかしながら、じっと動かない、ひ弱な、劣勢のジョブズこそが、ゲームの主導権を握っているという印象を与えるのだった。そこにこの絵の深い逆説がある、とウエルベックは強調している。ジョブズの目を輝かせ続けている炎は、単に説教師や予言者ではなく、ジュール・ヴェルヌがあんなにもしばしば描いた発明家たちの目の炎だった。ジェド・マルタンが描いたチェスの情勢をより注意ぶかく見るなら、必ずしもジョブズが劣勢ではないことがわかる。クイーンを犠牲にするならば、彼はあと三手でビショップとナイトの連動による大胆なチェックメイトを決めることができた。同様に彼は、稲妻のような直観によって何か新たな製品を思いつき、その勢いで市場に突如、新たな基準を課すだけの力があるという印象も与えた。二人の男の背景には、ガラス窓越しに平原の風景が見分けられた。エメラルドグリーンの、ほとんど超現実的な色の平原がゆるやかな坂をなして下っていった先は針葉樹林で、その端は断崖になっている。さらに向こうには、きらきらと赤褐色に輝く太平洋の波が延々と続いている。遠くの芝生の上では、少女たちがフリスビーで遊び始めたところだ。沈む太陽が炸裂する壮麗な光景の中、夜が訪れようとしていた。ジェド・マルタンは北カリフォルニアのオレンジ色の夕陽に、ほとんどありえないほどの豪奢さを与えていた。そして世界の最先端を行くその場所に、夜が訪れようとしていた。それもまた、つまり漠とした別れの悲しみというのも、ジョブズの眼差しに読みとれるものだった。

市場経済の信奉者たる二人。そして、いずれも民主党の断固たる支持者ながら、資本主義に対立する二つの立場、バルザックの銀行家とヴェルヌのエンジニアほど互いに隔たった立場を示す二人。「パロ・アルトでの対話」とはあまりに慎ましい副題である、とウエルベックは結論で強調していた。ジェドは自作の副題をむしろ「資本主義の簡潔な歴史」としてもよかっただろう。実際それは、そうしたものだったのである。

Ⅷ

多少の曲折を経て、展覧会のオープニングの日は十二月十一日水曜日と決まった——マリリンによれば、理想的な日にちだった。カタログはイタリアの印刷所で大急ぎで制作され、ぎりぎりで間に合った。お洒落で、豪華な印象すら与える仕上がりだった——こういうのには出し惜しみしちゃだめよ、とマリリンはきっぱり断言し、そんな彼女にフランツはどんどん服従の度を強めていった。その様子はなかなかの見もので、フランツは携帯で電話をするマリリンのあとを追って、部屋から部屋へと、愛玩犬のように到るところついていくのだった。

入口にカタログをひと山置き、作品の陳列がうまく行っているかどうかを確認してしまうと、十九時に予定されている開場までもう何もすることがなくなった。フランツは緊張の様子が隠せなかった。彼はスロヴァキアの農婦が着るようなおかしな刺繍入りの上っ張りに、ディーゼルの黒いジーンズを合わせていた。マリリンは実に冷静で、ノートパソコンで何かを確認したり、絵のあいだをまわって歩いたりしていた。フランツはそのあとに従った。

〈イッツ・ア・ゲーム、イッツ・ア・ミリオン・ダラー・ゲーム〉。

十八時半ごろ、ジェドは二人が歩きまわる様子にうんざりし始め、外を散歩してくると告げた。「ちょっと近所を少し歩いてくるだけだから、ご心配なく。歩けば気分もよくなるさ」

そんな言葉はあまりに楽観的だったことを、彼はヴァンサン＝オリオル大通りに一歩出るとすぐに悟った。車が次々に水しぶきを跳ね上げながら猛スピードで通り過ぎていく。外は寒く、どしゃぶりで、大通りはこの夜、閑散としていた。活気が感じられるところといえば大型スーパー・カジノとシェルのガソリンスタンドだけであり、それだけが欲望、幸福、喜びを喚起することのできる社会的な施設だった。これらのいわば命綱となる場所を、ジェドは前から知っていた。ロピタル大通りのフランプリ〔フランスのスーパー・チェーン店〕に乗り換えるまで、彼は何年にもわたり大型スーパー・カジノの常連客だったし、シェルのガソリンスタンドのほうもお馴染みだった。他の店が閉まる日曜日に、そこでプリングルズ〔ポテトチップス〕とエパール〔ミネラルウォーター〕のボトルを補給できて助かったことが何度もあった。とはいえ今晩はそんな必要はなかった。オープニングパーティーに軽食はもちろん用意されている。〈ケータリング〉を頼んであるのだ。

それでも彼は、十人程度の客がいる大型スーパーの中に入っていった。すぐさま、前よりも改善された点がいろいろとあることに気づいた。書籍売り場の近くには、雑誌類のコーナーが新たに作られていて、新聞や雑誌が各種取りそろえられていた。生パスタの種類はさらに増えていた。イタリアの生パスタの勢いを止めることは決してできないようだった。そしてとりわけ、フードコートの一角にはセルフサービスの素晴らしいサラダバーが加わっていた。その真新しいサラダバーには十五種類ほどの品目が並び、いかにも旨そうなものもあった。これならばまたここに来たいと思わされた。そんな気が〈猛然と〉してきた、とウエルベックならばいうかもしれない。ジェドはサラダバーを前にして突如、ウエルベックがいない寂しさを痛切に感じた。そこにいるのは不審げな面持ちで品物のカロリー値を計算している数人の中年女性たちだった。ジェドは自分と同じくウエルベックも大型販売店を好んでおり——それこそは〈本物の〉販売形態だと、彼はよくいっていた——、多かれ少なかれユートピア的な遠い未来においては、いくつものスーパーチェーンが合併して、人間的欲求の全体をカバーする完璧な大型スーパーが誕生することを、彼もまた切に願っていることを知っていた。新装なったこの大型スーパー・カジノを一緒に訪れ、目新しいコーナーや、食品に含まれる成分を逐一、明快に示す新方式の分類表示を互いに肘をつついて示し合うことができたなら、どんなによかっただろう！……

彼はウエルベックに対する〈友愛の念〉に捕えられつつあるのだろうか？　そんな表現は大げさすぎるだろうし、いずれにせよジェドは、自分にその種の感情を抱くことができるとは思っていなかった。少年時代も、青年になってからも〈友情を育むに最適の時期と考えられているにもかかわらず〉、強い友情の念に捕えられたことはなかった。それが〈遅ればせに〉今ごろになって友情に目覚めるとはありそうもない話だった。だがジェドは結局のところ、彼との出会いを嬉しく思っていたし、とりわけ彼の文章が好きだった。絵画に関する教養を明らかに欠いていることを思うなら、そこには驚くべき直観力が発揮されているとさえ思えた。もちろん、オープニングの招待状は出しておいた。ウエルベックからの返事は「できれば行きたい」というもので、つまり彼に会える確率はほとんどないと考えてよかった。電話したとき、彼は新しい家の改装に夢中になっていた。二か月前、彼が一種のセンチメンタルな巡礼のように、子どもの頃をすごした村に戻ったとき、自分の育った家が売りに出されていたのである。彼はそれを「まったく奇跡的」なこと、運命のしるしと受け止め、値段の交渉すらせずに即座に購入し、引っ越し——大部分の荷物が段ボールに入ったままだったのは確かだ——、いまは家具の据えつけにかかっていた。彼がするのはもっぱらその話ばかりで、ジェドが描いた肖像画のことなど気にもしていない様子だった。とはいえジェドは、オープニングとそれに続く何日か、あとからやってくる記者たちの相手をしたら、すぐに肖像画を届けにいくと約束した。

十九時二十分ごろ、ギャラリーに戻ってきたジェドは、ガラス越しに、五十人ほどの人々が絵のあいだにいるのを見た。彼らが時刻どおりにやってきたというのは吉兆だった。マリリンは目ざとく彼の姿に気づき、勝利のしるしにこぶしを振ってみせた。

「重要人物が来てるわ」彼女はジェドがやってくるといった。「本物の重要人物たちよ……」

実際、数メートル先では、フランツがフランソワ・ピノー〔フランスの著名実業家にして大富豪、美術コレクター〕と話していた。ピノーの傍らには、おそらくはイラン出身だろうか、素晴らしく美しい若い女性がいた。彼の芸術財団の経営をサポートしている女性だった。フランツは何やら苦しげな様子で、両腕をでたらめに振りまわしていて、ジェドは一瞬、助けにいってやりたい気持ちになったが、しかし昔から自分でもよくわかっていること、そして数日前にマリリンからもはっきりといいわたされたことを思い出した——彼は何もいわずにいるのが一番いいのだ。

「それだけじゃないわ……」広報担当であるマリリンはさらに続けた。「グレーの服を着た男がいるでしょ、あそこに」彼女が指さしたのは三十ぐらいの知的な顔立ちの若い男で、一分の隙もない着こなしをしており、スーツ、ネクタイ、シャツは明るいグレーの優雅な色見本を構成していた。彼は「ジャーナリスト ジャン＝ピエール・ペルノ、番組制作会議の司会を務める」の前で立ち止まっていた。これはジェドの比較的昔の絵であり、一人の人物が同僚と一緒にいるところを描いた最初の作品だった。彼の記憶では、この絵にはとりわけ手こずった。カリスマ的なリーダーであるジャン＝ピエール・ペルノの指示に、同僚たちが畏敬と嫌悪の奇妙に入り混じった表情で耳を傾けている。その表情はなかなかうまく描きにくいものであり、半年近くを費やさなければならなかった。だがそれでジェドは解放された。この絵の完成直後、彼は「建築家ジャン＝ピエール・マルタン、社長職を辞任する」に取りかかった。つまり職業の世界をテーマとする大作群に着手したのである。

「あれはロマン・アブラモヴィッチに雇われてヨーロッパを担当しているバイヤーよ」マリリンが説明した。「ロンドンやベルリンでも見かけたけれど、パリに現れたことは一度もなかった。少なくとも、現代美術のギャラリーでは」

「オープニングの夜から、買い手が競合する状況が出てきているとしたら、願ってもないことだわ」彼女はさらに続けた。「何しろ小さな世界だから、みんなお互いに知っているのよ。さっそく計算を始め、値段のことを考え始めるでしょう。それにはもちろん、少なくとも二人の人間がいなくては。ところが、ほら……」彼女はにっこりと、お茶目な微笑みを浮かべた。そうするとまるでほんの小さな少女のように見えて、ジェドはびっくりした。「ほら、三人目がいるわ……。あそこ、ブガッティの絵の前にいるでしょう?」彼女は疲れ切った表情の老人を指さした。ややふくれた顔に小さな口髭をはやし、体に合わない黒いスーツを着ている。「あれはカルロス・スリム・ヘル〔メキシコの実業家〕よ。レバノンがルーツのメキシコ人。まあ、風采は上がらないけれど、通信産業でとんでもないお金を稼いでいるの。世界第三位か第四位の富豪ともいわれているわ。しかもコレクターなのよ……」

マリリンが「ブガッティの絵」と呼んだのは、実際には「技術者フェルディナント・ピエヒ、モルスハイムの製作アトリエを訪れる」〔ピエヒはドイツの技術者・経営者、フォルクスワーゲン社取締役会元会長。一九九八年、ブガッティ社を買収〕と題された絵で、その工房で世界最速の――そしてもっとも高価な――車であるブガッティ・

ヴェイロン16・4が造られたのである。W16気筒1001馬力、四つのターボチャージャーつきで、時速〇キロから一〇〇キロまで達するのに二・五秒しかかからず、最高時速は四〇七キロ。これほどの加速性能にふさわしいタイヤは市場に存在せず、ミシュランはこの車のために特別のゴムを開発しなければならなかった。

　スリム・ヘルは少なくとも五分間はこの絵の前に佇み、その場を離れずに数センチだけ後ろに下がったり前に寄ったりしていた。彼がこの大きさの絵を見るのに最適の距離を見出したことにジェドは気がついた。明らかに、本物のコレクターだった。

　やがてメキシコ人億万長者は後ろを振り返り、出口に向かった。だれにも挨拶せず、だれにも話しかけなかった。途中でフランソワ・ピノーが彼に鋭い一瞥を投げかけた。実際、これほどのライバルが相手だと、ブルターニュ出身の実業家では力不足だった。ピノーに目をくれることなく、スリム・ヘルはギャラリーの前に停めてあった黒いメルセデスのリムジンの後部座席に乗り込んだ。

　今度はロマン・アブラモヴィッチのバイヤーが「ブガッティの絵」に近寄った。実際それは奇妙な絵だった。この作品にとりかかる数週間前、ジェドはモントルイユの蚤の市で、古紙の値段程度の捨て値で「ペカン＝アンフォルマシオン」〔「北京週報」の仏語版隔週誌〕と「ラ・シーヌ・アン・コンストリュクシオン」〔「中国建設」の仏語版月刊誌〕の古いバックナンバーを何箱分も買っていた。この絵のタッチには、中国の社会主義リアリズムに似た、ふくよかかつ軽やかな何かが感じられた。アトリエを見てまわるフェルディナント・ピエヒのあとを、技術者やエンジニアたちの一群が大きなVの字をなして従う様子は、のちにとりわけ熱心で調べの行き届いた美術史家が指摘したところによると、「ラ・シーヌ・アン・コンストリュクシオン」の第一二二号に掲載されている「湖南省での灌漑による稲作に向けて前進！」と題された水彩画の中の、毛沢東主席につき従う農業技術者たちや中流以下の農民たちの姿を思い出させるものだった。そもそも、他の美術史家たちがつとに指摘していたように、これはジェドが水彩画の技法を試みた唯一の例だった。一群から二メートルほど離れたフェルディナント・ピエヒは、明るい色のエポキシ樹脂の床の上を歩くというよりも、数センチほど空中に浮遊して漂っているかのように見えた。アルミニウムを張った三つの工房には、それぞれ異なる製造段階のブガッティ・ヴェイロンのシャーシが据えつけられている。全面ガラス張りの壁の向こうには、ヴォージュ地方の風景が広がっていた。面白い偶然によって、とウエルベックはカタログの文章で指摘しているのだが、モルスハイムの村、およびそれを取り巻くヴォージュの景色は、ジェドが十年前に最初の個展を開いたときのミシュラン地図の写真、および衛星写真の中心部分にすでに登場していたものだった。

合理的精神、さらにいえば偏狭な精神の持ち主であるウエルベックにとって、これは興味ぶかいながら逸話的な事実というにすぎなかったが、その単純な指摘を踏まえて、パトリック・ケシシャンはかつてなく神秘性にあふれた、燃え上がるような記事を書いた。それによると、画家は人間とともに世界の創造に加わる神をわれわれに示したのち、具現性へと向かう動きを推し進めて、いまや人々のあいだに降りてきた神の姿を描き出している。天空のハーモニーから遠く離れて、神は「その手を機械油の中に浸さんと」している。それは自らが完全に姿を現すことで、労働する人間の聖職者的尊厳を褒め称えんがためである。真の人間かつ真の神として、彼は働く人々にその燃えるような愛を捧げにやってきたのだ。フェルディナント・ピエヒのあとに従って工房を離れた左側の機械工の姿のうちに――とケシシャンは強調していた――、「わたしについて来なさい、人間をとる漁師にしよう」〔マタイによる福音書4・19〕というキリストの招きに応えて網を捨てた、ペトロの姿をどうして見出さずにいられるだろう？ そしてブガッティ・ヴェイロン16・4の完成形が描かれていない点に、彼は新しいイエルサレムへの暗示を見出していた。

この記事はル・モンド紙に掲載を拒否された。文化欄の責任者ペピータ・ブルギニョンが、こんな「信心に凝り固まったエセ教養主義」の代物を載せるなら自分が辞職すると脅したのだ。しかし記事は翌月の「アート・プレス」に掲載されることになった。

「どっちにしろ、ここまでくればメディアはどうだっていいのよ。もうメディアが勝負の場というわけじゃないから」オープニングの終わりにマリリンはそんな風に総括したが、ジェドは今回もペピータ・ブルギニョンが姿を見せなかったことに不安を覚えていた。

二十二時ごろ、最後の招待客が立ち去って、ケータリングの従業員たちがテーブルクロスを畳んでいる横で、フランツはギャラリー入口のそばに置かれた柔らかいビニールの椅子に崩れるように座り込んだ。「くそ、もうへとへとだ……。完全に疲れ切った」彼は耳を傾けてくれる相手ならだれにでも、ジェドのこれまでの芸術的キャリアやギャラリーの歴史を必死になって、倦むことなく説明し、オープニングのあいだじゅう途切れなく語り続けたのだ。ジェドのほうはときおりうなずくだけだった。

「ビールを取ってきてくれないか。倉庫の冷蔵庫に入ってるから」

ジェドはステラ・アルトワの缶ビールを一パック運んできた。フランツは缶からじかにぐいっとひと口やってから、言葉を続けた。

「よし、あとは注文を待つばかりだ……。一週間すれば状況ははっきりするさ」

Ⅸ

ジェドがノートル＝ダム＝ド＝ラ＝ガール教会前の広場に出たとき、突如、細かな冷たい雨が何かのお告げのように降り始め、数分するとぴたりとやんだ。彼は教会の入口前の階段を上った。教会の扉はいつもどおり左右に大きく開け放たれていた。中にはだれもいないようだった。彼はためらってから、引き返した。ジャンヌ＝ダルク通り沿いにヴァンサン＝オリオル大通りまで下っていき、地下鉄が頭上を走るあたりまで来た。遠くにはパンテオンの円屋根が見える。空は暗くくすんだ灰色をしていた。結局、彼には神に向かって話すべきことなど別になかった。少なくとも、今のところは。

ナシオナル広場は人けがなく、葉を落とした樹木越しにパリ大学トルビアック・キャンパスの四角い箱を重ねたような建物が見えた。ジェドはシャトー＝デ＝ランチエ通りに入っていった。約束の時間より前だったが、フランツは先に来て、いつものように赤ワインのバロングラスを前に座っていた。どうやら一杯目ではないようだった。顔をまだらに染め、髪はぼさぼさで、まるで何週間もちゃんと眠っていないかのようだった。

「さてと」ジェドが座るやいなや、彼は語り出した。「ほとんどすべての作品に注文が来た。競り値を吊り上げたんだが、おそらくもう少し上げても大丈夫だろう。とにかく今のところ、値段は平均五十万ユーロあたりで落ち着いている」

「何だって？」

「いったとおりだ。五十万ユーロだよ」

フランツは乱れた白い前髪を神経質にねじくっていた。これまでに見たことのない癖だった。彼はグラスを空け、ただちにお代わりを注文した。

「もしいま売るとしたら、儲けはざっと三千万ユーロということになる」

カフェはふたたび、沈黙に包まれた。彼らのそばでは、灰色のオーバーを着た、ひどく痩せた老人が、ピコンビール〔苦味のあるリキュールをビールで割ったカクテル〕を前に居眠りしていた。その足元にはネズミ取り犬〔テリアやミニチュア・ピンシャー等の昔の呼称〕がうずくまっていた。白と赤茶の肥満した犬で、主人と同じようにうつらうつらしている。また雨が静かに降ってきた。

「どうする？」フランツは少しして尋ねた。「おれはどうすればいい？　すぐに売るか？」

「好きなようにしていいよ」

「何をいうんだ、好きなようにしていいだと、こいつめ！　いったいどれほどの額か、わかっているのか」彼はほとんど叫んでいた。そばにいた年寄りはびくっとして目を覚ました。犬は苦しげに体を起こし、彼らに向かって唸った。

「千五百万ユーロ……。ひとり千五百万ユーロずつだ……」フランツはより穏やかな調子で続けたが、喉をしめつけられているような声だった。「それなのにきみときたら、少しも興奮していないようだな……」

「いや、興奮してるさ。ごめんよ」ジェドはすぐさま答えた。「あまりびっくりしたもので」少しして彼はつけ加えた。

フランツは疑念とむかつきの混じったような目で彼を見た。「よし、オーケー」彼は最後にいった。「おれはラリー・ガゴーシアン〔アメリカのアートディーラー。二〇〇七年、ジェフ・クーンズの作品「ハンギング・ハート」を存命アーティストの作品につけられた値としては最高額の二千三百六十万ドルで競り落とした〕じゃない。この種のことに立ち向かう根性がないんだ。すぐに売ることにしよう」

「きっとそのほうがいいよ」優に一分はたってからジェドは相槌を打った。ふたたび沈黙が支配し、主人の足元で安心して眠りに戻ったネズミ取り犬のいびきだけが響いていた。

「きみの意見では……」フランツがいった。「きみの意見では、一番高値のついた絵はどれだと思う?」

ジェドは一瞬考えた。「きっと、ビル・ゲイツとスティーヴ・ジョブズじゃないかな……」彼はおずおずといった。

「そのとおり。百五十万ユーロまで上がった。アメリカ人ブローカーが噛んでるんだが、どうやらジョブズ自身のために動いているらしい……」

「もうかなり前から……」フランツは緊張した、ほとんど苛立ったような声で続けた。「かなり前から、アート市場は世界でもっとも裕福な実業家たちに支配されているんだ。それがいまや彼らには、最先端を行く作品であって、しかも彼ら自身を描いている作品を買う機会が初めて訪れたわけさ。きみに肖像画を描いてほしいという希望が、実業家や企業経営者たちから何件くらい寄せられているかはいわないでおこう。フランス革命以前《アンシャン・レジーム》の宮廷絵画の時代に戻ったんだ……。とにかく、きみにいっておきたいのは、きみはいま注目の的だということだ。まさに引っ張りだこだ。それでもウエルベックに肖像画をプレゼントするつもりなのか」

「もちろん。約束したんだ」

「お好きなように。素晴らしいプレゼントになるな。七十五万ユーロのプレゼントだ……。でも、いいかい、あいつはそれだけのことをしてくれた。あの文章は重要な役割を演じてくれたんだ。きみの作風の体系的で、理論的な側面を強調してくれたおかげで、きみは新具象派だの何だの、ぱっとしない連中と同一視されずにすんだんだ……。もちろん、絵はルール＝エ＝ロワールの倉庫になんか置きっぱなしにはしない。銀行に金庫を借りたよ。書類を作っておくから、好きなときにウエルベックの肖像画を取りにいけばいい」

「それから、ひとりお客さんが来てたぞ」フランツは少し間を置いてから話を続けた。「若いロシア人の女性だ。きみの知り合いだろう」彼は名刺を取り出してジェドに渡した。「大変な美人だ……」

日が落ち始めていた。ジェドは名刺をブルゾンの内ポケットにしまってから、ブルゾンをはおろうとした。

「ちょっと待った……」フランツがいった。「きみが行ってしまう前に、いまの状況をきみがちゃんと理解しているのかどうか確かめておきたい。おれのところに五十人ほどから電話がかかってきたんだ、世界でも指折りの大富豪たちからな。電話をかけてきたのはアシスタントという場合もあるが、ほとんどは本人が直接電話してきた。みんな、きみに肖像画を描いてほしがっている。そしてみんな、百万ユーロでどうかといってきているんだ——最低でも」

ジェドはブルゾンを着終え、代金を払おうと財布を出した。

「おれがおごるよ……」フランツは揶揄するようなしかめ面でいった。「返事はするな。その必要はない。おまえが何というかくらいわかっている。考えさせてくれというんだろう。そして数日後に電話してきて、断りたいというんだ。そしてそれきり、やめてしまうつもりだろう。おまえのことがわかってきた。これまでいつだってそんな調子だったんだ、ミシュランの地図の頃にもな。仕事に励み、何年も閉じこもって没頭する。そして作品が展示されるやいなや、人々に認められるやいなや、やめてしまうんだ」

「少し違いもあるよ。今度の場合、ぼくは足踏み状態に陥りかけていたんだ。『ダミアン・ハーストとジェフ・クーンズ、アート市場を分けあう』をやめてしまった時点で」

「ああ。知ってるよ。おれが展覧会を開こうと決めたのは、そのせいだったとさえいえる。それにあの絵は完成させなくてよかったと思っている。とはいえアイデアはとてもいいと思った。歴史的にいって意味のある企画だった。ある時点における芸術の状況に関する、実にまっとうな証言としてね。実際、一種の分割があったわけだ。一方にはお楽しみ、セックス、キッチュなもの、無邪気さが、他方には屑《トラッシュ》、死、冷笑主義があった。だが、きみの置かれていた立場だと、あれはどうしたって、自分より豊かな同業者たちに嫉妬した二流のアーティストの作品と解釈されてしまっただろう。いずれにしろ、いまの時代は何もかもが市場での成功によって正当化され、認められて、それがあらゆる理論に取って代わるというところまで来ている。それよりもっと遠くを見ることはだれにもできない。まったくできないんだ。いまだったら、きみがあの作品に取りかかっても大丈夫だ。何しろ、現時点ではフランスで一番稼ぎのいいアーティストになったんだから。でも、わかってるよ。描く気はないんだろう。別の仕事に移るつもりだな。ひょっとしたら、肖像画をきっぱりやめてしまうのか。それとも、具象画自体、やめてしまうのかもしれない。あるいは絵画そのものをやめて、また写真に戻るのか。そこまでは知らんがね」

ジェドは沈黙を保った。隣のテーブルの老人はうたた寝から覚め、立ち上がり、出口に向かった。犬が苦しげに従った。短い脚を踏みしめ、太った体をゆらゆらと揺らしながら。

「どちらにしろ、これからもきみのギャラリストであり続けたいと思っている。そのことは知っておいてほしい。これから何が起こるのであれ」

ジェドは同意した。店の主人が出てきて、カウンターの上のネオンの明かりを灯し、ジェドに向かって頭を振った。ジェドもうなずいた。彼らはしょっちゅうこの店に来る、いまや古くからのお馴染みといってもよかったが、主人と実際に親しい間柄になったわけではまったくなかった。主人は十年ほど前に、自分の写真、そして店の写真を撮る許可をジェドに与えたことさえ忘れていた。ジェドはその写真をもとに、シンプルな職業シリーズの二番目の絵となる「クロード・ヴォリロン、煙草屋兼バー店主」を描いたのだった——あるアメリカ人株式ブローカーは、この絵に三十五万ユーロを提示していた。主人にとって彼らはいつになっても、他の客とは年齢も階層も異なる例外的な客であって、要するに〈ターゲットの中心〉に属する相手ではなかったのである。

ジェドは立ち上がり、次にフランツに会うのはいつになるだろうと思うと同時に、自分が〈金持ち〉になったのだということを卒然として理解した。出口に向かおうとするジェドに向かって、フランツが尋ねた。

「クリスマスは何をするんだ？」

「何も。いつもどおり、父に会うだけさ」

X

いつもどおり、というのは正しくないとジェドはふたたびジャンヌ＝ダルク広場のほうに向かいながら思った。電話に出た父はまったく元気のない様子で、恒例の夕食はやめにしようといい出した。「だれにも迷惑をかけたくはないからな……」直腸癌が急速に悪化し、いまや〈失禁〉するようになってしまったのだと、父はマゾヒスティックな喜びとともに告げた。これから、人工肛門を造設しなければならなかった。ジェドがぜひにと頼んだので、会食には来ることになったが、ただし息子の家に招いてもらいたいという。「もう、人前に出るのが耐えられないから……」

ノートル＝ダム＝ド＝ラ＝ガール教会前の広場までやってきて、ジェドは一瞬ためらってから、教会の中に入った。最初、だれもいないように思えたが、祭壇に近寄ってみると、まだせいぜい十八歳くらいの黒人の少女が祈禱席にひざまずき、聖処女像に向かって手を合わせていた。祈りに集中し、ジェドには気がつかない様子だった。その姿勢のせいで、白い薄手の布地のパンタロンに包まれたお尻の線がくっきりと浮き出ているのにジェドは不本意ながら目をとめた。彼女は神の赦しを乞うべき罪を犯したのだろうか？　それとも家族のだれかが病気なのか？　その両方なのかもしれない。信仰心の篤さがうかがえた。それにしても、神への信仰なるものはずいぶんと便利なものに違いない。他人のためにもはや何もしてやれなくなったとき――しかも人生において、それはしょっちゅうあることだし、結局のところはいつだってほとんどそうしたものなのだ。特に父の癌のような場合には――、〈彼らのために祈る〉という道が残されているのだった。

ジェドは居心地の悪さを覚え、教会を出た。ジャンヌ＝ダルク通りは夕暮れで、車の赤いランプがヴァンサン＝オリオル大通りのほうへゆっくりと遠ざかっていった。遠くでは、パンテオンの円屋根が不思議な緑っぽい光に包まれていた。宇宙から来たエイリアンがパリとその周辺に総攻撃をかけようとしているかのようだった。おそらくいまこの瞬間にも、街のあちこちで、人々が死につつあるのだろう。

ともあれ翌日、同じ時刻に、彼は飾りのろうそくを灯し、折り畳み式テーブルの上に〈サーモンのコキーユ〉の皿を置いた。アルプ広場には夕闇が広がっていた。父は十八時に来る約束だった。

十八時一分に下のドアの呼鈴が鳴った。ジェドはインターフォンでドアを開け、父がエレベーターで上がってくるあいだに何度かゆっくりと深呼吸した。

彼は父のざらりとした頬にすばやく自分の頬をつけた。父は部屋の中央にしばし突っ立ったままでいた。「さあ、座って、座って」とジェドは声をかけた。父はすぐに従い、椅子のぎりぎりの端に腰かけると、周囲をおずおずと見まわした。ジェドは不意に気づいた。父はこの家に来たことがなかった、一度も来たことがなかったのだ。ジェドはコートを脱ぐよう父に促さなければならなかった。父は微笑みを浮かべようとした。いささか、切断手術に勇敢に耐えているところを示そうとする男のような様子だった。ジェドはシャンパンを開けようとしたが、手が少しふるえていた。冷蔵庫から出しておいた白ワインのボトルをあやうく倒しそうになった。父は相変わらず微笑みを、少しこわばった微笑みを浮かべていた。これが五十人ほどの従業員——解雇するのも、雇い入れるのも彼の一存だった——を擁する企業を、バイタリティー豊かに、そしてときには冷酷になることも辞さず率いてきた男、何千万、何億ユーロという額の契約を請け負ってきた男なのだった。死が近づくとともに彼は慎ましくなり、この晩、彼が願うのはすべてがうまく運ぶこと、とりわけ、何も厄介をかけずにすむことであるようだった。明らかに、現在ではそれが彼のこの世における唯一の野望だった。ジェドはシャンパンをうまく開けることができてほっとした。

「仕事がうまくいったそうだね……」父親はグラスを上げながらいった。「きみの成功に乾杯しよう」

これを手がかりに、糸口にすれば、とジェドは思った。何とか会話が成り立つだろう。そこで彼は自分の絵について語り、この十年取り組んできた仕事について、社会のメカニズムを動かしているさまざまな歯車を、絵画で描こうという意図について語った。ほとんど一時間近く、たえずシャンパンを、次いでワインを自分でお代わりしながら、そして前日、総菜屋で買っておいた料理を食べながらなめらかに語り続けた。しかも翌日になって気づいて驚いたことに、そのとき話したことはこれまで、だれにも決して話したことがなかった事柄だった。父は注意ぶかく耳を傾け、ときおり質問をはさみ、小さな子どもがびっくりしたような、好奇心満々の表情を見せていた。要するに万事は文句なしの展開だったが、チーズの時間になるとジェドのインスピレーションも枯渇し始め、父は重力の影響を受けたかのように、ふたたびぐったりと辛そうな様子になった。とはいえ、夕食で少しばかり元気を回復していたのも確かで、彼は本気で悲しんでいるというよりも、むしろ自分でも信じられないといった調子で頭を振りながら、小声で「畜生……。人工肛門だなんて」と洩らした。

「わかるか」彼は軽く酔いを感じさせる声でいった。「わたしはな、ある意味で、母さんがもう生きていなくてよかったと思ってる。あんなに上品で洗練されたひとにとっては……。肉体が衰えていくのは耐えられなかっただろう」

ジェドは顔をこわばらせた。ついにきた、と彼は思った。〈いよいよだぞ〉。何年もたった末に、とうとう父は話そうとしている。だが父は、ジェドが表情を変えたのに気づいた。

「お前の母さんが自殺した理由を、今晩これから話すつもりはない」父はほとんど怒ったような大きな声を出して告げた。「これからお前にそれを明かしてやろうというわけではない。なぜならわたしも知らないからだ」そして父はたちまち平静を取り戻し、背中を丸めた。ジェドは汗をかいていた。きっと部屋が暖まりすぎているのだろう。暖房はほとんどコントロール不可能だった。ジェドは、また故障するのではないかといつもびくびくしていた。もっとも、いまや金持ちになったのだから、きっともうすぐ引っ越すことになるのだろう。金持ちになった人間はそうするものだから。生活環境を改善しようとするわけだ。だがいったいどこに引っ越すというのか？　不動産に関して、ジェドには特に何の欲求もなかった。このままここにいて、改装ぐらいはするか。いずれにせよボイラーは取り換えなければなるまい。彼は立ち上がり、温度調整部分を少しばかりいじってみた。父は頭を左右に振りながら、何か小声でいっていた。ジェドはその傍らに立った。父の手を握るとか、肩に触れるとか、何かすべきだったろう。だが何をすればいいのか？　そんなことは一度もしたことがなかった。

「人工肛門……」父はまた、夢見るような口調でつぶやいた。

「あのひとが我々の暮らしに満足していなかったのは確かだ。だが、それだけで自殺するものだろうか。わたしだって、自分の人生に満足などしていなかった。正直いって、せっかく建築家になったからには、根本的に不誠実で、果てしなく俗悪なデベロッパーたちのいうがまま、馬鹿な観光客のための愚にもつかないリゾート施設など作るよりはましなキャリアを期待していたよ。だが、それも仕事だ。いずれは慣れた……。おそらく、あのひとは人生を愛していなかったんだろう。それがすべてだ。わたしにとって一番ショックだったのは、隣の家の女性にいわれたことだった。死ぬ直前にすれ違ったんだそうだ。あのひとは買物から戻ってきたところだった。きっと、毒物を調達してきたんだろう――どうやって調達したのかは、ついにわからなかったが。隣の女性がいうには、幸せそうな様子だった、とんでもなくうきうきして、幸せそうだったというんだ。まさに、ヴァカンスに旅立つひとのような表情をしていたって。青酸カリだよ。即死だったはずだ。苦しまずにすんだことは間違いない」

そこで父は口をつぐみ、長い沈黙が続いた。ジェドはしまいに気が遠くなりかけてきた。広大な平原が現れ、草がそよ風に吹かれているのが見えた。いつまでも続くような春の陽光が差していた。はっと目を覚ますと、父は相変わらず顔を左右に振って何かつぶやき、おのれの内部での辛い議論を続けていた。ジェドはためらった。デザートを用意してあった。冷蔵庫に、プロフィットロールが入っていたのだ。出すべきだろうか？　それとも、母の自殺についてさらに聞いてからにするべきか？　結局、彼には母親の記憶はほぼ何ひとつなかった。おそらくこれは、とりわけ父にとって重要な事柄だった。ともかく、プロフィットロールはもう少し待ってから出すことにした。

「ほかに女は知らない……」父は表情のない声でいった。「ほかにはまったく、だれも。欲望を感じたことさえない」それから父はまた頭を振ったり、つぶやいたりし始めた。ジェドはようやく、プロフィットロールを出すことにした。父は仰天した顔で、これまでの人生では思いもよらなかった、まったく未知の品を見るような目でプロフィットロールを見た。一個取って、指先でくるくるとまわし、犬の糞でも見つめるようにして眺めた。それでも結局は口に入れた。

続く二、三分のあいだ、沈黙のうちに熱狂的なひとときが過ぎた。菓子屋のイラスト入りの箱に入ったプロフィットロールを、彼らは口もきかず猛烈な勢いで、一個また一個とつかんではむさぼり食べた。やがて二人は落ち着き、ジェドはコーヒーを提案した。父はすぐさま同意した。

「煙草を吸いたいな……」彼がいった。「煙草、もってるか」

「吸わないんだよ」ジェドはすっくと立ち上がった。「買いにいってこよう。イタリア広場に、夜遅くまで開いている煙草屋がある。それに……」彼は疑わしげに腕時計を見た。「まだ八時にしかなっていない」

「クリスマスイブでも本当に開いてるのか？」

「とにかく行ってみるよ」

ジェドはコートを着た。外に出ると、強烈な突風が吹きつけてきた。凍てつくような風の中、雪が舞っていた。零下六度にはなっていただろう。イタリア広場の煙草屋兼バーは店じまいするところだった。主人はぼやきながらカウンターの中に入っていった。

「ご注文は？」

「煙草がほしいんです」

「銘柄は？」

「さあ。何かうまいやつをください」

主人はうんざりしたような目でジェドを見た。「ダンヒル。ダンヒルとジタンだな。それにライターもいるんだろう！……」


父は相変わらず椅子の上で体を丸めたまま動かず、ドアが開く音を耳にしても反応を示さなかった。とはいえジタンを一本取り出すと、しげしげと眺めてから火をつけた。「最後に煙草を吸ったのは二十年前だ……。だが、いまとなっては、どうだっていい」そういって一口吸い、それから続けて二度吸った。「強いな……。だがうまい。若いころは、だれもが煙草を吸っていた。会社の会議でも、カフェで議論するときも、四六時中吸っていた。物事は不思議なくらい変わるもんだな……」

ジェドがコニャックを注ぐと、それを一口飲み、それからまた黙り込んだ。しじまの中で、ジェドは外を吹く風がどんどん強まっていることに気づいた。窓の外に目をやると、激しく降る雪が舞い散り、本物の嵐になりつつあった。

「わたしはずっと、建築家になりたかったんだよ……」父はふたたび話し始めた。「小さいころは動物に興味があった。きっと子どもはみんなそうだろう。大人になったら何になるのかと聞かれれば、獣医になりたいと答えたものだ。だが心の底ではすでに建築に惹かれていたのだと思う。十歳のとき、納屋にやってくるツバメのために巣を作ってやった覚えがある。百科事典で、ツバメが土と唾液を混ぜ合わせてどんなふうに巣を作るかを調べて、何週間もかけて作ったんだ……」父の声は軽くふるえていた。父はふたたび口をつぐんだ。ジェドは不安げに見守った。父はかなりの分量のコニャックをぐっと呷ってから話を続けた。

「ところがツバメは作ってやった巣を使おうとはしなかった。納屋に巣を作ることさえやめてしまったんだ……」老人は突如、泣き始めた。涙が顔を伝って流れる様子は見るにたえなかった。「パパ……」ジェドはすっかり動転していった。「パパ……」父はすすり泣きを止められなくなってしまったらしかった。

「ツバメは人間の作った巣には決して入らない」ジェドは早口でいった。「無理な話なんだよ。人が巣に触っただけで、それを捨てて新しい巣を作るほどなんだ」

「なぜ知ってるんだ」

「何年か前、動物の行動についての本で読んだ。絵の準備をしているときに読んだんだよ」

それは嘘だった。ジェドはそんな本を読んだことはなかったが、父はすぐさま気持ちが楽になったらしく、平静に戻った。〈六十年間も、こんなことがずっと気にかかっていたなん

て……〉とジェドは思った。〈建築家として仕事しているあいだも、きっと忘れたことはなかったんだ……〉

「バカロレアを取ってから、パリの美術学校に登録した。母親は少し心配そうだったよ。エンジニアの学校にやりたいと思っていたのだろう。だが、お前のお祖父さんが強力に応援してくれた。お祖父さんにも芸術家になりたい気持ちがあったのだろうな。写真家として。だが、結婚式だの聖体拝領だのしか撮る機会はなかったわけだ……」

ジェドは、技術的な問題、あるいは最近だと金融関係の問題以外に関心を寄せる父の姿をこれまで見たことがなかった。父もまた自分と同じく美術学校の卒業であり、建築もまた芸術の一分野なのだと考えると、ジェドは不意を打たれ、居心地の悪さを覚えた。

「そうだよ、わたしだって〈アーティスト〉になりたかったのだ……」父はとげとげしい、ほとんど意地の悪い口調でいった。「だがうまくいかなかった。若いころ、主流だったのは機能主義だった。もっともこれはすでに何十年も主流をなしていて、ル・コルビュジエやファン・デル・ローエ以降、建築には何も起こっていなかった。一九五〇年から一九六〇年にかけて郊外に建てられたあらゆる新しい街、新しい住宅地区には、彼らの影響が残っている。美術学校時代には、ほかの何人かと一緒に、何か別のことをしようと野心を燃やしていたんだ。機能優先や、〈住むための機械〉〔ル・コルビュジエは著作『建築をめざして』で「建築は住むための機械である」と述べた〕の概念を放棄したわけではない。だが我々は、ある場所に住むという事実が包含するものを問い直そうとした。

マルクス主義者や新自由主義者と同様に、ル・コルビュジエは生産性第一論者だった。彼が人間のために考え出したのは、四角くて実用的な、何の飾りもないオフィス建築だった。住宅建築についてもほぼ同じで、それにいくらかの機能をつけ加えただけだ——託児所や体育館、プールなどだ。そして両者のあいだを最短距離で結ぶ。屋内では、住人は澄んだ空気と十分な光を享受するのでなければならない。それはル・コルビュジエにとって非常に重要な点だった。そして労働環境と住環境のあいだには、人の手の加わらない自然のための空き地が残されていた。そこに川が流れていたり、森があったりする——日曜日になると家族連れがそこを散歩するというイメージだったのだろう。彼は何としてもそのスペースを守ろうとした。いわば〈エコロジストの先駆者〉だったわけだ。彼にとって、人類は自然のただなかにあって、限定された住宅ユニットでのみ暮らすべきで、いかなる場合でも住宅によって自然が変えられてはならなかった。考えてみればこれは恐ろしく原始的だ。どんな田舎の風景と比べたって、とんでもなく後退している——田舎ならば、平原、畑、森、村が微妙かつ複雑に入り混じり、変化していくだろう。これは乱暴で全体主義的な精神の持ち主が描いたヴィジョンなんだよ。我々には、ル・コルビュジエとは乱暴で全体主義的な精神の持ち主、醜さに対する度外れた趣味に突き動かされた人物だと思えた。だが、二十世紀全般をとおして支配的だったのは彼のヴィジョンなのだ。我々はむしろ、シャルル・フーリエの影響を受けていた……」彼は息子の驚いた顔を見て微笑んだ。「フーリエでよく知られているのは特に性に関する理論だ。それがかなり可笑しな代物であるのは確かだ。渦巻きだの、女妖術使いだの、ライン川の軍隊の妖精だの、フーリエの書いたものをそのまま受け止めるのは難しい。あれでよく弟子がいたものだとさえ思えてしまう。何しろフーリエをまともに信じて、その著作をもとに新しい社会のモデルを建立しようと本気で考えた人々がいたわけだから。もし彼のうちに〈思想家〉を見出そうとするならば、理解は不可能だ。彼の思想など雲をつかむようなものだからだ。しかし、結局のところフーリエは思想家ではなく、〈導師《グル》〉、それも第一級の導師であり、あらゆる導師がそうであるとおり、彼の場合も、みんながその思想に理性的に帰依したからではなく、反対に、その思想をみんなが理解できないながら、特に性的な面で、揺るがぬ楽観主義が備わっていたから成功を収めたのだ。人々は信じられないくらい性的楽観主義を必要とするものだからな。しかしながらフーリエの真のテーマ、彼がもっとも関心を寄せていたテーマとは、セックスではなく、生産の組織化ということだった。彼が問うている重大問題は、人間はなぜ労働するのかということだ。人は社会組織の中でどのようにしてある決められた地位を占め、その場所で務めを果たすことに同意するのか。この問いに、自由主義者たちは、それは単純に利益への欲望ゆえだと答えた。我々は、それは答えとして不十分だと考えた。マルクス主義者であればそんな問いには答えず、興味を示しさえしなかっただろう。だからこそマルクス主義は挫折したんだ。投資的な刺激をなくしてしまえば、とたんに人々は働くのをやめてしまい、義務も怠るようになった。職場放棄がとてつもない規模にまで増大していった。共産主義には生産を保証することができず、もっとも基本的な財産を配分することさえ決してできなかった。フーリエは旧体制を経験していた。だから知っていたのだ、資本主義が登場するはるか以前に、科学的探求や技術的進歩は始まっており、人々は懸命に、ときには身を削って労働に励んでいたということを。しかもそれは利益への欲望に駆られてではなく、現代人から見ればそれよりもはるかに漠然とした何かのためだった。聖職者たちの場合であれば、それは神への愛だったろうし、あるいはより単純に、職務に対する誇りからだったかもしれない」

ジェドの父はそこで口をつぐみ、息子が一段と真剣に耳を澄ませているのに気がついた。

「そう……。お前が絵でやろうとしたことと、何か関係があるかもしれないな。フーリエにはわけのわからない部分がたくさんあって、全体としてはほとんど読むにたえない。とはいえおそらく、そこから引き出せるものがまだあるはずだ。とにかく、我々は当時そう考えたわけだ……」

彼は言葉を途切れさせ、思い出に沈むように見えた。突風はやみ、穏やかな夜空には星がまたたいていた。あたりの屋根には雪が分厚く積もっていた。

「あのころはまだ若かった……」やがて父は、いつもの懐疑的な口調をやわらげて語り始めた。「きっとお前には本当にはわからないだろうな。お前が生まれたとき、家はもう豊かだったのだから。ともかく、わたしはまだ若くて、建築家になる希望を抱いてパリで暮らしていた。どんなことも可能だと思えた。それにひとりではなかった。その頃のパリは陽気だった。世界を作り直すことだってできるというほどの勢いがあった。そこでわたしはお前の母さんと会ったんだ。コンセルヴァトワールで学んで、ヴァイオリンを弾いていた。我々は実際、芸術家の仲間同士みたいなものだった。まあ活動としては、建築雑誌に何人かの共同執筆による論文を四、五本のせた程度だが。大半は政治的な文章だった。我々が主張したのは、フーリエが提唱しているような複雑に枝分かれした、多様なレベルの組織をもつ社会には、複雑に枝分かれした多様な建築、個人の創造性に余地を残すような建築がふさわしいということだった。そこで激しく批判したのは、ファン・デル・ローエ――彼は空っぽで可動的な構造を提唱していた。その後、企業の〈オープンスペース〉のモデルとなったものと同じだ――、そしてとりわけル・コルビュジエだった。ル・コルビュジエは倦むことなく、強制収容所的な、まったく等しい小部屋に分割した空間を作り続けていた。そんなものは監獄として打ってつけなだけだ、と我々は書いたものだ。それらの論文にはけっこう反響があった。たしかドゥルーズも言及したことがあった。しかし、仕事をしなければならなかった。ほかの者たちもだ。我々は大きな建築事務所に入り、人生はすぐさま、ずっと味気ないものになった。わたしの財政状況はたちまち改善された。当時、仕事は山ほどあったんだ、フランスは猛スピードで国を建て直していた。わたしはランシーの家を買った。いいアイデアだと思ったのさ、そのころは住み心地のいい町だった。それに値段もとてもお得だった。顧客のひとりである不動産ブローカーが安くしてくれたんだ。持ち主はインテリくさい年寄りで、いつも三つ揃いのスーツを着て、ボタン穴に花を差していた。それが会うたびに違う種類の花なんだ。まるで〈ベル・エポック〉か、せいぜい一九三〇年代の人間みたいで、およそ周囲の環境とマッチしていなかった。ああいう人間とすれ違うとしたら、よくわからんが、ヴォルテール河岸あたりだろうか……。とにかく、ランシーでないことは確かだ。元大学教授で、専門は秘教主義と宗教史、カバラやグノーシスに詳しかったのを覚えている。だがそうした問題への取り組み方はずいぶん変わっていて、たとえばルネ・ゲノンには軽蔑しか抱いていなかった。「ゲノンの阿呆め」などといっていた。ゲノンの本に対して何度も、手厳しい批判を書いていたんじゃなかったかな。結婚は一度もしたことがなかった。いわゆる、〈仕事に生涯を捧げた〉というやつだ。人文系の雑誌に長い論文を寄稿しているのを読んだことがある。何だか奇妙な論を展開していたよ。〈運命〉についてだの、シンクロニシティの原理に基礎を置いた新しい宗教を広める可能性についてだの。彼の図書室はそれだけで、屋敷と同じだけの値打ちがあったと思う——フランス語、英語、ドイツ語の本が五千冊以上あった。わたしはそこで、ウィリアム・モリスの作品を発見したんだ」

ジェドの表情が変わったのに気づいて、父はそこで話を中断した。

「ウィリアム・モリスを知ってるのか」

「いや、知らないよ。でも、ぼくだってあの家に住んでいたんだ。図書室のことも覚えている……」彼はため息をつき、ためらってからいった。「どうして何年もたってから、ようやくこういう話をしてくれるのか、ぼくには理解できない」

「それはわたしがもうすぐ死ぬからさ。そのせいに違いない」父は率直にいった。「すぐさま、たとえば明後日にでもというわけではないが、いずれにしろもう長くはない。それは明らかなことだ……」彼は周囲を眺め、ほとんど楽しげな微笑みを浮かべた。「コニャックのお代わりをもらえるかな」ジェドはすぐに注ぎ足した。父はジタンに火をつけ、喜悦の表情で吸い込んだ。

「そのあと、お前の母さんが妊娠した。臨月のころに調子を崩して、帝王切開をしなければならなかった。もう子どもは作れませんよと医者に告げられた。それに、見るもつらいような傷跡が残った。あのひとにとっては、むごいことだった。何しろ、美人だったからな……。わたしたちは一緒にいて不幸せだったわけではない。深刻な喧嘩をしたことなど一度もなかった。だが、わたしがあまり話をするほうじゃなかったのは確かだ。それにヴァイオリンのこともあった。演奏をやめるべきではなかったのだろう。ある晩、メルセデスを運転して家に帰る途中、ポルト・ド・バニョレで、もう九時ぐらいだったがまだ渋滞が残っていた。何がきっかけだったのかはわからないが、ひょっとしたらメルキュリアル〔パリ郊外バニョレに建つツインタワー〕のせいかもしれない。あれによく似た建物の企画に関わっていたんだが、わたしには興味のもてない、醜悪な企画としか思えなかった。高速のランプに入ったとき、あの醜いタワーを正面に見て、不意に思ったんだ。これ以上やっていけないと。数分後には、自分の会社を立ち上げよう、そして自分の思うような建築を作るぞと決心した。難しいことはわかっていたが、少なくともトライせずには死にたくなかった。美術学校のころの仲間たちに声をかけてみた。しかしみんな、完全に定まった道を歩いていた――彼らも成功を収めていて、危険を冒そうという気にはならないようだった。そこでわたしは、たったひとりで挑戦したんだ。ベルナール・ラマルシュ＝ヴァデル〔フランスの詩人、美術批評家、写真家。一九四九―二〇〇〇年〕と連絡を取った。数年前に知り合って、けっこう気が合っていたんだ。彼はフィギュラシオン・リーブル〔一九八〇年代にフランスで起こった具象画のムーヴメント〕の連中を紹介してくれた。コンバスとか、ディ・ロザとか……。ウィリアム・モリスのことはもう話したか？」

「うん。五分前に話してたじゃない」

「そうだったか」彼は口をつぐみ、取り乱したような表情を浮かべた。「ダンヒルも吸ってみよう……」そういってスパスパと吸った。「これもうまい。ジタンとは違うが、うまいな。なぜだれもかれも、突然煙草をやめてしまったのか、わたしにはわからんよ」

彼は黙って、煙草を最後まで味わった。ジェドは待っていた。はるか遠くで、一台の車が「お生まれだ、イエス様が」〔讃美歌〕のメロディーをクラクションで吹き鳴らそうとした。音程をはずし、もう一度やり直した。やがてふたたび沈黙が訪れた。合奏に加わろうとする車はなかったのだ。パリの屋根の上にはいまや、分厚い雪が積もり、固まっていた。この静けさのうちには、何か断固たるものがある、とジェドは思った。

「ウィリアム・モリスはラファエル前派と近かった」父がふたたび語り出した。「デビューしたころのガブリエル・ダンテ・ロセッティや、あるいはバーン＝ジョーンズ、こちらは最後まで親しかったようだ。ラファエル前派の基本的な考えは、芸術は中世の直後から退廃し始め、ルネサンスが始まるころにはもう精神性や真実性とは完全に切り離されて、単に産業的、商業的な活動になってしまったというものだ。そしてルネサンスのいわゆる〈巨匠〉たちは——ボッティチェリにせよ、レンブラントにせよ、レオナルド・ダ・ヴィンチにせよ——実際のところそのふるまい方は、企業の社長そのものだったというのだ。現代でいえばジェフ・クーンズやダミアン・ハーストとまったく同じように、いわゆるルネサンスの〈巨匠〉たちは五十人、さらには百人の助手を擁するアトリエを率いて剛腕を発揮し、絵や彫刻、フレスコ画を大量生産していた。自分では全体的な指示を出し、完成品にサインを入れるだけで、彼らは特に当時のメセナたち——君主や教皇——に対する広報活動に力を注いでいた。ラファエル前派やウィリアム・モリスにとっては、芸術と職人仕事、着想と制作のあいだの区別は廃されるべきものだった。人はだれもが、それぞれのやり方で美を生み出すことができる——絵を描くのであれ、服を作るのであれ、家具を作るのであれ。そして同じくだれもが日々、美しい品に囲まれて暮らす権利をもっている。彼はそうした確信を、社会主義的行動主義と結びつけ、次第に、プロレタリアート解放の運動に深入りしていった。彼としては単に、工業生産のシステムに終止符を打ちたかったのだ」

「面白いのは、バウハウスを創始した時点ではグロピウスも、まったく同じ考えに立っていたということだ。おそらくそれほど政治的ではなかったろうし、精神主義的な姿勢がより強かっただろう。とはいえ彼もまた実際には社会主義者だったのだが。一九一九年の『バウハウス創立宣言』の中で、彼は芸術と職人仕事の対立を乗り越えたいと述べ、万人は美に対する権利をもつと主張している。まさしくウィリアム・モリスの考えたことと同じだ。だが徐々に、バウハウスが産業に接近するに従い、彼は機能主義者、生産第一主義者に変貌していった。カンディンスキーとクレーは教授陣の中で隅に追いやられ、ゲーリングによって閉鎖されたときには、いずれにせよ学校はすでにすっかり資本主義的生産に奉仕するものとなっていた」

「われわれはどうだったかといえば、本当の意味で政治性を帯びていたわけではなかった。だが、ウィリアム・モリスの思想は、ル・コルビュジエの影響であらゆる装飾的形態がタブー視されていた状況からわれわれを解放してくれたのだ。コンバスが、最初のうちあまり乗り気でなかったのを覚えている――ラファエル前派の画家というのは、必ずしも彼の領域ではなかったんだ。だがその彼も、ウィリアム・モリスがデザインした壁紙の模様が大変美しいことは認めないわけにいかなかった。そしてその意義を本当に理解したとき、彼は実に熱心な参加者となった。室内装飾用の布地や壁紙、あるいは集合住宅全体にわたって繰り返して用いられる外壁の浮き彫り飾りなどのためにモチーフをデザインすることほど、彼に喜びを与えた仕事はほかになかったと思う。とはいえ当時、コンパスはかなり孤独だった。フィギュラシオン・リーブルの連中やミニマリズムの流れが依然として支配的で、〈グラーフ〉はまだ存在していなかった――少なくとも、話題にはなっていなかった。とにかくわれわれは、少しでも興味を引くプロジェクトのコンペがあれば書類を送り、結果を待った……」

父はふたたび口をつぐみ、思い出に浸っている様子だったが、やがて体を丸めた。まるで身を縮め、小さくなろうとするかのようだった。そこでジェドは、父がこの数分間、どれほど血気盛んに、興奮して語ったかを意識した。父がこんな風に話すのを聞いたことは、子どものとき以来、一度もなかった――そして今後も二度とないだろう、と彼はすぐさま考えた。父は最後に一度だけ、彼の人生の物語を織りなした希望と挫折をよみがえらせたのだ。概して、ひとの一生とは取るに足らないものだ。それはいくつかの限られた出来事に要約することができる。そしてとうとうジェドは、父の悔恨や失われた歳月、癌やストレス、そして母の自殺のことをよく理解したのだった。

「どのコンペでも、審査員の主流は機能主義だった……」父は穏やかな口調で話をしめくくった。「わたしはガラスに頭をぶつけていたようなものだ。だれもがガラスに頭をぶつけていたのだ。コンパスとディ・ロザはすぐには諦めず、何年ものあいだわたしに電話をくれては、状況に何か変化の兆しがあるかどうか尋ねてきた……。それから何も変わらないことを知って、彼らは絵画の仕事に集中したのだ。わたしも、結局は通常の注文を引き受けなければならなかった。最初の注文はポール゠アンバレースだった——それからは仕事が相次いだ。とりわけ、リゾート施設開発の仕事がな。わたしは自分のプロジェクトを段ボール箱に片づけた。いまでも、ランシーのオフィスの棚の中に入っている。何なら行って、見てみるがい い……」そのとき父は「わたしが死んだら」という言葉を押しとどめた。だがジェドは完全に理解した。

「遅くなったな」父は座ったまま体をしゃんとさせていった。ジェドは腕時計を見た。朝の四時だった。父は立ち上がり、トイレに行き、戻ってくるとコートを着た。その二、三分のあいだ、ジェドの心を、父と自分のあいだの関係は新しい段階に入ったのだという思いと、二人はもう二度と会うことはないだろうという思いが束の間、交錯した。父が突っ立ったまま待っているのを見て、ジェドはいった。「タクシーを呼ぼう」

XI

目を覚ますと、十二月二十五日のパリは雪に覆われていた。ヴァンサン゠オリオル大通りで、彼はもじゃもじゃのひげを生やし、肌が垢でほとんど茶色くなったひとりの乞食の前をとおりかかった。ジェドはその男の小皿に二ユーロを置き、それから引き返して十ユーロ札をそこに足した。男は驚いたようにうめき声を上げた。ジェドはいまや金持ちなのだった。昼間地上に出た地下鉄の金属製の高架橋が、眠ったように穏やかな風景の上に伸びていた。昼間のあいだに雪は溶けて、泥に、汚水に変わってしまうだろう。そして緩慢なリズムで暮らしが戻ってくるだろう。クリスマスイブと新年という、人間関係においても商業的にもきわめて活発なふたつの特別な催しにはさまれた一週間は、手持ち無沙汰であり、結局のところまったく気の抜けた時期だった——活気が盛大に、爆発的に戻ってくるには、大晦日まで待たなければならなかった。

自宅に戻って、彼はオルガの名刺を眺めた。ピエール・プルミエ・ド・セルビー大通り、ミシュランTV番組編成局長。彼女もまた、仕事の面では、しゃにむに成功を追い求めることなくして成功を収めたのだ。だが彼女は結婚していなかった。そう思うと彼は落ち着かない気持ちになった。この年月、はっきり考えていたわけではないが、彼女はロシアのどこかで愛を見つけただろう、少なくとも〈家庭的な暮らし〉を見出したことだろうと彼は想像していたのである。

翌日、夕方近くなって彼は電話をかけた。きっとみんなヴァカンスで出払っているだろうと予想していたが、まったく違っていた。五分ほど待たされてから、ストレスの溜まっていそうな女性秘書に、オルガは会議中だが、電話のあったことは伝えると告げられた。

何分間か、電話のそばでじっと待つうちに、苛立ちは強まった。画架にかけられたウエルベックの肖像画が目の前にあった。この朝、銀行まで取りにいったのである。作家の爛々と光る目がいっそう不安をかきたてた。彼は立ち上がり、絵を裏返しにした。七十五万ユーロか、と彼は独りごちた。何の意味もなかった。ピカソだって、何の意味もなかった。ピカソのほうがもっと意味がなかったかもしれない。無意味なものに等級をつけられるとすればの話だが。

台所に向かおうとしたとき、電話が鳴った。彼は飛びついて受話器を取った。オルガの声は変わっていなかった。眼差しの表情と同様、人間の声は決して変わらないものだ。老いは肉体の全般的な崩壊に要約されるが、そのただなかにあっても声と眼差しはその人物の気質、願いや欲望、つまりひとりの人格を形作るあらゆるものが存在し続けていることを、痛ましくも疑問の余地なく証し立てるのである。

「ギャラリーに来てくれたんだね」と彼は尋ねた。それは幾分、対話を〈あたりさわりのない地点から〉始めるためだった。そして彼は、自分が自らの絵画作品を〈あたりさわりのない地点〉とみなしたことに驚いた。

「ええ。とても気に入ったわ。本当に……オリジナルだと思う。いままでに見たどんな絵にも似ていない。でも、あなたに才能があるということは前からわかっていたわ」

そこで完全な沈黙が生じた。

「ちびのフランス人さん……」とオルガはいった。そこには皮肉な調子によっては覆い隠せない、本物の感動がにじみ出ていた。そしてジェドはふたたび居心地の悪さを覚え、涙が出そうになった。〈成功を収めた《サクセスフル》〉ちびのフランス人……。

「会えないかな」ジェドはすばやくいった。どちらかが先にいわなければならないことだった。それを彼がいったのである。

「今週は仕事がすごく大変なの」

「そうなの？　どういう仕事？」

「一月二日から番組の放映が始まるのよ。まだ片づけなければならないことが山ほど残ってるわ」彼女は少し考えた。「大晦日に、局が主催する年越しパーティーがあるの。あなたを招待するわ」彼女はまたしばらく沈黙した。「来てくれると嬉しい……」

その晩、彼女から届いたメールに詳細が記されていた。パーティーはジャン＝ピエール・ペルノの自宅で開かれる――ペルノはヌイイのサブロン大通りに住んでいた。彼が選んだパーティーのテーマは、当然のことながら「フランスの田舎」というものだった。

ジェドはジャン＝ピエール・ペルノについて、何もかも知っているつもりだった。とはいえウィキペディアの項目にはいくつか驚くようなことが書かれていた。例えばジェドは、この人気司会者が何冊も本を書いていることを初めて知った。『味わいのフランス』、『祭りのフランス』、『われらが地方のただなかへ』と並んで、『素晴らしき職人仕事』全二巻があった。すべてミシェル・ラフォン社から刊行されていた。

また彼は、ウィキペディアの項目がペルノに対して好意的な、ほとんど褒め称えるような調子で書かれていることにも驚かされた。ジェドの記憶によれば、ジャン＝ピエール・ペルノはしばしば批判の的となってきた。それは今日、すべて一掃されたらしかった。ジャン＝ピエール・ペルノの天才のしるしは、その項目の執筆者が冒頭から強調するところによれば「金とはったり」の一九八〇年代ののち、大衆がエコロジー、本物、真の価値を求めていることを理解したところにあった。番組を彼に委ねたマルタン・ブイグ〔フランスの最大手テレビ局TF1を所有するブイグ社の社長。同社は建築業界から通信・放送・交通まで各分野を支配する一大産業グループ〕の功績もあるが、しかしTF1の午後一時のニュースには、洞察力豊かなペルノの人柄がありありと刻印されている。まずは最新ニュース――凶暴で、素早く、熱狂的かつ強烈なもの――からスタートし、威嚇されストレスの高まった視聴者を、昔ながらの田舎の牧歌的郷土へ導くというメシア的使命を、ジャン＝ピエール・ペルノは日々、果たしている。そこでは人々は自然と調和して暮らし、四季のリズムに従って暮らしているのだ。こうしてニュース番組という以上に、TF1の午後一時のニュースは詩篇でしめくくられる、星への歩み〔マタイによる福音書、2・9－11〕のごときものとなった。ウィキペディアのその項目の執筆者は――個人的に、自らがカトリック信者であることを告白しているのだが、それでもなお――、ジャン＝ピエール・ペルノは田園的なフランス、「教会の長女」としてのフランスと完全に合致する〈ヴェルタンシャウウンク〉〔世界観〕の持ち主ではあるものの、異教、さらにはエピクロス的叡智ともうまく折り合いをつけることができただろうと認めていた。

翌日、商業施設〈サントル・イタリー〉内の〈フランス・ロワジール〉で、ジェドは『素晴らしき職人仕事』第一巻を購入した。本の内容はシンプルな章立てになっており、職人仕事の素材別に構成されていた。土、石、金属、木材等々。読んでみると（すぐに読み終えた。何しろもっぱら写真からなる本なのだ）、それほど懐古趣味という印象ではなかった。取り上げられている職人仕事のひとつひとつについて、それが登場してきた年代を記し、そのやり方にどのような大きな進歩が見られたかを記すことで、ジャン＝ピエール・ペルノは旧套墨守というよりも〈ゆっくりした進歩〉の擁護者という構えを示しているように見えた。ジャン＝ピエール・ペルノとウィリアム・モリスの思想のあいだには、ひょっとしたら共通点があるのかもしれない、とジェドは思った——もちろん、社会主義の信奉は別として。大方の視聴者には〈どちらかといえば右寄り〉と思われているとはいえ、ジャン＝ピエール・ペルノは日々のニュース番組において、職務上求められる慎重な態度を常に極端なほど守り抜いていた。一九八九年——つまり彼がTF1の午後一時のニュースを掌中に収めたちょうど一年後——に結成された「狩猟、釣り、自然、伝統」〔古来の狩猟の存続および地方の伝統の擁護を唱える政党〕の運動の仲間であると思われることさえ避けていた。一九八〇年代の最後の最後になって、ひとつの転換が起こったのだ、とジェドは思った。それは大きな歴史的転換だったが、いつもながら、そのときには見過ごされてしまった。彼はまた「静かな力」という、ジャック・セゲラ〔フランスの大手広告代理店RSCG創業者の一人〕のこしらえたスローガンのことも思い出した。あの文句のおかげで、フランソワ・ミッテランは一九八八年、あらゆる予想に反して再選を果したのである。彼はミイラのように老いたペタン派の人物〔ミッテランにはペタン元帥率いる親ナチ政権で官僚を務めた過去がある〕が、鐘楼や村の風景を前に立つポスターを思い出した。当時、ジェドは十三歳で、政治スローガンや大統領選のキャンペーンに興味をもったのはそれが初めてだった。

この大きなイデオロギー的転換のもっとも意義ぶかく長続きする要素でありながら、ジャン＝ピエール・ペルノはその巨大な知名度を利用して政治家に転向したり、政治的運動に関わったりすることを常に拒んできた。彼は最後まで〈エンターテイナー〉の陣営に留まることを願ったのである。ノエル・マメール〔ニュースキャスターを経て政界入りし、現在「ヨーロッパ・エコロジー＝緑の党」に所属する国会議員〕とは異なり、口ひげを生やそうとさえしなかった。そしておそらくは、「狩猟、釣り、自然、伝統」初代会長のジャン・サン＝ジョスと価値観をともにしながらも、この運動への支持を表明することは断り続けたのである。サン＝ジョスの後継者フレデリック・ニウに対しても同様の姿勢を崩さなかった。

一九六七年、ヴァランシエンヌに生まれたフレデリック・ニウは、十四歳のとき、父親から中学の卒業祝いに初めての猟銃をプレゼントされた。国際経済法およびヨーロッパ共同体経済法のＤＥＡ〔高等研究免状〕、そして国防およびヨーロッパ安全保障のＤＥＡの持ち主であり、カンブレ大学で行政法を教えていた。それに加え、彼は北フランス鳩・渡り鳥狩猟協会会長でもあった。一九八八年、レローで開催された釣り大会で七・二五六キロのナンキンゴイを釣り上げ優勝。その二十年後、彼はフィリップ・ド・ヴィリエ〔フランスの政治家。ＥＵに反対する極右政党「フランスのための運動」を率いる〕と同盟を結ぶという過ちを犯して、自らが推進してきた運動の瓦解を引き起こすことになる――この過ちを、伝統的に反教権主義で、どちらかといえば急進社会主義ないし社会主義に属す南西部の猟師たちは決して許そうとしなかったのである。

十二月三十日、午後三時ごろ、ジェドはウエルベックに電話した。作家は元気満々の様子だった。一時間のあいだ、薪を割っていたところだという。薪を割る？　そう、今度引っ越したロワレの家には暖炉があるのだ。そして犬も飼っていた——二歳の雑種で、クリスマスの日、モンタルジにあるＳＰＡ〔動物保護団体〕の収容所からもらってきたのだった。

「大晦日は何か予定があるんですか」ジェドは尋ねた。

「いや、別に。最近、トクヴィルを読み返してるんですよ。おわかりでしょう、田舎では寝るのが早いんです。特に冬は」

ジェドは一瞬、彼をテレビ局のパーティーに招待したいと思ったが、主催者でもないのに人を招待するわけにはいかないと思い直した。いずれにせよ、作家は間違いなく断っただろう。

「約束どおり、肖像画をお届けしますよ。一月初めにでも……」

「ああ、肖像画ね……。お願いしますよ」少しも気にかけていない様子だった。二人はなお数分間、楽しく会話を交わした。『素粒子』の著者の声には、これまでジェドの知らなかった何か、まったく予想もしなかった何かが感じられた。それが何であるかに気づくには少し時間がかかった。なぜなら結局のところ、何年ものあいだ、ジェドはだれからもそんな印象を受けたことがなかったからだった。つまり、ウエルベックは幸福そうだったのである。

XII

ジャン＝ピエール・ペルノの邸宅に通じるポーチには、干し草用フォークをもったヴァンデ地方の農民たちが両側に並んで番をしていた。ジェドはそのひとりに、プリントアウトしてきた招待メールを手渡した。そして石畳を敷いた広い正方形の中庭に出たが、そこは明々と松明で照らされていた。十人ほどの招待客たちが大きな扉に向かって進んでいく。左右に大きく開け放たれた門を入り、客間に出た。コーデュロイのズボンにC&Aで買ったシンパテックス〔防水防風素材〕のジャンパーという自分の格好が、おそろしく〈場所柄をわきまえない《アンダードレスド》〉ものに思えた。女性客はロングドレスをまとい、男性客の多くはタキシード姿だった。二メートル先に、ジュリヤン・ルペールの姿があった。エスコートしているのは華麗な黒人女性で、ルペールより頭ひとつ分、背が高かった。煌めくような白のロングドレスを着て、金色のアクセサリーをつけ、背中のデコルテは尻の間際まで達していた。むきだしの背中に松明の光の反映が揺れていた。ルペールは見なれたタキシード姿、つまり彼のクイズ番組の「グランゼコール〔高等専門学校、フランス最高のエリート養成機関〕大会」の晩に着ているのと同じ、仕事着というべきタキシードを着ていて、赤ら顔をした嫌な感じの小男と何やら難しい話の真っ最中だった。要職にある人物らしかった。ジェドは彼らを追い越して最初の客間に入っていった。迎えてくれたのは十人ほどの奏者の吹くビニウ〔ブルターニュ地方の小型バグパイプ〕の、疼くような悲しみを湛えた音色で、ケルト風の苦しげな調子の曲をやり始めたところで、延々と続くその曲を聞いていると気分が悪くなってきそうだった。ジェドは逃げるようにして次の客間に進み、チーズ風味のクラッキ〔ソーセージ〕と〈遅摘みの〉ブドウから作られたゲヴェルツトラミネール〔白ワイン〕のグラスを受け取った。勧めてくれたのはアルザス風に頭巾をつけ、白と赤のエプロンを腰に巻いたウェイトレス二人で、彼女たちはトレーをもって客のあいだをまわっていた。互いにあまりによく似ているので、ひょっとしたら双子なのかもしれなかった。

　客を迎えるスペースは、一列につながった四つの大きなサロンからなっていて、天井までの高さは少なくとも八メートルはあった。ジェドはこれほど広いアパルトマンを見たことがなかった。これほど広いアパルトマンが存在しうるということすら知らなかった。とはいえ、自分の絵を買ってくれる人たちの住む豪邸と比べれば、それほど大したことはないのかもしれないと彼は一瞬、冷静になって考えた。招待客は二、三百人に達しているはずで、ビニウの叫びは会話のやかましい声に徐々にかき消されていった。ジェドはめまいに襲われそうになって、オーヴェルニュ地方の産物を並べた陳列台に寄りかかった。そこでジェジュ＝ラギオル〔ハム〕の串焼きとサン＝プルサン〔ロワール地方のワイン〕のグラスを受け取った。チーズの放つ強烈な大地の匂いのおかげで幾分、意識がしっかりした。サン＝プルサンを一息で飲み干すと、お代わりをもらってから、ふたたび人混みの中を進んでいった。暑さがたまらなくなってきた。ジャンパーをクロークに預けるべきだった。それにしても〈ドレスコード〉を踏みにじるようなジャンパーを着てきたものだ、と改めて自分を責めた。男も全員、例外なく正装しているじゃないか、と彼は絶望的な思いをかみしめた。そのとき、彼はピエール・ベルマール〔フランスのテレビ司会者、通販番組で知られる〕の真ん前に出た。ベルマールは濃い緑の合成繊維《テルガル》のズボンを穿き、胸飾り《ジャボ》つきの白いシャツを着ていたが、シャツは脂染みだらけだった。アメリカ国旗の色をした幅広のサスペンダーでズボンを吊っていた。ジェドはフランス・テレビ通販の王様に熱意を込めて手を差し出し、相手は不意を突かれてその手を握り返してから、ほっとした様子で離れていった。

オルガを見つけ出すまでには二十分以上かかった。窓の戸口に立ち、カーテンで半ば身を隠すようにして、彼女はジャン＝ピエール・ペルノと話し込んでいた。明らかに仕事の話らしかった。しゃべっているのはもっぱらペルノで、右手を勢いよく振って言葉に弾みをつけながら語り、彼女はときおりうなずいてはじっと耳を傾け、反論したり、意見を述べたりすることはほとんどなかった。ジェドは彼女から数メートルのところで立ち止まった。首の後ろで結わえたクリーム色の二本の帯——クリスタルの小片がちりばめられている——が胸元を覆い、へそのあたりでひとつになっている。帯は銀色の金属でできた太陽をかたどったブローチで留められ、ぴっちりとしたミニスカートにつながっていて、そちらにもまたクリスタルがちりばめられ、白いガーターベルトのクリップが覗いていた。ストッキングも白で、編地はごく薄手だった。老化、とりわけ見た目の老化は決して連続的なプロセスではない。人生においてはむしろ、安定期と突然の転落が交互に訪れる。何年も会わずにいた人物と再会するとき、われわれは相手が〈老けた〉と感じたり、あるいは逆に、変わっていないと感じたりする。これは誤った印象にすぎない——老化はまず体の組織内で秘かに進行し、それから明るみに出る。十年来、オルガは眩いばかりの美しさの安定期に留まり続けていた——とはいえ、それでも彼女が幸せになれたわけではなかったのだが。自分もこの十年でそれほど変わってはいないだろう、とジェドは思った。一般のいい方にならうなら、彼は〈作品を生み出した〉わけだが、とはいえ幸福を得てはいないし、幸福をつかもうと望みさえしなかったのである。

ジャン＝ピエール・ペルノは口をつぐみ、ボーム＝ド＝ヴニーズ〔プロヴァンス地方〕のワインを一口飲んだ。オルガは徐々にうしろを振り返り、招待客の人混みの中にいるジェドの姿を不意に捕えた。ほんの数秒で、一生が決まるとまではいわなくとも、少なくとも人生が進む大体の方向が決まることがありうる。彼女はペルノの腕にそっと手を置くと、詫びの言葉を述べてから、ジェドに駆け寄り、彼の口にキスした。それから彼の両手を取って少し身を引いた。何秒かのあいだ、二人は黙ったままでいた。

アルチュール・ヴァン・アシェンドンクのモーニングに身を包んだジャン＝ピエール・ペルノは、自分のほうへやってくる二人を好意に満ちた態度で迎えた。表情はいかにも誠実そうで、このときの彼は人生をよく知る者、さらには人生と肝胆相照らす仲という風にさえ見えた。オルガは彼にジェドを紹介した。

「あなたのことは知っていますよ」ペルノは勢いよくいった。その顔にはさらに微笑が広まった。「一緒に来てください」

最後の客間をすばやく横切っていき、その途中でパトリック・ル・レ〔一九八八年から二〇〇八年までＴＦ１会長〕の腕にそっとさわってから（彼は新テレビ局に出資しようとして不首尾に終わっていた）、二人を幅の広い廊下に案内した。壁は高く、天井はどっしりとした石灰岩のアーチになっていた。ジャン＝ピエール・ペルノ邸は個人の住居というより、ロマネスクの修道院、その身廊や礼拝堂を思わせた。三人は鹿毛色の革を張った分厚いドアの前で止まった。「わたしの仕事部屋です……」ペルノがいった。

ペルノは敷居のところで立ち止まり、二人に中を見せた。マホガニーの書棚には主として観光ガイド本が一列に並んでいた——『ギッド・デュ・ルータール』〔旅行ガイドシリーズ〕が『ギッド・ブルー』〔十九世紀の旅行ガイド本を前身とするフランス最古の観光ガイドシリーズ〕と、『プチ・フュテ』〔旅行ガイドシリーズ〕が『ロンリー・プラネット』〔一九七一年創刊、英語による最大の旅行ガイド〕と隣り合うといった具合に、あらゆる種類のガイド本が混ざっていた。陳列棚には『素晴らしき職人仕事』から『味わいのフランス』に到るジャン＝ピエール・ペルノの著作が並べてあった。ガラスケースには彼がこれまでに獲得した「黄金の七《セット・ドール》」〔情報誌「テレ・セット・ジュール」（「テレビの七日間」）主催のテレビアワード〕のトロフィーが五つ、およびさまざまなスポーツ大会のカップが収められていた。マホガニーの大型デスクのまわりには、ふっくらとして奥行きのある革のソファが配されていた。デスクの向こう側に目をやったジェドは、ハロゲン灯で穏やかに照らされているのが自分のミシュラン時代の写真作品であることにすぐ気がついた。意外にも、ペルノが選んだのはコートダジュールの懸崖を走る道路や、ヴェルドンの渓谷といった、一目で面白味の伝わる派手な風景の写真ではなかった。グルネー＝アン＝ブレ〔オート＝ノルマンディー地方圏の町〕に焦点を当てたその写真は、照明や遠近法の効果を用いない、のっぺりとした写真だった。それがまさに地図を真上から撮った写真だったことをジェドは思い出した。白や緑、褐色の点が均等に散らばり、そのあいだを県道が左右対称に広がっている。特に目立った人口密集地はなく、どの集落もほぼ同じ大きさに見えた。全体として静かでバランスの取れた印象を与え、ほとんど非現実的に感じられた。これはおそらく、アイルランドまでウエルベックに会いに行ったとき、ボーヴェ空港を発った直後、飛行機が低空を飛んだ地点だったことにジェドは気づいた。その土地の現実の光景、平原や畑や村がひっそりと並ぶ様子を見下ろしたとき、彼はやはり同じ印象をもったのだった――バランス、静かなハーモニー。

「いまでは絵画をやってらっしゃるそうですね」ジャン＝ピエール・ペルノはいった。「わたしの肖像も描いてくださったと聞きました。実をいうと、その絵を買おうとしたのです。しかしフランソワ・ピノーが値段をつり上げたので、わたしは途中で下りました」

「フランソワ・ピノーが？」ジェドは驚いた。「ジャーナリスト ジャン＝ピエール・ペルノ、番組制作会議の司会を務める」は古典的な作りの控え目な絵で、ピノーが普段集めている、それよりはるかに〈ワイルド〉な絵とは似ても似つかなかった。おそらく、コレクションの幅を広げようということなのか。

「それはどうも……」ジェドはいった。「申し訳ありません……。きっと最初に、絵に描かれた本人について優先条項を決めておくべきでした」

「まあ、それがマーケットというものですから……」ペルノは恨むふうもなくにっこりと明るく微笑んだ。ジェドの肩をぽんぽんと叩きさえした。


ペルノはふたたび二人を案内してアーチ型廊下を進んだ。モーニングのテールが背中でゆっくりと揺れていた。ジェドは腕時計に目をやった。深夜零時近かった。客間に通じる両開きのドアをもう一度とおった。客間の喧騒はいまや頂点に達していた。新たな招待客が加わって、四、五百人に膨れ上がっていた。ずいぶんきこしめした様子のパトリック・ル・レが何人かのグループの真ん中で賑やかに長広舌をふるっている。彼はボトルごとぶんどってきたらしいシャトー＝ヌフ＝デュ＝パプをラッパ飲みしていた。クレール・シャザル（TF1の週末のニュースの女性キャスター〕は明らかに苛立った様子で、彼の腕を抑え、話の腰を折ろうとしている。だがTF1会長はどうやら限度を超えてしまったらしかった。「TF1が何といっても最大手なんだ！」彼はわめいていた。「ジャン＝ピエールのテレビ局など、六か月ともたんだろう！　M6〔フランスの民間テレビ局、一九八七年創立。現在視聴率第三位〕だってそうだった。『ロフト・ストーリー』〔二〇〇一－〇二年にM6で放映され人気を博した。ひとつのロフトで暮らす十二人の独身男女の様子を二十四時間放映するフランス初のリアリティ番組〕でわしらを出し抜いたつもりだったろうが、『コー・ランタ』〔二〇〇一年からTF1で放映されているリアリティ番組。孤島で四十日間暮らすサバイバル・ゲーム〕で賭け金を倍にしてやった。連中を徹底的に叩きのめしてやったのさ、徹底的にな！」そう繰り返しながら、ル・レはワインのボトルを肩越しに投げた。ボトルはジュリヤン・ルペールの頭をかすめ、平凡なグレーの三つ揃いスーツを着た三人の中年男の足元で割れた。三人はル・レを険しい目で見た。

　ジャン＝ピエール・ペルノはためらうことなく、これまで自分が勤めていた会社の会長のほうへ歩み寄り、正面に立った。「飲みすぎだよ、パトリック」彼は落ち着いた声でいった。モーニングの布地をとおして、彼の筋肉の緊張が見てとれた。表情はこれから一戦まじえようとするかのように強張っている。「OK、OK……」ル・レは弱々しく、相手をなだめるようなしぐさをしながらいった。「OK、OK……」そのとき、よく響くテノールの声が、信じがたいほどの迫力で、ふたつ目の客間から聞こえてきた。バリトンやバスの声も加わって、歌詞のないメロディーだけの節まわしを輪唱した。多くの客はそちらを振りかえり、コルシカ島の有名な合唱グループの姿を認めた。そろって黒のズボンとスモック、ベレー帽という格好をした、まちまちな年齢の十二人の男たちが、二分間ほど声のパフォーマンスを聞かせた。ほとんど音楽とはいえない、むしろ鬨《とき》の声といったほうがいいくらいの驚くほど野蛮な代物だった。やがて歌はぴたりとやんだ。軽く両手を広げながら、ジャン＝ピエール・ペルノが人々の前に進み出て、みなが静まるのを待ってから、大きな声で「明けましておめでとう！」と叫んだ。シャンパンのボトルが次々と開けられた。次いでペルノは平凡なグレーのスーツを着た三人の男たちのほうに進み、一人ずつと握手した。「ミシュランの執行役員会のメンバーたちよ……」オルガは彼らのほうに近寄りながらジェドに耳打ちした。「財政面では、ミシュランにとってTF1はそれほど重大な相手ではないのよ。それにブイグはTF1の損失を穴埋めするのはもううんざりらしいし……」彼女がそう付け足したとき、ジャン＝ピエール・ペルノが三人衆にジェドを紹介した。「パトリックがひと悶着起こすんじゃないかと思っていたんですよ……」彼は三人に向かっていった。「ぼくがTF1から出ていったのがひどくこたえたらしい」

「少なくとも、われわれのプロジェクトが見過ごすわけにいかないものであると証明してくれているわけですな」最年長の男がいった。そのときジェドは、四十がらみの、パーカにトレパンという出で立ちで野球帽を前後反対にかぶった男が近づいてくるのに気がついた。思いもよらぬことに、それはミシュラン・フランス社広報部長パトリック・フォレスチエだった。「よお！」彼は三人に向かってひと声発し、彼らと手のひらをパチンと合わせた。三人もそれぞれ「よお！」と応じたが、そのあたりから妙な雰囲気になってきた。会話の騒がしさが一気に高まり、それを尻目にバスクとサヴォワの合奏団が同時に演奏を始め、ジェドは汗をかきながら、オルガが次々と別の相手に新年の挨拶をいってまわるあとをしばらくのあいだ追いかけた。にこやかに、心を込めて挨拶するオルガを、相手は親しげではあっても真面目な表情で迎える。その様子を見て、ジェドはオルガが自分の〈スタッフ〉を一巡しているのだとわかった。

ジェドは吐き気を覚え、中庭に出てチャメドレア〔小型の椰子〕の鉢に吐いた。奇妙なほど温かな夜だった。早々と引き上げていく客もいたが、その中にはミシュランの執行役員会のメンバーたちも含まれていた。彼らはどこから来たのだろう？　三人で同じホテルに泊まっているのだろうか？　彼らは三角形を作って、軽やかに進んでいき、ヴァンデ地方の農民たちの前を何もいわず通り過ぎた。この世の権力と現実を体現しているという自覚がみなぎっていた。いい画題になったかもしれないな、とジェドは自分もそっと立ち去りながら思った。客間ではフランス・テレビ界のスターたちが笑ったり、大声を出したりしている。ジュリヤン・ルペールが音頭を取って猥歌のコンクールが始まっていた。ナイトブルーのモーニング姿のジャン＝ピエール・ペルノは、謎めいた表情であたりを睥睨していた。パトリック・ル・レは酔いがまわり打ちしおれた様子で、敷石の上をよろめくように歩きながらミシュランの執行役員会メンバーたちを呼び止めようとしたが、相手は気にもとめず振り向きもしなかった。「西欧テレビ業界の歴史の転換点」、そんなタイトルになったかもしれないが、しかしジェドはその絵を描くことはなかった。彼はまた嘔吐し、なおも胆汁が上がってくるのを感じていた。クレオール風ポンチとアブサンをちゃんぽんに飲んだのは間違いだったらしい。目の前では、額に血をにじませたパトリック・ル・レが石畳の上を這っていた。シャル=ド=ゴール大通りの角を曲がろうとしている執行役員会のメンバーに彼が追いつく可能性はもはや完全になくなっていた。音楽は静かになり、客間からはサヴォワ地方風グルーヴのゆったりとした拍動が聞こえてきた。ジェドは天を仰ぎ、無関心な様子の星空を眺めた。新しいタイプの精神的状況が生まれつつあった。あるいは、フランスのテレビ・ラジオ業界の構造に何か長期的な変化が生じようとしていた。それが招待客たちの会話からジェドが推測しえたことだった。客たちはクロークでコートを受け取ると、出口のほうへゆっくり歩いていった。「新しい血」とか「お手並み拝見」といった言葉がジェドの耳に入ってきた。オルガのことが盛んに噂されているのがわかった。彼女はフランスのテレビ業界にとって新参者であり、「機関投資家」側の人間だという声が、その美女ぶりをあげつらう言葉とともにもっとも多かった。外の気温は測りがたく、ジェドは寒さにふるえるかと思えばむっとする暑さを感じた。またしても胃が痙攣し、苦しみながら椰子に嘔吐した。体を起こすと、ユキヒョウのコートを着たオルガがそこにいて、やや心配そうに彼を見ていた。

「帰りましょう」

「帰るって……きみの家に?」

彼女は返事をせずにジェドの腕を取り、自分の車のところまで連れていった。「ちびでひ弱なフランス人さん……」彼女は微笑みながらそういって、車を出した。

XIII

朝の最初の光が、メルトンの裏地をつけた二重の分厚いカーテンの隙間から差していた。カーテンには緋色と黄色の図柄が入っていた。オルガは彼のとなりで穏やかに息をし、短めのナイトウェアが腰のあたりまでめくれていた。ジェドは彼女の白くて丸い尻をそっと、起こさないようになでた。彼女の体は十年でほとんど変わっていなかった。とはいえ乳房は多少、重たげになっていた。この美しい肉体の華はしおれ始めていたのである。そしてこれから、凋落は深刻さを増していくはずだった。彼女はジェドの二歳年上だった。そのときジェドは、自分が来月、四十歳になろうとしていることに気づいた。人生のほぼ半分まで来たわけだった。あっという間にここまで来てしまった。彼は体を起こし、床の衣服をかき集めた。昨晩、服を脱いだ覚えがなかった。ひょっとすると彼女が脱がせてくれたのかもしれなかった。枕に頭をつけるやいなや眠り込んだような気がする。セックスしたのだろうか？　おそらくしていない。そしてそんな単純な事実がすでに深刻な意味を帯びていた。何年も離ればなれでいた二人なのだから、当然試みてしかるべきだった。少なくともそれくらいはすべきだったろう。ジェドがなかなか勃起しなかっただろうことは予想がつくとしても、それはアルコールを摂りすぎたせいにできたわけだし、彼女だってフェラチオを試みることもできただろうが、そうしてくれた記憶もない。彼のほうから頼むべきだったのか？　自分の性的な権利について、二人のような間柄であれば自然であり当然であるはずの事柄について、こんなふうにためらいを覚えるということもまた不安を誘う要素であり、終わりが近いことを告げているのかもしれない。性行動とは脆弱なものである。入るのは難しく、出るのはたやすいのだ。

彼は白革を張ったクッションつきドアを閉めて、長い廊下に出た。右手にはいくつかの寝室と仕事部屋があり、左手には客間が連なっていた――ルイ十四世風の装飾を施した小さなサロンが並び、床は寄木張りである。暗がりのところどころが、シェードつきの大きなランプで照らされていた。アパルトマンは果てしなく広いようだった。サロンのひとつに入って、カーテンを開けてみた。眼下にはフォッシュ大通りがどこまでも延びていて、その道幅は異常なほど広い。道路をうっすらと霜が覆っていた。唯一、生気を感じさせるのは脇道でアイドリングしている黒のジャガーＸＪの排気音だった。やがて白いイヴニングドレスを着た女性が千鳥足ぎみに建物から出てきて、助手席に乗り込んだ。車は凱旋門の方角に走り去った。都市の風景を完全な静けさが包んだ。デファンスの高層ビルのあいだを冬の弱々しい太陽が昇っていき、真っ白な大通りを煌めかせた。そうしたいっさいがジェドの目には異様なほどくっきりと映った。廊下の端は広々とした調理場で、アルミニウム塗装材の戸棚がいくつか、玄武岩の調理台のまわりに並んでいた。冷蔵庫はがらんとしていて、ドゥボーヴ・エ・ガレ〔チョコレートの名店〕のチョコレートの箱と、リーダー・プライス〔安売り食料品チェーン〕のオレンジジュースの口を開けたパックが入っているだけだった。あたりを見まわすとネスプレッソのコーヒーメーカーがあったので、コーヒーをいれた。オルガは優しい。優しく、愛情ぶかい。オルガはぼくを愛している。ジェドはそう自分にいい聞かせながら、悲しみの念が強まるのを感じた。そして二人のあいだにはもはや何も起こらない、起こり得ないだろうと実感した。ジェドは思った、人生はときにチャンスを与えてくれるが、あまりに臆病だったり優柔不断だったりしてそれをつかめなければ、配られたカードは取り上げられてしまう。物事をなしとげ、幸福になるためにはタイミングがあり、その時期は数日、ときには数週間か数か月間も続くことだってありうるが、いずれにせよそれは一回限りであり、元に戻ろうとしても無理な話、熱狂や確信、信頼はもはや生まれず、あとに残るのは穏やかな諦念、互いへの侘しい同情、そして何かが起こるはずだったのに、自分たちはせっかくの贈りものを受け取る資格がないことを示しただけだったという無益な、しかし正しい感覚のみなのである。彼は二杯目のコーヒーをいれ、そのおかげで眠気はすっかり覚めた。オルガにメッセージを残そうと考えた。「これからのことは、よく考えてみなければ」と書いてから、線を引いて消し、「きみにはもっとふさわしい相手がいる」と書いた。それもまた線を引いて消し、その代わりに「父が死にかけているんだ」と書いた。しかしオルガに父の話をしたことなど一度もなかったことに気づき、紙を丸めてゴミ箱に捨てた。もうすぐ彼は、自分が生まれたときの父の年齢に達する。父にとって子どもをもつとは、あらゆる芸術的野心の終わりを、そしてより広くいえば死を受け入れることを意味した。多くの人にとってそうだろうが、父にとってはとりわけそうだった。ジェドは廊下を引き返し寝室に戻った。オルガは相変わらず、体を丸くして穏やかに眠っていた。彼は一分近くそこに立ったまま、規則正しいオルガの息遣いに耳を澄ませながら、考えをまとめることができなかったが、ふとウエルベックのことが頭に浮かんだ。作家ならば人生についていくらか知るところもあるはずだ。あるいは少なくともそう思わせてくれるだろう。いずれにせよ、ウエルベックの力も借りたうえで自分の考えをまとめなければならなかった。

いまや完全に日は昇っていたが、フォッシュ大通りには相変わらず人影はなかった。彼は父についてオルガに話したこともなければ、父にオルガについて話したこともなかった。同様にウエルベックにも、フランツにも、父やオルガについて話したことはなかった。ジェドはかろうじて社会生活を保っているとはいえ、その生活はネットワークや有機的なつながり、あるいは何にせよ生き生きとした何かを連想させるものではいささかもなかった。それは最小限度の簡単な線からなるグラフであり、枝分かれすることはなく、それぞれの線は単独に延びるばかりで交わろうとはしなかった。自宅に戻ったジェドは、作家の肖像画をチタンのケースに収め、アウディのステーションワゴンのルーフに固定した。ポルト・ディタリーから高速道路A10号線に向かった。

　郊外を過ぎ、貯蔵倉庫もまばらになったころ、まだ雪が残っていることに気がついた。外の気温は氷点下三度だったが、暖房がよく効いて、車内は等質な温かさに包まれていた。アウディの特色は仕上げのレベルがとりわけ高いことであり、「オート＝ジュルナル」〔フランスの自動車雑誌〕によれば、その点で匹敵するのはレクサスの一部車種のみだという。この車はジェドが裕福になってから最初にした買い物で、彼は特約店を訪ねるとすぐさま、金属部分の組み立ての揺るぎない精密さや、ドアを閉めたときの穏やかな音に魅せられた。全体が金庫のように作られているのである。シフトレバーを回して、巡航速度時速一〇五キロを選んだ。軽やかなタッチで五キロ刻みに設定できるようになっており、スムーズに操作できる。まったく完璧な車だった。平原は一面雪で覆われ、足跡ひとつない。太陽は眠ったようなボース地方〔パリ南西の穀倉地帯〕の上で健気に、ほとんど陽気に輝いていた。オルレアン少し手前の地点で、彼はE60号線に入り、クルトネ方向に進んだ。地表から数センチのところでは、穀物の種が目を覚まして発芽するときを待っていた。このままだと早く着きすぎる、と彼は思った。何か明確な考えを練り上げるための手がかりを得るには、高速を何時間も、何日も同じスピードで走り続けなければならなかっただろう。ともあれ彼はサービスステーションでいったん止まり、そしてふたたび走り出しながら、ウエルベックに電話して自分が着くことを知らせなければと思った。

モンタルジ＝ウエストで高速を下り、料金所の五十メートルほど手前で車を停めて電話をかけた。呼び出し音を十回ほど聞いてから電話を切った。太陽は姿を消し、雪景色の上空は乳白色になっていた。料金所のオフホワイトの詰所が、この密やかな明色のシンフォニーの仕上げをしていた。車の外に出たジェドは、都市部よりもぴりっとした寒さに驚きながら、休憩所の舗装道路の上を何分か歩いた。ルーフに取り付けられたチタンのケースを見て、何のためにやってきたのかをにわかに思い出し、すべてに片がついたいまこそ、ウエルベックの本を読むことができそうだと思った。だが、いったい〈何に〉片がついたというのか？そう自らに問うと同時に答はやってきた。フランツの予想は正しかった。「ミシェル・ウエルベック、作家」は彼の最後の絵画作品になるだろう。これから先も、絵のテーマを思いついたり、空想したりすることはあるだろうが、それに形を与えるのに必要なエネルギーや動機づけを自分のうちに感じることはもはや二度とあるまい。人はいつだって――ウエルベックは自分の小説家としてのキャリアを語って聞かせながら彼にいったものだ――ノートを取ったり、文章を連ねようとしたりすることはできる。だが小説の執筆に身を投じるには、すべてが引き締まった、反駁の余地のない状態になるまで待たなければならず、本当に必要な核となる部分が現れるのを待たなければならない。そしてウエルベックは、本を書くかどうか、自分では決して決められないのだとつけ加えた。彼によれば、一冊の本とはコンクリートのブロックのようなもので、固まるならば勝手に固まる。作者に何かできることがあるとしたら、それはただそこにいて、何もせず、不安に駆られながら、プロセスがひとりでに動き出すのを待っていることだけなのだ。そのときジェドは、何もしないせいで自分が不安に駆られるようなことはもうないだろうと悟った。そして記憶の中でオルガの面影が、手の届かない幸福の幻のように浮かび上がってきた。できることなら、彼女のために祈っただろう。彼は車に戻り、料金所に向かって静かに走り出し、支払いのためのクレジットカードを取り出した。

ウエルベックの住む村に着いたのは正午近くになってからだった。通りには人影がなかった。そもそもこの村の通りに人影があることなどあるのか？　屋根を古風な瓦で葺いた石灰岩の家——これがこの地方の典型的な家屋らしい——と、石灰で白く塗った鳩舎つきの——こちらはむしろノルマンディーでお目にかかりそうな——家が交互に並んでいる。飛び梁がつたで覆われた教会は、修復にかなり力が注がれたらしいことが見て取れる。明らかに、ここでは文化的遺産をおろそかにしてはいないようだった。観賞用の低木がそこここに植えられ、芝生がいたるところにあった。茶色い木の案内板がラ・ピュイゼ自然地区〔北ブルゴーニュ〕近隣へのアドベンチャー・コースの道順を示している。複合文化ホールでは地元工芸品を常設展示していた。おそらくこの村は、別荘村となって久しいのだろう。

作家の家は村から少し離れたところにあった。電話がつながったとき、道順を指示する彼の言葉は驚くほど明快だった。犬と一緒に、いつもたっぷり散歩しているとのことだった――凍てついた田舎の道を。ぜひ昼食にお越しください、と彼はいった。

ジェドは石灰を塗った壁が横に長く延びた、広壮なL字型の家の玄関前で車を停めた。絵を入れたケースを下ろし、呼鈴を引いた。するとただちに家の中で犬が吠え出した。少ししてドアが自動的に開き、毛むくじゃらの大きな黒犬が吠えながら玄関に突進してきた。『素粒子』の作者も現れた。カナディエンヌ・ジャケット〔裏地や襟にムートンを張った上着〕にコーデュロイのズボンという格好だった。彼は変わったな、とジェドはすぐに見て取った。前より丈夫そうになった。おそらく筋肉もついたのだろう。足取りも力強く、口元には歓迎の微笑みを浮かべている。同時に、彼は痩せてもいて、顔には表情とともに細かなしわが浮かび、ごく短く切りそろえた髪は白くなっていた。まるで冬の毛並みに生え変わった動物のようだ、とジェドは思った。

居間には大きな暖炉に火が赤々と燃えていた。二人は濃緑色のベルベットのソファに腰を下ろした。「もともとあった家具もいくつか残っていたんですよ……」ウエルベックがいった。「ほかのは古道具屋で買いました」ローテーブルには、ソーセージの輪切りやオリーヴが並べてあった。彼はシャブリのボトルを開けた。ジェドはケースから肖像画を出し、ソファの背もたれに立てかけた。ウエルベックは絵にぼんやりと目を向け、それから部屋の中に視線をさまよわせた。「暖炉の上だったらいいんじゃないかな。どうです？」彼はジェドの意見を求めた。その点にだけ関心があるようだった。きっとそれでいいんだ、とジェドは思った。結局、絵とはいったい何だろう、特別に値の張る調度品でないとしたら？　彼はグラスのワインをちびちびと飲んだ。

「家の中を見てみますか」ウエルベックが提案した。ジェドはもちろん同意した。この家は彼の気に入った。祖父母の家に少し似ていた。だが実際のところ、伝統的な田舎の家というのは多かれ少なかれ似通っているものだ。居間を出ると大きな台所があり、貯蔵庫もついている。それが薪置き場およびワイン置き場ともなっていた。右手にはふたつの寝室の扉が開いていた。最初の部屋は使われておらず、中央には背の高いダブルベッドが冷え冷えとした様子で置かれていた。二番目の部屋にはシングルベッドがあり、部屋の角に子ども用ベッドがはめ込まれていた。折り畳み式の蓋のついた書き物机もあった。ジェドは角の棚に並んだ本の題名を読んだ。シャトーブリアン、ヴィニー、バルザック。

「そう、そこで寝てるんですよ……」ウエルベックは居間に戻り、ふたたび暖炉の前に腰を下ろしながらいった。「昔、子どものころに寝ていたベッドでね……。振り出しに戻って終わるというわけです……」そういう彼の表情は判読し難かった（満足？　諦め？　悔恨？）。ジェドには適切な解釈が思いつかなかった。

シャブリの三杯目を空けたころ、彼は軽く麻痺したような感覚にとらわれた。「テーブルに移りますか……」作家がいった。「きのうポトフを作ったんです。今日のほうが味がよくなっているでしょう。温め直してもうまいもんですよ、ポトフというのは」

犬も台所についてきて、大きな布地のバスケットの中で体を丸め、居心地よさそうにため息をついた。ポトフはうまかった。振り子つきの柱時計がチクタクと鳴っていた。窓からは雪に覆われた平原が見え、黒い木々が水平線に浮かび上がっていた。

「静かな暮らしを選んだのですね……」ジェドがいった。

「お終いに近づいているからですよ。静かに老いていくというわけです」

「もう書かないのですか？」

「十二月初めに、鳥について詩を書いてみようとしたのです。あなたが個展に招待してくださったころでした。餌やり器を買って、ラードの切れ端を入れてやったのです。もう寒くなっていました。冬の訪れが早かったので。鳥はたくさん来ましたよ。アトリ、ウソ、ロビン……。ラードが大好きになったようでしたが、とはいえ詩を書くとなると……。結局、犬についての詩を書いたんです。去年はPに縁のある年でした。犬にはプラトンという名前をつけて、詩《ポエム》もうまくいった。かつてプラトンの哲学について書かれた最高の詩のひとつですよ

——ひょっとしたら、犬について書かれた詩の中でも。わたしの作品としては最後のひとつということになりそうです。おそらく、これが最後の作品になるかもしれません」

そのとき、プラトンがバスケットの中で身をよじり、前足で宙をかいた。夢でも見ているのか、長いうめき声を発してから、また眠りに落ちた。

「鳥というのは何でもありません」ウエルベックは話を続けた。「派手な色の斑点をつけて、卵をかえし、あちこちを懸命に飛びまわりながら何千匹もの昆虫を呑み込む。忙しい、愚かな一生、ひたすら昆虫を呑み込むこと——ささやかなご馳走として、芋虫にありつくこともあるが——と、同一種の増殖だけに捧げられた一生です。犬の場合はすでに個体としての運命を担っているし、世界がどんなものであるかというイメージも抱いています。とはいえ犬のドラマには未分化なところがあり、歴史的ではないし、本当の意味で物語があるわけでもない。ところでわたしは、自分はもはや〈語りとしての世界〉とほぼ縁を切ったと思っているのです——小説や映画の世界、そして音楽の世界とも。もはや〈併置としての世界〉にしか興味がない——つまり詩の世界、絵画の世界です。ポトフをもう少しいかがです？」

ジェドはお代わりを断った。ウエルベックは冷蔵庫からサン＝ネクテールとエポワス〔ブルゴーニュ産のチーズ〕を出し、パンを切り、もう一本シャブリの栓を開けた。

「絵をもってきてくださって、どうもありがとう」彼は少ししてからいった。「時々、眺めさせてもらいますよ。あの絵を見ると思い出すでしょう。自分にも、激しい人生を送ったことがあったのだと」

彼らは居間に戻ってコーヒーを飲んだ。ウエルベックは火に薪を二本足し、それから台所の後片づけをしにいった。ジェドは本棚の本をじっくりと眺めたが、小説が少ないことに驚いた——主として古典ばかりだった。反対に、十九世紀の社会改革家たちの著作はびっくりするほどたくさん揃っていた。最も有名なマルクス、プルードン、コントだけでなく、フーリエ、カベ〔エチエンヌ・カベ、一七八八—一八五六。フランスの社会思想家〕、サン゠シモン、ピエール・ルルー、オーウェン、カーライルその他、ジェドにとっては知らないも同然の著者たちの本もあった。ウエルベックはコーヒーポット、マカロン、そしてプラムブランデーをのせたトレーをもって戻ってきた。「コントが何といってるか、ご存知でしょう」彼はいった。「人類は生きている人間よりも大勢の死んだ人間から成り立っているというのです。いまやわたしはそこまで来てるのですよ。死んだ人間ともっぱらつきあっているのです……」これもまた、ジェドには返事のしようがない話だった。ローテーブルにはトクヴィルの『回想録』の古い版が置いてあった。「驚くべきケースですよ、トクヴィルというのは……」作家はさらに続けた。「『アメリカのデモクラシー』は傑作です。とてつもないヴィジョンの力を秘めた書物、絶対的な、そしてあらゆる領域における革新の書です。おそらく政治についてこれまでに書かれた最も知的な本でしょう。しかもこの仰天するほどの作品を書いたのち、彼は著作を続けるのではなしに、マンシュ〔ノルマンディー地方西部〕などという地味な県から立候補して代議士になることに、それからまったく普通の政治家として政府で職務にあたることに全エネルギーを捧げたのです。しかしながら、彼はその精神の明敏さも、観察力もまったく失わなかった……」彼は足元に寝そべったプラトンの背骨をなでながら『回想録』のページをめくった。「まあ聞いてください。ラマルチーヌについて書いている箇所なんです！　いやはや、いったいラマルチーヌにどんな言葉を浴びせていることか！……」彼は耳に快い声で歯切れよく朗読した。

私がそのただなかで生きてきた、利己的な野心うずまくこの世界において、彼ほど公益という考えと無縁の精神の持ち主に出会ったことがあっただろうか。自分が出世しようとして国を騒がす者たちは山ほど見てきた。邪悪さはいたるところにあった。だが、自分の愉しみのためにいつ世界を転覆させることも辞さない人間であると思えたのは、おそらく彼だけであった。

「トクヴィルは、そんな変なやつがいるのだという驚きから覚めていないのです。彼自身は根本的にまともな人間であって、国のために最善と思われることをしようとする。野心や貪欲さであれば、彼にも理解できる。だがこういう役者のような気質、無責任と道楽の混合には唖然とするしかなかった。さっきの文のすぐあとには、こうあります。

私はまた、これほど不誠実な精神の持ち主にも、また真実に対しこれほど完全な軽蔑を抱いている人物にもかつて出会ったことがない。真実を軽蔑しているというのではないかもしれない。何らかの形で真実に関心を抱くだけの敬意を、真実に対してもちあわせていないのだ。話すときも書くときも、真実から出たり入ったりしながら、それに注意を払うことがない。自分がそのときに上げたい効果のことしか頭にないのである……」

客のことを忘れて、ウエルベックはひとりで先を読み続け、いよいよ引き込まれる様子でページを繰った。

ジェドは少し待ち、ためらい、プラムブランデーをひと息で飲み干してから咳ばらいをした。ウエルベックは彼のほうに目を上げた。「今日お邪魔したのは……もちろん、この絵を差し上げるためなのですが、同時に、あなたにご意見をうかがいたいと思ったからでもあるのです」

「意見？」作家の微笑は少しずつ消え、その顔は鉛色をした無機質な悲しみに覆われた。「あなたはきっと感じてらっしゃるでしょう……」作家はとうとうゆっくりした口調で述べた。「わたしの人生は終わろうとしている、そしてわたしは失望を覚えていると。そうでしょう？」

「ええ、まあ……」

「そう、そのとおりです。わたしの人生は終わろうとしていて、わたしは失望を覚えている。若いころに望んだ事柄は何ひとつ実現しなかった。面白い時期もあったが、それだっていつも困難に満ち、力を振り絞って得た結果にすぎなかった。労せずして与えられたように思えたものなど何ひとつなかった。もうこれ以上は沢山なんです。望むのはただ、一切があまり苦しみなしに、病気で暮らしに支障が出たり、不具になったりせずに終わることです」

「うちの父もそんなことをいっていました……」ジェドは静かにいった。ウエルベックは〈父〉という言葉を聞いて、まるで相手が何か猥褻な言葉を口にしたかのように跳び上がった。そして彼の顔にはげんなりしたような、礼儀正しくはあるがうわべだけの微笑が広がった。ジェドは話を続ける前に、立て続けにマカロンを三個もほおばり、なみなみと注いだプラムブランデーを飲み干した。

「父は……」ようやくジェドは話に戻った。「ぼくにウィリアム・モリスの話をしてくれました。この人物のことをご存知ですか。どうお考えになりますか」

「ウィリアム・モリスか……」ウエルベックはふたたび冷静な、客観的な口調に戻った。「父上がそんな話をなさるとは面白い。ウィリアム・モリスのことなど知っている人はほとんどだれもいませんからね」

「父が若いころつきあっていた建築家や芸術家のあいだでは、そうでもなかったようですよ」

ウエルベックは立ち上がり、少なくとも五分間は本棚を探してから、色あせて黄ばんだ表紙の薄い本を取り出した。表紙はアール・ヌーヴォー風の組み合わせ模様で飾られていた。彼はまた腰を下ろし、斑点が浮かびごわごわになったページをそっと繰った——何年も開かれたことがなかったようだった。

「ほら」とうとう彼はいった。「モリスの物の見方が多少わかりますよ。一八八九年にエジンバラで行われた講演の一節です。

> 要約すればわれわれの芸術家としての立場は以下のとおりである。われわれは商業的生産によって息の根を止められた職人仕事の最後の代表者なのだ。

晩年になってから、彼はマルクス主義に加わったが、最初はそうではなかった。本当に独創的だったのです。作品を作るときの芸術家の視点から出発して、それを製造業——産業も農業も含め——全体に一般化しようとしたのです。当時の政治思想の豊かさは、今日では想像できないでしょうね。チェスタートンは『ドン・キホーテの帰還』〔一九二七年〕の中でウィリアム・モリスに賛辞を捧げています。これは不思議な小説で、その中でチェスタートンは職人制と中世キリスト教に基盤を置く革命がブリテン諸島に次第に広まっていき、他の労働者運動、社会主義やマルクス主義の運動に取って代わり、産業的生産システムの放棄と職人的、農村的共同体への回帰をもたらすさまを描いています。まったくありそうもないことが、『ブラウン神父』物に近い、夢幻的な雰囲気の中で語られている。チェスタートンはそこに自分の個人的信念をたっぷり盛り込んだのだと思いますよ。しかしまた、ウィリアム・モリスというのは、彼について知られている事柄すべてから判断して、かなり並はずれた人物だったということもいっておかなければなりません」

暖炉で薪が一本、燃え崩れ、火の粉が飛び散った。「衝立を買わなければならんな……」ウエルベックは呟きながらグラスに唇をつけた。ジェドは身じろぎせずに、注意ぶかく彼を見つめ続けた。ジェドは自分でも理由のわからない、異様な緊張状態に陥っていた。ウエルベックは彼を驚いたような目で見た。ジェドは自分の左手がぶるぶると痙攣的にふるえているのに気がついた。「すみません」彼はようやく我に返っていった。「いま、ちょっと……特別な時期に差しかかっているのです」

「ウィリアム・モリスの人生は、普通の基準で判断するならそれほど楽しいものではなかったようです」ウエルベックは続けた。「しかしながら、だれもが口を揃えて、彼は陽気で楽観的、活動的だったと証言しています。二十三歳のとき、ジェーン・バーデンと知り合いますが、ジェーンは当時十八歳で、画家のモデルをしていました。モリスは二年後に彼女と結婚し、自らも絵画を志しました。ところが、自分には才能がないと考えてやめてしまいます──彼はほかの何よりも絵画に敬意を抱いていたのです。自分で設計図を引いて、テームズ川のほとりのアプトンに家を建て、自分の手で装飾を施して妻と二人の娘とそこで暮らします。彼の妻に会ったことのある人たちはだれもが、大変に美しい女性だったといっています。しかし貞潔ではなかった。とりわけ、ラファエル前派の運動のリーダーであるダンテ・ガブリエル・ロセッティと関係をもっています。ウィリアム・モリスは画家としてのロセッティを非常に高く評価していました。ついにはロセッティが一緒に暮らすことになり、夫婦のベッドでモリスに完全に取って代わるという事態にまで至ったのです。そこでモリスはアイスランドへ旅立ち、土地の言葉を学び、サガの翻訳を試みました。数年後、彼は帰国します。ロセッティに釈明を求める決心をしたのです。ロセッティは出ていくことを受け入れました。しかし夫婦のあいだの何かが壊れてしまっていて、もはや本当の肉体的な親密さが戻ってくることはなかった。彼はすでにさまざまな社会運動に関わっていましたが、〈社会民主同盟〉はあまりに保守的だと考え、〈社会主義同盟〉を結成しました。これは公然と共産主義的な立場を支持するものです。そして彼は死ぬまで、共産主義の大義のために力を尽くし、新聞に記事を書いたり、講演をしたり、集会を開いたりしたわけです……」

ウエルベックは口をつぐみ、やれやれと頭を振り、プラトンの背骨をやさしくなで、プラトンは満足げにうなった。

「そしてまた、最後まで」彼はゆっくりといった。「ヴィクトリア朝の上品ぶった態度を攻撃し、自由恋愛のために戦ったのです……」

「おわかりでしょう」彼はつけ加えた。「戦闘的な、高邁な活動は、一見無私なものであっても、私生活上の問題の埋め合わせであるという考え方には、わたしは常に嫌悪感を抱いてきました。何とも不快な考え方ですが、しかしそれにはまたかなり信憑性もあるんですね……」

ジェドは押し黙り、そのまま優に一分は過ぎた。ようやく彼は尋ねた。「モリスはユートピア主義者だったと思いますか？　完全な非現実主義者だったと？」

「ある意味では、間違いなくそうでしょう。子どもは完全に自由な環境のほうが伸びると考えて学校を廃止しようとしたり、犯罪者にとっては後悔だけで十分な罰になるといって刑務所を撤廃しようとしたり。そういった馬鹿げた事柄を、憐れみと吐き気の入り混じったような気分を味わわずに読むことは難しい。ところが、ところが……」ウエルベックはためらい、言葉を探した。「ところが、逆説的にも、彼は実践面ではある程度の成功を収めたのです。職人的な製法に戻るという理念を実行するため、ごく早くから装飾とインテリアの会社を作った。そこの労働者たちは当時の工場労働者よりもはるかに働かずにすんだ。何しろ当時の工場というのはまさしく苦役そのものでしたからね。しかしそれ以上に、そこでは自由に仕事をすることができ、ひとつの仕事について最初から最後まで責任をもつことができた。ウィリアム・モリスにとって最重要の原理は、中世にそうだったのと同じく、構想と制作を決して切り離すべきではないということでした。あらゆる証言が一致して、労働条件は牧歌的といっていいものだったと伝えています。工房は川べりにあって明るく、風通しがいい。利益はすべて労働者に配分され、ほんの一部分だけが社会主義プロパガンダに用いられた。しかも予想に反して、これが商業的次元においても、すぐさま成功を収めたのです。指物細工から宝石細工、皮革加工、ステンドグラス、織物、壁掛けへと興味を移していって、その都度、同様の成功を収めている。モリス商会は事業の最初から最後まで、常に黒字だったのです。これはフーリエのファランステールであろうが、カベのイカリー共同体〔カベが一八四八年、テキサスに創設した理想主義的共同体〕であろうが、十九世紀をつうじて数多く試みられたいかなる労働共同組合もなし得なかったことでした。どれひとつとして、富と商品の効率的な生産組織を生み出すには至らなかった。ウィリアム・モリスの創立した商会を例外として、あとは失敗の連続でしかなかったのです。その後にやってきた、共産主義社会についてはいうまでもありませんが……」

彼はふたたび口をつぐんだ。室内は暗くなり始めていた。彼は立ち上がり、シェードつきランプをつけ、薪をもう一本くべてから座った。ジェドはその姿を相変わらず注意ぶかく見つめ、両手をひざに置いて、沈黙したままでいた。

「よくはわかりませんが」ウエルベックがいった。「年を取りすぎたせいか、わたしにはもう結論を出そうなどという気が起きないし、そういう話し方も忘れてしまいました。ごく単純な事柄だけに留めたいのです。モリスについては、バーン＝ジョーンズの描いた肖像画が何枚かありますね。新しい植物染料の調合を試みているところや、娘たちに本を読んでやっているところなど。ずんぐりとした体つきで、髪はもじゃもじゃ、赤ら顔が生き生きとしていて、小さな眼鏡をかけて、髭ももじゃもじゃ。どのデッサンに描かれた姿を見ても、きっといつも大変に活動的で、善意のかたまりのような、底なしに純真な人だったのだろうと思わされます。おそらくこういっていいでしょう、ウィリアム・モリスが提案した社会のモデルは、だれもがウィリアム・モリスのような人の住む世界では少しもユートピア的ではなかっただろうと」

ジェドはさらに、長いあいだ話の続きを待った。あたりの畑にもすっかり夜が訪れていた。

「ありがとうございました」とうとう彼は立ち上がりながらいった。「ご自宅にまで押しかけてきて申し訳ありません。でも、ぜひあなたのご意見をうかがいたかったのです。本当に助かりました」

玄関口に立つと、寒さが襲ってきた。雪が微光を放っていた。木々の枯れ枝が暗い灰色の空に黒々と浮かび出ている。「路面が凍結するかもしれませんよ」ウエルベックがいった。「慎重に運転してください」車を半回転させて道路に出ようとしたとき、ジェドはウエルベックが肩のあたりでゆっくり手を振っているのを見た。別れのしるしだった。その傍らに座った犬は、ジェドが去っていくのを肯《うべな》うかのように頭を振っていた。ジェドとしてはまたウエルベックに会いたい気持ちはあったが、そうはならないだろう、きっと何かいろいろと、思いがけない不都合が生じるのではないかと直感的に思った。彼の社会生活はいまや、まさに単純化しつつあった。

くねくねと曲がった、車の少しもとおらない県道を進んで、彼は時速三〇キロを超すことなく、ゆっくりとA10号線の入口に向かった。ランプに入りかかったとき、下のほうでヘッドライトの列が巨大なリボンを描き出しているのに気づき、これから延々と渋滞に巻き込まれるのだとわかった。外の気温は零下十二度まで下がっていたが、車内は十九度に保たれ、暖房は完璧に機能していた。彼は少しもいらだちを覚えなかった。

フランス・アンテール〔総合ラジオ局〕をつけると、今週のカルチャーの話題をあれこれと紹介する番組をやっていた。解説者たちはやかましく歓声を上げ、そのわざとらしい金切り声や笑い声は耐えがたいほど下品だった。フランス・ミュジーク〔音楽専門局〕はイタリア・オペラを流していたが、大仰でこれ見よがしな名人芸にたちまち嫌気がさした。彼はラジオを切った。彼は音楽が好きになったことは一度もなかったし、いまやそれがいっそう嫌いになっているらしかった。世界を芸術によって表象する道へ自分を導いたものは何だったのか。さらにいえば、世界を芸術によって表象することが可能だと自分に思わせたものはいったい何だったのかと彼は一瞬、考えた。世界は何であるにせよ、芸術的感動の主題ではありえない。世界は、魔術的要素も特別な興味も欠いた、ひたすら合理的な装置として姿を現していた。彼はオートルートＦＭ〔高速道路専用ＦＭ情報局〕に切り替えた。ここで流されるのはもっぱら具体的情報のみである。フォンテーヌブローとヌムールの近くで事故があったらしく、おそらくパリまで徐行が続いているようだった。

今日は一月一日日曜日か、とジェドは思った。ウィークエンド最終日というだけではなく、冬のヴァカンスの終わる日だった。帰省するこれらすべての人々にとって、新年の最初の日でもある。恐らく、渋滞に文句をいいながら徐行運転しているのだろう。彼らはあと数時間かけてようやくパリ郊外まで到達し、短い一夜が明ければ、西欧的生産システムの中での自分の場所——下っ端であれ、上役であれ——に戻っていくのだ。ムラン＝シュッド付近で白っぽい霧が出て、車の進み方はいっそう遅くなり、五キロ近くにわたって徐行運転が続いた。ムラン＝サントル付近で霧は徐々に晴れてきた。外の気温は零下十七度。彼自身は〈需要供給の法則〉によって選び出されてからまだ一月もたっていなかった。富が彼を突然、その煌めきで包み、あらゆる金銭的束縛から解き放ったのだ。そして彼は、これまでも決して本当に属していたわけではないこの世界から、自分がいまや立ち去りつつあると感じた。ただでさえわずかな人間関係が、これからひとつずつ干上がり、尽きていこうとしている。彼にとっての人生は、この見事な完成度のアウディ・オールロードA6の車内と同様、穏やかではあるが喜びのない、完全にニュートラルなものとなるだろう。

第3部

I

ルノー・サフラン〔ルノーの乗用車〕のドアを開けた瞬間から、ジャスランはこれから自分のキャリアにおいて最悪のケースのひとつを経験することになるのだと悟った。柵から数歩離れた草むらの上に座り、両手で頭を抱え込んで、フェルベル警部補は打ちひしがれたまま動けなくなっている様子だった。彼のそんな姿を、ジャスランはこれまで見たことがなかった――司法警察に勤める者は、だれしもうわべのタフさを身につけるようになる。そのおかげで感情的な反応をコントロールすることができる。さもなければ辞めるほかはない。フェルベルはこの仕事について十年以上になるのだ。数メートル先では、モンタルジ憲兵隊〔フランスの憲兵隊は一般警察機能を兼ねる〕の三人の男たちが呆然自失していた。そのうち二人は虚ろな目をして草むらにひざまずき、もう一人は――おそらく上官だろう、ジャスランは伍長のバッジが見えた気がした――ゆっくりと体を揺らし、いまにも気を失いそうな様子だった。横に長い家屋から、そよ風に乗って悪臭が漂い出していた。そよ風は明るい緑の草むらのキンポウゲをやさしく揺らしていた。車が来ても四人のだれも反応を示す者はなかった。

ジャスランは打ちひしがれたフェルベルのほうへ歩いていった。蒼白い顔に澄んだブルーの瞳、少し伸ばした黒髪のクリスチャン・フェルベルは、三十三歳にして憂鬱な、感じやすい美青年という、警察では珍しいロマンチックな風貌を保っていた。とはいえ彼は有能で一徹な警官であり、ジャスランにとってともに仕事をしたいと思える相手のひとりだった。

「クリスチャン……」ジャスランは最初はそっと呼びかけ、次第に声を強めていった。ゆっくりと、まるで罰を受けた男の子のように、フェルベルは目を上げ、嘆くような恨めしげな視線でジャスランを見た。

「そんなにひどいのか？」ジャスランは穏やかに尋ねた。

「それどころじゃありません。想像できないほどのひどさです。こんなことをした奴は……この世に存在すべきじゃない。地上から抹消すべきだ」

「捕まえてやるさ、クリスチャン。いつだって捕まえてるだろう」

フェルベルは頭を振って泣き出した。何もかもが普段とはまったく違う雰囲気になりつつあった。

ジャスランにはとても長く感じられた一瞬ののち、フェルベルは立ち上がり、まだ足元をふらつかせながらジャスランを憲兵たちのところまで連れていった。「上司のジャスラン警視です……」フェルベルは小声でいった。その瞬間、二人の若い憲兵のうちの一人が長々と嘔吐し、息を整えたかと思うとまた、あたりかまわず地面に嘔吐した。これもまた、憲兵としてあまりよくあることではなかった。「ベゴドー伍長です」憲兵の上官は機械的にそういいながら、意味もなく体を振動させ続けていた。要するにこれで、モンタルジの憲兵隊に何も期待できないことがわかった。

「連中はこの件から職務を解かれるはずです」フェルベルがいった。「捜査を開始したのはわれわれです。被害者はパリで約束があったのに現れなかった、それでわれわれのところに連絡が来たのです。家がここだというので、憲兵隊に確認を頼みました。そして連中が発見したというわけです」

「連中が遺体を発見したのなら、そのまま捜査を任せてくれといい出しそうなもんだが」

「そうはいわないでしょうね」

「なぜそう思う」

「一目ご覧になれば、わかりますよ……。被害者の状態をご覧になればね」フェルベルは黙り込み、吐き気を催して体をふるわせた。しかしわずかばかりの胆汁のほか、吐いてももう何も出てこなかった。

ジャスランは開け放たれた家のドアに目をやった。近くでハエが群がっており、順番を待つかのように唸りながら宙に浮いていた。ハエの視点からすると、人間の死体は純然たる肉以外の何物でもない。新たに風が吹きつけてきて、凄まじい悪臭を放った。犯行現場をこの目で見なければならないのであれば、とジャスランははっきりと意識した。しばらくのあいだハエの視点を採用するにしくはない。ハエ、〈ムスカ・ドメスティカ〉〔イエバエ〕の卓越した客観的視点だ。〈ムスカ・ドメスティカ〉の雌は一匹につき五百個から千個の卵を産む。白い卵で、長さはおよそ一・二ミリである。一日でたちまち幼虫（ウジ）になる。有機物（一般に生きておらず、腐敗の進んだもの。生物の死体や汚物、排泄物など）を糧として育つ。ウジの色は薄い白で、長さは三ミリから九ミリ。口腔部のほうが細く、脚をもたない。三度の脱皮ののち、冷たく乾いた場所を選んで、赤茶色の〈囲蛹《いよう》〉に変身する。

ハエの成虫の寿命は、自然状態では二週間から一か月間、実験室ではそれよりも長く生きる。囲蛹から出たのち、ハエは成長を止める。小さな個体は幼いハエなのではなく、幼虫の時期に栄養の不足したハエである。

囲蛹から出て三十六時間ほどたつと、雌は交尾可能な状態となる。雄は雌の背中に乗って精液を注入する。通常、雌の交尾は一度限りであり、精液をストックしておいて数回の産卵に用いる。雄はテリトリーをもち、他のオスの侵入を防ごうとする。そしてテリトリー内に入ってくるあらゆる雌を相手に交尾を試みる。

「しかも、被害者は有名人です……」フェルベルがいった。

「だれだ?」

「ミシェル・ウエルベック」

上司が反応を示さないのを見て、彼はつけ加えた。「作家です。つまり、生前は作家でした。とても有名だったんです」

そして、その〈有名作家〉はいまや無数のウジのための栄養物となりつつあるのか、とジャスランは懸命に〈マインドコントロール〉を試みつつ考えた。

「わたしが行くべきだと思うか？」彼はとうとう部下に尋ねた。「中を見に行くべきかね？」

フェルベルは答えるまで大いにためらった。捜査の責任者は犯行現場を必ず自分の目で見なければならない。ジャスランはサン＝シール＝オ＝モンドール〔リヨン近郊〕の国立上級警察大学校〔警察幹部養成校〕での講義でそう強調していたではないか。犯罪とは、とりわけそれが卑劣な、あるいは粗暴な犯罪でない場合には、非常に個人的なものであり、下手人は必ずや自らの人格や、被害者との関係の何らかの部分をそこに表現している。それゆえ犯行現場にはほとんど常に個人的な、独特な何かが犯罪者のサインのように残されている。そのことは、とジャスランはつけ加えたものだった。残虐な犯罪や儀式的犯罪、サイコパスの仕業とみなされるような犯罪の場合、特にあてはまるのだ。

「わたしなら鑑識を待ちますね……」ようやくフェルベルは答えた。「連中なら殺菌マスクをもってますから、少なくとも臭いをかがずにすみますよ」

ジャスランは考えた。妥協策として悪くない。

「鑑識はいつ来る？」

「二時間後です」

ベゴドー伍長は相変わらず左右に揺れていた。一定のリズムで揺れ続けているだけで、別段何か困ったことを引き起こしそうではない。どこかに寝かせてやりさえすればいいのだ、病院のベッドか、あるいは自宅でもいい。ただし強力な精神安定剤が必要だろう。伍長の二人の部下は彼の横にひざまずいたまま、頭を振り始め、伍長と同じようにゆっくりと左右に揺れ始めていた。田舎担当の憲兵たちだろう、とジャスランは同情的に考えた。スピード違反や、ささやかなカード詐欺などの調書を取るのが専門なのだ。

「それなら……」彼はフェルベルにいった。「わたしはちょっと村をひとまわりしてこよう。ちょっと見てくるだけだ。様子を知るために」

「どうぞ、どうぞ……。あなたがボスなんですから……」フェルベルは疲れたような微笑を浮かべた。「ここは任せてください。そのあいだ、〈お客さんの応対〉はわたしがしておきますよ」

フェルベルはふたたび草の上に座り、くんくんとあたりの臭いをかいだ。そして上着のポケットから文庫本を取り出した。――ジャスランは、それがジェラール・ド・ネルヴァルの『オーレリア』〔一八五五年〕であることを見て取った。それから彼はまわれ右をして村に向かった――実際のところごく小さな村で、森の合間に数軒、家がまどろんでいるにすぎなかった。

警視は国家警察の計画立案および指導にあたる役職であり、国家警察自体は内務省管轄でありながら省をまたがる役割を帯びた高等専門機関である。警視の任務は職務方針の実行および指揮にあり、その作戦上および組織上の責任を負う。警視は配属された人員に対し権限を持つ。警視は治安悪化を防ぎ犯罪と戦うための方針および計画の立案、実施、評価に加わる。警視は法によって付与された行政上の権限を行使する。制服を支給されるものとする。

警視の初任給は約二千八百九十八ユーロである。

道沿いにゆっくり歩いていったジャスランは、異常なほど鮮やかな緑の木立の前に出た。その中ではヘビやハエが繁殖しているに違いなかった——最悪の場合、サソリやアブだっているかもしれない。ヨンヌ県ではサソリは珍しくなく、それがロワレ県境まで進出している場合もある。ジャスランが出勤前に読んできた「憲兵隊インフォ」のサイトにそう出ていた。これは入念な検証を経た正確な情報しかアップしていない、優れたサイトだった。要するに田舎では、平穏なうわべにかかわらず危険はつきものであり、最悪の事態も頻繁に起こりうるのだ、とジャスランは侘しく思った。この村自体にも非常に悪い印象を受けていた。黒い屋根板を張った、非の打ちどころなく清潔な白い家々、容赦なく改修された教会、いかにも遊び心ありげな案内板、そうしたすべてが書き割りっぽく、テレビドラマのために作られた偽の村という感じを与えた。しかも住人とはだれひとりすれ違わない。こんな環境では、だれも何も見たり、聞いたりしていないに決まっている。聞き込み調査は不可能な仕事となったも同然だった。

ともかく彼は、何を調べてみようもないので仕方なく道を引き返した。だれかひとりでも人間に出会えるなら、と彼は子どもっぽい思いつきを抱いた。この殺人事件を解決することができるだろう。〈シェ・リュシー〉という喫茶店があるのに気づいたとき、彼は一瞬、運が向いてきたぞと考えた。村の大きな通りに面したドアは開け放たれていた。彼はそちらに向かって歩を速めたが、通りを渡ろうとしたとき、何者かの腕（女の腕だった――リュシー本人だろうか？）が現れ、乱暴にドアを閉めてしまった。そして二重に鍵をかける音が聞こえた。もちろん、ドアを開けろと命じて、聞き込み調査をすることもできた。それが彼の仕事なのだ。しかしまだ時期尚早だろうと彼は判断した。いずれにせよ、フェルベルのチームのだれかがやるはずだ。フェルベル自身、聞き込み調査が得意だった。彼と会って刑事だと思う者はだれもいないし、身分証を見せても相手はそれをすぐに忘れてしまう（心理学者か、それとも人類学者の助手といった印象なのだ〉。そして相手は驚くほど気軽に証言してくれるのである。

彼は〈シェ・リュシー〉のすぐ横を抜けて、村のまだ足を踏み入れていない部分へとマルチン＝ハイデッガー通りを下りていった。その道を進みながら、彼は市町村長には通りを命名するほとんど無際限なほどの権利が与えられているのだと思わないわけにはいかなかった。ライプニッツ袋小路まで来て、彼はブリキのパネルにアクリル絵具で描かれた、派手な色彩のグロテスクな絵の前で立ちどまった。頭部がアヒルで、巨大なペニス、胴体と両脚は茶色のふさふさした毛皮で覆われている。案内板によれば、正面はアール・ブリュットや、モンタルジ精神病院の患者たちの絵画作品を陳列する〈ミュゼレチック〉だった。村の企画開発力に対する彼の讃嘆の念がいっそう増したのは、パルメニデス広場まで出て、真新しいパーキングを目の前にしたときだった。駐車区画を示す白ペンキの線はせいぜい一週間前に引かれたばかりらしく、駐車場にはヨーロッパおよび日本のクレジットカードの使える自動支払い機があった。駐車しているのはいまのところ、シーグリーンのマセラッティ・グランツーリスモ一台だけだった。ジャスランは念のためナンバープレートの番号を控えておいた。事件の捜査では、彼がいつもサン＝シール＝オ＝モンドールの生徒たちにいっているように、メモを取るのが基本だった――講義では、そう述べてからポケットから自分の手帳、ごく普通のロディア・ブロックメモ、一〇・五×一四・八センチ判を取り出して見せるのだった。

一日の捜査を、少なくともひとつはメモを取らずに終えてはならない、と彼は強調した。たとえその内容がまったく重要性のないものだと思えようとも。ほとんどの場合、確かに重要性のないものだったことが捜査の続きで判明する。だが重要なのはその点ではない。重要なのは常に活動的であること、最低限の知的活動を保つことである。なぜなら、まったく非活動的になってしまえば警官はやる気を喪失し、重大な事実が表れ始めたときにも反応できなくなってしまうからだ。

奇妙なことに、ジャスランが教えていたそういう注意事項は、彼はあずかり知らぬことながら、ウエルベックが一度だけ、二〇〇一年四月、ルーヴァン＝ラ＝ヌーヴ大学の〈クリエイティヴ・ライティング〉の講座で講師を務めたときに述べた、作家の仕事の心得とほぼ重なるものだった。

村の南端に当たるエマニュエル＝カント・ロータリーは純然たる都市工学的産物で、美学的にはごく地味な、マカダム舗装された一面灰色の円形にすぎず、どこにも通じておらず、どこの道に出ることもなく、周囲には一軒の家も建っていない。少し向こうには小川がゆっくりと流れていた。草原に照りつける太陽の光が強さを増していた。柳の植わった川べりは比較的日陰になっていた。ジャスランは流れに沿って二百メートルほど歩いていったが、障害物に行く手を妨げられた。幅広のコンクリート製坂路が掘られていて、川から水を引いてくるようになっていた。小さな支流になっているのかと思ったが、数メートル歩いてみると、細長い池というべきものであることがわかった。

ジャスランはその池のかたわらのよく繁った草の上に腰を下ろした。彼はもちろん知らなかったが、彼が疲れを覚え、腰痛、そして年とともに加わった消化不良を抱えながらいま座っているその場所は、ウエルベックが子どものころよく遊んでいた――たいていはひとりで遊んだ――場所だった。彼の心の中で、ウエルベックはひとつの〈事件〉にすぎなかった。骨の折れる事件になりそうな予感があった。〈有名人〉の殺人事件となると、真相究明への大衆の期待は高まり、数日もたてば警察の仕事ぶりをこきおろし、無能ぶりを冷笑しようとする傾向がはっきり表れる。それ以上にひどいのは子どもの殺害、さらには〈赤ん坊〉の殺害事件を抱え込むことだった。赤ん坊の場合はとんでもないことになる。犯人が即座に、通りの角を曲がるよりも前に捕まるのでなければならず、四十八時間もたつと大衆にとってはもはや容認しがたい事態となる。彼は腕時計を見た。現場を離れてから一時間以上が経過していた。フェルベル一人を残してきたことを一瞬、後ろめたく感じた。池の水面は青浮草で覆われ、水は濁り、淀んでいた。

Ⅲ

犯行現場に戻ると、気温がわずかに下がっていた。同時にハエの数も減ったような気がした。ジャンパーを丸めて枕代わりにして草むらに寝そべったフェルベルは、相変わらず『オーレリア』に没頭していた。その姿はまるで野外でのパーティーに招かれてやって来た客のようだった。「タフだな、あの若者は……」ジャスランは独りごちた。フェルベルと知り合ってこのかた、そう思わされたことが二十回ほどはあった。

「憲兵たちは立ち去ったのか」ジャスランは一驚した。

「だれかが引き取りに来てましたよ。心理カウンセリング室の連中です。モンタルジの病院から来たんです」

「手まわしがいいな」

「ええ、わたしも驚きました。憲兵の仕事はここ数年、前よりもきつくなってきていて、自殺率もいまではわれわれ警官と同じくらいになっているようです。ただし、心理面でのケアがずいぶん進歩していることは認めなければなりませんがね」

「どうしてそんなこと知ってるんだ。自殺の統計でも読んだのか」

「『警察憲兵隊ニュースレター』を読んでいないんですか?」

「読んでないな……」ジャスランはフェルベルの隣にどしりと腰を下ろした。「だいたい、あまりものを読まないんだ」菩提樹のあいだに落ちる影が長くなり始めていた。ジャスランはふたたび元気を取り戻しつつあった。数メートル先にある死体の状態がどんなものかを忘れていたのだが、そのとき鑑識のプジョー・パートナーが柵の前で乱暴に停車した。すぐさま二人の男が、まったく同時に飛び出してきた。おかしな白いつなぎを着た様子は、放射能汚染除去のスタッフを思わせた。


ジャスランは現場にやってくる鑑識の技術者たちが嫌いだった。二人一組で、わけのわからない高価な器具を満載した特別製の小型車に乗ってきて、捜査班のヒエラルキーを平然と踏みにじる。実際のところ鑑識の連中には、こちらに好かれようとする気など一切なく、反対に普通の警官とできる限り差別化を図って、素人に対する専門家としての侮蔑的な傲慢さをあらゆる折に見せつけようとする。おそらくそれは、年々、自分たちの予算が跳ね上がっていることを正当化しようとしてなのかもしれない。確かに彼らのメソッドは飛躍的に進歩し、いまではほんの数年前には到底不可能だったような状況下でも指紋やDNAサンプルの採取に成功している。だがそうした進歩に彼らがどのように貢献したというのか。そうした結果をもたらす機材を発明するどころか、改良することでさえ、彼らには無理な話だったろう。彼らは単に機材を使っているだけであり、そのためにはいかなる知力も、特別な才能も必要ではなく、それに適合した技術的教育さえあればすむ。そうした教育は、いっそ殺人事件捜査班の現場警官に直接施したほうがより有効ではないのか。少なくとも、それが毎年上層部に提出する報告書の中でジャスランが常に主張しながら、これまでのところ実を結ばずにいる提言なのだった。そもそも、聞き入れられることを期待してもいなかった。職務の区分は遠い昔に確立されたもので、ジャスランがそんな提言をするのは結局のところ、自らの憤懣を静めるためなのだった。

フェルベルは優雅に、そして愛想よく立ち上がると、鑑識の二人に状況を説明しにいった。相手は素っ気なく頷きながら聞いていたが、それは自分たちの苛立ちとプロフェッショナリズムを見せつけるためだった。やがてフェルベルはジャスランのほうを指さしたが、おそらく捜査の責任者がだれかを示すためだった。彼らは何も答えず、彼のほうに近寄ろうというそぶりさえ見せず、ただマスクをつけただけだった。ジャスランはヒエラルキーの上下問題に特にこだわるほうではなかった。警視である自分に対して、態度で敬意を示すよう厳格に求めるようなことは決してなかったし、周囲も彼のことをそう見ているだろう。だがこのとんまな二人組に対しては怒りを覚え始めていた。群れの長老ザルのように重々しい身ぶりを強調しながら、彼は息遣いも荒く二人に近づき、相手が当然挨拶してくるかと思ったが、その期待も裏切られたので、とにかく「わたしも一緒に行こう」と横柄な口調で告げてやった。

そういわれて一人がぎくりとした。明らかに彼らは、人に邪魔されず勝手に仕事することに慣れており、ほかのだれもそばに寄せつけずに現場をとりしきり、パソコン端末に意味のないデータを打ち込むのが常なのだった。しかしジャスランの提案をはねつける理由など何かあるだろうか？　あるはずもない。二人組の片割れがジャスランにマスクを手渡した。彼はマスクをつけながら、そして家に近づくに連れいっそう、犯罪の現実を意識させられた。彼は鑑識の両名を何歩か先に行かせ、家の中に入りかけて呆然と立ちつくした腑抜け二人の後ろ姿に漠とした満足を覚えた。彼は二人に追いつき、そして追い越して、居間の中へやすやすと入っていったが、しかし不安は抱いていた。「われは法の体現者なり」と彼は自分にいい聞かせた。日の光は陰り始めていた。外科医用マスクの効き目は驚くべきもので、悪臭はほぼ完全に遮断されていた。鑑識の二人も勇気を出してあとから居間に入ってきた。それを彼は背後の音から判断するというよりも肌で感じ取っていた。だが二人は敷居ですぐに立ち止まってしまった。「われは法の体現者なり」ジャスランはマントラでも唱えるかのように繰り返したあげく、目にはすでに見えていたものをようやく受け入れ、まじまじと見つめた。

警官は〈死体〉を出発点として推論する。それが習わしになっている。死体の状況、傷跡、保存状態などをメモし、記述するのに慣れている。だがいまの場合、いわゆる死体は存在しなかった。彼は後ろを振り返り、鑑識の二人がモンタルジの憲兵たちとまったく同じように左右に揺れ始めているのを見た。被害者の頭は無傷だったが、切断されて暖炉の前の椅子の上に置かれ、濃い緑のビロードの上に小さな血溜まりができていた。それと向い合って、大きな黒犬の切断された頭がソファの上に置かれていた。あとはもう殺戮、法外な虐殺の図であり、肉体のかけらや切れ端が床の上に散らばっていた。とはいえ男の顔も犬の顔も恐怖の表情を浮かべてはおらず、むしろ信じがたいという思い、そして怒りを湛えていた。人と犬の肉が混ざり合った残骸のただなかに、五十センチほどの幅の通路がくっきりと引かれており、その先の暖炉にはまだ肉のくっついた骨が積み重ねてあった。ジャスランは用心しながらそちらへ向かった。殺人者がこの通路を作ったのかもしれない。そこで振り返り、暖炉に背を向けて居間を眺めまわした。ほぼ六十平方メートルほどだろう。カーペットじゅうに血の跡がつき、そこかしこで複雑なアラベスク模様を描き出していた。赤味を帯び、ところどころ黒っぽくなった体の切れ端もまた、偶然任せに散らばされているのではなく、何か解読しがたいモチーフを描き出しており、彼はまるでパズルを前にしたような印象を受けた。足跡は一切見当たらず、殺人者は確固とした方法に基づいて犯行に及んでいた。まず、死体から部屋の四隅に配置するための部分を切り取り、それから徐々に中央に進みながら、出口への通路は確保している。写真の助けを借りて、全体の構図を再現してみなければならないだろう。ジャスランは鑑識の二人に目を向けた。一人は相変わらず能なし然と突っ立ったまま揺れており、もう一人は何とか自分を取り戻そうとショルダーバッグからデジタルカメラを取り出し、腕を突っ張っているのだが、まだシャッターを押すことはできないらしかった。

ジャスランは携帯を開いた。

「クリスチャン？　ジャン＝ピエールだ。頼みがある」

「どうぞ」

「どうやら、鑑識のお二人さんを引き取りに来てもらわなければならん。はやくも、役に立たない状態になってしまっている。しかもこれから特別な写真を撮ってもらわなければならない。いつものようなクローズアップじゃだめなんだ。部屋の各パートごとの写真、そしてできれば部屋全体の写真がほしい。だが連中とすぐブリーフィングに入るのは無理だな。もう少し回復してからでなければ」

「了解しました……。実はもうすぐチームが到着します。モンタルジを出たところで電話してきましたから、あと十分で着くでしょう」


彼は携帯を切り、考えた。青年刑事には驚かされどおしだった。事件から数時間で、フェルベルのチームはおそらくは自家用車で全員集合しようとしていた。現実感のない繊細な見かけに騙されてはならなかった。彼はチームを掌握している。おそらく、これまで組んできた中でも最高のチームリーダーかもしれない。二分後、フェルベルが部屋の奥に静かに現れ、鑑識の二人の肩を軽く叩いて丁重に玄関のほうへ連れ戻した。ジャスランはキャリアの終わりに近づいていた。あと一年ほど、ひょっとしたら二、三年、最大で四年延長することはできるかもしれない。自分でも暗々裏に知っていたし、月に二度会う警視長にはときおりはっきり匂わされてもいたのだが、彼に期待されているのは、いまや事件を〈解決する〉ことというよりも、むしろ後継者を指名し、彼がいなくなったあとで事件を解決できる人間を選び出すことだった。

フェルベルと鑑識の二人は出ていった。部屋の中にいるのは彼一人になった。日はさらに陰っていたが、明かりをつける気にはならなかった。彼は理由は説明できないものの、これは白昼堂々の犯行であると感じていた。ほとんど非現実的な静けさだった。この事件には、何かとりわけ自分に関係した、個人的な要素があるという感覚は、いったいどこから来るのか？　彼はふたたび、居間の床に散らばった肉片が作り出している複雑なモチーフを眺めた。彼が感じていたのは嫌悪というよりも、世界に対する、そしてこれほどのおぞましさを生み出し得る人類全般に対する憐れみの念だった。実際彼は、最悪の現場に慣れた鑑識の人間ですら動転するほどの光景に自分が耐え得ていることに、いささか驚いていた。一年前、犯行現場の光景が耐えがたくなってきたのを感じて、彼はヴァンセンヌの仏教センターに赴き、〈アスブハー〉、すなわち死体を前にした瞑想の修行をさせてもらえるかと尋ねた。応対に出たラマ僧は最初、彼を翻意させようとした。それは困難な修行であり、西洋人の精神には向かないと考えたのだ。ジャスランが職業を打ち明けると、ラマ僧は考えを変え、少し待ってほしいといった。数日後、ラマ僧から電話があった――確かにあなたの場合ならば〈アスブハー〉はふさわしいかもしれない。これはヨーロッパでは行われていない。衛生基準に合致しないからだ。西欧人もときおり受け入れているスリランカの僧院の住所を教えてあげよう。ジャスランは、飼い犬を一緒にのせてくれる航空会社（それを見つけるのがいちばん大変だった）を見つけ出し、二週間のヴァカンスをその修行に用いた。毎朝、妻が海辺に出かけるのを尻目に、彼は死体置き場に向かった。そこには真新しい死体が、動物や虫に食われることへの防御策もなく置きっ放しにされているのだ。そうやって彼は、精神集中を説くブッダの説教にある教えに従って、自らの精神的能力を最大限まで注ぎ込むことで、青白い死体を注視し、それが腐敗し、手足が取れ、ウジに食われるさまを注視することができるようになった。各段階で、彼は「これはわが運命なり、全人類の運命なり、逃れられぬ定めなり」と四十八回くり返し唱えなければならなかった。

いまではよくわかった。〈アスブハー〉は完全に成功したのである。彼としてはそれをどんな警官にも勧めたいほどだった。だが、彼は仏教徒になったわけではなかった。そして死体を見たときに覚える本能的な嫌悪を、かなりの程度減らすことができたとはいえ、殺人犯に対しては依然〈憎悪〉を、憎悪と恐怖を感じ続けていた。殺人犯が撲滅され、地上から消滅するところを見たかった。表に出て、平原を照らす夕陽の光に包まれながら、彼は自分のうちにそうした憎悪が残っていることを嬉しく思った。それは警官として有能であるために必要なものだと彼は信じていた。真実の探求といった合理的な動機では一般的に十分ではない。しかるに、いまやその憎悪はかつてないほど強まっていた。相手は複雑な、怪物じみてはいるが理性的な精神の持ち主であり、おそらくは精神異常者だろう。パリに戻ったらすぐ、〈シリアルキラー〉のファイルを調べてみなければなるまい。国外のファイルの転送も頼んだほうがいいかもしれない。いままでにこんな事件がフランスで起こった記憶はなかった。

家の外に出たとき、チームの真ん中で指示を与えているフェルベルの姿が見えた。ジャスランは物思いにふけっていて、車が着いた音が聞こえなかったのだ。スーツにネクタイをした大柄な見知らぬ男も混じっていた——おそらくモンタルジの検事だろう。彼はフェルベルが指示を出し終わるのを待って、もう一度自分の希望を説明した。犯行現場全体を写した写真である。

「わたしはパリに帰る。きみも一緒に戻るかね？」

「ええ、作業の割り当ては終わりましたから。明日の朝、会議ですね？」

「あまり早くなくていい。正午ごろで十分だろう」明日は遅くまで帰れない、おそらくは夜明けまでかかるだろうと彼にはわかっていた。

Ⅳ

高速A10号線に入ったときには、夜が訪れていた。フェルベルは速度リミットを一三〇キロに設定し、音楽をかけていいかと尋ねた。ジャスランはどうぞと答えた。

おそらくいかなる音楽にもまして、フランツ・リストが晩年に作曲した室内楽曲ほど、友人たち皆に先立たれ、自分の人生もほぼ終わりに達し、いわばすでに過去の人となって死の間近な訪れを待つ年寄りの、陰鬱で甘美な気持ちを見事に表現したものはない。そんな老人にとって、死は兄弟のような、友のようなものであり、生家に帰る約束のようなものなのだ。「守護天使への祈り」を聞きながら、ジャスランは自分の若かりしころや学生時代を振り返り始めた。

皮肉な話だが、医学部の学生だったジャスランは二年に進級するところで解剖実習に耐えられず、死体を見ることすら耐えられなくなって医者の道を断念したのだった。すぐさま法学に関心を移し、仲間の学生たちの多くと同様、弁護士をめざした。だが両親の離婚によって志望を変えざるをえなかった。それは熟年離婚であり、一人息子である彼自身はすでに二十三歳になっていた。若い夫婦の離婚であれば、子どもがいる場合、親権を分け合う必要があり、また何といっても子どもに対する愛情も多かれ少なかれあるため、親同士のいがみ合いは和らげられる。だが年取った夫婦の離婚では、残っているのは財産・資産をめぐる利害のみであり、熾烈な戦いにはもはやいかなる限界もない。そこでジャスランは、弁護士とは実際のところいったい何者であるのかを理解することができた。プロの弁護士、とりわけ離婚訴訟専門の弁護士の振る舞いとは、結局のところ狡猾と怠慢の混淆にすぎないのだと、正確に見きわめることができたのである。訴訟は二年以上に及び、両親は絶えざる闘争の果てにあまりに激しい憎悪を抱き合うに至ったので、それから二度と会うことも、電話で話すことさえもないまま死んだのだった。しかもそのすべては拍子抜けするほど平凡な離婚合意書に達するためだったのであり、そんな書類ならば『サルにもわかる離婚』を読んで十五分後にはどんな愚か者でも書けるはずだった。離婚係争中の夫婦が、直接手を下すのであれ、プロを雇ってであれ、配偶者を殺害する事件がもっと頻繁に起こらないのは不思議なくらいだ、と彼は何度も思ったものだった。結局彼が理解したのは、警察への恐れは何といっても人間社会の真の基盤をなしているということだった。彼が警視選抜外部試験〔フランス国家警察の警視の半数は警察機構外部者に対する国家試験の合格者からなる〕を受験したのは、いわば自然ななりゆきだった。彼は上位の成績で合格し、パリ出身ということで、十三区の警察署で一年間の研修を受けた。研修は厳しかった。そこで早々に担当させられた中国マフィアの抗争は、状況が複雑に入り組んで手が出せない点で、その後彼が担当することになるどの事件よりも捜査困難なものだった。

サン＝シール＝オ＝モンドールの国立上級警察大学校の生徒の多くは、子どものころからオルフェーヴル河岸〔パリ警視庁所在地〕でのキャリアを夢見てきたような者たちであり、そのためだけに警察に入った者もいた。競争は激しかった。それゆえ、十三区の警察署で五年間勤務したのち、パリ警視庁殺人事件捜査班への転属希望が受け入れられたのは、彼にとって少々驚きだった。そのころ彼は経済学を学ぶ女性と〈同棲〉を始めていた。彼女は研究教育職をめざし、パリ＝ドーフィーヌ大学の助手に任命されたところだった。しかし彼は決して結婚しようとは思わなかったし、ＰＡＣＳ〔「連帯市民協約」の略、性別に関係なく二人のパートナーが共同生活を結ぶための契約で、婚姻世帯に準ずる優遇措置が保証される〕を結ぼうともしなかった。両親の離婚による傷は消えないまま残っていた。

「お宅まで行きましょうか」フェルベルが穏やかに尋ねた。ポルト・ドルレアンまで来ていた。そこまで何も会話を交わしていなかったことに気がついた。物思いにふけっていて、料金所で停まったことさえ意識しなかった。いずれにせよ、事件について何であれ意見を述べるには早すぎた。ひと晩たてば、少しはショックが収まり、考えもまとまるだろう。しかし彼は幻想を抱いてはいなかった。犯行のおぞましさに加え、犠牲者が〈有名人〉であるという事実によって、大変な騒ぎになり、たちまちとてつもない圧力が加わってくる。マスコミはまだ知らずにいるが、この静けさはひと晩かぎりだろう。今晩すぐに警視正の携帯に電話を入れることにしよう。おそらく、警視正はすぐさま警視総監に電話するはずだ。

彼はジョフロワ＝サン＝チレール通りに住んでいた。ポリヴォー通りと交わるあたり、植物園のそばだった。夜、付近を散歩すると、ときおりゾウの鳴き声や、野獣たちの堂々たる吠え声が聞こえてきた。ライオン、ヒョウ、それともクーガーか、彼には聞き分けることはできなかった。また、とりわけ満月の夜には、オオカミたちが声をそろえて吠え、それを聞くと飼い犬のミシュー——種類はボロニーズ——は先祖伝来の乗り越えがたい恐怖に駆られパニック状態に陥るのだった。夫婦には子どもはいなかった。一緒に暮らすことにしてから数年後、二人の性生活は慣用表現を用いるなら「完全に満足のいくもの」であり、エレーヌは「いかなる予防策も」講じていなかった。そこで彼らは医者に診てもらうことにした。いささか屈辱的ながら迅速な検査の結果、ジャスランは〈精子過少症〉であることが判明した。彼の場合、その病名はむしろ婉曲ないい方だった。彼の射出した精液は、そもそも分量も少なかったが、〈精子の量が不十分〉だったわけではなく、〈精子をまったく含んでいなかった〉のだった。精子欠如の原因は様々である。睾丸の精索静脈瘤や委縮、ホルモン不足、慢性前立腺炎などが考えられるが、ほとんどの場合、男性能力とはまったく関係がない。精子の量が少ない、あるいは無精子の男性でも、〈雄ジカ〉のように勃起する者がいる一方で、ほとんど不能であっても精液の量は多く、西欧の人口を倍増できるほど豊かな精子を含んでいるケースもある。これら二つの性質が結合したなら、それがポルノの類で称揚されている理想の男らしさということになる。ジャスランはそうした完璧なタイプに属してはいなかった。五十歳を過ぎてなお、力強く長持ちする勃起力で妻に応えることはできたが、〈精子のシャワー〉を浴びせることはできないのだった。妻の側にそんな欲求があったとしての話だが。射精があったとしても、彼の精液はティースプーン一杯分の量を超えなかった。

男性側の理由による不妊の主原因である精子過少症の治療は、多くの場合困難であり、しばしば不可能だった。解決策は二つしかなかった。男性ドナーの精子に頼るか、あるいは単に養子をもらうか。何度も話し合った結果、二人はどちらの策も断念することにした。本当のところエレーヌはそれほど子どもをほしがっていたわけではなく、数年後、彼女のほうから犬を買おうといい出した。フランスの衰退と出生率低下を嘆く一文で（それは一九三〇年代すでに問題化していた）、ファシスト作家ドリュ・ラ・ロシェルは同時代の退廃したフランス人カップルの言葉をまねてこれを痛罵していたが、それはおおむね以下のような言葉だった。「それに犬のキキがいれば、わたしたちは十分、楽しく暮らせるし……」自分も実は完全に同意見なのだと、エレーヌは夫に打ち明けた。犬は子どもと同じくらい、いやそれどころかはるかに心を楽しませてくれる。一時期、子どもを産むことを考えたのは、人並みのことをしようと考えたからでしかない。母親を喜ばせてやりたいという気持ちも少し混じっていた。しかし実際には、本当に子ども好きなわけではなかった。子どもを本当に好きだと思ったことは一度もないし、彼のほうだってよく考えてみれば子どもも好きではなかった。子どもの生来の徹底したエゴイズムや、決まりごとに対する根本的な無理解、根っからの反道徳性が好きではなかった。それを直すためには苦労して教育しなければならないし、その結果はほとんど常に実を結ばずに終わる。そう、子ども、少なくとも人間の子どもが、彼はまったく好きではなかった。

彼は右側できしむような音を聞いた。車が自宅の前に停まっていることに卒然として気がついた。そのままかなり経っていたのかもしれない。街灯で照らされたポリヴォー通りに人影はなかった。

「すまない、クリスチャン……」彼は気まずい思いでいった。「ちょっと……ぼんやりしてしまって」

「いいんですよ」

まだ九時か、と彼は階段を上りながら思った。エレーヌはおそらく夕食を食べずに待っているだろう。彼女は料理が好きで、日曜朝、ムフタールの市場に買い物に行くのにときおり彼もつきあった。そのたびに彼はパリのその一角、隣に小さな公園のついたサン＝メダール教会の、村の教会よろしく鐘楼にニワトリを乗せた様子に魅力を覚えるのだった。

実際、四階の踊り場まで来ると、彼はウサギのマスタード煮だとすぐわかる匂い、そして主人の足音を聞きつけたミシューの嬉しそうな吠え声に迎えられた。鍵穴にキーを差し込んで回しながら、年寄りカップルか、と独りごちた。伝統的なカップルだ。二〇一〇年代、彼らの年齢の人間にこうした例はむしろ少ないが、しかし若者たちのあいだではふたたび理想像となっているらしい。願いはするが、一般には到達できない理想像。彼は自分がめったにないような喜びと平和の小島で暮らしていることを意識していた。自分たちは現世の騒音から遠く、ほとんど子どもっぽいくらいの温和さに包まれた一種の安らかな巣を作り上げたのだ。それは彼が日々仕事で直面している野蛮と暴力に絶対的に対立するものだった。二人は一緒に暮らしていて幸せだった。過去も、現在も、そしておそらくは、〈死が二人を分かつまで〉。

彼ははしゃいで飛び跳ね、きゃんきゃんと鳴くミシューを両手で抱き、顔の近くまで持ち上げた。小さな犬の体は喜びのあまり恍惚として動かなくなってしまった。ビション〔ボロニーズ、マルチーズなどの小型愛玩犬〕の起源は古代までさかのぼるとしても（エジプトのファラオ、ラムセス二世の墓でビションの彫像が見つかっている）、ボロニーズがフランソワ一世の宮廷に持ち込まれたのはフェラーラ侯の貢物としてだった。コレッジョによる細密画二枚とともに贈られた犬はフランソワ一世のいたく愛でるところとなり、王はこれを「百人の乙女よりもなお愛すべき」と褒めた。そしてフェラーラ侯に軍事的援助の手を差し伸べ、それがフェラーラ侯によるマントヴァ公国征服の決め手となった。以後、ボロニーズはアンリ二世をはじめとして歴代のフランス国王の愛玩犬となったが、やがてパグおよびプードルに取って代わられた。シェットランドシープドッグやチベタンテリアのような、〈家畜〉としての長い歴史ののちに〈伴侶動物《コンパニヨン・アニマル》〉となった他の犬とは異なり、ビションは最初から、人間に喜びと幸福を与える以外の存在理由は一切もたなかったようである。その務めを遠い祖先から忠実に果たし続け、子どもを相手にしても辛抱強く、老人には優しくあり続けた。独りにされるのが非常に苦手で、ビションを買う際にはその点を考慮にいれる必要がある。主人たちがいなくなると犬は自分が捨てられたと感じ、犬にとっての全世界、自分の世界の構造と本質そのものが瞬時にして崩壊してしまう。そうなると重大な鬱状態に陥りかねず、餌を食べなくなることもしばしばだから、実際、たとえ数時間であれ、ビションを独りきりにすることはできるだけ避けたほうがいい。大学側もそのことをついには理解し、エレーヌはミシューを講義に連れていけるようになった。正式な許可が下りたわけではないが、少なくともその習慣が定着した。ミシューはキャリーバッグの中でおとなしく待っていたが、ときおり少しばたばたし、外に出たがった。するとエレーヌは彼を教卓にのせ、学生たちは喜んだ。ミシューは女主人の顔をちらちら見ながら数分間、教卓の上を歩きまわり、シュンペーターやケインズの引用に対してあくびや、短い吠え声で応えたりした。それからまた居心地のいいバッグの中に戻るのだった。それに対し、航空会社は本質的にファシスト的な組織であって、同様の寛大さを示すことを拒み、夫婦は残念ながら遠くへの旅行はほとんどの場合、諦めなければならなかった。毎年八月になると車でヴァカンスに出かけ、フランスおよび近隣諸国の旅で満足した。法律学において伝統的に個人の住居と同等の扱いを受けている車は、ペットを飼う人間や喫煙者にとっては、二十一世紀初頭において残された最後の自由なスペースのひとつ、〈一時的自治領〉の最後のひとつなのだった。

夫婦がビションを飼ったのはこれが初めてではなかった。ジャスランの精子過少症がおそらくは治癒不可能な性格のものであると医師に聞かされたすぐあと、まず最初にミシェルを購入したのだが、この犬はやがてミシューの父親ともなった。ミシェルと一緒の暮らしは幸せに包まれていた。あまりに幸福だったので、八歳のときにミシェルがディロフィラリア症に侵されたとき、夫婦は心底、ショックを受けた。ディロフィラリア症は寄生虫を原因とする病気で、線虫が右心房や肺動脈に寄生することで引き起こされる。徴候としては疲れやすくなり、咳をし始め、やがて心臓に障害が起こってそれが付随的に失神を引き起こすこともある。治療には危険が伴う。多くの場合、犬の心臓には何十匹もの線虫が寄生し、なかには三十センチの長さに達するものもいる。夫婦は幾日ものあいだ犬の生命を気づかった。犬は子どもより素直で優しい、いわば絶対的な子どものようなものであり、分別のある年頃で成長を止めた子どもなのだ。しかもそれは親よりも先に死ぬ子どもなのである。犬を愛することを受け入れるのは、自分のもとからいずれはなすすべもなく奪い取られてしまうと知りつつ、それを愛することを受け入れることである。しかし奇妙にも彼らはそのことをミシェルが病気になるまでは決して自覚していなかった。ミシェルが回復するとすぐに、彼らはミシェルの子孫を作ることに決めた。何人かのブリーダーに相談すると、いくつか難しい点があると指摘された。夫婦はもっと早く決断すべきだった。彼らの犬はすでにいささか年老いており、精子の質が低下している恐れがあった。結局、フォンテーヌブローの近くに住むブリーダーが引き受けてくれ、ミシェルとリジー・レディー・ド・ウルトビーズという名前の若い雌とのあいだに雄雌一匹ずつの子犬が生まれたのである。種犬（というのが一般に用いられる表現である）の飼い主として、夫婦には慣例により最初に一匹を選ぶ資格が与えられた。彼らは雄を選び、ミシューと名づけた。子犬は遺伝的異常の兆しはまったく見せず、また夫婦の心配をよそに、ミシェルも子犬がやってきたことを素直に歓迎し、嫉妬するそぶりは見せなかった。

しかしながら数週間後、夫婦はミシューの睾丸が依然、垂れてきていないことに気がついた。いささか異常な事態だった。彼らは立て続けに二人の獣医に診てもらった。二人とも、種犬の高齢が原因であるとの診断を下した。二人目の獣医は外科手術したらどうかとも提案したが、やはり危険があり、到底無理だといって最初の意見を撤回した。この一撃は夫婦にとってジャスラン自身の精子過少症よりもはるかに応えた。この小さな犬は可哀そうに、子孫を残せないばかりか、いかなる欲望の衝動も、性的満足も知ることができない。障害を抱え、生命を伝達することもできず、種にとって基本的な誘惑の声も届かず、一代きりの時間の中に——決定的に閉じ込められてしまうのである。

だが夫婦は次第にそうした考えに慣れていったし、同時に、性的生活を奪われても自分たちの小さな犬にとっては何の痛痒もないことに気がついたのだった。いずれにせよ、犬は決して快楽主義者でも放蕩者でもない。いかなるエロス的洗練も知らず、交接の際に感じる満足は束の間の、自動的な沈静にすぎず、種の生命の本能を超えるものではない。ビションにおいてはどんな場合であれ、力への意志は薄弱である。しかもミシューは、ゲノムの伝達というもっとも根本的な縛りを解かれて、父がそうだったよりもいっそう従順に、優しく、陽気になり、純粋になったようだった。純真で汚れのない絶対的なマスコットとして、愛する主人たちに完全に命をゆだね、絶えざる完璧な喜びの源となった。その頃ジャスランは五十歳に近づいていた。居間のカーペットの上でミシューがぬいぐるみ相手に遊ぶ様子を眺めながら、彼は時として我にもあらず暗い思いに襲われることがあった。おそらく、同世代に流行した考え方に影響されて、それまで彼はセクシュアリティを肯定的な力として捉えていた。それは結合の源であり、快楽の分かち合いという無垢な方法によって人間のあいだに融和をもたらすものなのだと思っていた。だがいまやそこにもっぱら、支配のための闘争、暴力的な戦い、ライバルの排除、そして遺伝子の最大限の伝播以外には何ら意義をもたない交接を無闇に繰り返す営みを見出すようになったのである。彼はあらゆる葛藤、あらゆる虐殺、あらゆる苦しみの源泉をそこに見出すのだった。セクシュアリティは彼にとっていよいよ、悪のもっとも直接的でもっとも明白な顕現と思えるようになったのである。警察での彼のキャリア自体、そうした意見を変えさせるような種類のものではなかった。犯罪の動機とは金銭でなければセックスであり、二つのうち一つであって、人類は少なくとも犯罪においてはそれ以上の想像を働かせる力がないようだった。このたび振りかかった事件は一見オリジナルなものと思えるが、そんな例はこの三年間で初めてであり、人類の犯罪における動機の画一性には全体として耐えがたいものがあった。同僚の大半と同じく、ジャスランは推理小説をほとんど読まなかった。しかし昨年、たまたま彼は厳密には小説といえないものの、バンコクで私立探偵をしていた人物の書いた回想記を手に取った。その人物は三十篇ほどの短篇に仕立てて自らのキャリアを綴ったのである。ほとんどの場合、探偵の依頼人は若いタイ娘を夢中で恋してしまった西欧の男であり、自分の留守中、彼女が約束どおり忠実にしているかどうかを知りたがっていた。そしてほとんどの場合、タイ娘にはひとりないし複数の愛人がいて、愛人相手に無頓着に金を浪費していた。そしてまた、以前関係のあった男とのあいだに子どものいるケースも多かった。ある意味で、それは確かに出来の悪い本だった。少なくとも推理小説としては不出来だった。著者は少しも想像力を働かせようとはせず、動機や筋立てに変化をもたらす努力を少しもしていなかった。だがまさにその圧倒的な単調さこそが、正真正銘のリアリズムの匂いをもたらしていた。

「ジャン=ピエール！……」エレーヌの声が遠くから聞こえてきた。意識がはっきりするとともに、彼は妻が目の前、一メートルのところに、髪をほどいて部屋着姿で立っているのに気がついた。自分は両腕を胸のあたりまで上げ、ミシューをきつく抱いたまま、いったいどれだけのあいだ突っ立っていたのか。犬は驚いたように彼を見上げていたが、恐怖の色はなかった。

「大丈夫？　なんだか様子が変よ……」

「いや、ちょっとおかしな事件の担当になったんだ」

エレーヌは口をつぐみ、続きを待った。同居を始めて二十五年来、夫が妻に昼間の仕事について語って聞かせたことはほとんどなかった。日々、一般人の感受性の限界を超えるおぞましい出来事と向い合う警官たちのほぼ大半は、家庭では沈黙を守ることを選ぶ。彼らにとって病に対する最良の予防法は、与えられた数時間の休息のあいだは頭をからっぽにすること、とにかくそうしようと努めることだった。酒に溺れ、夕食の終わりにはすっかり酔い潰れて這うようにしてベッドに向かうほかなくなる者もいた。もっとも若い警官たちの中には、快楽に身をゆだね、女を抱くことで切断死体や拷問された死体のイメージを拭い去ろうとする者もいた。話をするという手段を選ぶ者はほとんどだれもいない。この晩もまたジャスランは、ミシューを床に下ろすと、テーブルに向かい、いつもの席に腰を下ろし、妻がセロリのレムラードソース〔マヨネーズにマスタード、ピクルス、ケイパー、刻んだ香草などを加えたソース〕あえを運んでくるのを待った――彼はずっと昔から、セロリのレムラードソースあえが大好物だった。

V

翌日、彼は徒歩で職場に向かった。フォッセ＝サン＝ベルナール通りで右手に曲がり、河岸沿いに進む。アルシュヴェシェ橋の上で長々と佇んだ。彼の意見では、そこから見るノートル＝ダム大聖堂がもっとも見事なのである。十月の美しい朝、空気はすがすがしく澄んでいた。ヨハネ二十三世広場でさらに少し立ち止まり、カップルで抱き合ったり、手をつないで歩いたりしている観光客や、ホモセクシュアルの男たちを眺めた。

フェルベルは彼とほとんど同時に到着し、四階のセキュリティチェックに向かう階段の途中で一緒になった。パリ警視庁にエレベーターが備えつけられる日は決して来ないのだ、と彼は諦念とともに思った。フェルベルが足取りをゆるめ、階段を先に上ってしまわないように配慮していることに彼は気がついた。

チームメンバーのうち、まずオフィスにやってきたのはラルティーグだった。普段は陽気なたちなのだが調子がよくないらしく、南仏人らしい滑らかな肌のつるりとした顔が不安げに緊張していた。フェルベルは彼に現場周辺の聞き込みを命じてあった。

「成果なしです」ラルティーグは入ってくるなりいった。「何もありません。だれも何も見ていない。聞いてもいない。この何週間というもの、見かけない車が入ってきたことさえないそうです……」

数分後メシエがやってきて、挨拶しながら右肩にかけたショルダーバッグを置いた。メシエはまだ二十三歳、六か月前に殺人事件調査班に入った最年少刑事である。フェルベルはメシエに目をかけていて、彼がいつもトレパンにスウェット、ジャンパーというカジュアルな格好をしていることも大目に見ていた。そもそもそういう格好は彼の角張って厳めしい、ほとんど微笑を浮かべることもない顔に似合っていなかった。ときおりフェルベルが、着る物について根本的に考えを改めたらどうかと忠告するのは、むしろ友人としての意見にすぎなかった。メシエは自販機で〈コカコーラ・ライト〉を買ってから調査の報告をした。表情はいつもより憔悴していて、徹夜明けのように見えた。

「携帯は、全然問題なしでした……。暗証番号さえ設定されていなかったです。やっぱり、興味を引く点は別にありませんでした。電話の相手は女性編集者、灯油の配達業者、窓を二重にする注文を受けていた業者……。実用的な会話か仕事の会話だけです。私生活ってものが皆無だったみたいですね」

ある意味では、メシエが驚くのもおかしな話だった。彼自身の電話の会話記録だってほとんど同様の結果だっただろう。だが確かに、彼には人に殺されるつもりなどなかった。そして殺人事件の被害者の人生には事件の理由となる何か、事件を説明する何かが求められがちなのだ。少なくともその人生の隠れた部分で、何か〈興味ある〉ことが最近ないし過去に起こったのではないかと推測されるのである。

「パソコンのほうは話が別でした」メシエは続けた。「こちらは暗証番号が二重に設定されていまして、それも単純なものではなく、パスワードには小文字やら、あまり使われていない記号を使ってありました……。さらに、すべてのファイルは暗号化してありました。暗証番号をしっかりと設定し、ＳＳＬダブルレイヤー〔ネットスケープが開発したネット上でのファイル保護システム〕、一二八ビットを使っています。つまり、手が出せないんです。ＢＥＦＴＩ〔情報技術犯罪捜査班〕に送っておきました。ガイシャはいったい何者なんです？　誇大妄想狂ですか？」

「作家だよ……」フェルベルがいった。「きっと原稿を保護しようとしていたんだろう。海賊版を防ぐためだ」

「なるほど……」メシエはまだ納得がいかない様子だった。「このやり方はむしろ、児童ポルノのヴィデオをやりとりしてるようなやつって感じですがね。ここまで守りを固めるというのは」

「その可能性だってあるさ……」ジャスランは冷静にいった。悪意なく発せられたこの言葉によって、この殺人事件の周囲に残念ながら立ち込めている理解しがたさの印象はいっそう強まり、一同の雰囲気は完全に暗くなった。いまのところ手がかりは何もないことを認めなければならなかった。明白な動機も、証言も、手がかりもなしである。書類ファイルが空のまま、解決まで数年もかかるような難事件の仲間入りをしそうな気配だった。その種の事件は解決するとしても、殺人犯が別の事件で捕まって、供述の際に自白するといった単なる偶然によるほかはないのだ。

オーレリーがやってきて、状況は多少上向いた。オーレリーは金髪がカールし、顔にそばかすの散った可愛い娘だった。ジャスランの見立てではやや間の抜けたところがあり、厳密さに欠け、精度の求められる仕事の場合、百パーセントまでは信頼できなかった。しかしエネルギッシュで、常に上機嫌を保っている。これはチームにとって貴重なことだった。彼女は鑑識からの最初の報告をもってきたところで、まずジャスランに分厚い書類を手渡した。「ご希望の写真です……」Ａ４版の光沢紙にプリントした写真が五十枚ほどあった。いずれも犯行現場の居間の床を、高さ約一メートルのところからフレームに収めたものだった。写真は露出がよく、影のない明瞭な写りで、ほぼ真上から撮られており、互いに重なり合う部分はほとんどなく、全体として部屋の床を忠実に再現していた。彼女はまた、人間および犬の頭部切断に用いられた道具についての暫定的結論を聞いてきていた。切断が正確無比になされていることに関し、全員の意見は一致していた。あたり一面に血が飛び散っていて不思議はなかったが、カーペットに飛沫はほとんどなかった。犯人はきわめて特殊な道具を用いていた。それはいわばバターをカットするのに用いる糸がレーザーになったようなアルゴンレーザーカッターで、身体を切断しながら同時に傷口を焼灼することができる。一式数万ユーロもする、病院の外科でしかお目にかからない器具であり、重大な切断手術に用いられるとのことだった。そして被害者の身体を切り刻むのに用いられたのは、切り口の鮮やかな正確さから見て、やはりプロの外科医の道具だろう。

チームの面々はきっとそうだろうとささやきあった。「医者の世界に属している人間を追いかけろということですね?」ラルティーグがいった。

「そうかもしれない」フェルベルがいった。「いずれにしろ、そういう道具が設備にあるか、そしてそれが紛失していないか、病院に当たってみる必要がある。もちろん、犯人はそれを数日間持ち出しただけということもありうるが」

「どこの病院ですか」オーレリーが尋ねた。

「まずは、フランスのすべての病院だ。それからもちろん、診療所なども当たってくれ。製造元に、ここ数年の客にいつもとは異なる客、個人の客がいなかったかどうかも聞いてみなければならない。この手の製品を作っているところはそれほど多くはないだろう」

「一社だけです。世界で一社だけ、デンマークの会社だそうです」

事件のことはミシェル・クーリにも伝えられた。レバノン出身のクーリは、フェルベルと同い年である。ずんぐりとした体つきの気取り屋で、外見はフェルベルとまったく異なる。しかしフェルベル同様、警官には何とも稀な〈信頼感を抱かせる〉という長所を備えており、それゆえ格別努力せずにもっとも内密な打ち明け話を引き出すことができた。この朝も被害者の身近な者たちに事件を知らせるとともに、聞き込みを行っていた。

「身近な者といっても……」クーリは説明した。「ガイシャはかなり孤独に暮らしていたようです。二度離婚し、息子がひとりいますが会わずにいたらしい。この十年以上、家族のだれとも、いっさい連絡を取っていません。恋愛関係もなしです。電話通話の記録を分析すれば何か出てくるかもしれませんが、さしあたり目についたのは二人の名前だけです。テレザ・クレミジという担当編集者、それからフレデリック・ベグベデというやはり作家です。まだあります。今朝ベグベデに電話したのですが、打ちのめされたような感じでした。正直な気持ちなんだろうと思います。ただし彼によれば、この二年ほどは会っていないそうです。面白いのは、この作家さんも編集者も同じことをいっていたんです。つまり、ガイシャには大勢の敵がいたというんですよ。二人とは今日の午後、会う予定です。きっともう少し情報を得られるでしょう」

「大勢の敵か……」ジャスランが重々しい口調でつぶやいた。「面白いな。普通は、ガイシャには敵などいないもんだ。だれからも愛されていたみたいにいわれるだろう……。葬式に行ってみなければならんな。いまではそういうやり方はあまり流行らないのは知ってるが、何かわかることもある。葬式には友人が集まるが、ときには敵だって来る。何やら嬉しい気分になるらしい」

「ところで……」フェルベルが尋ねた。「死因はまだわからないのかな。正確なところどうやって死んだんだろう」

「まだです」オーレリーが答えた。「検死解剖の結果が出るまで待たなければ……ばらばらになった死体の」

「生きているうちに首を切ったんだろうか」

「そんなはずはありません。すぐに切れるものではなくて、一時間はかかるそうです」オーレリーはぞっとして身ぶるいした。

一同はすぐさま解散しそれぞれの仕事に向かった。フェルベルとジャスランだけがオフィスに残った。会議の結果はまずまずだった。各自にはやるべきことが見つかった。本当の手がかりを得たとはまだいえなくとも、少なくとも捜査の方向性は見えてきたのである。

「まだメディアには何も出ていません」フェルベルがいった。「だれも嗅ぎつけていません」

「そうだな」セーヌ川を下っていく船を見ながらジャスランが答えた。「奇妙だな、すぐさま騒ぎになるものと思ったのだが」

VI

翌日から騒ぎが始まった。「作家ミシェル・ウエルベック、惨殺される」という見出しのもと、パリジャン紙は情報は乏しいながら半ページを割いていた。他の新聞各紙も同程度の分量を割いていたが詳しい内容ではなく、大半はモンタルジの検事の公式発表をそのまま使っていた。現地に記者を派遣したところは一社もないようだった。少し経つとさまざまな有名人や文化大臣の談話が発表された。だれもが「愕然と」し、あるいは少なくとも「深い悲しみ」を覚えつつ、「永遠にわれわれの記憶に残るであろう偉大な作家」を偲んでいた。要するに有名人の逝去の際のしきたりに従って、あたりさわりのない益体もない言辞が並んでいるだけで、捜査の助けにはならなかった。

ミシェル・クーリはテレザ・クレミジおよびフレデリック・ベグベデとの会見から失望した顔で戻ってきた。彼によれば、両者の悲しみが本物であることに疑いの余地はなかった。ジャスランはそうした事柄について確信ありげに断言するクーリの落ち着き払った態度にいつでも驚かされてきた。それはジャスランから見れば人間心理のきわめて複雑かつ不確定な領域に属するものだった。「あの女性は本当に彼が好きだったようです」「彼らの悲しみが本物であるということに、疑いの余地はありません」等と断言するその口調は、まるで実験や観察にもとづく事実を語っているかのようだった。そして何とも不思議なことに、捜査の結果、たいがいはクーリが正しかったことが判明するのである。彼はあるときジャスランに「人間のことならわかっています」といったものだ。まるで「猫のことならわかっている」とか「コンピュータのことならわかっている」というような調子で。

ともあれ、クーリは二人の証人からそれほど有益な事柄は引き出せなかった。ウエルベックには敵が多かった、と二人は口をそろえていっていた。ウエルベックは不当なほど攻撃にさらされ、容赦ない扱いを受けていたという。より具体的なリストを求められると、テレザ・クレミジは苛立たしげに肩をすくめて、マスコミ記事のファイルをお送りしましょうと答えた。とはいえ、ウエルベックを殺害した人物がそれらの敵のうちにいる可能性に関しては二人ともはっきりと否定した。テレザ・クレミジはまるで知恵の足りない者を相手に話しているかのような、いささか明快すぎる言葉遣いで、敵とはいってもそれはインターネットのサイトや新聞雑誌の記事、さらに最悪の場合には書物の中で憎悪を表現する〈文学上の〉敵であって、現実の殺人に及ぶような者はだれひとりいないだろうと説明した。それも別に道徳的理由からというわけではないのです、と彼女はひときわ苦々しげに述べた。単に連中にはその勇気がないというだけのことなんですよ。というわけで、と彼女は結論づけた。犯人は（クーリはそこで彼女が「残念ながら」といいそうになったような気がした）文学業界の内部で探すべきではないでしょう。

ベグベデの証言もほぼ同じ内容だった。「わが国の警察のことは全面的に信頼していますよ……」最初に彼はそうきっぱりといってから、それが何か最高のジョークでもあるかのように大笑いした。だがクーリはそのことを咎める気にはならなかった。作家はウエルベックの突然の死によって明らかに緊張し、混乱し、完全に平常心を失っていた。そしてベグベデはウエルベックは「パリじゅうのろくでなしどもを」敵にまわしていたと語った。クーリがさらに説明を求めると、彼はたとえばnouvelobs.com〔週刊誌「ヌーヴェル・オプセルヴァトゥール」のサイト版〕の記者たちを挙げたが、たとえウエルベックが死んでいまごろ大喜びしているとしても、少しでも個人的な危険を冒すだけの勇気のある者はだれひとりいないとつけ加えた。「ディディエ・ジャコブ〔「ヌーヴェル・オプセルヴァトゥール」の書評家〕が赤信号を無視するなんて、想像できますか？　たとえ自転車でだって無理でしょう」いかにもげんなりした表情で、『フランス的小説』の作者はそうしめくくった。

　要するに、とジャスランは二人の証言記録を茶色いファイルに収めながら述べた。これもまたほかの業界と同じような業界で、同じような嫉妬や対立があるというわけだ。彼はファイルを「証言」と書かれたファイルボックスの端に収めながら、〈文学業界〉に関してはこれで捜査は終了だと考えた。今後、〈文学業界〉なるものと接触をもつことも二度とあるまい。そして彼は、捜査にまったく進捗がないことに心を痛めていた。鑑識の結果が届いたところだった。人間と犬の双方に対し、凶器として用いられたのはシグ・ザウエルM45で、いずれも一発で仕留められていた。弾丸は胸の高さから、ごく至近距離で発射されている。拳銃にはサイレンサーがつけられていた。射殺される前に双方とも何か細長い鈍器——たとえば野球のバット——で殴られている。手口は正確で、無駄な暴力なしに成し遂げられている。双方の死体が切断され切り裂かれたのは殺害後のことである。そのためにかかった時間は、簡単なシミュレーションの結果によると七時間を超える。遺体が発見されたのは死後三日目だった。それゆえ殺人は土曜日、おそらくは昼間行われた。

法律の定めるとおり交換台に残されていた被害者の一年分の電話通話記録からは、何も得るところがなかった。実際、その期間ウエルベックはほとんど電話を使っていなかった。通話は全部で九十三回、個人的な性格のものは皆無だった。

Ⅶ

葬式は次の月曜日に催されることに決まった。葬式に関して、作家は公証人立ち会いのもと、詳細にわたる指示を作成してあり、必要な経費も残していた。火葬に付すのではなく、昔ながらのやり方の埋葬を希望していた。作家は「ウジ虫がわが骸骨の肉を取り去らんことを」と、それ以外はまったく公式的な書き方がされた文書の中に個人的な注釈を加えていた。「わが骨とこれまで申し分のない関係を保ってきた私としては、骨が肉の束縛から解かれることを嬉しく思う」。彼はモンパルナス墓地に埋葬されることを希望し、前もって使用権まで買い取ってあった。それは年限三十年のささやかな敷地で、たまたまエマニュエル・ボーヴ〔フランスの小説家、一八九八―一九四五年。『ぼくのともだち』『のけ者』など〕の墓から数メートルの場所にあった。

ジャスランとフェルベルはいずれもかなり〈葬式向き〉だった。普段から黒い服を着て、やせた顔をし、いつも青白いフェルベルは、その場にふさわしい悲しみや重々しさを苦もなく示すことができた。ジャスランのほうも、人生経験を積みもはや何の幻想も抱いていない男の、疲れ果てて観念したような様子からして、やはりその場に見事に溶け込んでいた。実際、彼はこれまで幾度となく葬式に参列してきた。犠牲者の葬式ということもあったが、たいていは同僚の葬式だった。自殺した者もいれば、殉職した者もいた——それこそはもっとも印象に残る葬式だった。多くの場合、叙勲のセレモニーがあり、勲章がうやうやしく棺にピンで留められる。高官たち、さらに大臣はもちろんのこと、共和国首脳が列席することもあった。

彼らは十時に六区の警察署に集合した。捜査本部が設置された区役所のレセプションホールの窓からは、サン＝シュルピス教会前の広場が見渡せた。『素粒子』の作者は生涯、仮借なき無神論を標榜していたが、六か月前、クルトネの教会で洗礼を受けていた。そう知ってだれもが一驚した。そのニュースは教会の高位者たちを不快な不決断状態から救い出した。明らかにメディア的理由から、教会の高位者たちは有名人の葬式に自分たちも加えてもらうことを望んでいた。しかし無神論が着実に伸長し、単に形だけの洗礼を含めてもなお洗礼が減少の一途をたどっているのに対し、教会側は自分たちの掟を厳格に遵守し続けた結果、葬式に教会関係者の姿がないという遺憾な状況が増加する一方だったのである。

メールで知らされたパリ大司教にして枢機卿は、ミサを挙げる許可を大喜びで与え、十一時からミサが執り行われることになった。大司教自らが説教を書き下ろしたが、その内容は亡き小説家の作品が人類にとって普遍的価値をもつことを強調し、クルトネの教会で秘かに受洗していたことについてはそれとなく、いわば〈コーダ〉部分で触れるに留めていた。こうしてウエルベックは正午ごろ、〈その最後の住みかへ〉と導かれることとなった。

　フェルベルによればその点についても、ウエルベックは墓石の設計に至るまで、きわめて詳細な指示を残していた。すなわち黒い玄武岩の平墓石を、地面と同じ高さに置くこと。たとえ数センチであれ地面より高くなってはならないと強調されていた。墓石に刻むのは名前だけで、年月日などいかなる情報も記さない。そしてメビウスの輪のデッサンを入れること。彼は殺害される以前にパリの墓碑業者に頼んでそれを作らせ、自ら制作に立ち会っていた。

「要するに」ジャスランが意見を述べた。「この男は自分をひとかどの人物だと思っていたわけだ……」

「それも当然ですよ」フェルベルが穏やかに答えた。「実際、悪い作家じゃなかったんですす……」

　ジャスランはすぐに、大した理由もなく口にした自分の意見を恥じた。ウエルベックが自らのためにしたことは、十九世紀のあらゆる著名人、あるいはそれに先立つ諸世紀の成り上がり貴族たちがしたこと以上のものではなく、むしろそれよりは慎ましかった。実際、考えてみるとジャスラン自身、火葬にしたり遺灰を撒いたりといった今風の謙遜ぶったやり方、自然のふところに戻るのだ、ふたたび元素に還るのだといわんばかりのやり方にはまったく反対だった。飼犬についてさえ、五年前に死んだとき、彼は埋葬し——埋める際にはそのかたわらに大好きだった玩具を添えてやった——、簡素な墓を建ててやらなければ気がすまなかった。犬を埋めたのはブルターニュの両親の家の庭で、彼の父も前年そこで亡くなっていた。彼は家を売る気にはならなかった。エレーヌと二人で退職後、そこで過ごしてもいいと思っていたのである。人間は自然の一部〈ではない〉、人間は自然の上位に立ったのであり、犬も人間に飼われるようになってからは自然の上位に立ったのだ。彼は心の奥底でそう思っていた。そして神を信じていない自分ではあるが、人間の遺灰を野原や川や海に撒くのは、考えれば考えるほど〈不敬虔〉なこと、いわば〈人類に対して不敬虔〉なことだと思えてならないのだった。かつてテレビの天気予報コーナーを〈一新した〉と目されたアラン・ギヨ＝ペトレ〔人気お天気キャスター、台風観察のマニアでもあった〕などは愚かにも、台風の目に自分の遺灰を撒かせたのである。一人の人間とは一個の意識、他に代えがたい個人としての唯一の意識であり、その資格において記念碑、石碑、少なくとも碑文に値する。あるいはとにかく、存在したあかしを後世に明確に伝える何物かに値するはずだというのが、ジャスランが心の奥底で思っていることだった。

「来ますよ……」フェルベルのささやき声で彼は我に返った。実際、まだ十時半だというのに、すでに三十人ほどが教会の入口に集まっていた。いったい何者だろう？　無名の人々、おそらくはウエルベックの読者たちか。復讐による殺人の場合など、犯人が被害者の葬式にやってくることもありうる。今回それはまずなさそうだったが、ともあれジャスランは鑑識から二名、カメラマンを呼んでおいた。彼らはモンパルナス墓地を手に取るように見渡せるフロワドヴォー通りのアパルトマンに、カメラと望遠レンズを備えて待機しているはずだった。

十分後、テレザ・クレミジとフレデリック・ベグベデが徒歩でやってくるのが見えた。二人は互いに気づくと、抱擁を交わした。二人とも見事なまでにこの場にふさわしい様子をしている、とジャスランは考えた。オリエントの女のような顔立ちをした編集者は、最近でもなお地中海地方の葬式で雇われることのある〈泣き女〉の役を果たせそうに思えた。一方、ベグベデは暗鬱きわまる思いに沈んでいる様子だった。実際のところ『フランス的小説』の作者はこのとき、まだ五十一歳であり、おそらくはこれが〈同世代〉の葬式に参列する最初の機会だったのかもしれない。そしてこれが最後どころではない、それどころか今後、友人との電話は「今晩暇かい?」ではなく、むしろ「だれが死んだと思う?……」で始まるようになっていくのだと自分にいいきかせていたのだろう。

ジャスランとフェルベルはそっと区役所を出て群衆に混じった。いまでは五十人ほどが集まっていた。十一時五分前、霊柩車が教会前で停まった――葬儀会社のごく慎ましい黒のライトバンだった。葬儀会社の社員二名が棺を運び出したとき、驚愕と恐怖のささやきが群衆のあいだに湧き起った。鑑識の専門家たちは犯行現場に散らばった肉体のかけらを集め、ビニール袋に収めて密封したうえで、無傷な頭部とともにパリに送るというつらい務めを果たしていた。鑑識が終了したとき、そのすべてはもはやコンパクトな一塊にすぎず、通常の遺体よりもはるかに小さくなっていたので、葬儀会社の社員たちは長さ一メートル二十センチの子ども用の棺を使うのがいいだろうと判断した。それ自体は理にかなった賞賛すべき判断だったが、二名の社員が教会前広場に棺を運び出したとき、子ども用の棺はまったくもって悲痛な効果を生んだのである。ジャスランはフェルベルが痛ましさのあまり息をのむ音を聞いた。経験で鍛えられた彼自身、胸がしめつけられる思いがした。群衆のうちには涙にかき暮れる者が何人もいた。

彼にとってミサ自体はいつもの如く、まったく退屈きわまるひとときだった。彼は十歳のときからカトリック信仰とは完全に断絶していた。これまで何度となく葬式に参列しなければならなかったとはいえ、それを信仰に戻るきっかけにすることはついにできなかった。結局のところ彼には何も理解できなかった。司祭がいったい何をいいたいのかさえ正確にはつかめなかった。何度かイェルサレムへの言及があったが、彼には本題から逸れた話としか思えなかった。とはいえ何か象徴的な意味があるのだろう。ただし彼としても、ミサが〈適切な〉儀式であり、来世にかかわる約束はいまの場合、まったくもって的を射たものであると認めないわけにいかなかった。要するに教会が葬式に介入することは、誕生や結婚の際に比べてはるかに正当なことだった。それこそはまさに教会の本領であり、教会には死に関して〈いうべき事柄〉があるのだった——愛に関してとなると、それほど確かではなかった。
普通の葬式では、近親者たちが棺のかたわらに立ってお悔やみの言葉を受ける。ところがこの葬式の場合、家族の姿はなかった。ゆえにミサが終わると、二人の社員は小さな棺を運び出し——そこでジャスランはまた悲痛の思いに襲われた——、ライトバンに載せた。何とも驚いたことに、彼らが教会から出てくるのを五十人ほどの人々が教会前の広場で待ち受けていた——おそらく、ウエルベックの読者のうち宗教的儀式を一切受けつけない人たちなのだろう。

特別な措置は何も講じられておらず、道路の遮断といった交通にかかわる措置も取られていなかったので、ライトバンはそのままモンパルナス墓地へ向かった。百人ほどの人々も同じく墓地に向かって舗道を歩き、リュクサンブール公園横のギヌメール通りからヴァヴァン通り、ブレア通りをとおって、一瞬ラスパイユ大通りに出たのち、ユイガン通りに折れた。ジャスランとフェルベルも一行に加わった。人々の年齢層、階層はまったくまちまちで、たいていは一人、あるいはカップルで来ていた。結局のところ彼らを結ぶものは特に何もなさそうであり、共通点を見出すことは不可能だった。ジャスランはにわかに、これはまったく時間の無駄だ、ウエルベックの読者が集まっているにすぎないという確信を抱いた。何者であれ殺人にかかわった人間が彼らの中に混じっているとは考えられなかった。仕方がない、と彼は思った。少なくともいい散歩にはなった。パリ一帯は好天が続いており、空の色は深い青で、ほとんど冬の空を思わせた。

おそらく司祭から指示を受けていたのだろう、一行を待ちかまえていた墓掘り人夫たちはシャベルで穴を掘り始めた。墓を前にして、埋葬に寄せるジャスランの熱い思いはいや増し、自分も必ず埋葬してもらうことにしよう、明日には公証人を呼んで遺書にはっきりと書いておくことにしようと決心を固めたほどだった。シャベルの土が棺の上に落ち始めた。連れのいない三十くらいの女が白バラを一輪投げ入れた――やっぱり女性というのはいいものだ、とジャスランは思った。男には決して思いつかないことを考えてくれる。火葬の場合は機械の音がつきもので、ガスバーナーが恐ろしい騒音を立てるのだが、今日はほぼ完全な静けさの中、棺の上で土くれが崩れては散る、穏やかな、心の落ち着く音だけが響いていた。墓地の真ん中までくると、通りのざわめきはほとんど聞こえなかった。墓穴が埋まっていくに従い、土の音はより鈍くかすかになっていった。そして墓石が据えられた。

Ⅷ

翌朝の午前中に写真が届いた。鑑識の担当者たちは写真の出来栄えについてしきりにいいわけしたが、ジャスランは全体として立派な仕事であると認めなければならなかった。写真はくっきりと写っており、明るさも十分だった。距離があったにもかかわらず解像度は申し分なく、わざわざ作家の葬式にやってきた者たち一人一人の顔を完璧に見分けることができた。現像した写真にデータを収めたＵＳＢが添えられていた。彼はそれを直ちに部内便でＢＥＦＴＩに送り、犯罪者ファイルの写真との照合を依頼した。ＢＥＦＴＩは顔写真認識用のソフトを備えていて、数分で照合を行うことができた。大して期待しているわけではなかったが、とにかく試してみる必要はあった。

夕方、帰宅しようとしていたときに結果が届いた。予想どおり合致例は皆無だった。同時にＢＥＦＴＩは、ウエルベックのパソコン――彼らはとうとう暗証番号の解読に成功した――の中身について三十ページほどの全般的報告書を送ってきていた。ジャスランは自宅に持ち帰ってゆっくりと検討することにした。

彼はミシューのきゃんきゃん鳴く声に出迎えられた。ミシューは十五分ほどもあちこちを跳ね続けた。室内にはガリシア風タラ料理の匂いが漂っていた――エレーヌは目先を変えようと、ブルゴーニュ風からアルザス風、プロヴァンス料理から南西地方の料理にまでレパートリーを広げていた。イタリアやトルコ、モロッコの料理も上手で、最近は五区の区役所で開かれている極東の料理の入門講座に登録していた。彼は妻にキスをした。彼女はきれいなシルクのドレスを着ていた。「あと十分でできるから、待ってて……」と彼女がいった。大学に行く用事のなかった日はいつでもそうなのだが、くつろいだ、幸福そうな様子をしていた――万聖節の休暇が始まったところだった。年とともに、エレーヌは経済学への興味をすっかり失ってしまっていた。経済的現象を説明し、その進展を予想しようとする理論の数々は、彼女にとっていずれも根拠に乏しく、不確実なもののように思えてきて、純然たるペテンではないかという気持ちにさえなってきたのだ。ノーベル経済学賞などというものが存在するとはまったく驚きだ、と彼女はときどき思うのだった。あたかも経済学が、化学や物理学と同じ方法的、知的厳密さをもち得るとでもいうかのように。教育への関心もまた、大幅に減少していた。全体としてもはや若者にあまり興味を抱けなくなっていた。彼女の学生たちの知的レベルの低さたるや恐るべきもので、ときおり、彼らはいったいなぜ学問など志すに至ったのかと首をかしげてしまうほどだった。それに対する唯一の答えとは――彼女も心の底では知っていたのだが——、金を稼ぎたいから、できるだけ多くの金を稼ぎたいからというものだった。たとえつかの間、ヒューマニスティックな気持ちに駆られることがあるとしても、しかし現実に彼らを突き動かしているものはそれだけだった。結局、彼女の職業的生活は、自分でそんな風にあからさまに表現することはなかったものの、矛盾に満ちた馬鹿馬鹿しい理論を、出世しか考えない愚か者たちに教えることに尽きていた。夫が殺人捜査課を辞め次第、定年を待たずに退職するつもりだった——だが夫のほうは同じ精神状態ではなかった。夫の仕事に対する愛着に変わりはなく、彼にとって悪と犯罪は二十八年前に就職したときと同様に緊急かつ重大な問題なのだった。

彼はテレビをつけた。ニュースの時間だった。ミシューが飛んできてかたわらのソファの上に座った。ヘブロンでパレスチナ自爆テロが多くの人命を奪ったというニュースに続き、キャスターは数日来、株式市場を揺るがしている危機について報じ、二〇〇八年以上に深刻な事態を予測する経済学者もいると伝えた。要するに、いつもながらの内容だった。彼がチャンネルを替えようとしたとき、エレーヌが料理の手を止めてこちらにやってきて、ソファの肘掛けに腰を下ろした。彼はリモコンを元の場所に置いた。確かにこれは彼女の専門領域ではある、と彼は思った。少しは興味があるのだろう。

主要諸国の市場を一巡したのち、スタジオに招かれた〈エキスパート〉の話になった。エレーヌは謎めいた微笑を浮かべて、注意ぶかく聞いていた。ジャスランはドレスの襟ぐり越しに彼女の乳房を眺めていた。確かにそれは、シリコン豊胸をしたバストではあった。十年前、二人で話し合ってシリコンインプラント手術に踏み切ったのである。しかし結果は成功だった。外科医は優れた仕事をしてくれた。ジャスランはシリコン豊胸については完全に支持派だった。それは女性の側の〈エロチックな熱意〉とでもいったものの証しであり、それこそは実際のところ、エロス面においてこの世でもっとも重要な事柄なのだ。それがあればカップル間の性関係の消失を十年、さらには二十年も遅らせることができる。そしてまた、小さな奇跡ともいうべき、讃えるべき瞬間にも恵まれる。これまで一度だけ、夫婦でリゾートホテルに滞在したとき、プールサイドでのこと。ドミニカ共和国のホテルだったが（ミシエルにとって留守番させられるのは耐えがたい体験で、夫婦は犬を受け入れるリゾートホテルが見つからないかぎり、こんな旅行は二度とすまいと誓った――しかし残念ながら、そんなホテルは見つからなかったのである）、その滞在中、彼はプールサイドに寝そべった妻のバストを惚れ惚れと眺めた。それは重力を否定するかのように空に向かって堂々と突き出ていた。

シリコン豊胸したバストは、女性の顔が皺だらけになったり、体のほかの部分が肥満したりたるんだりして衰えたときには滑稽なものと化す。しかしエレーヌの場合はまったくそうではなかった。体つきはほっそりとしたままで、尻も引き締まり、ほとんど垂れていなかった。赤褐色のカールした髪は、丸みを帯びた肩にいまだに豊かに落ちかかっていた。要するに、彼女は実に美しい女性だった。そして彼は運がよかった。実に運がよかったのである。もちろん、より長いスパンで考えるなら、シリコン豊胸したバストは必ずや滑稽なものとなる。とはいえそうなるころには、もはやその種のことは問題にならず、子宮頸癌や大動脈出血といった事柄に頭を悩ますことになるはずだった。あるいは遺産相続や、推定相続人間の不動産分割など、シリコン豊胸とは別の問題を抱え込むわけだが、しかし自分たちはまだそこまではいっていない、と彼は思った。まだ何とか大丈夫。ひょっとしたら今晩、セックスするかもしれない（あるいは明日の朝か、彼は朝のほうが好きだった。一日中いい気分でいられるのだ）。夫婦には〈なお充実した年月〉が残されているといってよかった。

経済問題が終わると、続いては翌日フランスの各ロードショー館で封切られる恋愛コメディーが紹介された。「いまのエキスパートとやらのいったこと、聞いた？　今後の予想をしてみせたんだけど」エレーヌが尋ねた。彼は聞いていなかった。いささかも耳を貸さずに、ただ妻の胸を眺めていただけだった。しかし彼は話に水を差すつもりはなかった。

「一週間もたてば、いまの予測が全部外れだったことがわかると思うわ。そこでまた別のエキスパートが呼ばれる。あるいは同じ人物かもしれない。そしてまた別の予測を、同じように自信たっぷりにしてみせるのよ……」彼女はいかにも残念そうに、ほとんど憤慨した様子で首を振った。「検証に耐えるだけの予測もできないような学問が、どうして〈科学〉として認められるのかしら」

ポパーを読んだこともないジャスランには、まともな答えをしてみようもなかった。そこで妻のももに片手を置くだけに留めた。妻は微笑んでからいった。「もうすぐできるわ」そしてレンジに戻ったが、食事中、また先ほどの話題を蒸し返した。犯罪は、と彼女は夫にいった。深い意味で人間的な行為だと思うの。もちろん、人類のもっとも暗い部分につながっているとしても、やっぱりそれは人間的だと思う。別の例を挙げるなら、芸術はすべてに結びついている。暗い部分にも、明るい部分にも、その中間の部分にも。経済学はほとんど何にも結びついていない。せいぜい人間のもっとも機械的で、想定内で、メカニックな部分にしか結びついていない。科学でないというだけではなくて、芸術でもないし、結局のところまったく何でもない代物なのよ。

彼はその意見に賛成できなかった。そして妻に説明した。長らく犯罪者とつきあってきた者としては、犯罪者とはおよそ想像できるかぎりもっとも機械的で想定内の存在だと断言できる。ほとんどの場合、彼らは金のために、そして金のためだけに人を殺す。だからこそ一般に彼らはたやすく捕まるのだ。反対に、〈金だけのために〉働くなどという人間はほとんどいないだろう。そこには常にほかの動機がある。自分の仕事に対する興味とか、その仕事で得られる人々の敬意とか、同僚との連帯感とか……。それに、買い物について考えてみても、完全に合理的な買い物をする人間などまずいないだろう。おそらく、生産者および消費者の抱いている動機が根本的に曖昧だということが、経済学の理論がこれほど不確実な、そして結局のところ誤ったものになっている理由なのではないか。それに対して犯罪捜査はひとつの科学、ないしは少なくともひとつの合理的学問として取り組むことが可能なのだ。エレーヌは何も答えなかった。経済における非合理的因子の存在は、経済学の理論にとって長らく〈影の部分〉、秘かな断層だった。自分の専門からすっかり離れてしまったとはいえ、経済理論はいまだにこの家庭で彼女の負った役割であり、大学での地位を保証するものだった。つまり経済理論は彼女に、もっぱら象徴的な恩恵を与えていたのである。夫の意見は正しかった。彼女自身、いささかも〈経済上の合理的因子〉として振る舞ってはいないのだ。彼女はソファでくつろぎ、居間の左奥の隅、カーペットの上で腹を見せてうっとりと横になっている犬を眺めた。

その夜遅くなって、ジャスランは被害者のパソコンについてのBEFTIの報告書と取り組んだ。最初に述べられているのは、さまざまなインタビューでの発言にもかかわらず、ウエルベックが依然、作品を書いていたということだった。しかも多くの量の原稿が残っていた。ただし彼が書いていたのはいささか奇妙なものだった。詩といったほうがいいようなもの、あるいは政治的主張に似たものもあったが、報告書に引用されている抜粋を読んでも彼にはほぼ何も理解できなかった。これは全部、編集者に引き渡すべきだろう、と彼は思った。

パソコンはほかには大して有益な内容を含んでいなかった。ウエルベックは彼のマックの「アドレスブック」機能を使っていた。その内容がそっくり復元されていたが、そこには何か悲痛なものがあった。全部で二十三名の名前のうち、十二名は個人タクシー運転手や医者といったサービス業従事者だった。同様に「カレンダー」機能も利用していたが、こちらもまた同様で、記されているのは「ゴミ出し」とか「灯油配達」といった事項ばかりだった。実際、これほど情けない暮らしをしている人物にはほとんどお目にかかったことがなかった。インターネット・ナビゲータからも興味ぶかい結果は何も出ていなかった。小児性愛サイトはおろか、ポルノサイトに接続した形跡さえなかった。彼が閲覧していたもっとも大胆なサイトは、「ベル・エ・セクシー」や「リブレット・コム」のような女性向けエロチック下着や衣裳のサイトだった。こうして、哀れな老いぼれは体の線を際立たせるミニスカートや透けたタンクトップを着た若い女たちの写真を盗み見るだけで満足していたのであり、ジャスランは報告を読みながら恥ずかしくなってきたほどだった。どう見ても、この事件は解決が難しくなりそうだった。一般に、犠牲者をその殺害者に結びつけているのは犠牲者自身の悪行だった。悪行ないしは金。ウエルベックは、予想よりは少なかったとはいえ、とにかく金をもっていた。しかし何も盗まれた形跡はなく、家には小切手帳、キャッシュカード、そして数百ユーロ入りの財布が手つかずで残されていた。せめてウエルベックの政治的主張の中に、事件に説明、あるいは意味を与えてくれる何かがないかと読み返しているうちに、彼は眠りに落ちた。

Ⅸ

翌日から、彼らはアドレス帳に残された名前のうち、個人的関係があったと見られる十一人の調査を始めた。すでに訊問したテレザ・クレミジとフレデリック・ベグベデを除く九人全員が女だった。

ＳＭＳの場合はデータが一年間しか保管されないが、メールの場合、とりわけウエルベックのようにそれを自分のパソコンではなくオンラインストレージシステムに保存していれば、期間は無制限となる。パソコンを買い替えてもデータは残る。ウエルベックは me.com のサーバーに四十ギガバイトの容量を確保していた。現在のペースで用いるなら、満杯になるまで七千年かかった計算になる。

メールの位置づけ、それを私信と同一視し得るかどうかをめぐって、法的に曖昧な部分が残っているのは確かだ。ジャスランはチーム全員に、直ちにウエルベックのメールの読解に取りかかるよう指示した。何しろ、まもなく司法共助の依頼が来て、予審判事が義務的に任命されてしまうだろう〔フランスでは重罪事件の場合、予審判事が大きな権限をもって捜査を指揮する〕。検事や検事補はたいがい下手に出るから、予審判事はたとえ殺人事件の捜査の場合であっても、恐るべき邪魔者と化すことがありうるのだ。

彼らは毎日ほとんど二十時間近く働き続けることで——ウエルベックのメールは死の直前にはきわめて限られたものだったとはいえ、それ以前にははるかに頻繁だった時期もあり、とりわけ本の刊行が近づいた時期には一日に平均三十通のメールを受け取っていた——、その週の木曜日には九人の女性を特定することができた。地理的な多様さは驚くべきものだった。スペイン、ロシア、中国、チェコの女性が一人ずつ、ドイツ人が二人、そしてフランス人も三人いた。そこでジャスランは、彼が世界中で翻訳されている作家だったことを思い出した。「役得ということもあるんだな……」彼はリストの制作を終えたラルティーグにいった。いわずもがなの言葉を、お決まりのジョークを口にするようにいっただけだった。実際には、この作家をうらやましいとは到底思えなかった。どれもこれも昔の愛人ばかりだということは、メールの内容からはっきりと見て取れた——中には非常に古い相手もいて、関係が三十年以上前にさかのぼるケースもあった。

それらの女たちとコンタクトを取るのは難しくないことが判明した。ウエルベックはそれぞれとのあいだに当たり障りのない、甘ったるいメールを交わし続けていて、自分たちの人生上のささやかな、あるいは深刻な不幸を、そしてときには喜びを綴っていた。

三人のフランス人女性たちはすぐに警視庁に来ることに同意した――しかしながら一人はペルピニャン、一人はボルドー、もう一人はオルレアンに住んでいた。外国の女たちも承諾はしたが、旅行の準備に少し時間がほしいといってきた。

ジャスランとフェルベルは彼女らと別々に会い、あとでそれぞれの印象を突き合わせてみることにした。二人の印象は見事なまでに一致していた。女たちはみな、ウエルベックに対しいまなお非常に優しい気持ちを抱いていた。「メールはかなり頻繁にやり取りしていました……」と口をそろえていうのだが、ジャスランはその中身をすべて読んでしまったことはいわずにおいた。また会ってみようかなどという話は少しも出ていなかったものの、もしそう提案されたなら、彼女たちはいやとはいわなかっただろうという気がした。恐ろしいことだ、と彼は思った。恐ろしいことだ。女たちは〈昔の男〉を忘れてはいない、それが明白に浮かび上がった事実だった。エレーヌにもまた〈昔の男〉はいたのだ。ごく若いうちにジャスランと出会ったにせよ、その前にも男は何人かいた。もし昔の男とふたたび人生行路が交わるようなことがあれば、いったい何が起こるだろう？　警察捜査の不都合がそこにあった。その気もないのに自分にとって辛い問題に直面させられるのである。しかしながら殺人犯の捜査ということになると、これらはすべて何の役にも立たなかった。女たちはウエルベックを知っていた。とてもよく知っていたといってもいい。そして彼女たちにはそれ以上の何かを話すつもりはなかった。――それは予想していたことでもあった。女たちはそうした問題について口が堅いものだ。もう恋してはいなくとも、恋の思い出は彼女たちにとって限りなく貴重なものなのだった。だがいずれにせよ、彼女たちは数年来ウエルベックと会っておらず、中には何十年も会っていない者もいて、そのだれかが彼の殺害を企てるとか、殺害を企てそうな者を知っているなどというのは考えるだに馬鹿げたことだった。

夫や男の愛人だったなら、これほどの年月を隔てて嫉妬に駆られるものだろうか？　そんなのは問題外だった。自分の妻に昔、男がいたと知って、悲しいことに嫉妬を抱いたとしても、その相手を殺しても何の役にも立たないのはわかりきったことだ――それどころか、傷口を再び開くことにしかならない。ともかく、チームのだれかにその線を追わせることにしておこう――無理はさせず、手が空いたときで十分だろう。問題外だとは思うが、しかしときとして思い違いということもある。とはいえ、フェルベルがやってきて「外国の女たちも調べますか？　もちろん金はかかります。だれかを派遣しなければならないし。でもその権利はあるでしょう。何といったって殺人事件なんだから」と尋ねたとき、彼はためらわず、その必要はないと答えた。そのとき彼は自分のオフィスで、この二週間のあいだ何十回もやったように、犯行現場の床の写真――赤や黒の跡が枝分かれし、絡み合っている――と、作家の葬式に来た人々の写真――悲しげな顔の人々を撮った、技術的には非の打ちどころのないクローズアップ――を眺めていた。

「何だか浮かない顔ですね、ジャン＝ピエール……」フェルベルがいった。

「ああ。ぬかるみにはまってるという気がしてね。どんな手を打ったらいいのかわからなくなってしまった。座れよ、クリスチャン」

フェルベルは細部まで見るわけでもなく、トランプを切るようにして機械的に写真を眺めている上司の顔を盗み見た。

「その写真に、何か写っているんでしょうか」

「わからん。何かあるという気はするんだが、それが何かはわからない」

「ロランに聞いてみますか」

「もう退職したんじゃないのか」

「まあそうなんでしょう。いまの身分はよく知りませんが、週に何日か来てますよ。どっちにしろ、後任はいませんから」

ギヨーム・ロランは巡査部長どまりだったとはいえ、絶対的な、写真的な視覚記憶という不可思議な能力の持ち主だった。だれかの写真を目にしたら、たとえ新聞で見ただけの人物であれ十年、あるいは二十年後でも思い出せるのである。犯罪者ファイルの写真を瞬間的に照合することのできるソフト「ヴィジオ」の登場する前は、みんなが彼を頼りにしていた。もちろん、その特異な能力は犯罪者のみに適用されるのではなく、何らかの折にその写真を目にしたどんな人物に対しても発揮されるのである。

二人は金曜日にロランのオフィスを訪ねた。ずんぐりとした、灰色の髪の小柄な男である。思慮ぶかく落ち着いた様子で、一生オフィスで過ごしたような印象を与える――実際、そういってもいいほどだった。その不思議な能力が判明するとすぐに、彼は殺人捜査課に移され、ほかのすべての仕事から解放されたのだ。

ジャスランが用件を告げた。彼は直ちに仕事に取りかかり、葬式の日に撮られた写真を一枚ずつ見始めた。ほとんど目もくれないこともあるかと思えば、長々と注意ぶかく、ほとんど一分ほどもかけて眺めてから脇に置くこともあった。その集中ぶりは怖いくらいだった。彼の脳はどのように機能しているのか？　奇妙な眺めだった。

二十分後、彼は一枚の写真をもったまま、体を前後に揺らし始めた。「見たことがある……。これはどこかで見たことのある男だ……」彼はほとんど聞こえないほどの声でそうつぶやいた。ジャスランはびくっとしたが、ロランの邪魔はせずにおいた。ロランはしばし体を揺らし続け、それはジャスランにとってずいぶん長く思えた。ロランは自分だけの呪文でもあるかのように「見たことがある……見たことがある……」とくり返していたが、ついに口をつぐみ、ジャスランに一枚の写真を差し出した。それは四十くらいの、繊細な顔立ちをした色白の男で、黒髪を長く伸ばしていた。

「だれなんです？」ジャスランが尋ねた。

「ジェド・マルタン。そういう名前であることは確かだ。どこで写真を見たのか、百パーセント自信があるわけじゃないが、たしか『パリジャン』紙で、個展が開かれるという記事だった。何であれアート業界に関係のある人物に違いない」

X

ウエルベックの死がジェドの耳に入ったのは、父の訃報がいまにも届くのではないかと覚悟していた日々のことだった。いつもは電話などかけてくることのない父が九月終わりに電話してきて、会いに来てくれといった。父はいまではヴェジネにある医療サービスつき施設に入っていた。それはナポレオン三世時代にさかのぼる大きな屋敷で、前にいたところよりもはるかにシックで金のかかる、優雅でハイテクな死に場所とでもいう感じだった。住居スペースは広々としていて、居間と寝室があり、備えつけの大型液晶テレビで衛星放送やケーブルテレビも見ることができた。ＤＶＤプレーヤーや高速接続のインターネットも完備していた。庭には小さな池があってアヒルが泳ぎ、手入れの行き届いた小径では雌ジカが跳ねていた。希望すれば庭の片隅を自分専用の菜園にして、野菜や花を育てることもできた――希望者はほとんどいなかったが。父をここに移らせるために、ジェドは懸命に説得しなければならなかった。もはやけちけち倹約する必要などない――いまや息子は〈金持ち〉なのだということを父が理解するまで、何度も説明しなければならなかった。この施設に入っているのは明らかに、現役時代、フランスのブルジョワ社会でもっとも高い階層に属していた人々だけだった。「うぬぼれ屋とスノッブばかりだ」ジェドの父は一度そんな風に評してみせた。彼は自分が庶民の出であることを秘かに誇りにし続けていたのである。

ジェドは最初、なぜ父が自分を呼び出したのかわからなかった。公園を少し散歩してから――いまでは歩行が困難になりつつあった――、二人はイギリスのクラブに似せた部屋に入った。壁は板張りで、革の椅子が置いてあり、コーヒーを取り寄せることもできる。コーヒーはクリームやお菓子の小皿と一緒に銀色の金属のポットで運ばれてきた。部屋にはひとりだけ、非常に高齢の男性がショコラのカップを前に座っていて、頭を揺らしている様子からすると眠りに落ちる寸前のようだった。長い白髪を波打たせ、明るい色のスーツを着て、首にシルクのスカーフを巻いている。引退した歌手とでもいった感じで――たとえばラマルー＝レ＝バン〔南仏の温泉リゾート〕のフェスティヴァルで喝采を博したオペレッタ歌手――、「車輪は回る」〔引退した芸能人の互助組織、一九五七年創設〕が経営する施設にいるほうがお似合いだった。ここはフランスにはほかに類のない、コートダジュールにも見当たらない施設であり、これほど恵まれたところはモナコかスイスにいかなければありえなかった。

ジェドの父親は老いた二枚目を黙ったまましげしげと見つめてから、息子にこう語った。

「あの人は運がいいんだよ。きわめて稀な病気なんだ――全身鈍麻症とか何とかいったな。四六時中、疲労困憊状態で、一日中、食事の最中でも居眠りしてしまう。散歩に出ると、十メートルほど歩いてベンチに座り込み、すぐさま眠りに落ちる。毎日、眠る時間が長くなる一方で、最後には目を覚まさなくなるというわけだ。とことん運のいい人というのがいるものだな……」

彼は息子のほうを向き、まっすぐに視線を合わせた。「おまえに知らせておいたほうがいいと思ってね。電話ではなかなか話せそうにもなくて。スイスの、ある団体に問い合わせたんだよ。安楽死の措置を取ってもらうことに決めたんだ」

ジェドがすぐには反応しなかったので、父親は自分の考えをさらに述べることができた。その内容は結局のところ、もう生きていく気がしなくなったということだった。

「ここでの暮らしがいやになったの？」ようやく息子はふるえ声で尋ねた。

そうではない、ここは申し分ない。これ以上のところはないだろう。だがわかってもらいたいのは、自分にはもはや快適に過ごせる場所など〈どこにもない〉、自分にとってはもはや〈人生そのもの〉が快適ではありえないということだ（彼は興奮し始め、声が大きくなって怒りを帯びさえしたが、いずれにせよ老歌手はまどろみに沈んでおり、部屋の中は静まり返っていた）。これ以上生き続けなければならないとしたら他人に人工肛門の袋を取り替えてもらわなければならない。だがこういう冗談につきあうのはもう沢山だという気になってきた。それに体が痛む。もう我慢できない。辛すぎるのだ。

「モルヒネを出してもらえるんでしょう」ジェドは驚いて尋ねた。

モルヒネならもちろん出してくれるさ、好きなだけ出してくれる。連中は住人に大人しくしておいてほしいわけだからな。だがそんなのが人生といえるか、たえずモルヒネにすがっているだなんて？

本音をいえば、ジェドはそれもまた人生だと思った。何とも羨ましいような人生だとさえいえる。思いわずらうこともなく、責任もなく、欲望も恐れもなく、まるで植物のように、穏やかな陽光とそよ風に撫でられていればいいのだ。しかしながら父はとてもそう考えられるような人間ではないだろう。元会社社長の、根が活動的な人間なのである。その種の人たちはしばしばドラッグの問題を抱えるものだ、と彼は考えた。


「それに、おまえにいったい何の関係がある」父は攻撃的に決めつけた（ジェドはそのとき、少し前からぼんやりしていて父の嘆きをちゃんと聞いていなかったことに気づいた）。彼はためらい、口ごもってから答えた。いや、とにかくある意味では、これは自分にも少し関係があるという気がする。「自殺した母親の息子だというだけで、けっこう辛いことなんだよ……」ジェドはつけくわえた。父はショックを受けた様子で、体をすくめてから、荒々しく答えた。「そんなのは何の関係もないことだ！」

ふた親とも自殺となると、とジェドは父の反論を意に介さずに続けた。自分の立場はどうしたって不安定な、居心地の悪いものになってしまう。いわば人生とのしっかりした絆をもたない人間になってしまう。ジェドは長々と、あとで考えてみると自分でも驚くほど雄弁に語った。というのも結局のところ彼自身、人生に対して確固とした愛情を抱いているわけではなかったからだ。彼は一般に、どちらかといえば控え目で陰気な人間だと思われていた。しかしこのとき、彼はすぐさま、父の意見を変えさせるための唯一の方法は父の義務感に訴えることだと気がついたのである——父はいつだって義務感の強い男であり、父の人生で真に重要だったのはつまるところ仕事と義務だけだった。「自らの内で道徳的主体を殺してしまうとしたら、それはこの世界から自分に可能な限りにおいて道徳性を追い払うことにほかならない」〔カント『人倫の形而上学の基礎付け』〕。ジェドは意味もよくわからないその文章を、格調高さに惹かれて頭の中で機械的にくり返しつつ、一般的な意味をもった論拠を繰り出した。安楽死の一般化が示しているのは文明の退行である、安楽死のもっとも著名な支持者たちは偽善家であり、結局のところどう考えても〈悪辣〉な連中だ、対症療法のほうが道徳的に優れている、等々。

彼が五時ごろ辞去したときには、太陽はすっかり傾いて、見事な金色の光を照り返していた。霜のきらめく草のあいだでスズメが飛び跳ねていた。夕陽が沈むあたりでは、赤紫と深紅のあいだの色に染まった雲が奇妙な、ちぎれたような形を描き出していた。この夕方、世界がある種の美しさを備えていることを否定するのは不可能だった。父はこうした事柄を感じ取っているだろうか？　彼はこれまで自然に対しいかなる興味も示したことがなかった。とはいえ、ひょっとしたら老いとともに変化が訪れているかもしれないではないか。ジェド自身、ウエルベックの家を訪ねた際、自分にも田舎のよさがわかるようになってきたことを感じていた――これまではまったく関心を惹かれなかったのだが。別れ際、彼はぎこちなく父の肩を揺さぶってから、ざらりとした両頬にキスをした――その瞬間、彼は自分の勝ちだと感じたのだが、夜になるとすぐに疑念が生じ、続く日々はそれが増す一方だった。父に電話したり、もう一度訪ねていったりしてもまったく無駄だろう――それどころか、反発を招く結果になりかねない。彼は父が稜線にじっと佇み、どちらに転げ落ちようかと思案しているような気がした。それは父の人生で最後の重大な決心だった。そしてジェドはこのたびもまた、かつて建設現場で問題に直面したときと同じく、父は〈思い切った〉決断を下すのではないかと恐れていた。

続く日々、彼の不安は強まる一方だった。施設の女性所長から電話で、「お父上は今朝十時、チューリッヒに出発なさいました。手紙を残して行かれました」と告げられるのではないかと思うと、いまや気の休まるときはなかった。こうして、知らない女性からの電話でウエルベックの死去を伝えられたとき、彼はすぐには事情がつかめず、何かの間違いではないかと思ったのである（マリリンは名前も名乗らず、ジェドにはだれの声かわからなかった。彼女は新聞に出ていること以外何も知らなかったが、とにかくジェドに知らせておくべきだろうと考えたのである。きっと新聞など読んでいないはずだと、正しい判断を下したからだった）。そして電話を切ってからも、間違いではないかという思いがしばらくは消えなかった。彼とウエルベックの関係はまだ始まったばかりだったし、今後、何度も会うことになるはずだ、そしてひょっとしたら〈友だち〉になるかもしれない——この言葉が彼らのような人間にも当てはまるかぎりにおいて——という考えをいつも抱いていたのである。絵をもっていった一月初め以来、会わずにいたのは確かで、いまはもう十一月終わりになっていた。彼のほうから電話をかけたり、会う機会を作ろうとしなかったのもまた確かだったが、しかし相手は何といっても二十歳年上であり、年を取ることの唯一の特権、唯一の、侘しい特権とは〈放っておいてもらう〉権利を得ることだとジェドは考えていたのである。一月に会ったとき、ウエルベックは何よりも〈放っておいてもらう〉ことを望んでいるように思えた。とはいえ、ジェドは彼が電話してきてくれることを願っていた。なぜなら最後の対話ののちにもなお、彼にはウエルベックに話したいことが山ほどあったし、それに対するウエルベックの答えを聞きたいと思っていたのである。いずれにせよ、ジェドはこの年の初め以来ほとんど何もしていなかった。カメラをふたたび引っ張り出しはしたが、絵筆やカンバスを片づけたわけではなく、何をすべきか、まったく確信のもてない状態だった。その気になれば簡単なことなのに、引っ越しさえしていなかった。
葬式の日、少し疲れていた彼には、ミサの内容はよく理解できなかった。苦悩について、そしてまた希望と復活について語られていたが、伝わってくるメッセージは不明瞭だった。逆に、幾何学的に区画割りされ、粒のそろった砂利の敷かれたモンパルナス墓地の清潔な小径を歩いているとき、事態は絶対的な明晰さのもとに表れた。ウエルベックとの関係は終わったのだ、〈不可抗力の介入によって〉。まわりに集まった人々に知り合いは一人もいなかったが、彼らもみな同じ確信に浸っているように思えた。そのときのことを思い返すうち、ジェドには父が必ずや安楽死計画を実行するだろうということが突如、はっきりとわかったのである。遅かれ早かれ、施設所長の女性から電話がかかってくるだろう。事態はそうやって結論も説明もなく終わり、最後の言葉は決して発せられず、あとには後悔と倦怠のみが残るだろう。

しかしながらジェドにはさらに別の経験が待っていた。数日後、フェルベルと名乗る男から電話がかかってきた。優しく感じのいいその声は、警官の声とは思えなかった。フェルベルによれば、パリ警視庁で、自分ではなく上司のジャスラン警視がお待ちしているとのことだった。

XI

ジェドは、ジャスラン警視は「会議中です」と告げられた。彼は緑のプラスチック製椅子の並ぶ狭い待合室で、「警察力」という雑誌のバックナンバーをめくりながら待ったが、ふと思いついて窓の外を眺めた。ポンヌフとコンティ河岸、その向こうに芸術橋《ポンデザール》という眺めは素晴らしかった。冬の光の中のセーヌは凝固したように見え、水面は鈍い灰色だった。学士院のドームには本物の優美さがある、と彼はいささか不本意ながら認めないわけにはいかなかった。もちろん、建物に丸い形を加えることはどう考えても正当化できない。合理的にいえば、それは単に無駄なスペースになってしまう。現代性《モデルニテ》とは、ひょっとしたらひとつの間違いなのかもしれない、とジェドはこれまでの人生で初めて思った。そもそも、それはもはや単に修辞的な疑問でしかなかった。ヨーロッパにおいて現代性なるものが終焉してからすでに久しかった。

ジャスランが待合室に駆け込んできて、彼を考えごとから引き離した。ジャスランは緊張した様子で、苛立っているようにさえ見えた。実際、彼は午前中また新たな失望を味わわされていた。犯人の手口とシリアルキラーの書類の照合からはまったく何も出てこなかった。ヨーロッパでもアメリカでも日本でも、犠牲者を切り刻んだのちにその破片を室内に並べるなどという例は見当たらない。それはまったく前例のないやり方だった。「今度ばかりは、フランスが最先端だ……」ラルティーグが雰囲気を和ませようとしていった言葉は、無残にも不発に終わった。

「申し訳ない」ジャスランがいった。「いま、わたしの部屋がふさがっているもので。コーヒーでもいかがです。不味くありませんよ、新しい機械が入ったんです」

二分後、彼はコーヒーの入った小さなゴブレットを運んできた。コーヒーは実際、旨かった。警察に真面目に仕事をさせるには、と彼はいった。ちゃんとしたコーヒーメーカーが必須なのです。それから彼は、ジェドに被害者との関係を尋ねた。ジェドはこれまでの経緯を話した。個展の企画、カタログの解説文、作家の肖像画を描いたこと……。ジェドが話すうちに、相手は表情を曇らせ、やがてプラスチックの椅子にへたりこんでしまった。

「なるほど……。要するに、特別親しかったわけではないのですね……」と警視は総括した。

そういうわけではなかった、とジェドは同意した。そしていずれにせよ、ウエルベックには一般にいうような〈親しい〉相手はいなかったように思えた。少なくともその生涯の最後の時期には。

「そうでしょう、そうでしょう……」ジャスランはすっかり意気消沈していた。「何を期待していたのか自分でもわからないのですが……。無駄にご足労願いましたね。まあ、ともかくわたしの部屋に行って、あなたの証言を文章に起こしておきますか」

彼の仕事机はほぼ一面、犯行現場の写真で覆われていた。ジャスランは午前中の大半を費やして、もう五十回目にもなるだろうか、それらをまたも空しく検討したのだった。ジェドは好奇心から近寄り、一枚手にとって眺めた。ジャスランは一瞬、あわてた。

「すみません……」ジェドはいった。「ぼくには見る権利などありませんね」

「建前からいえば、そうです。捜査上の秘密ですから。でもまあ、ご覧ください。何か思い当たることがあるかもしれない……」

ジェドは拡大した写真を何枚か見た。ジャスランにとってはどれも同じようなものばかりだった。血の跡、引き裂かれた肉体、形をなさないパズル。「面白いな……」とうとうジェドはいった。「まるでポロックみたいだ。ただし、モノクロームで制作したポロックという感じですね。実際、ポロックはそういうこともやっているんですよ。ごく稀にですが」

「ポロックというのはだれです？　何しろ無知なもので」

「ジャクソン・ポロックという、大戦後のアメリカの画家です。抽象表現主義の画家で、その運動のリーダーでさえありました。シャーマニズムの影響をかなり受けていた人です。一九五六年に亡くなっています」

ジャスランはにわかに興味を覚えた様子で、彼をしげしげと見た。

「で、この写真はいったい何なんです」ジェドは尋ねた。「つまり、いったい何を写したものなんですか」

ジェドの反応の激しさはジャスランを驚かせた。彼が急いで肘掛椅子を運んでくると、ジェドは体を痙攣的にふるわせながら、椅子にぐったりと倒れ込んだ。「動かないで……。何か飲んだほうがいいですよ」ジャスランはいった。急いでフェルベルのチームの部屋に行き、ラガヴーリン〔スコットランドのシングルモルトウィスキー〕のボトルとグラスをもってすぐに戻ってきた。警察に真面目に仕事をさせるには、上等なアルコールを備えておくことが必須だというのが彼の信念だった。だがいまはそのせりふを口にするのは控えた。グラス一杯分のウィスキーをゆっくりと飲み干して、ようやくジェドの体のふるえが収まった。ジャスランは興奮を抑え、焦らずに待った。

「実際、恐ろしい事件です……」ようやくジャスランはいった。「これまでに担当した中で、もっとも恐ろしい犯罪のひとつです。いかがでしょう……」彼は慎重に話を続けた。「犯人はジャクソン・ポロックの影響を受けていたと思いますか？」

ジェドはしばし黙り込み、信じられないといった様子で頭を振ってから答えた。「わかりません……。似ていることは確かです。二十世紀末には、自分の身体を用いて表現したアーティストがたくさんいました。〈ボディーアート〉の信奉者の中には、ポロックの継承者として登場した人たちも確かにいます。でも、他人の身体を用いるとなると……。一九六〇年代、ウィーンのアクショニストたちが限界を超えるような活動をした例だけでしょう。それもごく一時期に限られ、今日では何の影響も残っていません」

「馬鹿げた考えだと思われるでしょうが……」ジャスランはなおも粘った。「しかしいまの状況からすると……。本当はあなたに申し上げるべきことではないのですが、捜査は完全に行き詰ってしまっているのです。遺体発見から二か月もたったのに、まだ何もわかっていない」

「犯行現場はどこだったのですか」

「ロワレの本人宅です」

「そうですか。さっきの写真は、あの家のカーペットだったのですね」

「行ったことがあるんですか？ ロワレの家に？」ジャスランは今度は興奮を抑えられなかった。ウエルベックの暮らしていた場所を知っている人物に話を聞くのは初めてだった。編集者ですら行ったことがなかった。会うのはいつもパリだったのだ。

「ええ、一度だけ」ジェドは落ち着いた声で答えた。「彼の絵を渡しにいったんです」

ジャスランは部屋を出てフェルベルを呼んだ。廊下で、フェルベルにそこまでの内容をかいつまんで話して聞かせた。

「面白いですね」フェルベルは考えぶかげにいった。「実に面白い。これまでわかった事柄を全部合わせたより、もっと」

「問題はここからどう先に進むかだ」ジャスランがいった。


彼らは緊急の会議を開いた。オーレリー、ラルティーグ、ミシェル・クーリが集まった。メシエの姿はなかった。彼は別の事件に興味を燃やしている様子で、そちらにかかりきりになっていた——精神異常の青年、一種のオタクが連続殺人事件を起こしたのだが、どうやら手口をネット上で学んだらしいのである（こちらの事件に対する関心は薄れつつあるらしい、とジャスランは秘かに嘆いた。迷宮入りもやむを得ないという感じになってきた……）。かなりの時間にわたり、あらゆる方向から、さまざまな提案——ただし現代アートの世界について何か知っている者は一人もいなかった——がなされたあげく、フェルベルの意見で議論にけりがついた。

「その人と一緒にまたロワレに行ってみてはどうです。犯行現場で、われわれには見えていなかったものをひょっとしたら何か見つけてくれるかもしれない」

ジャスランは腕時計を見た。二時半、昼食の時間はとうに過ぎていた——だがそれ以上に、証人はジャスランの部屋でもう三時間も独りで待たされていた。

部屋に戻ると、ジェドは彼をぼんやりと見た。苛立っている様子はみじんもなかった。警視の机に腰かけて、じっくり写真を眺めていた。「結局……」彼はようやく口を開いた。「ポロックの真似といってもかなり出来の悪いものですよ。形や色はともかく、全体が機械的に並べられていて、力や、いきいきとした勢いが少しもありません」
ジャスランはためらった。ジェドに気を悪くしてもらっては困る。「あの、そこはわたしの席です……」とうとう彼は、それよりうまいいい方を見つけることができずにいった。「あ、すみません」ジェドはさっと立ち上がって警視に場所を譲ったが、さほど恐縮した風はなかった。そこでジャスランはジェドに提案をもちかけた。「いいですとも」ジェドは快諾した。翌日すぐに出発し、ジャスランが自分の自家用車を出すことになった。どこで落ちあうかということになって、彼らは自分たちの住所が数百メートルしか離れていないことを知った。

「奇妙な男だ……」ジャスランはジェドが立ち去ってから独りごちた。そしてこれまでもよく考えたように、同じ都市の中心部で、特別の理由もなく、共通の興味や関心事もなしに、大勢の人々が接点のないばらばらな軌道を描きながら暮らし、ときおりセックスゆえにつながったり（それは稀になる一方だが）、あるいは犯罪ゆえに結びつけられたり（こちらは頻繁になる一方だ）しているのだと考えた。警官としてのキャリアの初めのころには、そんな考えに魅了され、人々の関係をより深く知りたい、その底まで見きわめたいという気持ちに駆られたものだった。ところが——彼としては初めてのことだったが——いまやそれは、もはや漠とした倦怠感しか引き起こさなかったのである。

XII

彼の人生について何も知らないとはいえ、ジェドはジャスランがメルセデス・ベンツAクラスを運転してやってきたとき、別段驚きもしなかった。メルセデス・ベンツAクラスは、都市あるいは都市郊外に住んでいるが、ときには都会を離れて〈洒落たホテル〉に出かける余裕のあるような、子どものいない老夫婦には理想的な車である。とはいえ保守的な気質の若いカップルにもふさわしい車ではある――その場合、これが最初のメルセデスというケースが多い。星のエンブレムで知られるメルセデスへの入門編とはいえ、この車はやや〈外れた〉位置づけで、CクラスやEクラスのセダンのほうがより主流派だった。一般にメルセデスはそれほど車に関心がなく、〈運転感覚〉よりも安全性や乗り心地を重んじる層――そしてもちろん、十分な財産をもった層――のための車だった。五十年以上前から――トヨタのマーケットにおける見事な先制攻撃力や、アウディの旺盛な闘争精神にもかかわらず――世界のブルジョワは全体として、メルセデスに忠実であり続けていた。

南に向かう高速道路の車の流れはスムーズだった。二人とも黙りこくっていた。〈沈黙を破らなければ〉とジャスランは三十分ほどたったころ思った。証人をリラックスさせることが肝心だ。それは彼が警察大学校の講義でよくいっていたことだった。ジェドは心ここにあらざる様子で物思いに浸っていた──ひょっとしたら眠りに落ちかけていたのかもしれないが。この男はジャスランの好奇心をそそった。強い印象を与えたといってもよかった。確かに、警官としてのキャリアにおいて、彼がこれまでに出会った〈犯罪者〉たちは、単純で邪悪、どんな新しい思考もできないどころか、一般に思考することができないような人物ばかりだった。それは堕落した動物のような連中であり、捕まえたならただちに葬り去ったほうが彼ら自身のためでもあれば、他の人間たち、さらにはあらゆる人間の共同体のためでもあるような連中だった。少なくとも彼は──とりわけ近頃はいよいよ──そう思っていた。ただしそれは彼ではなく、〈裁判官〉が決めることだった。彼の仕事は獲物を追うこと、それから獲物を裁判官、さらに一般的には〈フランス国民〉の足元まで運んでいくことだった（警察官はフランス国民の名において仕事にあたる、少なくとも正式な表現ではそうだった）。狩りの場合、狩猟者の足元にもってこられた獲物はたいていの場合、すでに死んでいる──死は捕獲のさなかで訪れ、弾丸が急所に命中することで生命は停止してしまっているのだ。あるいは犬の牙が仕上げをすることもある。警察による調査の場合、裁判官の足元に連れてこられた犯人はまだ生きているのが普通である──だからこそフランスは〈アムネスティ・インターナショナル〉が定期的に発表する人権宣言に関する調査の中でよい評価を得ているのだ。裁判官もまた〈フランス国民〉に従属し、その代表を務めるのが通例で、〈重罪院陪審〉を伴う重大犯罪の場合にはとりわけ、国民への従属が明確に示されなければならない。ジャスランが担当するのはたいてい、そうした種類の事件なのだが、そこでは裁判官は犯人の運命をはっきりと決定しなければならない。さまざまな国際的慣習によって（それに反対する〈フランス国民〉が過半数を占めたとしてもなお）、被告を死刑に処すことは禁じられている。

サンタルヌー＝アン＝イヴリーヌの料金所を過ぎたとき、ジャスランはジェドにコーヒーでも飲んでいきましょうと提案した。休憩所はジャスランに曖昧な印象を与えた。ある意味では、明らかにパリと似通っていた。さまざまな種類の全国紙や雑誌が取りそろえられていたし――田舎に入っていくにしたがい、その種類はたちまち減っていくだろう――、並べられている主な土産品はエッフェル塔やサクレクール寺院をさまざまな形で商品化したものだった。他方、ここはまだ〈郊外〉だといい張るのはむずかしかった。料金所の開閉バーは、カルト・オランジュ〔パリを中心とするイル＝ド＝フランス地域圏内で有効の定期乗車券、指定ゾーンの内部で使用できる〕の最終ゾーンのリミットのようなもので、郊外の終わりと〈地方〉の始まりを象徴的に示していた。同時に、最初の〈郷土品〉（ガティネーの蜂蜜、兎のリエット）が登場していた。要するにこの休憩所は、自分の陣営を選ぶことを拒んでいるのだ。ジャスランはそういう態度があまり好きではなかった。

ともあれ、彼はコーヒーと一緒にブラウニーを買い、二人は空いたテーブルが百ほど並ぶうちからひとつを選んで座った。

何か話のきっかけを作らなければならなかった。ジャスランは何度も咳ばらいをした。「あなたには……」とうとう彼は口火を切った。「一緒に来ていただいて、本当に感謝しています。これは全然、義務などではないのですから」

「警察に協力するのは当然だと思いますが」ジェドは真面目に答えた。

「そうですか……」ジャスランは微笑んだが、相手は一緒に微笑んではくれなかった。「もちろんそれは有り難い話です。とはいえ、市民がみなさん、あなたのような考えというわけではないんですよ……」

「私は悪の存在を信じているんです」ジェドはまったく口調を変えずにいった。「罪と、そして罰を信じています」

ジャスランは呆然とした。こういう会話になろうとは予想もしていなかった。

「つまり、刑罰がみせしめとして有効であると考えていらっしゃるということですか？」彼はジェドを励ますような口調でいった。テーブルのあいだに床雑巾をかけている年配のウェイトレスが近づいてきて、いやな目つきで彼らを見た。彼女は疲れて元気がなくなっているだけでなく、世界全体に対する敵意に満ちており、あたかも世界とはまさしく、さまざまな汚れで覆われた不潔な床だとでもいうかのような調子で、棒の先の床雑巾をバケツの中でねじっていた。

「さあ、それはわかりませんが」ジェドはしばらくして答えた。「正直いって、これまで考えてみたこともありませんでした。刑罰というのは正しいものなのだと思っていただけです。何しろそれは当然な、必要なものでしょう。犯罪者が罰を受けるのは、バランスを回復するために当然のことだし、悪は罰せられる必要があるのですから。どうしてそんなことを聞くんです。あなたは信じていらっしゃらないのですか」相手が沈黙を保っているのを見て、ジェドはやや攻撃的な調子で続けた。「でもそれがあなたの仕事でしょう……」

ジャスランはようやく我に返り、いや、それは〈裁判官〉と〈陪審員〉の仕事なのだと答えた。この男が重罪院陪審に加わったら、容赦ない陪審員になるだろうな、と彼は心の中で思った。〈三権分立〉というのがありますから、と彼はさらに述べた。われわれの憲法のひとつの基盤です。ジェドはすぐさまうなずいてわかっていると示したが、それは自分にとっては重要な点ではないといいたげだった。ジャスランは死刑について議論をしてみようかと考えた。別に理由はなく、いわば議論を楽しむためだったが、しかしやめておいた。まったくこの男はつかみ切れない。二人のあいだにはふたたび沈黙が訪れた。

「一緒に来ることにしたのには」ジェドが口を開いた。「ほかにも理由が、もっと個人的な理由があったんです。ぼくはウエルベックを殺害した人間が捕まってほしい、そして罰を受けてほしい。それはぼくにとって、とても重要なことなのです」

「とはいえ、特に親しかったわけでもないのでしょう……」

ジェドはつらそうにうめき声のようなものを洩らした。ジャスランは自分が期せずして相手の痛いところを突いてしまったことに気づいた。くすんだグレーのスーツを着た太った男が、フライドポテトの皿をもって彼らの近くをとおった。テクニカルセールス担当者という感じで、精根尽き果てた様子だった。席に座る前に、彼は片手を胸に置いてしばらくじっとしていた。まるでいまにも心臓発作に襲われそうなありさまだった。

「世界は凡庸なものです」ジェドがようやく述べた。「そしてこの殺人を犯した者は、世界の凡庸さをいっそう増大させたのです」

XIII

スープ＝シュル・ロワン（それが作家が晩年を過ごした村の名前だった）に着いたとき、ほぼ同時に二人が思ったのは、何も変わっていないということだった。そもそも、変わる理由など何もなかった。村は観光客向けのひなびた土地として完成されたまま固定され、インターネットのターミナルや駐車場などの設備を目立たない形で加えながら、このままの状態で何世紀も続いていくのだろう。ただし手入れをして、植物の貪欲な破壊力から守るだけの知性をもった存在なしでは、この状態を保つことはできないだろう。

村は相変わらず閑散としていた。静けさに包まれ、いわば構造的に閑散としていた。銀河間中性子爆弾が爆発したあとの世界はまさにこういう感じなのだろう、とジェドは思った。エイリアンたちが修復された静かな村の通りを歩き、その節度ある美しさを嘆賞する。少しでも美的な感性をもつエイリアンであれば、手入れの必要性をすぐさま理解し、必要な復元作業に取りかかることだろう。それは安心を与えてくれる仮説であるとともに、実際にありそうなことでもあった。

ジャスランはメルセデスを横長の家の前に停めた。車から外に出たジェドは寒さに驚きながら、最初に来たときのことを不意に思い出した。犬が跳んできて、はしゃぎながら迎えてくれたのだった。彼は切断された犬の首を、そしてその主人の切断された首を想像し、それがいかにおぞましい犯罪であるかを思い知った。ここに来たことを悔やむ気持ちになったが、しかし思い直した。彼は人の役に立ちたかった。これまでもそういう気持ちは常にもっていたが、金持ちになったいま、その気持ちはいっそう強まっていた。これが自分が何かの役に立つかもしれない機会であることは間違いなかった。殺人犯の逮捕および除去に協力することができるのだ。それは同時に、この元気のない悲しげな刑事を助けることでもあった。彼はいま、ジェドのそばでいささか不安そうな様子をしている。ジェドは冬の落ち着いた光の中で呼吸を整えていた。

連中、ずいぶん現場をきれいにしていったんだな、とジャスランは居間に入りながら思った。そして同僚たちが散乱した肉体の破片をひとつずつ拾い集めるさまを想像した。カーペットの上に血痕さえ残っておらず、ところどころ色が薄れ擦れたような跡がついているだけだった。それを除けば家の中の様子は何ひとつ変わっていなかった。家具の配置も前来たときとまったく同じだった。彼はソファに腰を下ろし、できるだけジェドのほうを見ないようにした。証人の邪魔をせず、自発性にまかせ、彼の感情や直感が動き出すのを邪魔しないことだ。極力、証人のためになることだけを考えていれば、やがて彼はこちらの役に立ってくれるだろう。

するとジェドはほかの部屋に向かった。家の中を見てまわるつもりなのだろう。ジャスランはフェルベルも一緒に連れてこなかったことを悔やんだ。あいつには感受性が備わっている。あれは〈感受性のある刑事〉なのだ。芸術家の相手だって務まっただろう——ところが自分は平凡な、年寄りの刑事でしかない。老妻と非力な犬に情熱を注ぐ男でしかない。

ジェドは部屋部屋を行ったり来たりしつつ、その都度居間に戻ってきて、本棚をじっくりと眺めた。その中身は以前来たときに感じた以上に驚くべきものと思え、強い印象を与えられた。それからジャスランの前で立ち止まった。ジャスランはびくっとして跳び上がった。

しかしながらジェドの態度には不安を抱かせるようなところは何もなかった。ジェドは教わったことを暗唱しようとする小学生のように、両手を背中にまわして立っていた。

「ぼくの絵がない」とうとう彼はいった。

「あなたの絵？　何の絵です」熱っぽい口調で尋ねながら、ジャスランは思った。自分でも気づいているべきだった、〈通常なら〉自分でも気づいているはずだったのに、どうかしてしまったらしい。身体にふるえが走った。ひょっとしたら風邪をひいてしまったのか、あるいはもっと悪い病気か。

「ぼくの描いた彼の肖像画です。彼にプレゼントしたんです。それがなくなっている」

ジャスランはすぐにはその情報の意味するところがわからなかった。頭の回転が落ちているのを感じ、気分もいよいよ悪くなってきた。死ぬほど疲れていた。この事件は彼を極度に疲れさせ、最重要の質問、唯一の意味ある質問を口にするまでにとんでもない時間が必要だった。「値段は高いのですか」

「ええ、かなり」ジェドが答えた。

「いくらぐらいです?」

ジェドはしばし考えてから答えた。

「このところ、ぼくの絵の値段が少し上がっているんです。急激にというわけではありませんが。そうですね、九十万ユーロくらいでしょうか」

「何ですって?……　いま何とおっしゃった?……」

ジャスランはほとんど叫び出していた。

「九十万ユーロです」

ジャスランはソファにくずおれ、がっくりとした様子で動かず、ときおり意味不明な言葉を呟いていた。

「捜査の助けになりますか?」ジェドはおずおずと尋ねた。

「事件は解決ですよ」ジャスランの声には落胆が、ぞっとするような悲しみがにじんでいた。

「五万ユーロや一万ユーロのせいで殺人事件が起こっているんですよ。ときには千ユーロのためということだって。それが九十万ユーロとなったら……」

少しして彼らはパリに引き返した。ジャスランはジェドに運転できるかと尋ねた。ジャスランはあまり気分がよくなかった。来たときと同じ休憩所で停まった。理由は定かではないが、赤と白のテープでいくつかのテーブルが隔離されていた――ひょっとしたら先ほどの肥満したテクニカルサービス担当者がついに心臓麻痺で倒れたのかもしれない。ジェドはまたコーヒーを頼んだ。ジャスランはアルコールがほしかったが、カフェテリアのメニューにはなかった。とうとうサービスステーションの郷土品売り場で赤ワインを見つけたが、栓抜きがなかった。彼はトイレに行き、個室のドアを閉めた。便器の縁に叩きつけてボトルの口を割り、そのボトルをもってカフェテリアに戻った。シャツにワインが少し撥ねていた。こうした一切に手間取っているあいだに、ジェドは席を立ってコンビネーションサラダのコーナーで佇んでいた。そしてチェダーチーズと七面鳥のサラダに決め、スプライトも買った。ジャスランは最初の一杯を注ぐと一気に飲み干した。やや陽気さを取り戻して、もう少し穏やかに二杯目を飲んだ。「わたしも何か食べたくなりました……」と彼はいった。プロヴァンス風味のラップ〔薄いガレットを巻いて作ったサンドイッチ〕を買ってくると、三杯目を注いだ。同時に、スペイン人の少年少女の一群が観光バスから降りてやかましく騒ぎ立てながらカフェテリアに入ってきた。女の子たちは興奮した様子で叫び声を上げていた。彼女らのホルモンの濃度は信じられない高さなのだろう。修学旅行の団体らしく、ルーヴルだのポンピドー・センターだのをまわってきたらしかった。自分もいまごろはこういう思春期前の子どもの父親だったかもしれないと考えて、ジャスランは身ぶるいした。

「事件は解決だとおっしゃっていましたね」ジェドがいった。「でもまだ犯人は捕まっていませんが……」

彼はジェドに、美術品の盗難はきわめて特殊な領域であり、特別の組織が担当するのだと説明した。つまり美術品・文化財不正取引防止中央局である。もちろん、自分たちも捜査は続けるが、これから意味のある進展があるとしたらそれは中央局のおかげだろう。個人所有の作品をどうやって手に入れられるかを知っているのはごく少数の人間に限られるし、一枚の絵に百万ユーロ出すことのできる人間となるといっそう少ない。おそらく世界中で一万人くらいのものだろう。

「どんな絵なのか、詳しく教えていただけますね」

「もちろんです。いくらでも写真をお見せしましょう」

彼の絵は直ちにTREIMA、つまり盗難美術品のシソーラスに登録されることになる。五万ユーロを超える美術品の取引の際にはこのシソーラスの検索が義務づけられており、それを守らなかった場合には重い処罰を受けるのである、とジャスランは説明した。美術品の盗品を転売することはどんどん難しくなっている。盗難を儀式的殺人に見せかけたのは巧妙なアイデアだったし、ジェドの働きがなければ捜査は依然、足踏みしていただろう。しかしいまや、事態は別の進展を見せるはずだ。遅かれ早かれ、絵はマーケットに現れるだろう。そうすればたやすくルートをたどっていくことができる。

「でも、何だかあまり満足なさっていないように見えますが……」ジェドがいった。

「そのとおりです」ジャスランはボトルを空けながらいった。最初、この事件は残虐さで際立っていたが、しかしオリジナリティをも感じさせた。情熱に駆られてか、宗教的な狂気の発作によるものか、さまざまなケースを想像できた。それが結局は金というもっとも平凡な、もっとも普遍的な動機に落ち着くのだからげんなりさせられる。来年、彼は警察に入って三十年目を迎える。これまでのキャリアで、金以外の動機による犯罪に、いったい何度お目にかかっただろう？　片手の指で数えられるほどだった。ある意味で、それは安心させてくれることであり、人類において絶対的悪は稀であると証明してくれていた。だがこの晩、なぜかはわからないが、彼にはそれがことのほか寂しく感じられたのである。

XIV

結局のところうちのボイラーは、ウエルベックより長生きしたわけだ、と自宅に戻ったジェドは暖房器具を眺めて独りごちた。ボイラーはいうことをきかない動物のようなくぐもったうめき声を洩らしながら彼を迎えた。

そしてボイラーは父よりも長生きすることになったのか、と数日後、彼は考えた。すでに十二月十七日、クリスマスはあと一週間に迫っていたが、父からは相変わらず連絡がなかった。そこで彼は施設の女性所長に電話してみることにした。すると父上は一週間前にチューリッヒに旅立たれました、お帰りの日にちはうかがっていませんという返事だった。所長の声は特に不安げではなかったが、ジェドは不意に、チューリッヒは老人を安楽死させる団体の拠点であるというのみでなく、裕福な人々、それどころか世界で指折りの富豪たちが住む土地でもあることに思い到った。施設の居住者たちにはチューリッヒに家族や知り合いのいる人も大勢いることだろう。だから所長にとってチューリッヒ旅行には何の不思議もないものと思えるのだ。彼は落胆して電話を置き、翌日のスイス・エアラインの切符を予約した。

ロワシー第二空港の巨大で不気味な、それ自体かなり末期的に思える搭乗ホールで出発を待ちながら、彼は突然、自分はいったいチューリッヒに何をしにいくつもりなのだろうと思った。明らかに、父はもう何日も前に死んでいる。その遺灰はチューリッヒの湖水に浮いていることだろう。インターネットで調べてみて、彼は〈ディグニタス〉（それが自殺幇助団体の名前である）が地元のエコロジスト団体に訴えられていることを知った。その活動内容ゆえにではまったくなく、それどころかくだんのエコロジストたちは〈ディグニタス〉の存在を喜んでおり、〈彼らの戦いへの完全な連帯〉を表明していた。だが、エコロジストたちによれば湖水に撒かれる大量の遺灰や遺骨が、最近ヨーロッパに入ってきたブラジル原産のコイの繁殖を助長し、アルプスイワナなどの在来種を圧倒していることが問題なのだった。

〈ヴィダー〉や〈バウアー・オ・ラック〉といった湖畔の高級ホテルに部屋を取ることもできただろう。しかし余計な贅沢をする気にはなれなかった。空港近く、グラットブルック市にある大きくて機能本位のホテルを選んだ。それでもかなり高価だったし、非常に快適なホテルであるらしかった。しかしスイスに安いホテル、快適でないホテルなどあるのだろうか。

二十二時頃に到着したとき、外は凍てつくような寒さだった。ホテルの正面は陰気な感じだったが、ぬくぬくと暖かい部屋が迎えてくれた。ホテル内のレストランは閉まっていた。〈ルーム・サービス〉のメニューをしばらく眺めてから、腹がすいていないことに気がついた。それどころか何かを口に入れることなどできそうになかった。一瞬ポルノ映画でも見ようかと思ったが、〈ペイ・パー・ヴュー〉のやり方を理解できないまま寝てしまった。

翌日起きてみると、あたりは白い霧に覆われていた。フロント係によれば飛行機が飛べず、空港は麻痺状態だという。朝食のビュッフェに出向いたが、コーヒーのほかはミルクパンを半分ほど口にするのが精一杯だった。しばし地図を検討してから――かなり複雑で、くだんの団体もチューリッヒ郊外にあるとはいえ、別の方角だった――結局あきらめ、タクシーを呼ぶことにした。運転手はイファングシュトラーセのあたりをよく知っていた。ジェドは番地をメモしてくるのを忘れていたが、運転手は短い通りだから大丈夫だと請け合った。シュヴェルツェンバッハ駅の近くで、鉄道に沿った通りだという。ジェドは運転手が自分を〈自殺志願者〉だと思っているのではないかと考えて居心地の悪い気持ちになった。しかしながら運転手――五十代の太った男で、強いスイスドイツ語訛りの英語を話した――は〈尊厳死〉の概念とは相容れないような、訳知り顔の目配せをときおりバックミラー越しに投げてよこすのだった。タクシーがイファングシュトラーセに入ってすぐのところで停まったとき、彼はそのわけを理解した。そこはネオ・バビロン風の巨大な建物で、玄関はキッチュきわまるエロチックなフレスコ画で飾られていて、擦り切れた赤絨毯が敷かれ、鉢植えの椰子の木が置いてあった。明らかに淫売宿らしかった。ジェドは自分が安楽死のための施設ではなく淫売宿の客だと思われたことに深い安堵を覚えた。運転手にはたっぷりとチップを渡し、タクシーがまわれ右をして去っていくのを待った。〈ディグニタス〉の謳い文句によれば、多いときには一日あたり百人の客の要望に応えているとのことだった。〈バビロンFKリラックス＝オアシス〉が同じくらいの客数を誇れるかどうかはまったく定かではなかったが、ともあれ営業時間はこちらのほうが長く設定されていたし――〈ディグニタス〉のほうは一般のオフィスと同じような営業時間で、水曜日は二十一時まで延長していた――、淫売宿には目を見張るような――悪趣味とはいえ、とにかく目を見張らせる――デコレーションが堂々、施されていた。反対に〈ディグニタス〉の本部は――五十メートルほど離れたその建物の前に着いたときにわかったのだが――非の打ちどころのないほど平凡な白いコンクリートの建物に収まっていた。独立骨組み構造によってファサードを自由にし、余計な装飾を排する、きわめてル・コルビュジエ的な建築であり、要するに地球上いたるところで郊外の準住宅地を形作っている白いコンクリートの建物と同じものだった。ただひとつ違うのはコンクリートの品質で、その点に疑問の余地はなかった。スイス製コンクリートはポーランドやインドネシアやマダガスカルのコンクリートとは比較にならないほど優れていた。建物の正面は完璧なまでに滑らかでひび割れひとつなく、しかもおそらく築二十年は経っていた。きっと父も、たとえ死の数時間前とはいえ、その点に注目したに違いない。

入口のブザーを押そうとしたとき、ジャンパーを着てチノパンを穿いた男二人が出てきた。明るい色の木製の棺を運び――軽量の廉価タイプで、実のところ人造石製かもしれなかった

——、建物前に停めてあるワゴン車、プジョー・パートナーの中に収めた。二人はジェドには少しも注意を払わず、ワゴン車のドアを開けっ放しにしたままふたたび建物の中に入り、しばらくすると先ほどのものと同じ第二の棺を運んできて、やはりワゴン車に収めた。作業を楽に進めるため、ドアが閉まらないようブロックしていたのである。間違いなかった。〈バビロンFKKリラックス＝オアシス〉は到底これほどの活況を呈してはいなかった。苦痛と死の商品価値のほうが、快楽とセックスのそれを上まわってしまったのだ、とジェドは思った。そして数年前にダミアン・ハーストがジェフ・クーンズから美術市場における首位の座を奪ったのも恐らくそのせいなのだろう。彼はその出来事を絵で描くのに失敗したし、描き終えることすらできなかった。とはいえそういう作品はありうるし、別のだれかが描くこともできただろう——その仕事のためにはもっと優れた画家が必要だったのかもしれない。だが、どのような絵をもってしても、チューリッヒ東郊の線路沿いの平凡な、どちらかといえば侘しい通りの同じ側に数十メートル隔てて存在するこれら二つの企業のあいだの、経済的ダイナミズムの違いを明瞭に表現できるとは思えなかった。

その間に、三番目の棺がワゴン車に運び込まれた。ジェドは四番目を待たずに建物に入り、階段を何段か上がって踊り場に出た。三つのドアが並んでいた。〈ヴァルテザール〉〔待合室〕と書かれた右端のドアを押し、クリーム色の壁の部屋に入っていった。プラスチック製のさえない椅子が置かれていた——実際のところ、パリ警視庁で待たされた部屋の椅子に少し似ていたが、ただしこちらには〈芸術橋《ポンデザール》に面した何にもさえぎられない眺め〉はなく、窓の向こうは無個性な郊外の住宅街だった。壁の高いところに取りつけられたスピーカーからは悲しげではあるが、しかし〈威厳がある〉と形容するにふさわしいアンビエントミュージックが流れていた――おそらくはバーバー〔サミュエル・バーバー、一九一〇―八一年、アメリカの作曲家〕だろうか。

そこにいた五人の人々は、間違いなく〈自殺志願者〉たちだった。しかしここで会わなければそう判断するのは困難だったろう。年齢からして捉えがたく、五十歳と七十歳のあいだだろうか――つまり非常な高齢ではなかった――、彼の父はおそらく〈同期で最年長〉だったのではないかと思われた。そのうちの一人は、白い口髭と赤ら顔から判断して明らかにイギリス人だった。しかし他の人々は国籍に関しても決めがたかった。黄ばんだ茶色の肌をし、頬をげっそりとこけさせた、やせさらばえたラテン風の男――実際、重大な病に侵されているという印象を与える唯一の人物――は熱心に本を読んでいた（ジェドが入ってきたときに一瞬顔を上げたが、ただちに読書に戻った）。それは「スピルー」の冒険シリーズ〔一九三八年以来現在まで複数の作者によって描き継がれている漫画『スピルーとファンタジオ』〕のスペイン語版の一冊だった。どこか南米の国からやってきたに違いない。

ジェドはためらってから、六十がらみの女性に声をかけた。典型的なアルゴイ地方〔ドイツ南部〕の主婦という感じで、編み物のステッチに関しては大変な腕前の持ち主という印象を受けた。彼女は受付は別の部屋だと教えてくれた。待合室を出て、踊り場の左端のドアだった。

何も案内は出ていなかったが、ジェドはとにかく左端のドアを押した。単なるお飾りの女性（〈バビロンFKKリラックス＝オアシス〉ならはるかにレベルの高い娘がいただろう）がカウンターの向こうで、懸命にクロスワードパズルのます目を埋めていた。ジェドは用件を説明したが、相手はショックを受けた様子だった。逝去のあと、遺族がここにやってくることはないのだ。その直前にということはあっても、あとになって訪ねてくるケースは決してない。「サムタイムズ・ビフォー……ネヴァー・アフター……」彼女は苦しげに何度もつぶやいた。こんな阿呆を相手にしているのに苛立ってきたジェドは、声を高めて、前に来ることはできなかったのだ、ぜひともだれか責任者に会わせてもらいたい、自分には父親の書類を見せてもらう権利があるはずだと述べ立てた。〈権利〉の一語が彼女の心を動かしたらしかった。いかにもいやいやながら、彼女は電話をかけた。数分後、明るい色のスーツを着た四十くらいの女性がやってきた。彼女は書類を調べてきていた。なるほど、あなたの父上は十二月十日月曜の朝にいらしている。オペは「まったく通常どおりに」執り行われました、と彼女はつけ加えた。

スイスには九日、日曜の夜に着いたのだろう、とジェドは思った。最後の夜はどこで過ごしたのだろう。奮発して〈バウアー・オ・ラック〉に泊まったのだろうか。そうだったらいい、と彼は思ったが、その可能性はあまりないだろうとも思った。いずれにせよ、父が〈旅立ちにあたり支払いを済ませた〉こと、〈あとには何も残さなかった〉ことは確かだった。

それでもなおジェドは粘り、哀願した。そのとき自分は旅行中で来られなかったのだ、と作り話をした。だからいま、もっと話を聞いておきたい、父の最期がどうだったのか、細かいところまで何もかも知りたいのだ。女性は明らかに困惑しながらも、断り切れず、ジェドを奥に案内した。そのあとについて金属製の整理棚の並ぶ暗い廊下を延々と進んだのち、明るく機能的なオフィスに入った。窓の外は公園らしかった。

「これがお父様の書類一式です……」彼女は薄っぺらなファイルを手渡した。〈書類一式〉とはいささか誇張的に響いた。一枚の紙の裏表に、スイスドイツ語で何か書かれていた。

「ぼくには読めません……。翻訳してもらわなければ」

「いったい、何が望みなのです?」彼女の堪忍袋は切れる寸前だった。「何も異常はなかったといっているでしょう!」

「医師の診察は受けたのでしょうね」

「もちろんです」書類の記述から判断するかぎり、診察とは血圧測定およびいくつかの漠然とした問診だけだった。〈動機の確認〉のようなことが行われたのだが、いずれにせよそこで引っかかる者などだれもいないのであり、手順に従って十分もかからずに決着がつけられたのだった。

「わたしどもはスイスの法律を完全に遵守してやっていますから」女性の口調はいよいよ冷やかになってきた。

「遺体はどうなったのです」
「それは、お客様の圧倒的多数がそうなのですが、お父様の場合も火葬を選択なさいました。ですから、お望みどおりにしました。遺灰は自然に還したのです」
やっぱりそうか、とジェドは思った。いまや父はチューリッヒ湖でブラジル産のコイの餌になっているのだった。

会見は以上で終了と考えたのだろう、女性は書類を取って立ち上がり、棚に片づけた。ジェドも立ち上がると、彼女に近づいて荒々しく平手打ちを食わせた。彼女はごく低くうめき声を洩らしたが、反撃を企てる暇はなかった。ジェドは続けざまに彼女のあごに強烈なアッパーカットを見舞い、すばやい肘打ちを繰り出した。そしてよろめきながら息を整えようとする相手のみぞおちを力一杯蹴った。とうとう彼女はくずおれ、その拍子に金属製の机の角に思い切り頭をぶつけた。何かがきしむような音がした。脊柱が折れたかもしれない、とジェドは思った。彼女の上に屈み込んでみると、意識朦朧として、呼吸も苦しげだったが、しかし息はあった。

彼はそそくさと出口に向かった。だれかが騒ぎ立てるのではないかと思ったが、受付の女はクロスワードパズルから目を上げようともしなかった。音も立てない戦いだったことは確かだった。駅まではほんの二百メートルの距離だった。駅に入ると、列車がホームで待っていた。彼は切符も買わずに乗り込み、途中で検札を受けることもなく、チューリッヒ中央駅で降りた。

ホテルに戻って、彼はこの暴力的一幕で自分がしゃんとなったことに気がついた。他人に肉体的暴力をふるったのは人生で初めてのことだった。すっかり腹が減って、夕食のテーブルでグリゾンの肉と山地産のハムを添えたラクレット〔スイスのチーズ料理〕をもりもりと平らげ、ヴァレの上等な赤ワインを味わった。

翌朝、チューリッヒには晴天が戻ってきて、地面を雪がうっすらと覆っていた。空港へ向かい、パスポート審査で引っかかるのではないかと覚悟していたが、何ごともなく終わった。続く日々も、何の知らせも来なかった。相手が訴訟を起こさないのが不思議だった。おそらく、どんな形であれ自分たちの活動に世間の注目を集めるのがいやなのだろう。ネット上に出まわっている、この団体のメンバーが私腹をこやしているという非難にはひょっとすると事実が含まれているのかもしれない。安楽死の料金は五千ユーロだが、致死量のペントバルビタールナトリウムは二十ユーロであり、廉価な火葬もその程度しかかかるまい。この急成長中のマーケットにおいて、スイスはほぼ独占的地位を占めていた。彼らは確かに〈しこたま儲けている〉に違いなかった。

彼の興奮はたちまち醒め、あとには漠とした、深い悲しみが残った。それが消えることはないだろうと彼にはわかっていた。パリに戻って三日後、人生で初めて、クリスマスイブを独りで過ごした。新年も同様だった。そしてそれに続く日々も、彼はやはり独りきりだった。

エピローグ

数か月後、ジャスランは退職した。通常の定年退職だった。彼としては少なくとも一、二年は定年を延長してもらうつもりでいたのだが、ウエルベック事件が彼に深刻な打撃を与えた。自信が揺らぎ、警官としての自分の能力に対する信頼が崩れ去ってしまったかのようだった。だれかの非難を浴びたわけではない。それどころか〈最後の最後には〉警視正に昇進していた。実際に警視正として働いたわけではなかったが、退職金は少しばかり増額された。送別会、それも殺人捜査課の全員が参加する大規模な送別会が催され、警視総監が挨拶することになっていた。要するに、彼は〈名誉に包まれて退職する〉のであり、同僚たちは明らかに、そのキャリアを全体として見渡したとき、彼はよき警官だったということを彼に告げたがっていた。実際、自分はおおむね立派な警官だった、少なくとも粘り強い警官だったと彼は考えた。そして結局のところ粘り強さとはおそらく、警官のみならず多くの職業、少なくとも〈真実〉の概念と関わりのある職業すべてにおいて、唯一の重要な人間的特質なのだった。

退職の数日前に、彼はフェルベルをドーフィーヌ広場の小さなレストランでの昼食に招いた。四月三十日月曜日、連休の合間も休みにする人が多く、パリはとても静かで、レストランには数組の観光客がいるだけだった。季節はすっかり春になり、木々は芽吹き、埃や花粉が光の中で舞っていた。彼らはテラス席に座り、食事の前にパスティスを頼んだ。

「わかるだろう」ボーイがパスティスをもってきてから、ジャスランはフェルベルにいった。「わたしはこの事件では、最初から終わりまでまったく駄目だった。絵がなくなっていることを教わらなければ、まだ足踏みしていただろう」

「それは自分に厳しすぎますよ。あの人を現場に連れていこうと考えたのはあなたなのですから」

「いや、クリスチャン……」ジャスランは優しく答えた。「きみは忘れてるが、それはもともときみの考えだった」

「わたしはもう年を取りすぎた……」ジャスランは少しして話を続けた。「この仕事のためにはもう年を取りすぎたんだよ。脳の働きは年とともに鈍くなっていく。ほかの部分と同じようにな。いや、ほかの部分より先に鈍くなるのかもしれない。もともと、人間は八十年や百年も生きるように造られてはいなかったんだろう。せいぜい三十五年とか、四十年。有史以前はそうだったわけだ。ところが、なかには立派に長持ちする器官もあれば、ゆっくりと、あるいはたちまちのうちに駄目になっていく器官もある」

「これから何をするつもりですか」フェルベルは話題を変えようとして尋ねた。「ずっとパリにいるんですか」

「いや、ブルターニュに引っ越すよ。両親がパリに出てくる前に住んでいた家なんだ」実際には、引っ越せるようにするためにかなり手入れが必要だった。さほど遠くない過去、それどころかつい最近暮らしていた人々――彼の両親――が人生の大半を、今日では受け入れがたいような設備に甘んじて暮らしていたのは驚くべきことだ、と彼は思った。風呂もシャワーもなく、ちゃんと部屋を暖めてくれるような暖房設備も一切ない。いずれにせよ、エレーヌには大学の仕事があと一年残っていた。引っ越しができるのは実際のところ夏の終わりごろになるだろう。大工仕事は全然好きじゃないんだ、と彼はフェルベルにいった。だが庭いじりなら歓迎だ。菜園で何か作るのが本当に楽しみだった。

「それから」彼は微笑を浮かべながらいった。「ミステリ小説を読もうと思っている。これまで、現役時代にはほとんど読んだことがない。これからは読んでみるつもりだ。だがアメリカの作家を読むつもりはない。それが主流なんだろうがね。だれか、フランス人でいい作家はいないか」

「ジョンケですね」フェルベルはためらいなく答えた。「ティエリー・ジョンケ〔一九五四―二〇〇九年。『蜘蛛の微笑』等〕です。フランスでは彼が一番だと思いますよ」

ジャスランが手帳にその名前をメモしていると、ボーイが彼の注文したヒラメのムニエルをもってきた。雰囲気のいいレストランで、会話はそれほど弾まなかったものの、彼は最後にフェルベルとひとときを過ごせるのが嬉しかった。また会えますよ、とか、連絡を取り合いましょう、などといった決まり文句を彼が口にしないことが有難かった。自分は田舎に引っ込み、フェルベルはパリで仕事を続けるのだ。いい警官になることだろう。ずば抜けた警官にだってなるかもしれない。きっと年内には警部になり、やがては主任警部、そして警視になるだろう。だが彼らがふたたび会うことはおそらく二度とないだろう。

彼らはレストランに長居した。観光客たちはみないなくなってしまった。ジャスランはデザートを食べ終えた——マロングラッセのシャルロット。プラタナスのあいだから陽光が差してきて、広場を美しく輝かせた。

「クリスチャン……」彼はためらいがちにいった。自分でも驚いたことに、声が少しふるえていた。「ひとつ約束してほしいことがある。ウエルベック事件を放り出さないでくれ。実際にはもうわれわれの手を離れてしまったことはわかっている。ともあれ、折を見ては美術品不正取引防止中央局にはっぱをかけてほしい。そして犯人がわかったら教えてくれ」

フェルベルは頷き、約束した。

何か月たっても、盗まれた絵の痕跡は通常のネットワーク上には浮上してこなかった。殺人犯はプロの窃盗者ではなくコレクターで、自分のために犯行に及んだのであって絵を手放すつもりは毛頭ないことがいよいよ明らかになってきた。想像される最悪のシナリオだった。フェルベルは病院関係の捜査を続け、個人のクリニックまで的を広げた——つまり捜査に協力するクリニックであれば、ということだが。特殊な外科用具が用いられたという点が、依然、彼らにとって唯一の重要な手掛かりだった。

事件が解決を見たのは三年後のことで、偶然の賜物だった。ニース・マルセイユ方向に延びる高速A8号線をパトロール中、憲兵隊の一班が時速二一〇キロで走行していたポルシェ911カレラを止めようとした。車は逃走し、フレジュス近くでようやくストップさせられた。それは盗難車で、ドライバーは酩酊状態にあり、しかも〈警察ではよく知られた〉人物であることが判明した。パトリック・ル・ブラウゼックは平凡な、どちらかといえば取るに足らぬ罪——売春を斡旋したり、殴ったり、怪我させたり——で幾度も有罪になっていたが、実は〈昆虫密輸〉を専門にしているといううわさがつきまとっていた。世界には百万を超える昆虫が存在し、日々新たな種類が、とりわけ赤道地帯で発見されている。裕福な愛好家の中には珍しい種類を――標本より、できれば生きたままで――入手するためならかなりの高額でも支払おうという者たちがいた。そうした昆虫の捕獲、そしていうまでもなく輸出は、法律で厳しく取り締まられている。そしてル・ブラウゼックはこれまでのところ、何とか法の網をかいくぐっていた――決してしっぽを出さず、ニューギニアやスマトラ、あるいはギアナへ頻繁に出かけるのはジャングルと野生の自然が好きだからだといい抜けてきた。実際、冒険家気質の男で、本物の肉体的勇敢さを発揮してもいた。たったひとりでガイドもなしに、ときには何週間も、地球上でもっとも危険な部類のジャングルに多少の食糧と防御用ナイフ、そして水を浄化する錠剤をもって分け入るのだった。

今回は、車のトランクから堅牢なキャリーケースが発見された。柔らかな革で覆われた外側のところどころに、換気用の穴が開けられていた。穴はあまり目立たなかったから、一見、ごく普通のエグゼクティヴ用スーツケースとしか思えない。ところが内部はプレクシガラスで仕切られていて、そこに五十匹ほどの昆虫が収められていた。憲兵たちはその中にオオムカデやオオツチグモ、そして巨大なハサミムシが含まれていることに直ちに気づいた。ほかの昆虫の種類は数日後、ニースの自然博物館で明らかになった。リストを受け取った専門家――この種の犯罪に関する事実上、フランスで唯一の専門家――がざっと鑑定したところによれば、全体で十万ユーロほどの市場価格があるだろうとのことだった。

ル・ブラウゼックはあっさり事実を認めた。彼は顧客の一人――カンヌの外科医――と、前回の配達物の支払いの件でもめていた。追加注文の品を運ぶついでに、その件で話し合うことになったのである。ところが激しい口論になり、彼は相手の医者を殴り、医者は大理石のローテーブルの上に仰向けに倒れた。ル・ブラウゼックは医者が死んでしまったに違いないと思った。「事故だったんだ」彼は弁明した。「殺そうなんてつもりはまったくなかった」彼はすっかり動転して、来たときのようにタクシーを呼ばずに、被害者の車を盗んで逃げた。こうして、これまで愚かしさと暴力のうちに繰り広げられてきた犯罪者としての彼のキャリアは、まったく同様の愚かしさと暴力のうちに幕を閉じようとしていた。

ニースのＳＲＰＪ〔地域圏司法警察〕がカンヌの外科医アドルフ・プティソーの邸宅に向かった。家はカンヌの高台、ラ・カリフォルニー通りにあった。クリニックは男性美容整形が専門で、資本の八十パーセントをプティソー自身が握っていた。彼は独身だった。いかにも大金持ちらしく、芝生とプールは完璧に手入れが行き届き、家には部屋が十以上ありそうだった。一階および二階の部屋からは何も出てこなかった。享楽的な、あまり趣味のよくない大ブルジョワならではの、いかにもといった暮らしぶりがうかがえた。当人はいまでは居間のカーペットの上で、頭蓋を砕かれて血の海の中に横たわっていた。ル・ブラウゼックの話は本当かもしれなかった。単に取引上の話がこじれたというだけのことで、謀殺をうかがわせる要素は何もなかった。とはいえル・ブラウゼックは少なくとも十年は刑を食らうことになるだろう。

ところが地下室は警官たちにとてつもない驚きを与えることとなった。現場に来ていたのは経験によって鍛えられた警官ばかりだった。ニース地域圏は以前から犯罪率が高いことで知られていたし、ロシア・マフィアの出現で犯罪はいっそう凶悪さを増していた。ところが指揮を執るバルデシュ警部も、その部下たちも、こんな現場に出くわしたことは一度もなかった。

二〇×一〇メートルほどの部屋の壁四面を、二メートルほどの高さのウインドーつきの棚が占めていた。それらの棚に整然と並べられ、スポットライトで照らしだされていたのは、人体をつぎはぎして造り出した怪物たちだった。性器が胴体に移植されていたり、胎児の短い腕が鼻に継ぎ足されてゾウの鼻のようになっていたりした。それ以外にも、人間の手足を結びつけ、絡め、縫合したものが、しかめつらをした生首を取り囲んでマグマ状の塊を形作っていた。こうしたすべてが、警官たちにはわからない特別なやり方で保存されていた。それは耐えがたいまでのリアリズムに達していた。切り傷をつけられ、目をくりぬかれた生首は、苦悶に表情を歪めたまま動かなくなっており、切断面を乾いた血が丸く縁取っていた。プティソーは重度の倒錯者であり、類を見ないレベルでその倒錯性を発揮していた。共犯者が存在するはずであり、死体、さらにはおそらく胎児の密売が絡んでいるに違いない。捜査は長引きそうだとバルデシュが考えていると、彼の数メートル前で、チームに加わったばかりの若い伍長が気を失い、まるで折られた花のように優美に床にへたり込んだ。

バルデシュはまた、一瞬、これはル・ブラウゼックにとっては吉報だと考えた。腕の立つ弁護士であればこの事実を利用して、被害者の怪物的な性格をやすやすと描き出してみせるだろう。それは陪審員に影響を及ぼすに違いない。

部屋の真ん中には、少なくとも五×一〇メートルはある、巨大な光り輝くテーブルが置かれていた。内部は透明な仕切りで分けられていて、種類別にまとめられた何百匹もの昆虫がその中でうごめいていた。警官の一人がテーブルの縁にあったコントロールスイッチを押してしまったため、仕切りのひとつが開かれた。十匹ほどのオオツチグモが飛び出してきて、毛むくじゃらの脚を振り動かしながら隣の区画に向かい、そこにいた昆虫たち——大きな赤茶のムカデ——の体をばらばらにし始めた。これがドクター・プティソーの夜ごとのお楽しみなのだった。彼は同業者の大半のように、スラヴの娼婦相手に毒にも薬にもならぬ放蕩にふけったりはしなかった。彼は端的に、自分を神とみなしていた。そして自分の飼っている虫の群れを相手に、人類を相手にした神のように振る舞っていたのだった。

ブルターニュ出身の若い巡査部長で、最近ニースに転勤してきたル・ゲルヌの指摘がなかったなら、捜査は恐らくそこで停滞していただろう。ル・ゲルヌはバルデシュが自分のチームに引き入れることができてとりわけ喜んでいるメンバーだった。警察に入る前、ル・ゲルヌはレンヌの美術学校で二年間学んでいた。その彼が、ウインドーつきの棚のあいだのわずかな隙間に掛けられていた小さな木炭画がフランシス・ベーコンの習作であることを見抜いたのである。実際、地下室のほぼ四隅に、美術品が配されていた。ベーコンの習作のほかに、フォン・ハーゲンス〔ドイツ出身の解剖学者、一九四五―。合成樹脂を用いた死体保存法プラスティネーションの発明者〕のプラスティネーションが二体あり、それ自体おぞましい代物だった。そしてもう一つの絵について、ル・ゲルヌはそれがジェド・マルタンの現在のところ最新作である「ミシェル・ウエルベック、作家」ではないかと気づいたのだ。

警察署に戻って、バルデシュは直ちにTREIMAのシソーラスを検索した。ル・ゲルヌの指摘はあらゆる点で的を射ていた。プラスティネーション二体は完全に合法的に入手されたものらしかった。一方、ベーコンの習作は十年ほど前にシカゴ美術館から盗まれたものだった。盗難の犯人たちは数年前に逮捕されていたが、買い取った人間の名前については頑として口をつぐんでいた。この業界では稀なことだった。それは小さなサイズのデッサンで、美術館はベーコンの相場がやや下がった時期に買い入れたのだった。プティソーはおそらく市場価格の半額ほどで買ったのだろう。それが通常の値づけだった。彼くらいの収入の人間にとって、かなりの出費とはいえ支払えなくはない額だった。だがバルデシュは、ジェド・

マルタンの作品に現在どれほどの値がついているかを知って驚愕させられた。たとえ半額であっても、外科医にはそのクラスの絵を手に入れるほどの力はなかっただろう。

バルデシュはすぐさま美術品不正取引防止中央局に電話を入れ、中央局はたちまち大騒ぎになった。彼らにとってそれは過去五年間で最大の事件となったのである。ジェド・マルタンの相場が著しい高騰ぶりを示すにしたがい、彼らはくだんの絵が市場に現れるのを今か今かと待ちかまえていた。だがいつになっても現れないので、困惑を深めていたのだった。

これもまたル・ブラウゼックにとっては有利に働くだろう、とバルデシュは思った。奴は十万ユーロ分の昆虫入りキャリーバッグをもって逃げ、千二百万ユーロの値うちのある絵画のほうは現場に残していった。いかにも気が動転していた証拠であり、その場の勢いによる偶然的犯行である証拠だ、と腕のいい弁護士は難なくアピールできるだろう——自分の手の届くところにあったその絵の値うちを冒険家は知らなかったというのが、どうやら真実らしくはあったが。

十五分後、中央局の局長が自ら電話してきて、バルデシュを褒めそやすとともに、殺人捜査課でこの事件を担当しているフェルベル主任警部の電話番号——オフィスおよび携帯の番号——を伝えた。

彼はすぐさまフェルベルに電話した。二十一時少し過ぎだったが、フェルベルはまだオフイスにいた。帰宅する寸前だった。知らせを受けて、彼もまた心からほっとした様子だった。もうだめかと思っていました、と彼はいった。迷宮入りの事件というのは古傷のようなものですね、と彼は冗談まじりにつけ加えた。決して忘れ去るわけにはいかないんです。バルデシュさんならよくご存知でしょうが。

ええ、わかりますよとバルデシュは応じた。そして翌日すぐに簡単な報告書を送る約束をして電話を切った。

翌日の昼近く、フェルベルはバルデシュたちの発見した事柄を取りまとめたメールを受け取った。プティソー医師のクリニックは以前、彼らの調査に応じた医療機関に含まれていたとバルデシュは述べていた。レーザーカッターを所有していることを認めていたが、ちゃんと保管してあるとの報告だった。フェルベルはそのときの手紙を見つけ出した。プティソー自身の署名入りだった。美容整形外科専門のクリニックが、切断のための器具を所有していることを奇異に思うべきだったかもしれない、とフェルベルは一瞬反省した。だが実のところ、クリニックの名前には専門は記されていなかった。そして彼は何百通もの返事を受け取っていたのである。いや、と彼は思った。この件に関して、特に自分たちを責めるべき点は何もない。ブルターニュの家にいるジャスランに電話する前に、彼はしばらく二人の殺人犯の顔写真を眺めた。ル・ブラウゼックは良心もなければ真の残虐さもない、素朴な乱暴者の顔つきをしていた。それは平凡な犯罪者、毎日出会っているたぐいの犯罪者であった。それに比べてプティソーには驚かされた。かなりの二枚目で、おそらくはいつも日焼けした肌を保っているのだろう。レンズに向かってにっこりと微笑み、コンプレックスのかけらもない自信たっぷりな様子だった。要するに、カンヌのラ・カリフォルニー通りに住む美容外科医と聞いて思い浮かべるような顔である。バルデシュは正しかった。プティソーはときおり風紀取締課の網に引っ掛かってくるようなタイプの男であり、殺人捜査課に縁のある顔ではなかった。ときとして、人類とは不思議なものだ、と彼は電話番号を押しながら考えた。だが残念ながらほとんどの場合は〈不思議で、かつおぞましい〉のであって、〈不思議で、かつ素晴らしい〉などということはめったにない。とはいえ彼は晴れ晴れと落ち着いた気分になっていた。いわんやジャスランの喜びはひとしおだろう。ようやく〈第二の人生を楽しむ〉ことができるのだ。間接的に、そして異常な形ではあれ、犯人は罰せられた。平衡は取り戻された。これで傷口はふさがるだろう。

ウエルベックの遺書の内容は明快だった。ジェド・マルタンより先に死んだ場合、彼に絵を返すこと。フェルベルは電話ですぐにジェドと話すことができた。ジェドは自宅にいた。お邪魔して申し訳ありませんがという相手に、いいえ、大丈夫ですよとジェドは答えた。実際は多少、邪魔ではあった。〈ディズニーチャンネル〉で「わんぱくダック夢冒険」を見ていたのだ。しかしそれはいわずにおいた。

これまでに二件の殺人とかかわったその絵は、特別扱いされることなく、警察の普通のワゴン車で運ばれてきた。ジェドは絵を部屋の中央の架台にのせてから仕事に戻った。この時期、彼の仕事はかなりのんびりしたものだった。カメラの交換レンズを磨いたり、部屋を少し片づけたり。ジェドの頭はすぐには考えが回らず、数日たってようやく、その絵のせいで〈居心地が悪い〉、絵があると落ち着かないということに気づいたのである。有名な宝石など、人間たちの情熱をかき立てた品物が一般にそうであるように、絵のまわりに血の匂いが漂っているというだけではなかった。とりわけ、作家が死んでしまい、その棺にシャベルで土がかけられるのにモンパルナス墓地の真ん中で立ち会ったいまとなっては、ウエルベックの目の稲妻のような光がいかにも突飛で異常なものに思えた。もはや彼にとって我慢ならない作品になってしまったとはいえ、傑作であることに間違いはなく、作家像にみなぎる生命感は驚くべきもので、下手な謙遜をする余地はなかった。とはいえそれに千二百万ユーロの値段がつくとなると話は別であり、その点について彼は意見を述べることを拒み続けたが、ただ一度、あるジャーナリストにさんざん粘られてこう洩らしたのだった。「意味のないものに意味を見出そうとすべきではない」。彼ははっきりと意識せずに、ヴィトゲンシュタインの『論理哲学論考』の結論と同じことを口にしていたのである。〈「わたしが語ることのできないものについて、わたしは沈黙を余儀なくされる」〉

彼はその夜、フランツに電話して何があったかを話し、「ミシェル・ウエルベック、作家」を市場に出す意志を伝えた。

シャトー＝デ＝ランチエ通りの〈シェ・クロード〉に着いたとき、この店に入るのもこれが最後だという考えが、疑いの余地なく、まざまざとジェドの頭をよぎった。同時に、これがフランツと会う最後になるだろうとも感じた。フランツは体を丸めて、いつもの席に赤ワインのバロングラスを前に座っていた。彼は大きな悩みをいろいろと抱え込んだかのように老け込んでいた。確かに金はたくさん儲けたが、あと何年か待ったならその十倍は稼げたと思わずにはいられないのだろう。おそらく〈投資〉も行ったのだろうが、それがまた悩みの種になっているに違いない。一般的に、貧しい階層の出身者が往々にしてそうであるように、彼は急に金持ちになったことにうまく対応できていないようだった。財産を得て幸福になれるのは、昔からある程度裕福だった人間、子どものころから豊かさへの備えができていた人間だけである。人生の最初の段階で貧しさを知ってしまった者に財産が転がり込むと、彼が最初に襲われる感情、一時は払いのけられるにせよ、結局はすっかり圧倒されてしまう感情、それは〈恐怖〉である。ジェドのほうは裕福な家庭に育ち、ごく早い時期に成功を知ったので、当座預金の口座に十四億ユーロ入っているという事実を落ち着いて受け入れることができた。そして銀行員にもそれほど悩まされずにすんでいた。二〇〇八年の危機をはるかに超える経済危機が生じ、そのあおりを食ってクレディ・スイスやロイヤル・バンク・オブ・スコットランド、そしてそれより小さな銀行多数の倒産を引き起こして以降、銀行員たちは〈元気がなかった〉。それは確かにいえることだった。なるほど、これまで培ってきた舌先三寸の売り込み方はいまだに健在だった。とはいえ、どんな投資物件にも興味はないとこちらが告げるや、彼らはあっさり諦め、無念のため息を洩らしながらもってきた資料を大人しく片づけ、申し訳なさそうな態度さえ示すのだった。最後に残った職業的誇りゆえに、彼らには利率〇・四五パーセントの積立預金を提案することができなかった。全般的にいって、それはイデオロギー的に奇妙な時代であり、西欧のだれもが資本主義はもう終わりだ、もはや長いことはない、いまこそ最期のときだと確信してはいたが、だからといって極左政党に対する支持層は従来の怒りに燃えたマゾヒストたちを超えて広がるには至らなかった。灰のべールが人々の心の上に広がってしまったようだった。

彼らはしばらくアート市場の、かなり常軌を逸した状況を語り合った。投機に狂奔する時期が過ぎれば、より落ち着いた時期が来て、市場の成長もゆっくりと規則正しいものとなり、正常なリズムに戻るだろうというのが多くの専門家の予測だった。アートは〈インフレヘッジ〉になると予言する者さえいた。ところがそれは間違いだった。「もはやインフレヘッジは存在しない」というのが「ファイナンシャル・タイムズ」の最近の社説のタイトルだった。そしてアート市場にはいっそう激しく、過度の熱狂的投機が吹き荒れ、相場が乱高下し、「アート＝プライス」のランキングはいまや毎週発表されるようになっていた。

彼らはワインをお代わりし、さらに三杯目を頼んだ。「買い手は見つかると思うよ……」フランツがようやくいった。「もちろん、少し時間はかかる。きみほどの値段になると、候補者はそう多くはないから……」

いずれにせよジェドは急いでいなかった。会話は間延びし、とうとう話すことがなくなった。彼らはいささか困惑して顔を見合わせた。「いろいろなことを……ぼくら一緒に経験したね……」ジェドは最後の努力をふりしぼっていおうとしたが、いい終える前に声が途切れてしまった。彼が立ち上がって去ろうとしたとき、フランツがいった。

「気がついただろう……。いま何してるんだって、きみに聞かなかったよな」

「気がついたよ」

実際、ジェドは停滞していた。それは確かにいえることだった。あまりにやることがないので、何週間か前から、ボイラーに向かって話しかけるようになっていたほどだった。そしてもっとも不安なのは——おととい気づいたのだが——、いまではボイラーの返事を期待するようになっているということだった。たしかにボイラーはいよいよ多様な音を出し始めていた。うめき声、いびきのような音、ぱちぱちという乾いた音、口笛のような、音色も大きさもさまざまな音。いつの日かそれが分節言語に到達するかもしれなかった。要するにこのボイラーは、彼の一番古い仲間だった。

六か月後、ジェドは引っ越しをして、ラ・クルーズの以前祖父母の住んでいた家で暮らす決心をした。そうすることで、自分が数年前にウエルベックが辿ったと同じ道を辿ることになるのだと痛切に感じた。しかし違いも多々あると自分にいい聞かせ、決意を固めようとした。まず、ウエルベックはアイルランドからロワレに引っ越したのである。つまり彼にとって真の断絶はそれ以前、作家としての活動やおそらく交友関係という点でも、社会学的な意味で中心地だったはずのパリを去り、アイルランドに移住したときに生じていた。いまジェドが、アーティストとしての活動の社会学的中心を離れることで引き起こそうとしている断絶もまた、同じ性質のものだった。本当をいえば事実上の断絶はすでに多かれ少なかれ生じていた。国際的名声を獲得した直後の数か月、彼はビエンナーレに参加したり、オープニングパーティーに出たり、数多くのインタビューに応じたりした——あるときなど、講演を行ったことさえあったが、それについてはもはや何一つ覚えていなかった。それから活動を減らし、招待状やメールに返事することさえ怠るようになり、その結果二年もたたずして彼はふたたびあのやり切れない孤独の淵に沈んでいた。しかしそれは仏教思想における「無限の可能性に富む」無のごとく、彼にとっては不可欠かつ豊かなものと思えた。ただし現在のところ無は無しか生み出していなかった。引っ越しをするのも主としてそのためであり、世界に存在する無数の自然物や人工物に〈芸術的〉と形容されるような新たな何かをつけ加えてやろうという気持ちにかつて彼を駆り立てた、あの奇妙な衝動を取り戻せるのではないかと願ってのことだった。ウエルベックのように、子ども時代の状態といった不確かなものを求めて旅立つのではなかった。そもそも彼はラ・クルーズで子ども時代を過ごしたわけではなかった。夏のヴァカンスに何度か出かけただけで、はっきりした思い出は何もなく、えもいわれぬ強烈な幸福の記憶が残っているだけだった。

パリを離れる前に、彼にはやるべき最後の、辛い仕事が残っていた。これまでそれをできる限り引き伸ばしてきたのだった。数か月前、彼はすでにアラン・セムーヌという人物とランシーの屋敷の売却契約を交わしていた。セムーヌはそこで会社を経営したいとのことだった。彼は携帯用の着信メッセージや待ち受けの画像をダウンロードするサイトで一財産を築いていた。事業としてはどうということもない、単純至極なものと思えたが、彼は数年でその業界の世界第一位になっていたのである。大勢の有名人と専属契約を結んでいて、彼のサイトの客はごく少額でパリス・ヒルトンやデボラ・シャネル、ディミトリ・メドヴェーデフ、パフ・ダディその他大勢の写真や声を携帯に取り込むことができた。彼は屋敷に会社の本社を置き――図書室が「最高にカッコいい」とのこと――、庭に現代的アトリエを建てる予定だった。彼によればランシーは「狂気のエネルギー」に満ちていて、自分はそれをうまいことコントロールしてやるのだという。それもひとつの物の見方だった。ジェドは彼が〈危険な郊外〉に対する自分の関心を大げさに演じ立てているだけではないかと疑ったが、しかし相手はヴォルヴィックを一パック買うときでさえ大げさな演技をしそうなやからだった。ともあれ大変なやり手であることは確かで、地方や国からあらゆる補助金をせしめていた。売買の価格をごまかされそうになったが、ジェドが気づいたため、相手も最後には適正価格を示してきた。もちろんそれはジェドにとって必要な金ではなかったが、父が人生をまっとうしようと考えた場所を安売りするならば、父の記憶を汚すことになると思えた。父はそこに、たとえ数年のあいだしか続かなかったとしても、〈家庭生活〉を築こうと試みたのだった。

彼がランシー方向への出口を下りたときには、強烈な東風が吹いていた。ここに来たのは十年ぶりだった。門の扉は少しきしんだが、難なく開いた。暗い灰色の空の下、ポプラとヤマナラシの枝が揺れていた。雑草が茂り、イラクサやキイチゴがはびこっていたが、小径の跡はまだ残っていた。自分はここで幼いころを、それどころか生まれて最初の日々を過ごしたのだと考えて彼は漠とした恐怖を覚えた。あたかも頭の上で時間が鈍い音を立てて鎖されたかのような気がした。自分はまだ若い、と彼は思った。まだ下り坂の半分まで来たにすぎないのだ。

鎧戸や白いブラインドに異常はなく、だれかが押し入った形跡はなかった。玄関のドアの三点締め錠も問題なく開いた。これは驚くべきことだった。おそらく、この家には何も盗む物はない、泥棒に入るだけ無駄だといううわさが周辺の町々に広まっているのだろう。まさにそのとおりで、中には何もなかった――金に換えられるような物は、何も。新型の電気製品もなく、どっしりと重いだけで何様式でもない家具ばかり。母の遺した数少ない宝石は父がもって出ていた――最初はブーローニュの老人ホームへ、それからヴェジネの施設へ。父の死後、宝石箱はジェドに返された。彼はそれを直ちに箪笥の一番上に片づけた。地元の銀行に預けてしまったほうがいいとはわかっていた。さもなければ遅かれ早かれ中身が気になり出し、どうしても悲しい気持ちを誘われるだろう。父の人生がさほど陽気なものでなかったとすれば、まして母の人生はいったいどうだったろう。

家具の配置や間取りはやすやすと思い出すことができた。機能的にできたこの住空間は、十人でも楽に収容できただろうに、最盛時ですら三人しか泊めたことがなかった――それから二人、そして一人となり、最後にはだれもいなくなった。彼はしばしボイラーのことを考えた。子どものころは、あるいは少年時代だって、ボイラーの問題など聞いたこともなかった。青年時代、父の家に短いあいだ滞在するときにも、やはり問題になったことはなかった。おそらく父はたぐい稀な高品質のボイラーにめぐり会っていたのかもしれない。「青銅の足をもち、手脚はエルサレムの神殿の柱のごとく頑丈」と、聖書が賢い女を形容して述べているような。

ジェドはかつて、おそらくはあの深々と体の沈む革のソファのひとつに腰を下ろし、カテドラルガラスの窓で夏の午後の暑さから守られて、『スピルーとファンタジオの冒険』やアルフレッド・ド・ミュッセの詩を読んだのだった。そのとき彼は、ぐずぐずしているわけにはいかないと思った。そして父の仕事部屋に向かった。

彼の探していた大判の紙挟みは、最初に開けた簞笥の中にすぐ見つかった。五〇×八〇センチの紙挟みが三十もあった。いかにも前世紀の紙挟みらしく、どれも表紙は黒と緑の図柄で覆われていた。黒いリボンはすっかりくたびれて擦り切れる寸前で、しかもA2判の紙がぎっしりと挟まれていてはち切れそうだった。何年分もの絵が入っているに違いない。彼は両腕に四冊ずつ抱えて一階まで運び、アウディのトランクを開けた。

そうやって三度目に運び出しているとき、道の向こう側で大柄な黒人が携帯で話しながらこちらを見ているのに気がついた。何ともごつい体つきをしたスキンヘッドの男で、身長は一メートル九十、体重は百キロを超えているだろう。しかし顔立ちは若々しく、十六より上ではなさそうだった。ジェドはアラン・セムーヌが自分の屋敷を守るために番人をつけたのかと思い、一瞬黒人に説明しようかと考えたが、やめておいた。携帯の相手は、黒人が伝える人相書きからジェドだとわかるだろう。実際そうだったらしく、黒人はジェドの邪魔をしようとはせず、車に荷物を積み終わるまでじっと監視しているだけだった。

ジェドはなお数分間、二階を見てまわったが特に何を感じるわけでもなければ、何を思い出すわけでもなかった。とはいえ自分がこの家に二度と戻らないこと、またいずれにせよこの家は大幅に変わってしまうだろうということはわかっていた。あの愚か者はおそらく〈壁を取り払って〉何もかも白く塗り潰すつもりだろう。そんな風に想像しても、何の感慨も湧かなかった。彼の胸には何ひとつ刻まれることはなく、彼は漠とした穏やかな悲しみの冥府を歩んでいた。家を出て、注意ぶかく門を閉めた。黒人の姿は消えていた。不意に風がやみ、ポプラの枝の揺れが止まった。一瞬、まったき沈黙が訪れた。車は来た道を引き返し、レガリテ通りを経由して、高速への入口をたやすく見つけることができた。

ジェドは立面図や設計図、断面図といった建築家が自分の取り組んでいる建物の仕様を明確にするための図案に親しんだことがなかった。それだけに、最初の紙挟みの最後に入っていた建築家としての父の初めての図案を見たとき、ショックを受けた。それは少しも住宅らしくなく、むしろ一種の神経網のようなもので、個々の住まいはカーブを描いた長い通路——屋根があるものもないものもあった——で結ばれ、それらが分岐して星の形を描いていた。部屋の広さはさまざまで、形は円や楕円が多かった。これはジェドにとって驚きだった。父はもっと直線にこだわりがあると思っていたのである。もう一つびっくりさせられたのは、窓がまったく見当たらないことだった。それに対し、屋根は透明だった。こうして、この集合住宅の住人はひとたび家に帰ったならば、外の世界と視覚的接触をいっさいもたないのだった——空をのぞけば。

二番目の紙挟みにまとめられているのは住居の内部を細かく描いた絵だった。まず驚くのは家具がほとんど何もないことだった——それが可能なのは、床に小刻みな段差をつけるというシステムのおかげだった。たとえば睡眠スペースには床に四十センチほどの深さの四角い凹みがつけてあった。ベッドは床より高いのではなく床より低くなっているのだった。バスタブも大きな丸い水盤状で、やはり床より低くなっていた。父はいったいどういう建材を用いるつもりだったのだろう。おそらく合成樹脂だろう。ポリスチレンかもしれない。それならば加熱成形によってほぼどんな形にでもすることができるのだった。

晩の九時ごろ、彼は電子レンジでラザーニャを温めた。廉価な赤ワインのボトルを開けて飲みながらゆっくり食べた。父は自分の計画に出資者が見つかり、何らかの形で実現に至ると本当に思っていたのだろうか。最初はきっとそうだったのだろう。そう思うだに気の毒でならなかった。いまから振り返るなら、そんなチャンスがあるはずもなかったことは明らかだった。いずれにせよ、模型を製作する段階まで進むことは決してなかったようだ。

彼はワインを一本飲み終えると、ふたたび父の企画を知ることに没頭したが、深入りすればするほど気が滅入りそうだった。実際、失敗を重ねるうち、建築家ジャン＝ピエール・マルタンはいっそう空想の世界に逃げ場を求めていき、何層にもわたって分岐を張りめぐらせ、重力に挑み続け、もはや実現性だの、予算だのにはいっさいおかまいなしに現実離れした透明な城砦を想像し続けていた。

朝の七時、ジェドは最後の紙挟みを開けてみた。アルプス広場にはおぼろながらすでに太陽が昇り始めていた。灰色の曇り空が夜まで続きそうだった。父が最後に描いたデッサンは、どう見ても住居ではなかった。少なくとも人の住む家ではなかった。階段が螺旋を描いてはるか天空まで延び、細い透明な通路につながっていき、それらの通路が不ぞろいの穂先のような形の建物のあいだを結んでいた。その形はある種の巻雲にも似ていた。結局、とジェドは紙挟みを閉じながら思った。父はツバメのための家を作るという望みを最後まで決して捨てなかったのだ。

ジェドは祖父母の村の住民たちに自分がどんな風に迎えられるかについて、何の幻想も抱いてはいなかった。もう何年も前、オルガと一緒にフランスの〈深奥部〉をまわったときにそのことは理解できていた。プロヴァンス周辺やドルドーニュ地方のようなきわめて観光化した地帯をのぞけば、田舎の住民は全般的によそ者を歓迎せず、攻撃的で愚鈍だった。旅の途中でいわれのない攻撃や、より一般的にいって悶着を避けるには、あらゆる点で〈踏みならされた道から出る〉ことを控えたほうがよかった。敵意は、通りがかりの訪問者に対してはまだ単に潜在的なものに留まるにせよ、そういう人間が屋敷など購入したなら純然たる憎悪に変わってしまう。フランスの田舎でよそ者はいつになったら受け入れてもらえるかと問うならば、受け入れられることは〈決してない〉というのが答えである。そこで表れ出るのは人種差別や外国人嫌いではいささかもない。彼らにとってパリジャンは、ほとんど北ドイツやセネガルから来た人間と同じ程度によそ者なのだ。そして彼らは何といっても、よそ者が好きではない。

フランツが電話で手短に知らせてくれたところでは、「ミシェル・ウエルベック、作家」が売れたという——買ったのはインドの携帯電話業界の大株主だった。ジェドの銀行口座にはさらに六百万ユーロが加わったのである。明らかに、よそ者たちが——地所を購入するために自分たちには集めることの不可能な額を支払う——金持ちであることが、地元の人間たちが憎しみを抱くおもな原因のひとつだった。ジェドの場合、〈アーティスト〉であるという事実がいっそうその状況を悪化させていた。クルーズの農民たちにしてみれば、彼の財産は疑わしい、ほとんど詐欺まがいの方法で得られたものなのだ。他方、彼は地所を買ったわけではなく、〈相続〉したのである——村人の中には、彼が祖母の家で幾夏か過ごしていたことを覚えている者もいた。そのころからすでに、彼は人見知りする、つきあいの悪い子どもだった。そしてこのたびやってきたときも、彼は評価を上げるようなことをしたわけではない——それどころかその反対だった。

祖父母の家の裏側はとても広い、一ヘクタールほどもある庭になっていた。祖父母が元気だったころには、そこは全部が菜園として耕されていた——それから、夫を亡くした祖母の力が徐々に衰え、諦念とともに死を待ち、さらには死が早く訪れることを願うようになるとともに、菜園は縮んでいき、耕作しないまま放り出され、雑草が好きなようにはびこった。庭には柵がなく、そのままグランモンの森に通じていた——ジェドは一度、猟師たちに追われた雌ジカが庭に逃げてきたことがあったのを覚えていた。戻ってきてから数週間後、彼は隣の五十ヘクタールの土地、ほぼ完全に森といっていい土地が売りに出されていることを知った。彼はためらいなく買った。

いささか頭のおかしいパリジャンがいわれるがままの値段で土地を買い足しているというわさがたちまち広まり、その年の末にはジェドは七百ヘクタールのひとつながりの土地の所有者となっていた。ところどころ波打ち、起伏の激しい部分もあったが、ほぼ全体がブナやクリ、カシの樹木で覆われていた。中央には直径五十メートルほどの池があった。厳しい寒さの冬を過ごしたのち、彼は高さ三メートルの金網のフェンスを建てさせて土地を完全に囲った。柵の上部には電線が張りめぐらされ、低電圧の発電機につながれた。命に別条があるほどの電流ではなかったが、よじ登ろうとした者を思いとどまらせる程度の効き目はあった——実際のところ、それは雌ウシの群れが牧草地から出ようとするのを防ぐための柵に用いられているのと同じ強さの電流だった。その点で、これは完全に法律で許された範囲内だったし、そのあたりの様子に変化が生じたことを気にして二度ほど訪ねてきた憲兵たちに、彼はそう説明したのだった。続いて村長もやってきて、これまで何世代にもわたり、雌ジカやイノシシを追って森を通り抜けてきた猟師たちの権利を奪うことで、あなたはかなりの反感を買うことになりますよと告げた。ジェドはその言葉に注意ぶかく耳を傾け、それは確かに残念だが、しかし自分のやっていることはちゃんと法律の範囲内に収まっていると繰り返した。その会話の直後、彼は土木工事会社に電話して、自分の土地の端から端まで横切る道を作るよう依頼した。道の端はリモコン操作のできる門になっていて、国道D50号線にじかに面している。そこから高速A20号線の入口までは三キロでしかない。彼はリモージュのカルフールで買い物をするのが習慣になった。そこで村のだれかと顔を合わせることはまずなかった。火曜の朝、開店と同時に店に入ったが、その時刻がいちばんすいているとわかったからだった。ときおり、広大なスーパーマーケットの中に彼一人だけということもあった——ひょっとしたら幸福とはこういうものではないかと彼には思えた。

土木工事会社は同様に、家のまわりに幅十メートルの灰色のタールマカダム舗装を施した。家そのものには、彼は何の変更も加えなかった。

こうした整備すべてに八百万ユーロ近くかかった。彼は計算してみて、人生の終わりまでの生活費として——大変に長生きすると仮定しても——十分なだけの額が残っていると判断した。主な出費、それも飛び抜けて大きな出費は財産税ということになるだろう。所得税は生じないはずだった。彼にはいかなる所得もなく、今後、他人に売るためのアート作品を新たに制作するつもりも一切なかった。

人もいうとおり、歳月が過ぎていった。

ある朝、たまたまラジオを聞いていて——ラジオをつけたのは控え目にいっても、三年ぶりのことだった——、ジェドはフレデリック・ベグベデの死去を知った。享年七十一歳。バスク地方の海辺の屋敷で、ラジオのアナウンサーによれば「身内の愛情に包まれて」逝ったとのことだった。ジェドにはその言葉がたやすく信じられた。実際、ベグベデには彼が覚えている限り、親愛の情を抱かせる何かがあったし、当時からすでに「身内」に恵まれるだろうと思わせる何かがあった。その何かとは、ウエルベックにはなかったし、もちろんジェドにもない、人生との親密さとでもいったものだった。

そんな風にして間接的に、いわば人の身の上と比べることで、彼は自分が六十歳になったことを意識した。驚くべきことだった。そこまで年取ったとは思っていなかった。自分が年を取ったことを知るのは他人との関係をとおし、他人を介してである。本人はいつだって、自らを永遠の相のもとに見ようとするものだ。確かに彼の髪は白くなり、顔にはしわが刻まれていた。しかしそれはみな知らず知らずそうなったのであり、若いころの姿と直接、比較対照する機会があったわけではない。そのときジェドは意外な事実に驚いた。アーティストとして何千枚もの写真を撮ってきたが、ジェドは自分自身の写真を一枚ももっていなかった。

セルフポートレートを撮ろうという気を起こしたことは一度もなかったし、自分が芸術表現の対象になりうると考えたことも一度もなかった。

　十年以上のあいだ、土地の南側の扉、村に面している扉を開けたことがなかった。だが扉は難なく開き、ジェドは改めて、父のかつての同僚の推薦でリヨンの土木工事会社に依頼したのは成功だったと思った。

シャトリュ＝ル＝マルシェのことは漠然としか覚えていなかった。思い出の中では、それはフランスの田舎によくある、老いさらばえた小さな村というだけのことだった。しかし村の通りに一歩踏み出すとすぐさま、彼は愕然とした。まず、村は非常に大きくなっていた。家の数が少なくとも二倍、ひょっとしたら三倍になっていた。それらは花で飾られたお洒落な住まいで、しかもリムーザン地方の伝統的住居の外観を遵守していた。いちばん大きな道のそこここに、地元の産物や工芸品を売る店が開いていたし、百メートル歩くあいだにインターネット接続を低料金で提供しているカフェが三軒あった。クルーズの辺鄙な村というよりもピーピー諸島〔タイ南部の人気観光地〕かサン＝ポール＝ド＝ヴァンス〔コートダジュールの町〕を思わせた。

　彼はいささか呆然として立ち止まった。教会の向かいのカフェに見覚えがあった。あるいはむしろ、カフェの〈場所〉に見覚えがあった。アール・ヌーヴォー調のフロアスタンド、錬鉄の脚のついた黒っぽい木製テーブル、革のシートといった内装は明らかに、ベルエポックのパリのカフェの雰囲気を醸し出そうとするものだった。とはいえテーブルごとに21型画面の〈ラップトップパソコン〉を使えるようになっていたし、コンセントはヨーロッパおよびアメリカのいずれの形式のプラグにも合致していて、〈CreuseSat〉というネットへの接続の説明パンフレットが置いてあった――県内でのインターネット接続の速度を改善するため、県議会が出資して静止軌道に衛星を打ち上げたことを、ジェドは説明パンフレットで知った。彼はメヌトゥーサロン〔ロワール地方のワイン〕のロゼを頼み、そうした変化の数々について思いをめぐらせながら飲んだ。朝のこの時刻、カフェの客は少なかった。中国人一家が食べ終えようとしている〈リムーザン風ブレックファースト〉は、お一人様二十三ユーロか、とジェドはメニューを見て確かめた。彼に近い席では、ひげを生やし、髪をポニーテールにした逞しい男がぼんやりとメールをチェックしていた。男はジェドに注意を惹かれて視線を向け、眉をひそめ、声をかけようかどうか迷い、それからまたパソコンに目を戻した。ジェドはワインを飲み終えて店を出てから、アウディのEV‐SUVの運転席でしばし物思いにふけった――彼は二十年間で車を三台乗り換えていたが、運転する喜びを初めて教えてくれたこのメーカーに忠実であり続けていた。

それからの数週間、彼は少しずつ、段階的に、リムーザン地方を本当には離れることなしに――ただしドルドーニュに短期、そしてさらに短いあいだフォレにも出かけたが――、フランスという、間違いなく彼の国であるこの国を探索していった。フランスがたいそう変わったことは明らかだった。彼は幾度もインターネットに接続して、ホテルやレストランの主人、その他のサービス業者（ペリグーの自動車修理業者、リモージュのエスコート嬢）とやりとりしたが、一切はシャトリュ゠ル゠マルシェの村を横切ったときに彼を瞬時に捕えた第一印象を裏づけるものだった。そう、この国は変わった、根底から変わったのだ。親子代々地方に住んでいた人々はほぼ完全に消失していた。都会から新たにやってきた、起業への強い意欲、そして穏やかなエコロジー的信念を備えた人々がそれに取って代わっていた。彼らは〈僻地〉にふたたび住民を取り戻そうと企てていた――それまで多くの試みが失敗に終わっていたのに対し、このたびの企ては市場法則についてのしっかりとした知識にもとづき、それを自覚的に受け入れることで、見事な成功を収めていたのである。

　ジェドが自らに問うた最初の質問――いかにもアーティストの自己中心性を示すものだったが――は、自分の「シンプルな職業」シリーズは、着想から二十年ほどたったいまもなお、その妥当性を保っているだろうかというものだった。実際のところ、完全にというわけではなかった。「マヤ・デュボワ、遠隔保守アシスタント」にはもはや存在理由がなかった。遠隔保守業務は現在では百パーセント、国外――主としてインドネシアとブラジル――に移されていた。反対に「エメ、エスコート嬢」は完全にそのアクチュアリティーを保っていた。

経済的次元において、売春業には真の活況が訪れていた。それはとりわけ南米の国々やロシアで、〈パリジェンヌ〉に欲望を投影したイメージが根強く残っていたこと、そして西アフリカからの移民女性たちの旺盛な活躍によるものだった。フランスは一九〇〇年代あるいは一九一〇年代以来初めて、〈セックス観光〉の特権的目的地の座を取り戻していたのである。そしてまた、新たな職業も登場していた——あるいはむしろ、古い職業が今日の嗜好に合ったかたちでよみがえった。金物工芸や真鍮製品の製造がそれである。ピカルディー地方では湿地栽培が復活していた。ジェドの暮らす村から五キロの距離にあるジャブレイユ゠レ゠ボルドには蹄鉄工がふたたび開業していた——ラ・クルーズは森の小道や林間の空き地がよく整備されていて、馬での散歩に最適だった。

より一般的に、フランスは経済面で好調だった。農業と観光に重点を置く国となって以降、フランスは過去二十年のあいだ次々に、ほとんど絶え間なく起こったさまざまな危機に際し注目すべき逞しさを示してきた。そうした危機は激化し続けるとともに、滑稽なほど予測不能でもあった——少なくとも、からかい好きの神の視点からすれば滑稽だったろう。インドネシア、ロシア、あるいはブラジルといった国々に比することのできるような何億人規模の人々に突如、富をもたらすかとおもえば飢餓に突き落とすといった金融の変動を、神は遠慮なく愉しんでいるのだろう。高級ホテルや香水、リエット——いわゆる〈暮らしを《アール・ド・》楽しむ術《ヴィーヴル》〉——しか売り物がないとはいえ、フランスはそうした激動に平然と耐えた。毎年客の国籍が変わるというだけのことだった。

シャトリュ＝ル＝マルシェに戻ってから、毎日昼近くに村の道を散歩するのがジェドの習慣になった。たいがい広場のカフェでアペリチフを飲み（店は不思議にもかつての〈バール・デ・スポール〉という名前を保っていた）、それから自宅に戻って昼食をとった。たちまちわかったのは、村に新しく住みついた人々の多くが、彼を知っているらしい――あるいは少なくとも、彼のうわさを聞いたことがあるらしい――ということで、彼らは別段敵意もなくジェドを見るのだった。実際、田舎に新しく住みついた人々はそれ以前の住民とまったく違っていた。籠編み業や田舎の家を修復する仕事やチーズ製造業に従事するとしたら、それは宿命によってそういう道を強いられたのではなく、起業の試みによるものであり、合理的に考えた上での経済的選択なのだった。教育があり、寛容で人あたりのいい彼らは、自分たちの住む場所にやってくるよそ者と別に問題なく共存することができた――それは彼らにとって利益になることでもあった。よそ者たちこそ顧客の大半を占めていたからである。ヨーロッパ北部の持ち主がもはや維持していけなくなった屋敷の大部分が買収されていた。確かに中国人たちはいささか閉じられた共同体を作っていたが、とはいえそれほどではなく、かつてのイギリス人ほどの問題もなかった――少なくとも中国人は自分たちの言葉の使用を押しつけはしなかった。新たな住人たちは、最初のうち知らずにいた〈土地の風習〉に対して、ほとんど崇拝に近い過剰な敬意を示した。そしていわば順応のための擬態から、そうした風習を再生させようと努めた。それゆえ、調理法やダンス、さらには民族衣装までもが著しい復活を遂げたのである。ただし、もっとも歓迎される顧客層を形成していたのは間違いなくロシア人たちだった。彼らはアペリチフの値段にも、四輪駆動車のレンタル料金にも決して文句をつけなかった。ロシアの政体の変遷をやすやすと生きのびた〈ポトラッチ〉の経済感覚に忠実に、気前よく、鷹揚に金を使った。

この新たな世代は先行するあらゆる世代よりも保守的で、金や既存の社会的ヒエラルキーを敬った。さらに驚くべきことに、フランスの出生率は今度こそ本当に上昇した。移民を抜きにしてもそうだったのであり、しかも移民の数は、最後に残っていた製造業への就職口が遂になくなり、そして二〇二〇年代初めに社会的保護政策がドラスティックに廃止されてからは、ほぼゼロになっていた。新たな産業国をめざして、アフリカの移民たちはいまや実に危険な旅を強いられていた。インド洋や南シナ海を渡っていく途中、船はしばしば海賊に襲撃され、海賊どもは彼らの身ぐるみをはいで最後の蓄えまで奪い取るか、さもなければ単に海中に放り出してしまうのだった。

ある朝、ジェドがシャブリをちびちびと啜っていたとき、ひげを生やしたポニーテールの男に話しかけられた——村で最初に目にした住人の一人だった。男はジェドの仕事をはっきりと知っていたわけではないが、〈アーティスト〉だと認識したのだろう。彼自身「少しばかり」絵を描いているとのことで、自分の作品をお見せしようという。

以前はクールブヴォワのガレージで自動車修理工をしていたが、金を借りてこの村に移り住み、全地形対応バギー車のレンタル会社を立ち上げた——一瞬、ジェドはステフェン＝ピション通りのクロアチア人、そして彼の水上バイクのことを考えた。男は個人的にはハーレー・ダヴィッドソンの大ファンで、ジェドは男のガレージに君臨しているそのバイクがどんな代物か、そしてまた年ごとにどのようにカスタマイズしてきたかを十五分にわたって聞かされるはめになった。とはいえ彼によれば全地形対応バギー車というのも「立派な乗り物」であり、「気分よく遠出」ができる。そして手入れの点では、と彼はまっとうな判断力を示していった。とにかく馬ほどは手がかからない。事業は好調で、彼は大いに満足だった。

彼の絵は、明らかに〈ヒロイック・ファンタジー〉を発想源としているらしく、そのほとんどはひげ面、ポニーテールの戦士が派手なメカニック軍馬を駆っているところを描いていた。この馬は愛機ハーレーを〈スペース・オペラ〉風に描き直したものらしかった。戦士はあるときはねばねばしたゾンビの群れと戦い、あるときはロボット軍団と戦っていた。他の絵はむしろ〈戦士の休息〉を描いていて、男の抱くエロチックな想像世界の典型を示していた。貪欲そうな唇をした、男に飢えたあばずれ女が、たいがいは二人一組で練り歩くという構図が基本になっていた。要するにそれらはオートフィクションであり、想像上のセルフポートレートだった。残念ながら男の絵画技術には欠陥があり、〈ヒロイック・ファンタジー〉に本来必要とされるハイパーリアリズムや筆致のなめらかさには到達していなかった。結局のところ、ジェドはこれほど醜いものを見たことがないほどだった。一時間近くのあいだ、彼は何とかうまい評言を見つけようとし、一方男は倦むことなく紙挟みから絵を取り出し続け、ついにはこれらは「偉大な幻視的パワー」を秘めた作品なのだなどといい出す始末だった。ジェドはすぐさま、自分はもはやアート業界と何のつながりも保っていないと釘を刺した。それは実際、まったくの真実だった。

亡くなるまでの三十年間、ジェド・マルタンがどのような条件のもとで制作を行っていたのかについては、彼が死の数か月前に「アート・プレス」の若い女性記者とのインタビューに応じていなかったなら、われわれにはまったく何もわからないままになっていただろう。インタビューは四十ページにも及ぶとはいえ、彼がそこで語っているのはもっぱら、今日フィラデルフィアのＭｏＭＡに収められている奇妙なビデオグラムをどのような技術的手順で制作したかということのみである。これは彼の以前の作品と似ても似つかないばかりか、およそどんな既存の作品とも異なるものであり、三十年経ってもなお、観る者に不安と居心地の悪さの入り混じった感情を抱かせ続けている。

晩年のすべてを捧げたこの作品の意味について、かれはいかなるコメントも拒否した。「わたしは世界を説明したい……。わたしはただ〈世界を説明〉したいのです……」彼は一ページ以上にわたり、記者に向かってそう繰り返していた。そんなことをいわれて仰天した記者に、老いの繰りごとめいたジェドの言葉にブレーキをかける力はなかったが、そのほうがよかったともいえるだろう。ジェドは主として絞りや被写界深度やソフトウェアの相性やらをめぐって、老人じみた語り口で自由に話していた。注目すべきインタビューであり、若い女性記者は「話題の背後に姿を消している」と「ル・モンド」の記事は素っ気なくコメントしていたが、「ル・モンド」としてはこの独占インタビューに対する嫉妬を抑えがたかったのである。おかげで記者は数か月後、「アート・プレス」誌副編集長に任命された――それはジェド・マルタンの死去が報じられたのと同じ日だった。

何ページにもわたって語られているとはいえ、ジェドが用いた撮影機材はそれ自体としては何も驚くべきものではなかった。マンフロットの三脚、パナソニックのセミプロ用ビデオカメラ――これを選んだのはセンサーが特別に高性能だったためで、ほぼ真っ暗闇でも撮影することができた――、そして二テラバイトのハードディスクが、カメラのUSB端子につながれていた。十年以上にわたり、火曜日を除いて毎日（火曜は買い物の日だった）、ジェド・マルタンはこの機材をアウディのトランクに積んで、自分の土地の端から端まで敷いた私道を走った。この道を逸れることは考えられなかった。とても背が高い雑草が生い茂り、ところどころには刺だらけの灌木も生えているかと思うと、あたりはたちまち深い森になって、下生えには足の踏み入れようもなかった。森のあいだにとおっていたはずの小道はずいぶん前から跡形もなくなっていた。池のまわりでは、吸水性の土地に短い草がかろうじて生え出ていたが、ともかくそこだけが何とか歩くことのできる場所だった。

多種多様なレンズを所有していたとはいえ、彼はもっぱらシュナイダー・アポ＝ジンマーを用いていた。その特徴は驚くべきことに、絞り1・9で焦点距離は最大1200ミリまで達していることだった。フォーマットはライカ判24×36ミリ相当である。被写体の選択については「前もっていかなる作戦も考えてはいない」と、彼は記者に何度も繰り返した。「ただそのときの直観に従っているだけ」なのだった。いずれにせよほぼ常に焦点距離を大きくして、風で揺れるブナの枝や、草むら、イラクサの茂みのてっぺん、あるいは水たまりの合間の濡れてじめじめした地面などを撮った。フレームが決まると、アウディのシガーライターを電源にしてビデオカメラのシャッターを押し、歩いて家に戻り、何時間もカメラをまわしっぱなしにした。夕方まで、さらには夜通しそうしておくこともあった――ハードディスクの容量からすれば、一週間撮影し続けることだってできただろう。

「そのときの直観」を引き合いに出すような返事は、一般誌にとっては根本的に期待はずれなものである。若い記者はさらなる言葉を引き出そうと試みた。そうはおっしゃいますが、と彼女は水を向けた。ある日に撮影した内容は、続く日々の撮影に影響を及ぼすのではないでしょうか。そうやってひとつのプロジェクトが少しずつ練り上げられ、立ち上がってくるのではないですか。そんなことはまったくありません、とマルタンは撥ねつけた。毎朝、車を出すとき、自分が何を撮ろうとしているのかはわからない。自分にとっては毎日が新しい日なのです。そしてこのまったく確信のない状態がほとんど十年続くことになったのです、と彼は説明した。

続いて彼はできあがった映像について説明した。それらは主としてモンタージュにもとづく方法で構成されたのだが、モンタージュといってもかなり特殊なもので、三時間写した映像のうち数コマの画像しか採用しないこともたびたびあった。しかしまさにそうしたモンタージュによって、彼は肉食獣のようにしなやかに揺れ動く植物の映像を得ることができたのであり、安らかでしかも峻厳なそのイメージは、西洋美術において世界に対する植物の視点を表現しようとした、もっとも成功した試みを形作っている。

十年ものあいだ植物のみを撮り続けたのちに工業製品の撮影に戻ったのはなぜだったのかは「覚えていない」。少なくともそれが彼の答えだった。最初は携帯電話、それからパソコンのキーボード、電気スタンド、その他さまざまな品物を撮っていたのだが、徐々にもっぱら電子機器類に焦点を絞っていった。その中でもっとも印象に残るのはおそらく、廃棄処分になったパソコンのマザーボード〔パソコンの主要電子回路基板〕で、映像上ではサイズを判断する手掛かりが与えられていないために、不思議な未来の城砦のように見えるのだった。彼はそれを地下室で、地味な灰色の地を背景に撮影し、ビデオに取り込む際に背景を消した。崩壊のプロセスを加速させるため、マザーボードに希釈した硫酸を噴霧した。細口大瓶入りの硫酸を買い込んだのだが、これは彼によれば普通、除草に用いられるものだという。ここにも編集作業が加わり、ひとつのコマに長い時間が経過したのちの別のコマを次々につないでいった。その結果、崩壊のプロセスは連続的に捉えられるのではなしに段階を飛ばして、がくんがくんと乱暴に描き出され、単なるコマ落とし撮影とはかなり異なるものとなった。

十五年間に及ぶ撮影とモンタージュにより、平均三分間のかなり異様な短篇《モジュール》が約三千できあがった。しかし彼の仕事が本当の発展を遂げたのはそののち、二重焼き付けのためのソフトウェアを探求し始めてからだった。二重焼き付けはとりわけサイレント映画初期に用いられた手法だが、その後はプロの映画監督の作品であれ素人がビデオを撮るときであれ使われなくなり、アートの領域でもかえりみられなくなっていた。あからさまに非現実的な性格ゆえ廃れてしまった、時代遅れの特殊効果とみなされていたのである。幾日も探し求めた末に、彼は二重焼き付けの手軽な〈フリーソフト〉を見つけた。イリノイで暮らすソフトの作者と連絡を取り、報酬を払うから、自分のためにこのソフトの完全版を作ってくれないかと依頼した。条件面での合意が成り立ち、数か月後、ジェド・マルタンは市場にはいかなる類似品もない、自分専用の素晴らしいツールを手に入れたのである。フォトショップのレイヤー機能とよく似た原理によって、九十ものビデオ映像を重ね合わせることが可能となり、同時にそれぞれの画面の明度や彩度、コントラストを調節することができた。また徐々にもっとも手前の映像を際立たせたり、逆に手前をぼかして奥深くを際立たせたりすることもできた。彼はこのソフトのおかげで、何重にも繁茂する植物のただなかに工業製品が徐々に沈んでいく、あの陶酔を誘う長回し映像を作ることができた。ときおり工業製品は身をもがき、呑み込まれまいとあがいた。やがて草や葉の波にさらわれて、植物のマグマのうちにふたたび沈んでいき、同時に表面の風化が進んで、マイクロプロセッサーやバッテリーやメモリーカードが剝き出しになった。

ジェドの健康状態は悪化し、もはや乳製品や甘い食べ物しか受けつけなくなっていた。彼は自分も父のように消化器の癌で命を奪われていくのではないかと思い始めていた。リモージュの病院で診てもらった結果、そのとおりの診断が下ったが、彼は治療を断り、放射線治療その他の負担の大きい治療を受けようとせずに、夜はとりわけ痛みがひどかったのでその痛みを取るための薬と、大量の睡眠薬を飲むだけに留めた。遺言で、遺産をさまざまな動物保護団体に寄付するよう命じた。

同じころ、彼は人生で知り合ったあらゆる人々、ジュヌヴィエーヴやオルガ、さらにはフランツ、ミシェル・ウエルベック、父といった、ジェドの手元に写真の残っている人々のすべての写真をビデオで撮り始めた。金属のフレームに地味な灰色の防水加工をした幕を張り、その上に写真を固定して、家の前に置いて撮影した。今回は写真が自然に変質していくがままにまかせた。雨や日の光にさらされて写真はそり返り、ところどころに傷みが生じ、やがて千切れていき、数週間のうちには完全に滅び去った。さらに奇妙なことに、彼は人間の姿を素朴に模しただけの小さな人形を買い求め、それらを同様のプロセスに従わせた。人形のほうがより抵抗力があったので、解体速度を増すために、ふたたび硫酸を用いなければならなかった。いまや彼は流動食のみで生きており、毎晩看護婦がやってきてモルヒネを注射していった。しかし朝には元気が戻り、最後の日まで、少なくとも二、三時間は仕事をすることができた。

　こうしてジェド・マルタンは自らが決して完全に同意したことのないこの人生に〈別れを告げた〉のである。いまではいろいろなイメージが脳裏によみがえってきた。しかも奇妙なことに、エロチックな面にかけて彼の人生には何も特別なことはなかったにもかかわらず、とりわけ女たちのイメージがよみがえってくるのだった。ジュヌヴィエーヴ、優しいジュヌヴィエーヴ、そして可哀想なオルガが彼の夢をしげく訪れた。マルト・タイユフェールの思い出までよみがえってきた。ポール＝グリモーのベランダで、ルジャビー〔フランスの下着メーカー〕のブラジャーをはずして彼女が乳房をあらわにしたときが、ジェドにとっての欲望の目覚めだったのである。彼女は十五歳、彼は十三歳だった。その夜彼は、工事現場を監督するため父が仮に住んでいた会社の住居のトイレでマスターベーションをした。そしてそれがあまりに気持ちがいいのでびっくりしたのだった。ほかにも、柔らかな乳房や敏捷に動く舌、締りのいいヴァギナの記憶がよみがえった。そうしてみると、彼の人生は不幸な人生だったとはいえなかった。

三十年ほど前（これは「アート・プレス」のインタビューで彼が単に技術的な事柄以外に触れた唯一の例だった）、ジェドはドイツのルール地方を訪れた。そこで彼の作品の大規模な回顧展が催されたのである。デュイスブルクからドルトムントまで、ボーフムやゲルゼンキルヒェンも含めて、かつての製鉄工場は多くが展覧会やスペクタクル、コンサートの会場に転用される一方、市当局は二十世紀初頭の労働者の生活形態を再現して、〈工業ツアー〉の企画にも力を入れていた。実際、そのあたり一帯は溶鉱炉やぼた山、錆びた貨物車の残る鉄道の廃線跡、何列もまったく同じ小奇麗な一戸建てが並ぶ住宅地、労働者たちのための公園など、ヨーロッパの最初の産業時代の保存庫というにふさわしかった。そのときジェドは、活動を停止してほとんど一世紀近く経った工場を取り巻いて、樹々が空恐ろしいほどの勢いで迫っていることに驚かされた。新たな文化的目標に適合した工場だけが改修され、残りは徐々に廃墟化しつつあった。かつてはドイツの生産力を一身に体現していたこれら工業の巨人たちは、いまでは錆びつき、半ば崩れ落ち、植物が以前の仕事場を占拠し、残骸のあいだにまで浸透して、人の入り込めないジャングルを形作っていった。

こうして、ジェド・マルタンが晩年に取り組んだ作品は——これがもっとも直接的な解釈だったが――ヨーロッパの産業時代の終焉、さらに一般的には人間のあらゆる産業の一時的で滅ぶべき性格をめぐるノスタルジックな瞑想としてとらえることができる。しかしながらこの解釈では、哀れな人形たちを見るときにわれわれが感じる不安を説明するには不十分だろう。プレイモービル〔ドイツの玩具シリーズ〕タイプのそれらの小さな人形は、抽象的で広大な未来都市のただなかに迷い込んでいるのだが、その都市自体、破壊され、砕けていき、無限に広がる一面の植物の中に散っていくように見える。われわれはまた、ジェド・マルタンがこの世で出会った人々の写真が気候の作用により変質し、ぼろぼろに千切れて飛んでいくのを見て、同様に悲痛の念に包まれる。最後のビデオではその映像は人類全体の消滅を象徴するかのように思える。写真は幾層にも重なった植物の茂みに沈んでいき、一瞬身をもがくかにみえるがやがて息の根を止められる。そしてすべては静かになり、あとには風に揺れる草のみが残る。植物は完全な勝利を収めたのだ。

謝辞

ふだん私はだれにも謝辞を捧げることはない。なぜなら執筆に際しあまり取材をしないからであり、アメリカの作家と比べるならばまったくしないも同然といっていい。だが本書の場合、私は警察関係者の協力に感銘を受け、かつ意外の感に打たれた。そしていささかの謝辞を述べる必要を覚えた次第である。

それゆえ、取材の手筈を整えてくれたテレザ・クレミジに、そしてパリ警視庁で親切に応対し、警官という困難な仕事について実に有益な説明をしてくださった官房室長アンリ・モロー、およびピエール・ディエポワ警部に感謝の念を捧げたい。

いうまでもなく、私は事実を自由に改変させていただいたし、本作中に記されている意見はそれを述べている登場人物にしか関わらないものである。要するに、これはあくまで虚構の枠内で書かれた作品である。

さらに、ウィキペディア（http://fr.wikipedia.org）およびその執筆者たちに感謝する。私は時おりウィキペディアの項目を発想源として用いた。とりわけイエバエ、ボーヴェの町、そしてフレデリック・ニウの項目を参照した。

訳者あとがき

本書において、作者ミシェル・ウエルベックは自分自身を物語に登場させ、世間に流通しているイメージどおりの人物像を演じさせたあげく、思いがけない事件に遭遇させている。それはまったくもって驚くべき事件であり、一読、作家による〈自作自演〉のすさまじさに息を呑まずにはいられない。

その際、ウエルベックは自らを「有名作家」、しかも「世界的に有名な作家」として描き出している。それを傲慢の表れとみなす必要はあるまい。実際、彼がフランスの現存する小説家の中でいまや国内はもとより国際的にも、もっともその名をとどろかせている一人であることに疑いの余地はなさそうだからだ。次なる作品が常に熱烈に待ち望まれている作家の、現時点における最新作をここにお届けする (Michel Houellebecq, *La carte et le territoire*, Flammarion, 2010)。

有名作家としてのウエルベックの存在は、これまでスキャンダルと切り離せなかった。彼をいわばスターダムに押し上げた『素粒子』(一九九八年) をめぐっては、モデルとなったヌーディスト・クラブが刊行差し止め訴訟を起こしたし、作品自体、轟々たる論争を引き起こした。ゴンクール賞の候補となりながら受賞を逃した作者が、受賞作をけなすような発言をしたことで騒動はいっそう広がった。『プラットフォーム』(二〇〇一年)の刊行直後には、イスラム教に対する侮蔑的とも取れる表現に対し抗議運動が巻き起こった。だが『地図と領土』をめぐっては、そうした大騒ぎは起こらなかった。それどころか、従来彼の作品にアレルギーを示してきた人たちも、本書への賛辞を惜しまなかった。そしてゴンクール賞の最終選考では、第一回目の投票で受賞が決まったのである。

そうした全面的な成功はこの作者にふさわしくないのではないか、そもそもゴンクール賞審査委員たちがあっさりと価値を認めたのも、『地図と領土』がこれまでに比べて危険な要素の乏しい、穏健でおとなしい作品になっているからではないかと冷水を浴びせる論評も出た。しかし、それはいかにもためにする議論というものだろう。登場人物としてのウエルベック自身の扱い方ひとつとっても——ここでストーリーを明かすことはもちろん差し控えるが——、その大胆さは並はずれたものである。しかも単に横紙破りというだけではなく、そこに描き出される作家像は陰影深く、かつユーモラスな愉快さを備えていて、作者の現在の充実を感じさせる。皮肉まじりの筆づかいには余裕も漂っている。

作家ウエルベックを、主人公である芸術家ジェド・マルタンの物語に登場させることで、この小説を支えるテーマがくっきりと浮き彫りになっている。われわれの時代においてアートとは何かという問いかけが、文学まで含め、重層的になされるのだ。『素粒子』が現代における遺伝子科学の位置づけを、『プラットフォーム』がセックスと観光そして金銭の関係を正面から問うたとすれば、『地図と領土』はひとりのアーティストの生涯の軌跡を追いながら、芸術と資本の結びつきを鮮やかにとらえている。アートの世界はいまや投機的なゲームの場となっており、作中のアートギャラリー経営者の述懐によれば「何もかもが市場での成功によって正当化され、認められて、それがあらゆる理論に取って代わるというところまで来ている」。その状況を象徴するのが、冒頭に〈登場〉させられているジェフ・クーンズとダミアン・ハーストである。クーンズはマイケル・ジャクソンをモデルにした作品など、キッチュかつポップな作風で現代アート界に君臨するアメリカの美術家である。一方、イギリス人のハーストは輪切りにした牛の死体、あるいは牛の腐敗した死体をホルマリン漬けにした作品などで物議をかもしつつ、現存する作家として歴史上最高値で作品が売買されるほどの成功を収めている。

その両者を描いたタブローを破壊する——とりわけハースト像に対し怒りをぶつける——主人公ジェド・マルタンの行動は、昨今の美術マーケットの傾向に対するノンを明確に示すものだ。では、ジェド自身はいかなる作品によって新たな芸術の道を切り開いていくのか。

架空のアーティストの作品の数々を傑作として説得的に描き出すのは、小説家にとって大きな挑戦であり、また腕のふるいどころでもあるだろう。ウエルベックは困難な企図に嬉々として取り組み、見事に成功させている。写真から絵画、さらにはビデオ作品へと移行していく中で、ジェドの生み出す話題作の数々が、実に興味深く描かれているのだ。それに加えて、孤独な制作の情景から、展覧会の組織、オープニングパーティーの賑わい、さらにはマスコミの反響や商業的成功まで、作品の誕生から流通、消費に至るメカニズムを総体的にとらえることで、物語は大きな広がりと魅力を獲得している。そこで展開されているのは、現代芸術で主流をなしている、主題を軽んじ、作品の「意味」を等閑視してもっぱら形式に主眼をおく姿勢に対するアンチテーゼである。ウエルベック宅を訪ねたジェドは、「テーマなど何の重要性もない」「テーマを描き方よりも優先させようとするのは愚かであり、重要なのはただ、絵なり写真なりが形や線や色彩に帰着する、そのあり様だけなのだ」といった考え方は自分にはできないと訴える。画家と小説家は、人間的な価値の批判・蹂躙に終始するたぐいの前衛芸術にあらがう、いわばアンチ・モダン的な姿勢によって結びついている。「現代性とは、ひょっとしたらひとつの間違いなのかもしれない」という実感を二人は深く共有している。だからこそ、ジェドは「ダミアン・ハーストとジェフ・クーンズ、アート市場を分けあう」の試作を廃棄したのち、ウエルベックの肖像画に取りかかるのだ。

小説の中のウエルベックはもはやほとんど他人と交流をもたず、世捨て人同然の暮らしぶりである。人間関係をめぐるドラマは、約二十歳年下のジェドにすっかり譲りわたした形だ。しかしジェドもまた若くして隠者的な人生を送る人物であり、結婚もせず家庭ももたず、孤独を苦にするふうもなく生きていく。その中で描かれる、老いた父親、そしてロシアからやってきた美女オルガとのつかの間のふれあいが、胸に迫る瞬間を作品にもたらしている。ジェドの寡黙な父親もまた、かつてはル・コルビュジエ的モダニズム建築に反旗をひるがえし、理想都市のヴィジョンをふくらませた一人の芸術家だった。だが夢を捨て、リゾート地開発の分野で商業的成功を収めたのち、いまは病を得、死期の近づいたことを自覚している。その父と子がふたりで過ごす最後のクリスマスイブ、父がコニャックを呷り、禁を破って煙草をふかしながら、自らの生涯を問わず語りに息子に語るくだりは、パリの街の雪景色もあいまって忘れがたい場面となっている。

オルガとの関係もまた哀愁に包まれている。容貌に恵まれ、仕事の上でもみごとに自己実現を果たしながら、彼女はなかなか家庭の幸せを得ることができない。現代社会は人間を幸福にはしないという『闘争領域の拡大』(一九九四年)以来の主題を見て取ることができるが、その悲しみはここでひときわ沈潜した、深いこだまを響かせている。これまでの作品を彩ってきた性的な描写は目立たなくなっているとはいえ、そこここに含まれるエロチックな細部の、読者をぎくりとさせるような凄味はいささかも衰えていない。

一方、完璧なまでに幸福な夫婦関係を、第3部の事件の捜査にあたる警視夫妻が具現している点も興味ぶかい。「老妻と非力な犬に情熱を注ぐ」引退間近の警視を扱うウエルベックの筆致は、決して揶揄的ではない。むしろ共感を込めて描いている印象である。フランスでは法の番人としての警官に対する批判が一般に苛烈であり、文学作品でその姿を肯定的に描く例は多くないことを考えれば、ここにも通念に抗する本作品のオリジナリティがある。それにしてもウエルベックの描く警官たちは独特だ。殺人現場で若い優秀な刑事が『オーレリア』——一八五五年にパリの街で縊死した作家ジェラール・ド・ネルヴァルの遺作——の文庫本を取り出して読み始めたりするのである。ジェドの老いた父親同様、この若手刑事もまた、ウエルベックを作家として評価しているという口吻を洩らす。意外な人物たちが文学に親炙しているのが、『地図と領土』の世界なのである。

そして『地図と領土』は、作者の過去の作品同様、人々の孤独を痛切に照らし出しながら、現代社会の本質そのものを抉る迫力によって際立つ小説だ。ジェドは芸術的には天才であるかもしれないが、午前中からつけっぱなしのテレビをぼんやり眺めているのがその日常であり、外出先はスーパーマーケットばかり。何でもそろう巨大スーパーが彼にとってのユートピアのイメージなのだし、テレビのニュースキャスターやクイズ番組司会者たちが彼にとってもっとも親しい他者なのである。ジャン゠ピエール・ペルノやジュリヤン・ルペールといった、フランス人ならすぐに顔と声の思い浮かぶテレビ有名人たちが特別出演しているのも、フランスの読者にとってはたまらなく興味をそそる点だろう。だがペルノやルペールと縁のない日本の読者にも、その趣向の面白さは理屈ぬきで感じ取ることができるはずだ。TVピープルが及ぼす影響力の大きさは、フランスであれ日本であれまったく変わりがないし、その実態に作家が大胆に分け入っていくことのスリルが如実に伝わってくるのである。人気お天気キャスターの自然葬の逸話が、ジェドの父親の死をめぐるドラマにつながっていくあたりの切実な感覚もまた、日本の読者にとっても他人事ではないはずだ。

ウエルベックはSF小説のもつヴィジョン創造の可能性を高く評価し、自らも『素粒子』や『ある島の可能性』（二〇〇五年）でSF的スタイルを実践していた。この作品でも、描き上げられた年代記は近未来にまで及ぶものとなっている。一九七六年生まれの主人公ジェドは七十歳で没する。つまり物語の終点は二〇四六年であり、ジェドの没後に生きる語り手は、二十一世紀後半の視点に立って語っているわけである。「ヨーロッパの産業時代の終焉」を見つめるメランコリックな感性が、小説全体を色濃く浸している。しかも同時に、この作品によってウエルベックは何かふっきれたのではないかと思わせる、すがすがしいまでの力が全編にみなぎっている。訳者としては読み返すたびごとに感嘆の念が増すばかりだったことを告白しておく。

本書刊行の前後から、フランスをはじめ各国でウエルベックに関する評論や研究の刊行が相次ぎ、彼の作品は本格的に論じられ始めている。とりわけ、気鋭の新人作家オレリアン・ベランジェによる『ロマン主義作家ミシェル・ウエルベック』（Aurélien Bellanger, *Houellebecq, écrivain romantique*, Léo Scheer, 2012）や、十九世紀の作家・思想家とウエルベックの作品の関係性を論じたブリュノ・ヴィアール『ミシェル・ウエルベックの引出し』(Bruno Viard, *Les Tiroirs de Michel Houellebecq*, PUF, 2013) は注目すべき論考である。大学での研究も俄然、活況を呈しており、二〇一二年五月にはプロヴァンス大学教授である前記ヴィアールの主催により、ウエルベックに関する初の国際学会が約五十名の研究者たちを集め、作家本人も参加してにぎにぎしく開催されている。さまざまな読解の光を当てられて、ウエルベックの作品は今後、その多様な意義を明らかにしていくことだろう。

翻訳は文庫版 (Michel Houellebecq, *La carte et le territoire*, J'ai lu, 2012) を底本とし、適宜、英訳 (Michel Houellebecq, *The Map and the Territory*, translated by Gavin Bowd, Vintage Books, 2012) を参照した。

版権取得に際しいつもながらお世話になったフランス著作権事務所のコリーヌ・カンタンさん、ウエルベックについて語りあう中でさまざまな示唆を与えてくださり、フランス語についても相談にのってくださったスティーヴ・コルベイさん、警察関係の用語についてアドバイスしてくださった平岡敦さんに御礼申し上げる。

筑摩書房編集部の岩川哲司さんは、翻訳の作業全般にわたり訳者を励まし、作品に対する透徹した理解にもとづく貴重な提言を惜しまれなかった。心から感謝申し上げる。そして長編を丹念に校閲してくださった喜多尾氷見子さんにも、末尾ながら感謝の言葉を捧げたい。

二〇一三年十月三十日

野崎　歓

文庫版あとがき

本書に登場する作家ウエルベックは、小説の世界とはほぼ縁を切ったと述べ、もはや作品を世に問う気力を失ったかのような姿を示している。現実のウエルベックはそれとは異なり、本作から五年の時を経て新作長編『服従』を発表、たちまちすさまじい反響を引き起こすこととなった。以下、簡単に事実を整理しておく。

二〇一五年一月七日火曜日、イスラム政治家がフランス大統領になるというショッキングな内容とのふれこみで『服従』が刊行された。同日午前十一時三十分、風刺週刊誌「シャルリ・エブド」編集部が武装した覆面の男たちによって襲撃され、ジャーナリストや漫画家たち十二人が殺害された。犠牲者の中にはウエルベックの友人の経済学者で、『ウエルベック・エコノミスト』という本も出しているベルナール・マリスが含まれていた。またこの日発売の同誌最新号の表紙を飾っていたのは、老いぼれたウエルベックが煙草をふかしながら「二〇一五年、わしの歯は抜け落ちるだろう」「二〇二〇年、わしはラマダンの断食をするだろう」とご託宣を述べている、明らかに『服従』刊行に合わせた戯画で、「ウエルベック祭司の予言」と題されていた。編集部襲撃は『服従』に対する抗議のテロというわけではなかったとはいえ、この事件がウエルベックに与えた衝撃の激しさは想像にあまる。新作をめぐるイベントの予定をすべてキャンセルした作家は、インタビューに応じて「表現の自由は絶対的なもので、つねに多少の挑発を含む」と述べ、暴力に屈しない姿勢を訴えた。

それはだれもが口々に「私はシャルリ」を唱え、テロの恐怖に打ち勝とうとするフランス社会において、ある意味では模範的というべき態度表明だった。とはいえ、くだんの新作自体は、国民が対立を乗り越えて団結すべきときに脅威や憎しみをあおるものだとして、出版直後、一部批評家による糾弾を受けた。さらにはほかならぬ共和国首相マニュエル・ヴァルスが名指しでウエルベックを批判するかと思えば、右翼政党党首マリーヌ・ル＝ペンが理解を示すといった調子で、騒ぎはたちまち文学的次元を超えてマスコミにたっぷりと話題を提供するなりゆきとなったのである。それも手伝って、『服従』は半年間で六十万部が売れる大ベストセラーとなった。

テロ事件に端を発した異常事態が一応は沈静化しつつある現在、読者はこの不思議な作品とより落ち着いて向かいあうことができるのではないか。不思議というのはほかでもない、鳴り物入りで宣伝された小説は、意外にも静謐な筆致で綴られており、主人公フランソワのひ弱で行動力を欠く性格も相まって、ある意味ではウエルベック作品としてかつてないほど「地味」な印象の一冊になっているのだ。もちろんそれを作者のしたたかな戦略と受け止めることもできる。フランス社会の激変を映し出して、その気になればいくらでもスキャンダラスに、それこそ挑発的に描けただろう題材が、淡々と、エモーションを欠いた文体で描かれていく。一方、イスラム文化に対しては、むしろ接近し理解を試みようとする態度が、『プラットフォーム』あたりと比べるならはっきりと感じられる（『コーラン』を初めて真剣に読んで執筆したと作者は語っている）。

逆に浮き彫りになるのは、途方に暮れた共和国市民（フランソワという名前がそのまま「フランス人」に通じる）の抱える深い混乱であり、政治的にも精神的にも――いわんや宗教的にも――完全に選択肢を失ってしまった者たちをむしばむニヒリズムである。『地図と領土』において見事に示されていた現代ヨーロッパの悲哀、「灰のベールが人々の心の上に広がってしまったよう」な状況の延長上に見出される、もうひとつの近未来風景を『服従』は描き出しているのだ。『服従』では、『地図と領土』の主人公がさまよう「漠とした穏やかな悲しみの冥府」のうちに、フランス全土が沈み込んでいるといってもいい。

その中で作家は、性急な断定や一方的断罪に陥ることのない、ニュアンスに富む謎めいた曖昧さを作り出している。まもなく出版されると聞く邦訳で、それがどのように日本語に移し替えられるのかはわからないが、『服従』の最終パートはすべての文章が条件法で書かれるという文体上のアクロバットを示している。いっさいを未決定の状態のまま宙に吊るその文章自体が、イスラモフォビア云々といったレッテル張りをこととするジャーナリズムの対立図式を無効化するような小説的達成となっている。『地図と領土』以降の作家としての円熟を、そこに見て取ることができるのではないだろうか。

なお、ル・モンド紙が最近報じたところによれば、ウエルベックは現在、彼の作品の愛読者だというパリ十三区区長の援助を得て、十三区のいわゆる中華街にそびえたつ高層マンションの一室で暮らしているらしい。外出時には二人のセキュリティが付き添っているという。次なる出版の計画としては「カイエ・ド・レルヌ」Cahiers de l'Herne 誌のウエルベック特集号が、作家自身の全面的協力により、二〇一六年に刊行予定とのことである。これはカフカ、ボルヘスといった大作家ばかりを対象とする個別研究シリーズで、刊行されれば現存作家としてはノーベル賞作家パトリック・モディアノに次ぐ特集ということになる。毎号、豊富な未刊行資料を掲載することで名高いシリーズだけに、その内容に期待したい。

本訳書の刊行後、松山巖、山田登世子、松浦寿輝、藤崎康、佐々木敦、柳下毅一郎、千街晶之、江南亜美子、上田岳弘、福嶋亮大といった方々が書評や時評で取り上げてくださった。あつく御礼申し上げたい。また、二〇一四年九月に東京・江東区のギャラリー「G/P gallery＋g^3/ gallery」で開催された「漂流 on the flow――ミシェル・ウエルベック『地図と領土』と写真と――」展も、この作品に対する日本における反応として特筆に値する。若き写真家たちが、『地図と領土』にインスパイアされた作品を競作し、展示したのである。同じ九月、代官山のヒルサイドテラスフォトフェアでは、同展のキュレーター後藤繁雄氏と写真家・川島崇志、赤石隆明、横田大輔の三氏に野崎が加わってトークイベントも開かれた。三人の写真家たちは、この小説がそのまま自分たちの日々直面している問題と切り結ぶ意義をもつ作品であることを、熱心に証言してくれた。彼らによればここに描かれている写真やビデオ制作をめぐるディテールはきわめて正確で、そのまま実践を試みることができるほどだという。とりわけ川島氏は、ジェドのやった事柄をほぼ全部試してみたと語っている。テクニカルな問題について判断する力のない訳者は、すべては結局のところウエルベック的文学創造のメタファーなのだろうと思いながら訳していたのだが、ここに描かれているのは現代の写真アーティストにとっての現実そのものであることを教えられたのだった。

その川島崇志さんがウエルベックに触発されて撮った写真を文庫版のカバーに用いることができたのは非常に嬉しい。フランス語原書にはない輝きを、この本に加えられたような気がする。川島さんのご厚意に御礼申し上げる。

最後になったが、文庫版の編集作業を逐一、担当してくださった筑摩書房編集部の田中尚史さんに、心から感謝申し上げたい。

二〇一五年八月

野崎歓

この作品は二〇一三年十一月に筑摩書房より刊行された。

ちくま文庫

地図《ちず》と領土《りょうど》

二〇一五年十月十日　第一刷発行
二〇二四年十一月十日　第七刷発行

著者　ミシェル・ウエルベック
訳者　野崎歓（のざき・かん）
発行者　増田健史
発行所　株式会社 筑摩書房
東京都台東区蔵前二―五―三　〒一一一―八七五五
電話番号　〇三―五六八七―二六〇一（代表）
装幀者　安野光雅
印刷所　株式会社加藤文明社
製本所　株式会社積信堂

ISBN978-4-480-43308-4 C0197